W0394251

Le théorème de Roitelet

Frédéric Cathala

Le théorème de Roitelet

ROMAN

Albin Michel

© Éditions Albin Michel, 2004

1

Au creux de sa main carrée et velue comme une patte d'ours, Joseph Wronski caressa pour la millième fois sa montre-chronomètre en or. C'était une de ces montres de gousset rendues si plates par les prouesses techniques des horlogers qu'elles n'avaient plus guère que quelques millimètres d'épaisseur. Elle indiquait avec précision chaque vingt-neuvième des phases de la lune et marquait également la date, l'année, ainsi que le changement des saisons. La gravure du nom de Wronski en lettres gothiques régulières finement travaillées était suivie, à l'intérieur du couvercle, d'une citation de Goethe : *Natur und Kunst, sie scheinen sich zu fliehen, und haben sich, ehe man es denkt, gefunden*. Il aimait ce clin d'œil moqueur de ses musiciens qui lui avaient fait ce cadeau pour son cinquante-huitième anniversaire.

Loin des pensées profondes de Goethe, sa petite entreprise de spectacle avait toujours donné dans ce que l'on fait de plus populaire et de moins raffiné, pour ne pas dire franchement de mauvais goût. En quarante ans, Joseph Wronski avait monté les pires numéros imaginables. Du pétomane incroyable au faux fakir teint au cirage en passant par des danses exotiques, exécutées sans talent par des filles assez grassouillettes pour satisfaire la libido des plus frustrés, il avait tout mis en scène. La situation actuelle n'avait fait qu'accentuer ce trait en concentrant dans un seul lieu les classes les plus prolétaires de la nation, avides d'une détente élémentaire et mécanique pour oublier l'horreur du quotidien. Pourtant, avec sa canne à manche d'ivoire finement ciselée, ses redingotes à la mode et ses innombrables chapeaux à large bord, il passait aux yeux de tous pour un monsieur élégant, très distingué, très cultivé. Et c'est ce qu'il était en fin de compte. Étrange paradoxe qui se retrouvait peut-être un peu dans la citation.

Wronski avait loué le compartiment de première pour lui seul. Confortablement enfoncé dans les profonds fauteuils de cuir vert, il se mit à rêvasser en comptant pendant dix secondes les traverses par la fenêtre et en calculant ce que serait leur nombre en une minute, puis en une heure. Des gens passaient parfois dans le couloir. Une mère et sa petite fille, blondes toutes les deux comme le blé en juin, deux officiers de la garde impériale au port hautain et arrogant qui se collèrent à la cloison pour laisser le passage à une grosse dame avec un parapluie indigo au manche cylindrique en tête de canard. Machinalement, il mémorisa les grades et les numéros de régiment dorés sur fond rouge, cousus sur le revers du col.

Le train ralentit, puis s'arrêta. La frontière suisse était toute proche. Comme d'habitude, deux douaniers étaient montés dans chaque wagon pour les contrôles d'usage. Ils ne jetèrent qu'un coup d'œil rapide au sac de voyage de Joseph Wronski. À force de voir les gens, on leur fait confiance, même lorsque se méfier est un métier.

La petite fille blonde qui était passée plus tôt avait appuyé son visage contre la vitre, s'aplatissant le nez sur le verre. Ses grands yeux tout ronds et sa bouche bée la rendaient comique. Joseph Wronski lui fit signe d'entrer, ce qu'elle s'empressa de faire.

« Tu es une bien belle fillette... Comment t'appelles-tu ?

– Lorelei.

– Lorelei ! Quel joli nom ! C'est un nom de fée, n'est-ce pas ?

– Non. Ce n'est pas un nom de fée, c'est un nom d'ondine. Maman m'a raconté son histoire.

– Ah oui, tu as raison. Je perds la mémoire en devenant vieux. Une bien jolie histoire, en effet. Quel âge as-tu, jolie ondine Lorelei ?

– J'ai une sœur qui a dix ans et une autre douze. J'ai trois ans de moins que la première et cinq de moins que l'autre. Donc j'ai sept ans.

– Mais tu comptes très bien ! Sept ans, dis-tu ? Mais tu dois aimer les bonbons à sept ans, non ?

– Oh oui, mais on n'en trouve plus guère maintenant. Maman dit que c'est la faute à ces cochons de Français.

– Elle dit cela, ta maman ? »

Pour se protéger du courant d'air qui s'était fait à l'ouverture des portes, Wronski tira sur ses jambes et sa bedaine l'épaisse couverture que le chef de wagon lui avait apportée au départ. Elle recouvrait jusqu'alors un petit caniche blanc qui ne protesta pas d'avoir à partager ce supplément de confort.

Toute l'attention de la fillette se fixa sur l'animal aux oreilles frisottées. Il était habillé d'un manteau au motif écossais rouge et vert parfaitement régulier coupé à sa taille.

« Oh, je vois que tu plais beaucoup à Mademoiselle Lilibeth.

– C'est son nom ? Mais il n'y a pas de mademoiselles chez les chiens.

– Mais Mademoiselle Lilibeth n'est pas un chien ordinaire. C'est une grande artiste. Montre à notre nouvelle amie que tu es une grande artiste. »

Sans que l'enfant puisse détecter le signal discret auquel il avait été entraîné à répondre, le chien fit un saut périlleux arrière pour retomber exactement dans sa position de départ sur le fauteuil. Lorelei, enchantée, se mit à rire de tout son souffle.

Tout en parlant, pendant que l'attention de son public était attirée par la cabriole, Joseph Wronski avait sorti de sa poche un mouchoir de soie rouge. D'une passe rapide, il enfonça le tissu dans sa main serrée, l'extrayant ensuite doucement de l'autre côté. La petite fille applaudit : le mouchoir était noir et couvert d'étoiles. Replié entre les doigts serrés, il sembla s'ouvrir comme s'ouvre une fleur, laissant apparaître une de ces sucreries coniques qui forment un sifflet capable de jouer trois notes.

« Voici pour toi, gentille Lorelei. Avec un tel instrument, tu pourras guider les bateaux dans la brume, c'est bien ce que faisait la petite ondine pour passer le temps, n'est-ce pas ? »

L'enfant ne répondit pas. Toute joyeuse, elle s'était déjà élancée dans le couloir au son strident de son nouveau trésor qu'elle voulait montrer à sa mère. Joseph Wronski sourit à son tour. Le train s'ébranla ; dans dix minutes, on serait en Suisse. Par la fenêtre, la lune, bien ronde dans le ciel, scintillait sur le Rhin en un million de petites étincelles glacées qui construisaient toutes les formes que la fantaisie pouvait y trouver.

Une fois arrivé, Joseph Wronski laissa les autres passagers descendre avant de faire de même. Une malformation du pied réduisait le rythme de sa marche et il avait horreur d'être une gêne pour les autres. Et puis, il ne détestait rien plus que les yeux qui se détournaient pour ne pas voir sa botte orthopédique. Comme si les regards allaient transmettre son mal ! Un employé de gare compatissant l'aida à descendre son bagage. Ils échangèrent quelques mots, mais le dialecte de l'homme était trop fortement accentué pour que la discussion dure bien longtemps. À part un sonore *Grüss Gott*, le reste n'était qu'une mélodie chuintante, marais d'où émergeaient les pics de quelques mots connus.

Une centaine de mètres après la sortie de la gare, Joseph Wronski s'engagea sur une petite pente qui semblait s'écarter de la masse des maisons. Son haleine blanche dessinait de brèves volutes brillantes dans l'air glacé. Mademoiselle Lilibeth trottinait à son côté sans qu'aucune laisse ne soit nécessaire. C'était un raccourci qu'il empruntait lors de chaque séjour. Il s'épargnait ainsi une bonne demi-heure de marche, même si la forte déclivité l'obligeait à faire plusieurs pauses en chemin pour reprendre son souffle. Sa petite valise n'était pas bien lourde, mais son embonpoint limitait l'intensité de ses efforts. Une tradition s'était instituée pendant ces pauses : Mademoiselle Lilibeth se dressait sur les pattes arrière pour recevoir une caresse et un morceau de sucre.

Après avoir parcouru les deux premiers degrés de la montée de sorte qu'il tournait le dos aux lumières de la gare, le visage de Joseph Wronski se figea. L'écho de son pas boiteux était anormal, très légèrement irrégulier. L'oreille du musicien était un instrument de mesure infaillible. Quelqu'un le suivait en essayant de marcher au même rythme. Il se retourna, mais ne vit qu'une ombre. L'homme avait dû se plaquer contre la paroi empierrée qui soutenait les lacets supérieurs de la route. De l'autre côté, la pelouse éclairée par la pleine lune descendait à pic vers la rivière. Impossible de fuir par là. Monter était la seule solution.

Le cœur de Wronski s'emballa en un roulement de tambour permanent qui, accaparant ses tympans, l'empêchait d'entendre ce qui se passait autour de lui. Il fallait s'échapper, s'échapper. Gêné par son infirmité, il ne pouvait marcher plus vite pour rejoindre un quartier fréquenté. Il jura en yiddish. Ce raccourci, quelle idée idiote ! Et cette pente abrupte ! Le souffle allait lui manquer bientôt. Si seulement il pouvait arriver jusqu'au coude suivant, tout au sommet. Il se souvenait bien qu'un square circulaire bordait la pente dans cet angle, un petit square avec ses bosquets et des chevaux de bois. Se cacher ! C'était la bonne solution. Il pressa le pas.

Vingt mètres plus bas, tout contre le mur, une silhouette élancée que les mains dans les poches rendaient plus mince encore se pressait en rasant les cubes de pierre. L'homme portait un béret de cuir rond. Son visage d'une dureté inquiétante était marqué à la joue de cicatrices parallèles qu'on aurait pu croire faites au sabre. Ces balafres et la démarche trahissaient l'ancien militaire, un déserteur d'une des armées en conflit peut-être. Arrivé à hauteur du square, il s'arrêta. Le claquement des pas du boiteux avait cessé. Les yeux bleus d'une incroyable fixité cherchèrent à percer chaque point des ténèbres. La surface des pupilles se dilata, réduisant l'azur à un anneau étroit. Soudain, il perçut un déplacement dans la pénombre. Il s'avança, levant les pieds plus haut afin de ne pas trébucher sur les branches ou glisser sur le givre. Une image se forma sur sa rétine, un mouvement qu'il ne comprenait pas. Une tache blanche au pied d'un banc virevoltait sans s'arrêter. L'inconnu se concentra : c'était le caniche du vieux qui sautait en arrière encore et encore en retombant exactement au même endroit ! Idiot de chien ! Il allait avancer mais, sans que rien n'ait troublé le silence, il leva les mains vers ses mâchoires comme si un mal de dents soudain avait mobilisé ses sens. Regardant ensuite ses gants, il les découvrit maculés d'un sang artériel rouge vif qui fumait au contact de l'air trop froid. Par réflexe, il sortit de sa poche un rasoir, mais il était trop tard. Une longue lame effilée était entrée perpendiculairement à l'axe de son cou pour ressortir un peu sous le maxillaire, sectionnant une carotide à moitié, puis entaillant un bon tiers de l'autre. Le rasoir tomba. Telle une marionnette étonnée, l'homme se raidit en une série de saccades. Prisonnier de la pression de bas en haut imposée par l'acier, il essaya d'instinct de se dresser sur la pointe des pieds comme pour atténuer le contact. La vie quitta très vite les yeux déjà vitreux. La lame triangulaire, d'une secousse brusque, avança d'abord vers le menton comme pour se dégager des chairs, puis s'enfonça soudain plus en arrière du cou, tranchant larynx et œsophage et venant grincer contre le cube de la vertèbre. Les fils de la marionnette étaient coupés. L'homme en s'écroulant pesa sur l'épée qui, maintenue immobile à la même hauteur d'une main ferme, ploya vers sa pointe avant de se libérer avec une vibration modulée proche du sifflement sec d'une cravache. Guidé le long de cette glissière mortelle, le corps était tombé sur le côté en un arc de cercle impeccable. La scène aurait pu se dérouler sur un plan plutôt qu'en volume tant la régularité du mouvement était parfaite.

Joseph Wronski essuya la lame avec le bas du manteau de sa victime, puis la glissa avec une remarquable dextérité dans le tube creux de sa jolie canne. Il tira ensuite le cadavre sous un massif et le cacha au mieux après l'avoir fouillé. Épuisé par ces efforts, il s'appuya un instant à la paroi et sortit sa montre après avoir quitté son gant, pour en remonter le ressort, machinalement. Les rainures fines du remontoir, agréables au toucher, s'accrochaient tant au relief des doigts que l'on aurait eu du mal à dire si le crissement soyeux à peine perceptible venait des rouages ou du relief de la peau. Il reprit son chemin en s'appuyant un peu plus sur la canne. Sa marche fut lente. Parallèle au sol, la vapeur blanche de son souffle s'était faite plus dense et plus longue. Une fois récompensée d'un bout de sucre pour son numéro, Mademoiselle Lilibeth régla son pas sur celui de son maître.

2

LORSQU'IL poussa la porte du *Prince of Wales*, Joseph Wronski avait retrouvé son calme. Aucun des clients qui traînaient dans le hall de l'hôtel à cette heure tardive n'aurait deviné le drame qui venait de se jouer quelques instants plus tôt. Pendant que l'on montait son bagage, il s'installa dans l'un des confortables Chesterfield du lobby encore décoré de guirlandes et de boules de Noël, puis se fit servir du thé et des scones. Il dévora les gâteaux moelleux avec application, les enduisant méthodiquement d'une épaisse couche de crème et de marmelade. Chaque détail était parfait : la porcelaine bleue aux motifs réguliers, l'éclat des couverts, la température de l'eau, la rigidité de la serviette amidonnée pliée en un épi de trois segments égaux.

Les losanges de cuir bien rembourrés soulageaient son dos. À voir la lenteur de ses gestes, son regard vide, un observateur attentif assis au bar aurait dit que le monde réel disparaissait pour lui, se réduisant à l'espace immédiat autour de sa personne, de son thé et de son chien. À deux ou trois reprises, il donna quelques miettes à Mademoiselle Lilibeth qui se régala de lui lécher les doigts. Il parlait au chien comme s'ils avaient été les seuls habitants d'une île déserte :

« Oui, ma chérie, c'est bon, n'est-ce pas ? Et si joli. La représentation va bientôt commencer pour papa, il faut que tu l'aides à se concentrer. »

Dès que Joseph Wronski se sentit prêt, il se leva et un chasseur en livrée verte l'accompagna à sa chambre, la numéro 58. Elle était spacieuse et bien chauffée. À peine Wronski fut-il seul que la porte se rouvrit sans qu'on eût frappé. Une jeune femme d'une trentaine d'années en habits de bonne entra. Sans rien dire, comme si son manège était bien rodé, elle vint s'asseoir à la table qui occupait un angle de la pièce et sortit de sa poche un carnet et un crayon. Sans prêter attention à sa présence, Wronski avait enlevé sa veste et ses souliers puis s'était allongé sur le lit, les yeux fermés. Mademoiselle Lilibeth s'était installée contre son ventre. Il passait lentement ses doigts dans les frisettes du chien. Au bout d'une dizaine de minutes d'un silence étrange, sa voix s'éleva, mécanique et monocorde :

« Secteur de Cambrai : 20 décembre, soirée privée, colonel von Kiel, 14e Bavarois, général Traupig, intendance de la garde impériale. La Fère : représentation, le 23 décembre, 6e et 11e régiments de Sturmpionieren au dépôt à Laon, 23e régiment du génie de retour de Russie. Classes 1914 et 1915 surtout. Soldats et officiers du 304e régiment du train et du 24e Brandebourgeois croisés à Cambrai en permission de trois jours, le 2 janvier, venant du secteur de Bapaume ; classes 1910 à 1916... »

La jeune femme prenait en note le moindre mot de Joseph Wronski. Il débitait le détail de renseignements mémorisés chaque jour du mois précédent. Pour lui, c'était un exercice équivalant à celui du seul numéro qu'il donnait sur scène désormais, plus simple même si l'on exceptait le long délai avant la restitution.

Pour éviter d'avoir à observer quoi que ce soit de manière trop voyante, il avait adapté son tour à ses besoins du moment. Chaque soir, dans une salle comble, il se retournait dos au public, drapé dans sa cape noire et rouge, puis il demandait à son assistante de faire choisir par un soldat pris au hasard trente de ses camarades, tous mariés et tous d'unités différentes, pour ensuite les rassembler devant la fosse d'orchestre. Chacun d'entre eux devait donner à haute voix son nom, son grade, son numéro de régiment et son lieu d'affectation, sa date de naissance, le nom et la date de naissance de sa femme, ainsi que la date de leur mariage. Ensuite, chacun ayant regagné sa place, le magicien se retournait. L'infirmité de sa démarche était à cet instant-là un atout qui contribuait à le différencier du reste des mortels. En quelques mouvements de sa cape et quelques regards un peu fixes, il prenait son public en main comme un écuyer maîtrise un cheval. De l'association de tous les chiffres mémorisés, il tirait une histoire où tout le monde trouvait sa place.

La veille, avant de partir pour la Suisse, il s'était trouvé particulièrement brillant. Deux couples lui avaient fourni son introduction : Hans, un immense rouquin décharné d'au moins deux mètres appartenant au 4e escadron du 58e uhlans, né le 15 janvier 1892, marié le 10 mai 1914 à sa Wilhelmina, née le 7 juin 1896, et Alfred, un petit brun rondouillard de la première batterie du 11e d'artillerie de campagne, né le 19 juillet 1893, marié le 1er juin 1912 à une Traudel, née le 9 août 1894. L'apparence physique si contrastée des deux hommes avait déclenché les premiers rires, plongeant la salle dans l'ambiance propice au reste du numéro. En plus de dents énormes, bien carrées et parfaitement régulières, le rouquin arborait la croix de fer, chose rare et même exceptionnelle pour un homme du rang.

L'entrée en matière, bien rodée, avait été la même que d'habitude. Wronski avait déclamé avec la solennité et le sérieux d'un pasteur en chaire :

« Ainsi, au printemps de 1914, pour calmer ses ardeurs de puceau, qui terrorisaient les jeunes femmes, et les moins jeunes de son village, et qui rendaient nerveux jusqu'aux propriétaires de chèvres des alentours, Hans épousa Wilhelmina, qui se faisait encore des illusions sur les hommes avant de le connaître. Il avait trois ans de plus qu'Alfred lorsqu'il avait épousé Traudel, mais nos deux beautés quant à elles avaient le même âge le jour de leur mariage..., le dernier jour de leurs illusions et le premier d'une vaine attente pour des plaisirs tant espérés... »

Sous les cris, les rires et les huées qui ponctuaient ses mots en un concert aléatoire mais toujours maîtrisé, il marquait en gros sur un tableau noir les opérations les plus compliquées afin que tous pussent suivre à un rythme adapté. Le stock énorme de plaisanteries convenues et connues par cœur depuis des années jusque dans leur intonation grotesque ou graveleuse lui permettait de repasser calmement dans sa tête, partagée entre deux tâches bien distinctes, les quelque deux cents chiffres donnés par le public jusqu'à trouver des coïncidences qu'il exploitait alors en suivant son imagination. Les soldats étaient heureux de devenir vedettes d'un soir, heureux que l'on parle d'eux ou même d'essuyer des moqueries, heureux d'entendre sur scène la mention de leur quotidien, heureux enfin de se sentir intelligents par leur participation. La plupart avaient admiré un de ces instituteurs de village qui les avaient incités à s'engager en août 1914 et tous respectaient des savoirs qui, pour élémentaires qu'ils fussent, leur semblaient extraordinaires et hors de portée.

Aux chiffres et aux nombres fournis par le hasard, Wronski imposait la cadence de son spectacle, chauffant son public par de petits calculs fort simples avant de passer à des choses plus sérieuses. Improvisateur génial, il jouait une musique toute en alternance d'additions et de multiplications, de soustractions et de divisions. Son cerveau alignait en figures régulières les données mémorisées un instant plus tôt comme autant de signes épars qui, sur la page blanche du compositeur, finissent en mélodie. Les hommes devant lui alors désincarnés se résumaient à une série d'opérations. Son discours jaillissait sans jamais trahir la moindre hésitation :

« Il ne faut pas que l'histoire de notre brave Hans nous étonne. Tout son destin était déjà écrit sans qu'il le soupçonne. Car si nous multiplions son jour de naissance *15* par son année de naissance *1892*, nous obtenons : *28380*. Et ce même nombre multiplié par son numéro de régiment *58* donne *1646040*. Or, ajouté au jour de son mariage *10* multiplié par l'année de son mariage *1914*, soit *19140*, auquel nous rajoutons son numéro d'escadron *4*, soit *19144*, qu'obtenons-nous ? Qu'obtenons-nous, je vous le demande ! Nous obtenons : *1646040 + 19144 = 1665184*. Le nombre qui contient tout le destin de Hans, le nombre qui nous révèle à la fois son avenir et son passé... »

De se sentir aspiré dans un vortex de chiffres procurait au public une sensation étrange. Les mâchoires se relâchaient, les regards perdaient leur éclat et se figeaient comme cela se produit dans les transes hypnotiques. La mention du mot *destin* même provoquait chez une foule promise à une boucherie sans fin dès le lendemain ou la semaine suivante une fascination inquiète. De la même façon que les devins des temps primitifs fascinaient par la rumeur de formules comprises d'eux seuls, Wronski était un poète dont les rimes et les figures de style étaient faites de la musique des chiffres. Il posait les opérations assez vite pour ne pas lasser, mais avec assez de méthode pour ne pas perdre en route des hommes au niveau d'études trop faible. Bon pédagogue, il leur laissait juste le temps suffisant pour participer à la démonstration, en comptant sur leurs doigts parfois, pour se convaincre de la Vérité arithmétique inscrite à la craie au tableau. Arrivés au nombre mystérieux, un nombre si long que le public n'arrivait pas à le lire à haute voix en dialecte et difficilement en allemand, ce qui accroissait sa valeur mystérieuse et sa puissance, tous butaient contre un mur. Un mur d'incompréhension mêlée d'inquiétude. Quelle pouvait bien être la signification de *1665184*, serpent étrange et effrayant glissant les pleins et les déliés de ses anneaux de chiffres, de gauche à droite, en saccades rythmées ?

Lorsque, après de vaines tentatives pour nommer l'indicible, les balbutiements cessaient et le silence était enfin total, avec le geste de l'Enchanteur, Wronski découpait la séquence. Il réécrivait en les espaçant le 16, puis le 6, puis le 5, puis le 18, puis le 4, transformant l'inexprimable en morceaux simples et digestes. Hans sentait son cœur battre comme lorsqu'une voyante tire des cartes, certains souriaient bêtement de ne rien comprendre, d'autres faisaient semblant de réfléchir sans comprendre davantage, mais tous écoutaient la voix dans un respect religieux :

« Quelle est la seizième lettre de l'alphabet ? »

Saisissant soudain la règle de ce qui peu à peu était plus qu'un jeu, tous se mettaient à compter, puis un cri s'élevait, lancé par les plus vifs, ravis de l'illusion qu'ils menaient le spectacle, un cri repris par les plus lents en une série de vagues irrégulières : « P ! P ! P ! »

L'acclamation, primitive comme le premier vagissement d'un nouveau-né, était bientôt scandée et portée par le même enthousiasme qui envahit les plus grands génies lorsque leur découverte, si complexe avant d'être formulée, brille soudain par sa simplicité. Wronski continuait :

« Quelle est la sixième ? »

Et il traçait chaque correspondance sous les nombres et les chiffres, le *f*, puis le *e*, pour aboutir à une explosion de rires lorsque *Pferd*, *le cheval* en allemand, prenait vie dans la complétude du tracé des lettres. C'était cela le grand secret de Hans aux grandes dents de canasson ! Hans, le lancier du régiment de uhlans ! La science arithmétique prouvait qu'il était *inévitablement* lié au *cheval* par le plus authentique des calculs. Tous étaient témoins du miracle et ils riaient. Ils riaient comme on rit lorsque les choses n'ont pas de sens. Ils riaient aussi par amour de la coïncidence qui rassure sur la logique du monde sans se rendre compte que le hasard n'avait aucune place dans un déroulement contrôlé par l'illusionniste. Hans et Alfred, qui ne se connaissaient pas avant cette soirée, se serraient la main, étonnés de se retrouver ainsi liés par des coïncidences de dates sans se rendre compte que l'artiste les avait choisis entre tous pour cette raison-là.

Parfois, Joseph Wronski s'imaginait que tous ces détails, bribes d'informations qui faisaient rire son auditoire d'un soir pour aboutir ensuite dans cet hôtel de Basel, devaient s'additionner à une foule d'autres, collectés ailleurs, par d'autres méthodes moins étranges que la sienne, pour se traduire par des petits drapeaux de couleurs variées plantés sur une carte murale par un officier du renseignement français, quelque part à Paris, cette ville qu'il aimait tant. Du chaos devait jaillir un sens que lui-même, cette fois, ne maîtrisait plus.

Mademoiselle Lilibeth changea de position.

Lorsque, au bout d'une heure et demie, il eut régurgité pour la jeune femme les derniers matricules mémorisés, il ajouta :

« Deux officiers de la garde impériale rencontrés dans le train, 3e régiment de grenadiers, deux capitaines en permission en Suisse, longue permission, donc... C'est tout. Encodez et faites passer à Cagliostro dès demain. »

En changeant à peine de ton, il laissa ensuite tomber :

« Une dernière chose, j'ai été suivi. Vous trouverez un homme dans le parc qui borde le raidillon à la sortie de la gare. Sous les branchages. Tout ce que j'ai trouvé sur lui est dans ma poche droite. »

Pour la première fois, la jeune femme manifesta une émotion, un mélange d'étonnement et de colère :

« Mais vous auriez dû me dire cela plus tôt ! Rendez-vous compte, si le corps a été découvert, nous risquons tous très gros. Vous connaissez les méthodes des services allemands. Si c'était un homme de la Section III B, il y aura des représailles… Il y a toujours des représailles. Œil pour œil… Nous sommes tous en danger. Sans compter la réaction de la police suisse !

– Je suis désolé, *liebes Mädchen*, mais je devais d'abord soulager ma mémoire. C'est le plus important… »

Joseph Wronski ne termina pas sa phrase. Il dormait déjà, épuisé. La jeune femme quitta la pièce après avoir pris tout ce qui se trouvait dans la poche de la redingote posée sur une chaise : un vieux portefeuille, une pipe en écume et un rasoir.

3

ARBORANT au képi son étoile chérifienne de sinople sur fond de gueules, un commandant en grand uniforme de spahi traversa la rue de Rivoli en ligne droite. Sa cape s'éleva dans son sillage comme une voile latine. Un triangle de taffetas noir posé au milieu d'une triple balafre violacée couvrait son œil gauche et une partie de la joue. Il dut presser le pas lorsqu'une superbe Panhard Torpédo de 1914 aux courbes parfaites déboucha de la rue Saint-Roch. Étonné de voir un tel véhicule rouler en dépit des restrictions d'essence, il bouscula un petit monsieur brun à la moustache poivre et sel qui faillit glisser sur le pavé de bois. Impressionné par la force qui se dégageait de toute la personne de l'officier, le petit monsieur n'osa rien dire. En s'inclinant, il souleva son chapeau vert auquel un bandeau de cuir trop serré donnait une allure de cône tronqué. Le militaire ne rendit même pas le salut. Il entra dans un café coquet tout en capitons et moulures. Après s'être débarrassé, il se dirigea vers un général de cavalerie attablé devant une grande tasse de chocolat, à qui il adressa la parole sans plus de cérémonie :

« Châtelard, mon ami ! Je suis en retard, pardonne-moi.

Je n'ai pas pu m'empêcher d'aller voir la glace qui se forme sur la Seine. Si cela continue, les ours polaires arriveront bientôt. Mais comment vas-tu donc ?

– Saint-Arnaud ! Je vais fort bien. Le froid conserve, tu le sais. Et toi-même, cette vilaine blessure à la cuisse ?

– Ce n'est plus qu'un souvenir. Tu ne croyais tout de même pas que l'acier de Krupps était plus dur que de la bonne chair française. Je cours déjà comme un cabri et mon travail de bureau à Chantilly me pèse. »

L'absence de décorum militaire entre les deux personnages aurait pu en choquer plus d'un. Qu'un simple commandant ne salue pas un général et se montre si familier était inconcevable, surtout pour des civils. Pourtant, le café étant vide à l'exception de quelques rombières à caniche, pour la plupart en habits de deuil, personne ne s'offusqua. Le général enchaîna :

« Difficile de s'habituer à l'ambiance du GQG, n'est-ce pas ? Tu prendras bien une tasse de chocolat... Mademoiselle !... Ils font le meilleur de Paris... Et profite également de ces croissants ! Ils seront interdits d'ici quelques jours, je te le dis en confidence. Le décret est déjà signé.

– Tu m'en diras tant ! Si nous en sommes réduits à l'unique *pain national* imposé par la Commission du ravitaillement, les morts d'indigestion seront plus nombreuses que celles causées par les bombardements de zeppelins, je peux te le prédire !

– Tu ne crois pas si bien dire, le taux légal de blutage va encore être élevé. Les gens vont finir par manger du plâtre. Mais laissons de côté ces problèmes et installe-toi, je t'en prie. Nous avons une petite heure avant la cérémonie. Au fait, puisque tu en parles, j'ai entendu dire que Chantilly n'allait pas te peser bien longtemps.

– Oui, nous finissons de déménager dans deux jours. Direction Beauvais. Une idée des vilains babouins qui s'agitent à la Chambre. Nous sommes en guerre, mais eux nous déplacent d'un lieu à un autre, comme des pots de fleurs dans le salon d'une vieille fille qui n'aurait pas d'autre plaisir. Et tout ça au risque de désorganiser les services. C'est insensé. C'est un homme comme toi qu'il nous faut à la tête de l'état-major. Et plus peut-être... Tu saurais leur en imposer, à ces pékins. Cette guerre est trop sérieuse pour en laisser la conduite à ces larves corrompues, sans parler de l'après-guerre... Au lieu de cela, tu perds ton temps au cabinet du ministre. »

En se dandinant avec la régularité des pintades, deux serveuses grassouillettes et vulgaires à souhait se dirigèrent en file indienne vers la table des deux hommes. La pénurie de main-d'œuvre avait attiré beaucoup de ruraux vers la capitale.

« Vous voulez un chocolat, monsieur ? fit la première avec un accent normand très marqué.

– Un café, plutôt, mon petit. Et surtout... C'est comment votre petit nom ?

– Félicie, monsieur l'officier. Et elle, c'est Lucienne.

– Et surtout, Félicie, bien fort, mon café ! Sinon gare ! S'il n'est pas assez épais pour que je puisse en lire le marc, je connais déjà votre avenir... »

Saint-Arnaud avait levé sa badine de jonc tressé en prononçant ces mots. Lorsqu'il sourit, les deux paysannes partirent d'un petit rire nerveux qui révélait l'ampleur de leur inadaptation à un monde nouveau pour elles. En connaisseur, l'officier suivit les arrière-trains plantureux des jeunes femmes du même regard qu'il aurait eu pour estimer la puissance d'un attelage d'artillerie. Son expression presque vorace fit sourire le général. Se sentant observées, les serveuses, qui quinze jours auparavant devaient encore être filles de ferme, tournèrent la tête en gloussant. La balafre de Saint-Arnaud était une de ces irrégularités qui fascinent les femmes aussi sûrement que le nez cassé des boxeurs. Les gros nœuds compliqués de sa fourragère et la longue dorure de ses galons sur son habit soyeux faisaient généralement le reste.

« J'espère que leur café est bon.

– Ah, le *kawa* ! C'est un vice pour toi... il faut bien en avoir un ! Il te faut repartir vite au Maroc.

– Je ne rêve que de fantasias et de galopades sous le soleil. Mais je vois que je t'interromps en plein travail ? »

Plusieurs liasses de papiers recouverts d'écritures différentes étaient disposées sur la table. Le général avait déjà annoté au crayon les tas à sa droite.

« Ce sont les comptes rendus de notre Bureau de lecture. En as-tu pris connaissance ?

– À peine parcourus. Nous ne les avons reçus que ce matin au 2e Bureau. Intéressants ?

– Rien à en tirer. Aucun indice clair, aucune information fiable. Mais c'est surtout ce français idiot qui m'irrite : des *pertes sévères*, des *pertes sous-estimées*, à chaque page... Emploie-t-on des Nègres au service de lecture ? Ou bien n'ont-ils pas les volumes du *Littré* sur leurs étagères ? On finit par ne plus rien comprendre.

– Tu ne t'es donc toujours pas décidé à apprendre un peu plus d'allemand. Ce qui te choque au fil des traductions, ce ne sont que de simples germanismes. Il faudra renvoyer quelques-uns de tes traducteurs, ils sont mauvais. Tes pertes sévères, ce sont des *strenge Verluste*, et sous-évaluer, c'est tout simplement *unterschätzen*, en fort bon allemand et en mauvais français.

– Quelle horreur ! Cette guerre est une abomination. J'espère que tout cela rentrera dans l'ordre après la victoire.

– Qui sait ? Peut-être parlera-t-on un jour en France de pertes sévères et l'on sous-estimera les choses aussi naturellement que tu bois ton chocolat.

– Dieu nous en préserve ! Le Boche s'insinuant dans notre belle langue française comme il se glisse dans les boyaux de nos tranchées ! Notre langue universelle à la logique parfaite ! Tu n'y penses pas ! Seule la clarté de notre langue nous permet de sonder les mystères du monde. Rien de plus épouvantable ne pourrait arriver à un Français que d'avoir à perdre sa langue.

– Ne t'y mets pas, toi aussi... Que les chiens bergers soient à présent alsaciens et non plus allemands, passons encore, mais cette campagne du *Matin* pour supprimer la lettre *k* de notre alphabet parce qu'elle serait germanique est ridicule. Qu'allons-nous porter sur la tête à la place de nos *képis* ? »

Le général sourit. Il avala une gorgée de chocolat puis reprit la conversation sur un ton sérieux :

« Revenons donc à la journée d'aujourd'hui, mon ami. Parle-moi de ton Roitelet. Sa promotion est rapide. Colonel dès la mobilisation, le ruban cette année... Où s'arrêtera-t-il ?

– Je ne crois pas que cela ait la moindre importance pour lui.

– Un vrai patriote... »

Le général avait prononcé le mot *patriote* avec une intonation ironique.

« Même pas. Juste un cerveau qui vit de l'excitation procurée par les chiffres et le calcul. Pour le reste, il pourrait n'être qu'un lichen sur de la rocaille attendant sa ration d'eau et d'engrais.

– Tu n'exagères pas un peu ?

– Juste un peu. En fait, sa seule véritable ambition est d'obtenir une chaire de mathématiques pour entrer ensuite triomphalement à l'Académie des sciences. Après cela, il ne lui restera plus qu'à mourir comme ces mâles d'espèces inférieures qui périssent après l'accouplement.

– Curieuse bête, fit le général en souriant à la comparaison. Comment l'as-tu rencontré ?

– Dès la première semaine de combats en 14. Il nous avait été affecté pour organiser l'intendance de notre division. J'étais alors simple officier de renseignements. Je n'ai jamais pu savoir s'il avait mal compris sa mission ou s'il avait fait du zèle, toujours est-il que, dès le lendemain de son arrivée, il avait fourni un rapport détaillé sur l'état des pertes prévisibles pour la poussée qu'il nous fallait effectuer. D'abord, le général et ses officiers, et même moi, je le confesse, avons éclaté de rire.

– Pourquoi ?

– Eh bien, il n'y avait rien à dire sur le schéma général. La route de chaque régiment, de chaque bataillon, de chaque compagnie avait été planifiée de manière très précise en fonction des instructions qu'on lui avait transmises. Chaque route départementale, chaque chemin vicinal était pris en compte pour rendre nos déplacements le plus fluides possible. Les mouvements de l'intendance et des ambulances étaient organisés en harmonie avec ceux des troupes, tous les ordres de marche étaient même déjà rédigés et prêts à partir après signature.

– Qu'y avait-il de drôle si tout était si parfait ?

– J'y arrive. Le mouvement des magasins mobiles et de l'approvisionnement en munitions était calculé en fonction des pertes envisageables. Cela était fort bien, mais ce qui nous fit bondir, c'était la précision du calcul. Ce freluquet nous annonçait 3 666 morts en cinq jours de progression. Je me souviens bien du chiffre, car un des colonels avait fait de l'humour sur le 666. Selon lui, c'était un pacte avec le diable qui devait permettre d'avoir des chiffres si précis. Le pire, c'était qu'il avait détaillé les pertes par régiment, aussi bien pour l'infanterie et la cavalerie que pour l'artillerie. Étaient annexées des moyennes statistiques par compagnie et par escadron en fonction de l'affectation au sein de notre dispositif. Au total, le rapport ressemblait plus à une table de logarithmes qu'à ce dont nous avions l'habitude.

– De tels chiffres prouvaient seulement une ignorance complète des réalités du combat.

– Oh, bien sûr, il nous donnait des marges d'erreur à chaque étage de son estimation, mais nous l'avons tous pris pour un fou à la fois pour cette précision insensée et surtout pour le chiffre si élevé des pertes qu'il envisageait. La surprise, ce fut qu'au bout de cinq jours, 3 700 de nos hommes étaient bel et bien tombés au champ d'honneur avec une répartition entre nos unités très proche de ce qu'il avait envisagé. Pour le reste de la campagne, le général lui donna carte blanche. À ma demande... Et ce que j'avais fini par appeler ses prophéties s'avéra toujours exact. Dans l'ambiance de chaos que nous avons connue, l'organisation de l'intendance et de nos services sanitaires en était rendue d'une efficacité quasi miraculeuse. On en était à se lancer en guise de plaisanterie qu'il aurait fini par prévoir avec ses statistiques jusqu'au nombre de morpions récoltés par nos hommes si on lui avait indiqué la liste des bordels disponibles. À la fin de notre opération, j'ai rédigé une lettre de recommandation confidentielle adressée au ministère et lorsque, après ma blessure, et ton intervention, j'ai été détaché à l'état-major général, j'ai tout fait pour qu'il soit également rappelé du front. »

Châtelard avait écouté Saint-Arnaud sans sourciller. Ce dernier connaissait pourtant son ami assez bien pour percevoir que quelque chose n'allait pas. Le détail de l'histoire de Roitelet était sans importance et ses diverses promotions sans doute déjà connues d'un homme familier des secrets du Cabinet. Il y avait autre chose. Il patienta et, comme il s'y attendait, Châtelard finit par prendre la parole sur un ton moins badin :

« Ton Roitelet est devenu un vrai casse-tête pour nous tous. Il faut sans cesse lui fournir des chiffres, des chiffres, des chiffres. Les plus extravagants ! Sur le rythme de nos productions d'obus et de munitions, de poudre et d'acier. Même la production de boîtes de conserve et les horaires de chemins de fer semblent vitaux pour ses travaux. J'ai sur les bras six ministres qui ne peuvent plus le voir en peinture !

– Rassure-toi, nous avons exactement le même problème au GQG. À sa demande, nous faisons circuler depuis plusieurs mois des grilles imprimées qui doivent être acheminées jusqu'en première ligne sur toute la longueur du front. Désormais, en plus des états habituels, le plus petit poste d'écoute doit remplir d'heure en heure sa fiche de marmitage en notant la fréquence, le calibre et l'intensité des tirs ennemis.

– Pourquoi le service de ce Roitelet n'est-il pas à l'état-major avec les autres, ou bien pourquoi ne pas en faire une sous-section du 2e Bureau ? Cette autonomie, ce lien direct avec la Commission de la Défense nationale et le Secrétariat du président du Conseil, c'est vraiment très inhabituel.

– Je pense que tu connais la réponse aussi bien que moi. Roitelet a su se rendre indispensable à de nombreux politiques. Tu n'imagines pas le nombre de députés et de sénateurs qu'il fréquente.

– C'est un homme dangereux. Est-il donc bien prudent de le mettre autant en valeur ?

– Il mérite sa promotion, crois-moi. Lors de notre dernière offensive de juillet, il n'y a pas eu sur la ligne de front une boîte de sardines en trop ni une seule cartouche en moins. Quant au volume des pertes, il a atteint un taux de prévision dont l'exactitude était proche de cent pour cent. Les renforts étaient là où il le fallait quand il le fallait pour boucher les trous. La quintessence de l'efficacité !

– Je te rappelle que la campagne fut un échec complet, même si tout le monde l'ignore. Nous n'avons pas gagné cent mètres tout en essuyant une véritable hécatombe.

– Cela n'a aucun rapport, tu le sais bien. Le rôle du Bureau des calculs, c'est la planification, la prévision. Les feuilles de route, les ordres de réquisition, les bons de commande et les billets de logement, tous ces documents émanant de centaines de secrétariats trouvent en dernier examen leur origine dans les travaux du Bureau des calculs.

– Certes, mais il me faut te dire en confidence que le colonel Roitelet devrait considérer son nouveau hochet comme un avertissement.

– Un avertissement ?

– C'est un garçon très brillant, mais sa promotion et son ruban sont un message de mise en garde. Si nous continuons ainsi, il est évident que ce ne sera plus le grand quartier général qui décidera du déroulement des opérations ni même la Commission de la Défense nationale, ce sera lui et lui seul avec ses statistiques. Il en est presque à dire ce qui est possible et ce qui ne l'est pas avec ses chiffres, et tu sais bien que ça ne passera pas. Ce sont nos généraux qui dirigent les opérations, pas une bande de statisticiens. Et puis, quelle est cette idée ridicule d'une *formule secrète* qui nous donnerait la victoire et qu'il expose à qui veut l'entendre ? »

En prononçant ces mots, Châtelard avait essayé de percevoir si Saint-Arnaud avait du nouveau de ce côté-là, mais l'œil unique de son ami resta obstinément fixe. Il continua sa diatribe :

« Les politiques adorent sa méthode de travail. C'est lui qui va finir par décider du déroulement de la guerre.

– Nous n'en sommes pas là.

– Nous verrons. Bien sûr, la fin du conflit réglera le problème. Je suppose que tu as reçu comme moi les premières notes confidentielles au sujet de l'offensive de printemps. Notre généralissime va enfin faire bouger les choses. Je crois que, depuis César, le monde n'avait pas connu un pareil génie militaire. Les Allemands vont être surpris par ce principe du *feu roulant* qu'il a mis au point. C'est bien autrement plus sérieux que la formule que nous promet ton Roitelet !

– Si tu le dis. Moi, je persiste à croire qu'en tant que cavalier tu ferais bien mieux que cet artilleur de Nivelle obsédé par ses hausses et ses gradients. Ce n'est pas un cerveau qu'il a entre les oreilles, c'est un déclinatoire !

– Peut-être, peut-être... Mais, dis-moi, quelle est cette rumeur sur un espion allemand qui disposerait de données sur notre intendance ?

– Tu es déjà au courant ? Ce n'est qu'une supposition. Nous avons intercepté et déchiffré quelques messages trop précis sur des mouvements de troupes à venir. Même nos chefs de corps n'étaient pas encore informés. La seule façon dont les Boches ont pu reconstruire un tel puzzle, c'est à partir d'informations sur les ravitaillements...

– Diable ! Alors, le traître se trouve très en amont... Le premier cercle...

– En effet. Grâce à Dieu, nos espions sont efficaces et surtout, surtout, leur code n'a aucun secret pour notre Chiffre. Nous lisons en clair toutes leurs transmissions moins de dix heures après les avoir interceptées.

– Bravo ! Ainsi, nous... »

Un éclat de voix fit retourner les deux hommes et mit fin à leur entretien.

« Général ! Quelle coïncidence ! Comment allez-vous ? Oh, des croissants au beurre ! Vous avez raison, ce n'est pas parce que l'on manque de l'essentiel qu'il faut se priver du superflu. »

L'usage ou l'absence d'un simple adjectif suffit parfois à définir l'état du monde. L'homme n'avait pas dit « mon général », ce qui aurait placé l'officier à un niveau de hiérarchie supérieur, mais simplement « général », s'autorisant une condescendance verbale qui en disait long sur son pouvoir, réel ou supposé.

« Je présume que tout comme nous vous êtes conviés à l'Élysée. Pouvons-nous nous joindre à vous ? Laissez-moi vous présenter mon frère Guy. »

Un homme un peu trop élégant qui répandait autour de lui un parfum fleurant la lavande s'avança et s'inclina en ôtant son feutre à large bord. Sa lavallière violette et sa redingote couleur safran lui donnaient une touche d'oiseau exotique.

« Guy, voici le général Châtelard de Colline dont tu as sans doute entendu parler. »

Le général ne s'inclina pas et ne tendit même pas la main. Il se contenta de se lever et de faire un léger mouvement de la tête. Les deux frères n'avaient pas daigné remarquer la présence de Saint-Arnaud, qui s'était pourtant levé. Un simple commandant était aussi peu visible que la face cachée de la lune. Châtelard fit néanmoins les présentations :

« Charles de Moursault, sous-secrétaire d'État aux munitions ; commandant Saint-Arnaud de Cabrillac-Lentevin, 2e Bureau. »

Charles de Moursault parut intéressé. Il avait déjà croisé le commandant au cours de réunions. Surtout, le tintement bien net de la particule sembla faire naître l'intérêt des deux personnages. Eux-mêmes indiquaient toujours la leur sur leur carte de visite. Bien que de noblesse bourgeoise offerte sous le second Empire pour récompenser la création d'une fabrique familiale de couverts en aluminium, ils étaient très attachés à ces deux petites lettres. Assez riche pour s'offrir à Paris un hôtel ayant appartenu au maréchal Soult, l'aîné jouait de l'ambiguïté comme si la propriété du lieu conférant une illusion de cousinage il avait pu s'écarter un peu plus du commun en remontant le temps d'un Empire à l'autre. Il n'aurait jamais pu se douter à quel point Châtelard et Saint-Arnaud, dont les ancêtres pillaient joyeusement Constantinople aux côtés de Villehardouin, méprisaient les parvenus de l'une et l'autre époque. Pour eux, le sang parlait sans qu'on en parle. Saint-Arnaud ne se vantait jamais de descendre en ligne directe du baron de Rais, pourtant maréchal de France, petit-neveu de Du Guesclin et compagnon de Jeanne d'Arc.

Les serveuses apportèrent du chocolat et des viennoiseries aux nouveaux clients qui ne les remarquèrent même pas. La table offrait un singulier contraste. Rompus à l'exercice équestre ainsi qu'à l'art du fleuret, du sabre et de l'épée, les deux officiers de cavalerie conservaient un teint sanguin et des corps bien découplés. La coupe des uniformes aux épaules larges et à la taille serrée ne faisait qu'accroître l'impression de puissance virile. Par contraste, les deux frères, pâles et malingres, semblaient maladifs et essoufflés. Charles, par la fermeté de sa voix et la vigueur de son regard, arrivait à compenser un peu cette image défavorable. Ce fut lui d'ailleurs qui dirigea la conversation :

« Une bien belle citation pour notre nouveau chevalier de la Légion d'honneur : "*A depuis le début de la guerre rendu des services exceptionnels aux armées*"... Peut-on rêver mieux ? Mais c'est bien pour le colonel Roitelet que vous êtes venus, n'est-ce pas ? »

Le général avait horreur qu'on ose *déduire* les raisons de

ses actions. Rien ne l'irritait plus, en particulier lorsque le ton était un tantinet prétentieux comme celui de Moursault.

« Il y aura une dizaine d'intronisations, ce matin. Beaucoup de gens de valeur.

– Oh, voyons, général. Le colonel Roitelet est une étoile montante. Une fierté pour la France. Grâce à la magie de ses chiffres, l'efficacité de nos armes est décuplée. On dit qu'il nous préparerait une formule mathématique étonnante... Entre vous et moi, j'aime à penser qu'il est plus un chef d'orchestre qu'un savant. »

Impassible, le général ne manifesta ni l'étonnement ni l'intérêt auxquels Moursault s'attendait lorsqu'il essayait de faire preuve d'esprit. Ce dernier continua toutefois à filer sa métaphore en cherchant une étincelle d'attention dans l'œil de Saint-Arnaud :

« Oui, un chef d'orchestre, commandant. C'est bien ce que j'ai dit. Représentez-vous notre ligne de front comme un grand rassemblement d'instruments de toutes sortes. La moindre note doit être jouée au bon moment en harmonie avec des centaines d'autres notes ou de silences des autres musiciens. Si la partition est bien exécutée, c'est la perfection qui s'impose à nous, sinon c'est la cacophonie et, dans un tel contexte, la cacophonie, c'est le chaos. Remercions donc le chef d'orchestre pour son exécution qui nous mènera à la victoire.

– Il nous reste à espérer que le compositeur est français. »

Saint-Arnaud avait souri en répondant sans que l'on puisse savoir s'il avait apprécié la rhétorique boursouflée de Moursault ou sa propre saillie. Le général précipita la fin de la causerie en tirant sa montre de sa poche.

« Bigre, nous allons finir par être en retard. Il est temps d'y aller, messieurs. »

Une des deux serveuses vint porter l'addition, dans laquelle elle avait commis une erreur, ce qui parut amuser Saint-Arnaud. Moursault insista pour régler la note, ce qui irrita à nouveau le général, puis les quatre hommes se levèrent et sortirent. Il faudrait un petit quart d'heure de marche pour arriver au palais de l'Élysée. À peine dehors, Saint-Arnaud, sous prétexte d'avoir oublié ses gants, revint dans le salon de thé en laissant les trois autres s'avancer un peu. Par la vitrine, Châtelard le vit passer derrière le comptoir pour prendre les deux serveuses par la main puis par la taille. Avec un aplomb de hussard, il soutira aux deux jeunes femmes quelques lignes tracées sur une note vierge arrachée à leur carnet de commandes. Ce devait être un lieu de rendez-vous ou peut-être une adresse. Châtelard soupira. La carrière de son ami s'était enlisée à cause de ce genre de conquêtes féminines, indignes d'un officier. C'était comme si Saint-Arnaud ne pouvait trouver de plaisir qu'à séduire soubrettes, lavandières et grisettes. Il avait écopé d'un blâme dix ans plus tôt pour avoir engrossé simultanément au Maroc la bonne, la repasseuse et la gouvernante des enfants de son colonel. L'incident l'avait amusé mais, à compter de ce jour, le rythme de ses promotions s'était ralenti. Il était probable qu'en dépit de son expérience et de ses états de service il resterait simple commandant. Beaucoup s'étaient détournés d'un personnage si sulfureux. Châtelard ne l'avait pas fait, par réflexe de classe, mais aussi par reconnaissance. Alors qu'ils servaient ensemble, Saint-Arnaud, déjà engagé dans le renseignement, avait omis de transmettre un rapport embarrassant sur son ami. Un simple moment de panique avait causé la perte de presque tout son escadron, coincé lors d'une embuscade dans un repli de terrain pourtant bien connu. Si une enquête poussée avait été menée, Châtelard aurait été cassé, ou il serait au mieux resté capitaine pour le restant de ses jours. Avec la complicité de Saint-Arnaud, le désastre s'était transformé en une opération militaire malheureuse mais honorable. Elle avait d'ailleurs en partie justifié une promotion. Ainsi, les deux hommes s'étaient retrouvés liés, s'aidant l'un l'autre au fil du temps sans qu'il fût possible de savoir qui était encore débiteur.

À ce point de ses réflexions, Châtelard fut ramené à la réalité du moment présent par la voix de fausset de Guy de Moursault, le frère du secrétaire d'État. Le mélange de violet et de safran fit venir à l'esprit du général l'image cocasse du croisement d'un paon et d'un canari. L'homme était en plus affecté d'un léger bégaiement assez irritant :

« Au fait, mon général. Mon frère m'a appris que les laissez-passer pour la Suisse sont à présent délivrés par un de vos services.

– En effet. Sécurité militaire.

– Il se trouve que mes affaires vont m'obliger à aller à Zurich. Une demande par la voie régulière prendrait plus de temps que l'efficacité de...

– Je ferai une note à mon secrétaire. Passez demain.

– Je vous remercie, mon général. J'ai reçu hier de l'excellent rhum de Saint-Laurent-du-Maroni. Je vous en ferai porter quelques bouteilles. J'envisage de fournir notre armée, voyez-vous. C'est du 58°, de la très bonne qualité, vous pourrez en juger par vous-même. »

Châtelard ne dit rien. Il éprouva une vive satisfaction à l'idée de laisser recevoir Guy de Moursault par un de ses subordonnés. Il préciserait de faire attendre ce mercanti une bonne heure, ou plus.

4

LE sergent Orso-Matteo Albertini étira ses épaules engourdies en se tordant le cou dans tous les sens, puis il déroula quelques millimètres de mèche dans la lampe à pétrole. Il avait dormi assis sur son fauteuil de fortune, bricolé à partir de moignons de bois. La clarté bleuâtre du gourbi prit avec le surcroît de combustion une teinte jaunâtre, toujours faible mais mieux réfléchie par les objets métalliques de toutes sortes pendus aux patères improvisées tout au long des parois. Sans qu'aucune sonnerie de réveil ne l'ait annoncée, une nouvelle journée commençait, pareille à toutes les autres. Ennui et peur : c'était ça la guerre. La veille, un petit redoux avait fait croire à une accalmie précoce des rigueurs de l'hiver. Quelques nuées de mouches grasses écloses par un étrange prodige dans la moiteur fétide du *no man's land* avaient envahi la tranchée. La puanteur s'était ravivée. Ce bref interlude avait apporté aux hommes un soulagement réel, bienvenu après un climat détestable. Le sentiment de bien-être s'était vite estompé pourtant, car le temps avait tourné. En fin de journée, le thermomètre était tombé à – 5°, à minuit il faisait – 15°. Les malheureuses mouches miraculeuses n'avaient vécu que quelques heures. Pour passer le temps, les hommes tenaient sur un bout de carton une courbe grossière des variations et pour leur plus grand amusement le trait noir s'approchait du rebord. À ce train-là, c'était sur la poutre et plus sur le papier que l'on écrirait la température du lendemain. La plaisanterie faisait un peu remonter le moral mais tous espéraient. La tendance de la courbe était cependant claire : il faudrait être patient. Au demeurant, la perception des saisons, comme toute sensation humaine, finissait par s'effacer sur le front. La mémoire ne se mesurait plus en mois ni même en semaines ou en jours. Il persistait simplement une perception animale de l'écoulement du temps, sans avant ni après. Seul existait le présent immédiat que l'on aménageait au mieux en fonction des circonstances et des lieux.

Habitué à rester courbé pour éviter de se cogner aux rondins du plafond, Albertini se leva à moitié pour aller secouer son caporal.

« Cabot ! Ho ! Naboleone ! Quatre heures, *discetati*[1]. »

Le caporal Morelli sortit de son sommeil et se déplia du bat-flanc où il s'était blotti. Il rabattit la planche contre le mur de bois, puis à son tour secoua ses hommes. La place était rare et précieuse.

Clovis, qui attendait le réveil d'Albertini comme un chien surveille les mouvements de son maître, lui tendit une tasse de café brûlant. Il la gardait à bonne température sur quatre bouts de charbon empilés avec art dans une boîte de conserve et qu'il entretenait par son souffle. La faible lumière qui émanait du minuscule foyer lui permet-

1. Réveille-toi.

tait de lire et de relire sans fin les pages de son dernier *Je sais tout*, déjà mille fois feuilletées, mot après mot, lettre après lettre. Les autres, en sortant, lui jetèrent un regard mauvais. Lui, penaud, se contenta de frotter son œil au beurre noir. Lors de la sortie de la veille, il avait failli faire tuer toute la patrouille et, au retour, on avait réglé les comptes. Le pauvre Clovis avait vu trente-six chandelles.

Ni ordre ni consigne n'était nécessaire pour se comprendre. À quatre heures, il fallait organiser la relève des postes d'écoute, ces quelques boyaux perpendiculaires creusés vers l'avant, depuis le dédale de la tranchée, et qui permettent de se rapprocher au plus près de l'ennemi pour surveiller ses mouvements. C'était pour assurer cette mission que Morelli était parti avec les deux hommes de son escouade. Ils avaient eu le privilège de partager la chaleur relative de l'abri parce qu'ils étaient de corvée. C'était Albertini qui avait instauré cette coutume en arrivant sur cette position six mois plus tôt. Le carré des sous-officiers, équipé d'un poêle fabriqué dans le fût d'un obus de 250, pouvait abriter six hommes à deux mètres sous terre. Au sommet d'une pente très douce que suivait la tranchée, il restait sec par tous les temps en dépit de la profondeur, ce qui le transformait en paradis enviable où même les rats cherchaient à se glisser. On n'allumait de feu que rarement, les jours brumeux surtout, en prenant tout de même garde à ne pas laisser trop de fumée s'échapper. Les artilleurs d'en face auraient vite repéré ce signal. Au fil des semaines, chaque fente du plafond avait été bouchée avec le papier du *Petit Menteur*. C'était ainsi que l'on appelait le *Bulletin officiel des armées*. Les hommes en avaient volé trois caisses pleines avant l'hiver : des exemplaires jamais distribués, probablement destinés à des unités décimées ou anéanties. Grâce à cet artifice, la terre ne tombait plus trop dans l'abri lorsque les impacts de marmites faisaient vibrer le sol, et la boue gluante, en séchant dans ce calfeutrage de papier, ne suintait plus.

Albertini avait établi là le centre nerveux de la 58e demi-section qu'on lui avait confiée pour couvrir son secteur. Tous s'étaient habitués au lieu. Ainsi, lorsque après une relâche de dix jours dans la zone des étapes ils avaient été affectés au même secteur, ils y étaient revenus avec soulagement, presque avec joie, critiquant les négligences de l'unité qu'ils relevaient comme aurait fait un propriétaire grincheux en parlant d'un mauvais locataire. La majorité de Corses qui composaient le groupe avait imposé le nom rassurant de *u paese*, le village, à ce labyrinthe de fossés informes et aux trous qui le bordaient, déclinant chaque détail en corse. L'appellation officielle de « secteur 1280, tranchée Murat » n'existait que dans les rapports officiels des métropolitains ; jamais dans la bouche des hommes, même si un officier l'avait sans doute choisie pour leur moral, s'imaginant avec la simplicité propre aux raisonnements militaires que le nom d'un maréchal d'Empire avait pour des Corses plus de sens qu'un autre.

Chaque nouveau venu avait également appris les noms des monticules dérisoires qui s'élevaient un peu au-dessus des dépressions voisines. Ces hauteurs étaient devenues *Capraia*, *Elba*, *Pianosa* et *Monte Cristo*, du nom des quatre îles dont on voyait le chapelet s'étaler par temps clair sur la Tyrrhénienne depuis le village d'où étaient originaires Albertini et les siens. La tranchée même possédait sa toponymie : le PC était devenu *u burdigottu*, les divers abris selon leur hauteur relative s'appelaient *u granaghju* ou *a cantina*, le grenier et la cave, et chacun s'y retrouvait, y compris les quelques métropolitains échoués là.

Albertini retourna s'asseoir à sa table, assemblage astucieux de caisses de munitions vides, signe certain que le bois manquait. Comme on ferait avec des cartes pour une réussite, il étala les prises de la veille : des cocardes et des dragonnes, trois pattes d'uniforme tranchées à la hâte portant des indications régimentaires, des plaques d'identité avec leur série de six chiffres au sens inconnu, divers écussons, des lettres personnelles dans cette écriture si différente qu'on ne pouvait la déchiffrer, des bordereaux de couleur et des cartes à diverses échelles. La chose la plus curieuse était une grille de papier semblable à ses yeux à une grille du loto qu'organisait parfois le curé, sur laquelle des lettres majuscules figuraient sur la ligne du haut et sur celle de gauche en cernant une foule de minuscules inscrites sans ordre. Albertini devina un A et un D dans les courbes du gothique, puis replia la feuille, sans comprendre ce que tout cela pouvait bien signifier. Il se demanda si cela avait mérité leurs efforts. Trois heures plus tôt, avec Clovis, Morelli, Bastelica et Salicetti, ils avaient profité des nuages qui cachaient la lune pour ramper jusqu'à la tranchée ennemie, devenant pierres et boue dès qu'un bruit inquiétait leur oreille. L'ordre formel du commandant était de recueillir pour le bataillon autant d'informations que possible par un coup de main. Il ne s'agissait pas d'aller rechercher dans le *no man's land* des médaillons d'identification sur les corps des ennemis, comme on le faisait par routine entre les bombardements. Cette fois, il fallait un prisonnier ou deux, des indications sur les troupes postées là et, si possible, des documents dont on tirerait profit à l'arrière. Le commandant n'avait pas précisé quel type de profit.

Au beau milieu de l'incursion, Clovis avait eu un fou rire. Tout avait manqué chavirer : si on avait fait trop de bruit en essayant de le faire taire, les servants des mitrailleuses en face auraient balayé le terrain, en le laissant rire sans réagir, on serait arrivé au même résultat. Albertini avait résolu le problème en lui infligeant un coup de crosse dans le ventre.

En arrivant dans la tranchée ennemie, Salicetti avait comme d'habitude égorgé les sentinelles, une à une, sans bruit, sans violence inutile. Habitué à castrer les cochons au village ou à les abattre lorsque la saison venait, il avait sans problème transposé sa technique tant de fois éprouvée à la chair vive des hommes d'en face. Avant chaque assaut, il prenait juste la précaution supplémentaire de tasser dans sa main gauche de la terre dont il emplissait la bouche ouverte de ses victimes, afin d'éviter les cris. Le reste était rapide. Comme tous les mobilisés corses du 173e RI, le *centu settanta tre*, il avait passé de longues heures à apprendre des gestes bien planifiés. Pour attaquer une sentinelle par-derrière, *premièrement*, avait dit le cabot instructeur, il fallait *obturer les voies respiratoires avec le plat de la main ; deuxièmement il fallait enfoncer le poignard tenu fermement à droite de la colonne vertébrale, au-dessus de la ceinture ; troisièmement il fallait faire tourner le poignard d'un quart de tour sec mais bien complet en le retirant et en accompagnant l'ennemi au sol.* C'était le mieux. On n'avait pas bien compris les mots mais le caporal avait fait une démonstration. Il avait même montré qu'en donnant un coup de talon à la saignée du genou, c'était plus pratique. Une astuce à lui, apprise sur le terrain, au Maroc, qui complétait le cours réglementaire trop théorique à son goût. On s'était entraîné avec des couteaux de bois en décomposant chaque étape pour tout prévoir. Mais trancher dans de la viande froide posée dans une assiette est chose facile. La chair chaude et palpitante appartenait à un autre univers. Passe encore quand c'est celle d'une bête. Pas toutes les bêtes ; celles qu'on mange surtout. Pour un homme qui ne s'y attend pas, par-derrière, c'était difficile. On l'avait vite vu dès les premiers coups de main. Peu parmi les plus rudes, même parmi ceux qui tuaient sans hésiter lors d'une attaque frontale, avaient ce cran. Salicetti, lui, n'avait eu aucune difficulté. La seule chose, c'est qu'il ne pouvait agir qu'à sa façon. La gorge et pas les reins, et puis avec un instrument à lui. Avant de quitter Marseille pour le Nord, il avait échangé à un bistrotier son poignard « Le Vengeur », fourni par l'intendance, contre une bouteille de Garlaban, puis il avait glissé dans le fourreau vide son coutelas de boucher si aiguisé et usé que le fil en se rapprochant de l'arête lui donnait l'apparence d'un stylet. Avec les autres, il avait discuté sa façon de faire pour leur apprendre comment l'imiter. Albertini avait mimé les gestes avec Morelli qui jouait la sentinelle, mais aucun n'était arrivé à appliquer la théorie au cours d'une action. Alors on suivait Salicetti.

L'incursion de ce matin avait pris l'ennemi au dépourvu. Après les sentinelles, cinq Allemands d'une casemate avaient péri dans leur sommeil puis avaient été dépouillés de ce que l'état-major demandait et de leurs alliances aussi. Pendant que les hommes fouinaient un peu, Albertini assommait à coups de poing et de botte un jeune sous-lieutenant qui dormait à part dans le réduit, derrière une bâche tendue. Le prisonnier, bâillonné, chevilles et poignets attachés ensemble dans le dos avec les ceintures de ses propres hommes, avait ensuite été glissé sur la boue glacée comme une luge jusqu'aux lignes françaises. Une fois arrivé, Albertini l'avait laissé dehors, allongé sur le sol, masse de gadoue amassée en chemin, se contentant de lui passer autour du cou un lacet de cuir lié au nœud qui entravait ses quatre membres. Cette longe supplémentaire qui se resserrait en cas de tentative de mouvement dispensait les hommes de toute surveillance : remuer, c'était mourir. Ensuite, il était allé s'endormir du sommeil profond qui succédait chez lui à chaque action violente. Il n'avait pas eu besoin de passer des consignes de vigilance. Chacun savait qu'une incursion amenait toujours une réponse proportionnelle : tir courbe de grenades ou même marmitage massif demandé à l'artillerie, une attaque en règle parfois, à la baïonnette. Pas besoin de s'inquiéter. Ça tomberait. Sous une forme ou une autre. C'était la règle du jeu et on aurait fait la même chose pour signifier les limites de ce qu'on tolérerait, comme des loups marquent leur territoire.

Ainsi personne ne fut surpris lorsque retentit une série d'explosions. D'un bond, Albertini sortit de l'abri, baïonnette-épée au poing. Ils n'avaient pas attendu bien longtemps pour les représailles, les Boches ! Les détonations venaient du côté nord de la tranchée. Lorsque le sergent arriva sur place, les bonshommes avaient déjà commencé à riposter au hasard à la Chauchat. À chaque crachat d'étincelles rougeâtres, une gerbe de douilles coniques fumantes jaillissait à droite de l'engin pour aller se planter droit comme du chaume dans la boue. Une fusée au phosphore tirée à l'instant aidait le croissant du soleil naissant à illuminer le ciel en effaçant les dernières étoiles, mais les assaillants avaient déjà disparu. C'était le groupe du caporal Colonna qui avait souffert. Morflé, comme il fallait dire ici. Une demi-douzaine de grenadiers allemands avaient profité de l'arrivée de la soupe du matin pour venir se glisser à plat ventre dans la saignée d'un des postes d'écoute et, de là, pour avancer assez près afin de jeter au hasard quelques grappes de grenades offensives.

Albertini fit cesser le tir de mitrailleuse à présent inutile. Il échangea quelques mots en corse avec Colonna, puis commanda à tous de reprendre les activités du matin. Il n'y avait pas de blessés à évacuer, juste trois morts, trois Bretons arrivés la veille qui en dépit des ordres s'étaient serrés ensemble pour boire leur jus et fumer. Ils avaient été déchiquetés. Ce n'était pas une lourde perte car ces types ne faisaient rien et mangeaient comme quatre. Il faudrait enterrer tous les morceaux que l'on retrouverait dans la matinée un peu en arrière en vérifiant le sens du vent pour éviter les mouches et les odeurs quand viendrait le printemps. Laissant au caporal le soin de rassembler les effets personnels pour les répartir aux survivants, Albertini arracha leurs médailles d'identification aux cadavres pour noter les numéros à quatre chiffres de chacun dans son rapport. À nouveau, il s'adressa à Colonna en corse : la perte de ces trois-là, il n'en informerait le commandant que dans une semaine ou deux. On partagerait les rations de nourriture et de tabac comme d'habitude. Par contre, il fallait signaler des pertes de matériel en les exagérant : quelques lampes à pétrole et des couvertures seraient les bienvenues. En attendant, il fallait écouter les cloches si l'on voulait vivre : « *Sta à sente e campane.* » Tous comprirent ce qu'il voulait dire.

Les cloches, c'étaient des boîtes de conserve ou des fûts d'obus auxquels on avait ajouté un battant de fer fait d'un long clou tordu ou d'une grosse douille. Le mot de *cloche* était entre eux un de ces signes de reconnaissance qui soudent les groupes, un rituel commun dont le sens échappe à tous, sauf aux initiés. L'incident remontait à la première tranchée creusée par l'unité en Champagne deux ans plus tôt. Albertini avait imaginé qu'en accrochant des cloches au réseau de barbelés comme on met des sonnailles au cou des chèvres, on entendrait venir l'ennemi s'il tentait de se frayer un chemin. Des cloches bien lourdes ne bougeraient pas au moindre souffle de vent mais feraient un bruit d'enfer à la première tentative pour sectionner la pelote emmêlée ou lorsqu'on se prendrait les pieds dedans. L'idée était excellente. Malheureusement, elle ne fut pas du goût de l'intendance et Albertini fut tancé par un officier pour ses demandes idiotes. Il n'était plus dans ses montagnes à chèvres ici, mais à l'armée. C'est ce qu'on lui avait répondu. Alors, le groupe qui voyait bien, lui, le bon sens de la chose s'était débrouillé. Chacun avait récupéré des douilles de tous calibres et des boîtes de conserve de formes variées, improvisant des carillons nouveaux à chaque nouveau poste.

Clovis avait collé aux basques du sergent. Chaque fois qu'il se faisait rabrouer ou qu'il prenait une correction comme la veille, il éprouvait le besoin de se sentir pardonné. Cette attitude avait le don d'exaspérer Albertini qui l'envoyait toujours aux 36 000 diables :

« Quoi, Clovis ? Quoi ? Quoi ? Tu as fini de me suivre, tu as ? »

Comme beaucoup de Corses, Albertini avait importé en

français cette reprise emphatique du verbe en fin de phrase, naturelle dans sa langue, étrange en dehors.

« Ça suffit pas que tu nous as tous presque fait tuer hier ? Et qu'est-ce qui t'a pris de rire comme ça ? Tu es fou, tu es ?

– Mais non, sergent, j'ai pas fait exprès, je vous jure ! C'est que je rampais derrière Morelli comme ça, et j'ai pensé à quelque chose que j'ai lu dans ma revue.

– Dans ta revue ! C'est bien ce que je dis : tu es fou.

– Mais non, sergent ! C'est à cause de l'histoire d'Hercule et de la tortue.

– Qu'est-ce que tu racontes ? Qui c'est cet Hercule ?

– Hercule, c'est un homme qui veut rattraper une tortue. »

Clovis avait recommencé à pouffer comme la veille. La découverte des trahisons du langage dans son magazine pour enfants le mettait dans un état difficile à décrire, entre jubilation et complète hystérie.

« Encore une de tes histoires ! Mais qu'est-ce qu'on en a à faire ? Qu'est-ce qu'il lui veut, ce type à la tortue ? Il peut pas la laisser tranquille ou il est fou aussi, il est ?

– Mais il lui veut rien, sergent ! Il veut juste la rattraper mais il peut pas ! D'abord il doit arriver à l'endroit où se trouve la tortue, mais pendant qu'il y arrive, la tortue, elle, elle continue. Alors, quand il est arrivé là où elle était, ben, elle y est plus. Alors il doit de nouveau aller à l'endroit où elle se trouve, mais le temps qu'il arrive, elle a encore continué. Alors il la rattrape jamais ! »

Clovis était devenu quasi hystérique en racontant son histoire.

« Tu es fou, petit.

– Mais non, sergent ! Morelli qui rampait devant moi, c'était la tortue ! Quand j'arrivais là où il était, il était déjà plus loin et, si ça continuait, je l'aurais jamais rattrapé. Jamais, vous comprenez ? C'est pour ça que j'ai ri, sergent ! »

Albertini ne répondit pas. Il fit juste un geste de la main qui signalait son renoncement à toute idée de conversation suivie avec Clovis. En revenant à son abri, il donna un coup de pied sec à la forme fangeuse et givrée qui gisait près de l'entrée. L'officier allemand grelottait avec une vibration permanente comme le ronronnement sonore d'un chat. Perdus dans la masse jaunâtre, le blanc des yeux et le noir de la bouche grande ouverte étaient les seules nuances qui donnaient à la statue de boue un semblant de vie. Le lien autour de son cou, ourlet noir sur l'enflure violacée de la peau, allait finir par l'étrangler. Ligoté comme il l'était, seule une contraction permanente du ventre lui permettait de respirer assez pour survivre. Albertini trancha les liens d'un coup. L'Allemand émit un râle angoissé en se dépliant et en emplissant enfin librement ses poumons. Sa précipitation fut telle que sa tête plongea dans la gadoue dont il pompa une bonne dose. Albertini le redressa sur le côté d'un grand coup de pied avant qu'il ne s'étouffe. *Porca Madonna !* Il n'allait quand même pas se noyer, ce con-là, sinon il faudrait ressortir en attraper un autre ! Avant qu'il ait pu récupérer, deux soldats le poussèrent le long du boyau vers le poste de commandement du régiment. L'ankylose de ses membres et le froid lui donnaient une démarche d'ours trop lent. Pour lui, au moins, la guerre était finie. En regardant le petit groupe partir vers l'ouest, le Corse poussa un long soupir. Se faire prendre par l'ennemi était peut-être la solution pour enfin s'échapper, s'échapper de ce trou. Elle était toutefois risquée.

Clovis, qui se tenait derrière lui, aperçut le regard nostalgique.

« Vous croyez qu'on va pouvoir s'en sortir, sergent ? Comme ça vous pourriez ouvrir votre cabaret et je vous rendrais visite. Ce serait bien.

– Peut-être, petit. »

Albertini avait répondu sans penser, comme on sort d'un rêve. Il n'avait pas envie de parler mais, comme d'habitude, Clovis était collant :

« Sergent !

– Quoi, petit ?

– Ces hommes qu'on retrouve morts entre les lignes, sans aucune blessure, c'est quoi qui les tue ? C'est bizarre, non ?

– Je sais pas, petit. Cherche pas. Tu penses trop. »

5

Le personnage qui descendait la rue Méton avait toute la bonhomie du bourgeois repu et satisfait. On a beau faire, il y a des gens que le port de l'uniforme ne transforme jamais en militaires. Après avoir désespéré bien des tailleurs, Alexandre Roitelet avait d'ailleurs fini par renoncer à se faire couper une veste qui mette en valeur son buste trop étroit. Il avait de même de plus en plus de difficulté à dissimuler un bedon protubérant qui proclamait sans complexe son goût pour la chère et l'allergie à toute forme de sport. Le bas de sa veste était donc souvent entrouvert jusqu'au troisième bouton et seules ses bretelles retenaient sa culotte desserrée.

Dans les grandes occasions, il réussissait à faire un effort. Pour peu de temps. Arrivé à peu près bien mis, corseté et sanglé à l'Élysée la veille pour recevoir sa médaille, il s'était empressé de défaire les boutons de son col et de sa culotte de drap. En un instant, il en avait froissé la toile en se fourrant les mains dans les poches, se salissant les bottes sur le pavé crotté sans rien remarquer.

Lorsqu'il parvint à l'angle de l'impasse Condorcet, avec au bec un mauvais cigare qui lui noircissait les dents, il fut surpris par l'agitation qui régnait. Des passants couraient en criant. Il leva les yeux au ciel puis les baissa sans regarder. Ce ne pouvait pas être un raid de zeppelins ou de Taubes. Jamais de jour. Et puis les clairons des carrefours auraient sonné l'alerte. Il passa par le guichet d'une porte cochère qui donnait sur une petite cour et se dirigea vers le bâtiment grisâtre. Une fois à son bureau, il se débarrassa de son manteau et de sa veste en les jetant sur une chaise comme s'il s'était agi de linge sale. Pris de remords, il revint tout de même détacher sa croix au ruban rouge pour l'épingler à ses bretelles avec un sourire satisfait. Installé au fond de son grand fauteuil de cuir, il appela :

« Planton ! »

Prérogative de son grade, Roitelet adorait crier ses ordres. La porte s'ouvrit et un grand garçon tout maigre, impeccable dans sa tenue de service, vint se mettre au garde-à-vous devant lui en beuglant du mieux qu'il put :

« Mon colonel ! »

Roitelet se gratta un peu l'oreille pour signifier que le niveau sonore était exagéré.

« Aujourd'hui, blanquette de veau et vin de Bourgogne pour tout le monde.

– Blanquette de veau, mon colonel ?...

– Allez, mon bon Hector, file et ne m'emmerde pas avec les détails. Surtout, ne me fais pas attendre cent sept ans, je veux manger dans une heure. Et veille à ce que tous les autres soient là. Si tu passes devant chez moi, dis à Léonore que je n'irai pas la voir à son spectacle ce soir... Et laisse-lui une gamelle tant que tu y es... Ah, et rapporte des plumes. Des Sergent-Major, tu sais que je n'écris qu'avec celles-là.

– Bien, mon colonel !

– Au fait, pourquoi tant d'agitation dans la rue ? Ces gens qui courent ?

– Un Taube s'est écrasé avenue des Batignolles.

– Abattu par nos Spads ?

– Non, un problème de carburant. Le moteur a dû caler en altitude.

– Bizarre. En tout cas, c'en est toujours un de moins qui lâchera ses bombes. Allez, file à présent. »

Hector salua en raidissant son dos en un arc de cercle exagéré, puis il s'élança dans l'escalier dont il dévala les marches quatre à quatre. D'un quart de tour à droite très sec mais bien complet, il fit démarrer à la manivelle la petite Renault affectée au service et qu'il bichonnait avec amour. Il n'y avait pas de temps à perdre. Bien sûr, il savait que les exigences culinaires ainsi que les horaires indiqués par son colonel n'étaient que des mots dépourvus de sens précis. Comme d'habitude, on mangerait ce qu'il mettrait dans les assiettes, quoi qu'il y mette, et pas avant deux ou trois heures de l'après-midi. Pourtant, il faisait toujours son possible pour essayer de s'adapter aux requêtes les plus fantaisistes. Rien n'était trop bon pour le colonel et il y avait des raisons à cette dévotion.

Lorsque, presque arrivé à la fin de ses trois ans de service militaire en 1914, Hector avait été consigné avec toute sa garnison à cause de la déclaration de guerre, son moral s'était effondré. Il faut dire que ce grand gaillard de l'Aude avait laissé à Carcassonne sa promise, une solide brune bien charpentée nommée Fernande, qui lui avait bien dit qu'elle ne l'attendrait pas indéfiniment. Il est vrai que cette fille de père inconnu, née neuf mois après le passage de gitans près de la ferme de sa mère, avait du caractère. Les gens en avaient peur, car elle tenait, disait-on, de sa race, le don de jeter des sorts au bétail. Ne cédant pas à ses instincts, Hector s'était refusé tout commerce avec la belle, qui ne lui avait rien demandé, aussi bien pour prendre un acompte sur son dû que pour verser des arrhes qui auraient garanti l'exécution du contrat à venir. Il n'en avait même pas touché une autre afin de se déniaiser un peu avec les Mocos de son régiment, préservant pour l'autel sa pureté virginale. La perspective de la quille avait donc pour lui un sens plus que symbolique car le jour du mariage était fixé de longue date et le destin du couple déjà écrit. Certes, affecté à l'entretien et à la réparation des automobiles, il n'avait guère souffert pendant ces années sous l'uniforme et il aurait pu passer quelques mois de plus avec ses chères mécaniques. Il comptait bien d'ailleurs ouvrir un garage dès qu'il serait libéré. Ses camarades le lui disaient : si sa Fernande l'aimait, elle comprendrait que la guerre était une raison valable pour repousser juste un peu leur union. Hélas, Hector s'était donné comme un point fixe conditionnant toute la ligne droite de son avenir le jour de son mariage. Transmutant sa longue frustration en folie d'un instant, il avait fait le mur au cours d'une faction, abandonnant son poste. Aux termes de l'article 213 de la circulaire du 9 septembre, il était passible dès lors de deux ans de forteresse. Ou d'un séjour beaucoup plus bref en toute première ligne. Ce n'est que trois jours après avoir déserté qu'il avait été repris par deux gendarmes, à la gare de l'Est. Leur attention avait été attirée par cet homme mal rasé aux souliers sales et sans barda. Alors, ils lui avaient demandé ses papiers et son titre de permission. Rompu à la discipline, Hector avait sorti son livret militaire en se figeant au garde-à-vous, comme si ce dérisoire geste d'obéissance pouvait par quelque miracle le sauver. Lorsque le gendarme s'était crispé dans la toile bleue de son pantalon en annonçant que les papiers n'étaient pas en règle, une voix stridente avait fait sursauter tout le monde, y compris les civils alentour :

« Alors, soldat ! Encore à tirer au cul, bougre de fainéant ! Il est où, mon café ? Il est où ? C'est moi qui vais le préparer, mon café, et le servir sur un plateau, peut-être ? À ce rythme-là, dans un mois, c'est Biribi pour toi ! Tu peux me croire ! »

Alexandre Roitelet, furieux, poings sur les hanches, s'était jeté au milieu du groupe comme les harpies s'abattaient sur les marins grecs. Les mouvements saccadés de ses coudes auraient sans doute eu un effet comique sur une scène de music-hall tant ils rappelaient ceux des ailes d'un poulet, mais l'allusion menaçante aux Bat' d'Af', les cinq sardines de colonel bien serrées comme dans leur boîte sur son képi et sur ses bras, sa voix hystérique ne portaient guère à rire. Plus terrifié encore que les pandores, Hector s'était figé en un nouveau salut mécanique et les deux gendarmes aussi.

« Mon... mon colonel...

– Que se passe-t-il, caporal ? C'est vous qui retenez mon ordonnance ?

– Ce soldat n'est pas en règle, mon colonel.

– Évidemment qu'il n'est pas en règle ! Pensez-vous qu'avec ce qui se passe, les papiers ont le temps de suivre ! Vous croyez que c'est avec des papiers en règle qu'on va renvoyer le Boche à Berlin ! C'est ça que vous croyez ? C'est ça ?

– Non, mon colonel. Bien sûr, mon colonel !

– Et pendant ce temps-là, moi, j'attends mon café !

– Oui, mon colonel !

– Ah bon ! Et vous trouvez ça normal que j'attende mon café ?

– Mais non, mon colonel ! »

Alexandre Roitelet avait prononcé chacune de ses phrases en hurlant et, discipliné, le caporal de gendarmerie avait fait de même, élevant logiquement le ton à chaque échange en se vidant comme un soufflet. Son visage en était devenu pivoine.

« Et tout cela ne me donne toujours pas mon café, caporal !

– Non, mon colonel ! »

Trop heureux de trouver une issue, le caporal s'engouffra tête baissée dans la brèche que Roitelet venait de lui ouvrir, déplaçant d'un cran la responsabilité de la situation vers le bas de l'échelle hiérarchique :

« Gendarme Pommier !

– Présent, mon caporal !

– Je le vois bien que vous êtes présent ! Êtes-vous sot ?

– Non, mon caporal !

– Alors, qu'est-ce que vous attendez pour aller chercher du café pour le colonel ! Vous ne voyez pas qu'il attend, non ! Vous êtes aveugle ?

– À vos ordres, mon caporal ! »

À aucun moment Alexandre Roitelet n'avait mis les hommes au repos et c'est au garde-à-vous qu'ils le regardèrent déguster sa tasse tandis qu'il contemplait pensif l'un des becs de gaz du quai. Au coup de sifflet du chef de gare, il avait donné sa tasse à Hector en lui intimant de le suivre et ce dernier avait emboîté le pas à son sauveur en mettant à son tour entre les mains du caporal médusé la tasse vide dont il ne savait que faire.

Durant le trajet, les deux hommes n'avaient pas échangé un mot. Le colonel avait juste annoncé en guise d'explication que le hasard faisait vraiment bien les choses : il avait besoin d'une ordonnance qu'on ne lui affectait pas. Hector était tombé à pic et devait se considérer dès cet instant à son service. Lorsqu'il lui déclara afin de lier un peu conversation qu'il savait conduire une voiture et qu'il était bon mécano, Roitelet se contenta d'ajouter que c'était encore mieux. Il fallut qu'Hector pose la question de sa situation pour que cet étrange officier lui donne des précisions. Elles étaient d'ailleurs succinctes : pour la paperasse, on s'arrangerait. Dans l'océan de papier qu'avait généré la mise en guerre du pays, il fut facile d'ajouter la goutte d'eau d'un ordre de mise à disposition antidaté qui justifiait du même coup le départ d'Hector, le rapport de sa désertion tombant dans l'oubli. Il y eut bien quelques jalousies : c'était surtout le train des équipages et son 19e escadron, en garnison à Paris, qui alimentaient les postes d'embusqués, chauffeurs, secrétaires ou ordonnances. Roitelet joua délibérément les iconoclastes et imposa sa volonté.

Quelques semaines plus tard, tandis que la bataille de la Marne s'achevait, Hector faisait monter à Paris sa Carcassonnaise si désirée pour l'épouser dans une petite chapelle de Montmartre dédiée à saint Anselme. La jeune femme était venue à Paris moins par amour que pour s'échapper, s'échapper d'une routine séculaire qui fixait sa destinée jusqu'au tombeau. À sa naissance, une vieille qui voyait des choses avait déjà prédit qu'elle partirait, car le chariot de David tournait le dos au croissant de lune. Plus tard, une femme avait pris avec tendresse son grand battoir de main entre les siennes pour lui annoncer que son avenir serait différent. Son doigt de Jupiter l'indiquait. Sa courbe de Mars l'indiquait. Son mont de Mercure l'indiquait. Une telle conjonction était rarissime, alors, quand Hector avait écrit, elle avait pris le train sur-le-champ. L'illusion d'émancipation que donne aux filles le mariage avait achevé de la convaincre de respecter une parole donnée quand elle n'était qu'une enfant. Elle n'avait pas eu pour Hector la fidélité que lui-même s'était imposée et elle le lui avait dit. Lui avait pardonné, trop heureux de la trouver déjà experte dans un domaine où la contemplation du bétail dans les prés était sa seule expérience. Après tout, qu'importait la virginité ? Il voyait en elle la robuste compagne qui le seconderait dans les tâches les plus dures, lui donnerait un enfant ou deux tous les deux ans pendant les quinze ou vingt ans où elle pourrait en porter, puis, vers la fin de son temps, adoucirait la dureté de son hiver en remuant les braises dans leur cheminée. C'était ainsi que les choses s'étaient passées pour son père, son grand-père et tous ses aïeuls. Donc c'était ce qui arriverait pour lui aussi. De petites erreurs de jeunesse ne remettaient pas ses plans en question. Sous le charme, il n'y pensait même pas, d'ailleurs.

Avec son accent rocailleux et ses expressions patoisantes, la jeune femme avait vite été adoptée par des voisins protecteurs, comme le sont les citadins à l'égard des ruraux égarés à la ville. Mme Saros, leur concierge, une vieille femme édentée, la considéra bientôt un peu comme sa fille. En compagnie de son aîné, Léonidas, exempté de service car il louchait, elle vivait retirée dans sa loge comme un hibou dans une tour. Avec ses trois dents réduites à des chicots sur le côté gauche de la mâchoire supérieure et les deux accrochées sur le côté droit de celle du bas, elle avait une figure de gargouille qu'on aurait pu croire méchante. Elle aida pourtant Fernande à trouver un emploi dans une fabrique d'obus afin de mettre du beurre dans les épinards du couple.

Tout était donc pour le mieux et, rassasié de bonheur, « l'ordonnance du colonel », comme on avait appris à connaître Hector dans le quartier, se faisait un point d'honneur à toujours organiser le mieux possible la vie du Bureau. Il s'adaptait à toutes les bizarreries et à tous les caprices de la petite équipe de son patron, sans toujours bien comprendre ces étranges oiseaux dont il avait la charge. Un soir qu'il avait un peu bu, quelques mois auparavant, son colonel et les autres lui avaient même commandé un cassoulet spécial en réponse à sa fierté méridionale un peu naïve de détenir la meilleure recette. Le plat devait être préparé pour des mathématiciens ; il faudrait donc y mettre autant de haricots que pouvait en contenir un échiquier en posant seulement deux haricots sur la première case puis en doublant la quantité à chaque nouvelle case, passant de deux à quatre puis à huit et ainsi de suite. Hector avait protesté en riant, jugeant que pour quatre personnes cela ferait une bien piètre bombance. Il avait aussi pensé qu'il serait difficile de ramener des restes trop maigres à la maison. Toutefois, l'idée de ce *cassoulet des mathématiciens* avait eu l'air de tant amuser l'équipe, au grand étonnement d'Hector, qu'il s'était promis de respecter au pied de la lettre l'étrange requête de ces gens si curieux. Commande était prise pour fêter la fin de l'hiver. Cela laissait amplement le temps de se procurer les divers ingrédients, dont certains comme la graisse d'oie ou le lard étaient devenus rares.

La tâche d'économe d'Hector était d'ailleurs de plus en plus méritoire au fil du temps. Dès les premiers mois de 1915, le lait, le sucre et les œufs étaient des denrées précieuses. Quant à la viande, on en était vite passé, par décret, du jour maigre par semaine au principe plus draconien des six soirs d'abstinence. Dans ce contexte, Hector s'était vite transformé de mécanicien-factotum en spécialiste de la « démerde », leitmotiv en vogue chez les militaires autant que chez les civils. Aujourd'hui il n'avait pas trouvé la blanquette dont rêvait Roitelet, mais une ration abondante de poule en sauce, des patates bouillies au jus et, comble du luxe, un gros cake aux fruits.

Sur le chemin du retour, il fit un petit crochet par la rue Descartes où Roitelet avait sa garçonnière. Laissant le moteur de la Renault tourner au ralenti, il monta les cinq étages mais frappa en vain à la porte. Ses « Madame Léonore » n'attirèrent l'attention que d'une voisine de palier, une vieille dame aigrie qui lança à son adresse par la porte entrouverte :

« Elle doit encore être sur le dos avec un type qu'elle aura ramassé, comme d'habitude. »

Essoufflé, Hector entreprit la descente, bardé des gamelles qu'il comptait déposer là.

6

En arrivant avec ses trésors, Hector fit le tour des bureaux improvisés, frappant trois coups cadencés à chaque porte pour rassembler tout son monde. Lorsque le service de Roitelet avait été organisé du jour au lendemain, sous l'autorité directe de la Commission de la Défense nationale, on l'avait logé dans une école primaire réquisitionnée pour l'occasion. L'équipe était composée de deux capitaines, Calisson et Tricotin, un ancien séminariste qui s'était engagé dès le 4 août, et d'un lieutenant, Lanzac. Tous portaient comme Roitelet des uniformes d'artilleur, car c'était le corps auquel on avait affecté en 1914 ces rois de la règle à calcul.

Le rituel des repas quotidiens, auxquels même Hector participait, en contravention à tous les règlements, était bien établi. Sans rime ni raison, une fois assis autour des plats fumants, l'un des quatre lançait un rituel « Attaquons ! Attaquons !... Comme la lune ! », dont la chute était hurlée en chœur par tout le groupe, y compris Hector que cela faisait bien rire mais qui se taisait ensuite jusqu'au café. Il ne faudrait pas croire que cette saillie fameuse du général Lanrezac, commentaire peu charitable sur la tactique d'offensive à outrance du début de la guerre, avait été adoptée en guise de « Bon appétit ! » par antimilitarisme ou avec la moindre once d'un sentiment d'insoumission. Tolérés pour leurs compétences si particulières à la périphérie du premier cercle étroit des stratèges et des décideurs, ces matheux s'amusaient de bon cœur des querelles de chapelle qui y faisaient rage. Les partisans de la doctrine offensive développée par le colonel de Grandmaison, longtemps majoritaires, avaient cédé du terrain, mais faisaient encore parler d'eux. Avec une foi sans faille, ces officiers déjà âgés qui avaient été épargnés par les purges d'août 1914, peu préparés par leur carrière à changer de mode de raisonnement, glosaient dans mille notes de service quotidiennes la pensée du maître comme autant de crapauds vénérant le bruit de la pluie. La victoire ne viendrait, disaient-ils, que de la *force morale* de nos troupes héroïques chargeant à la baïonnette, *à la fourchette*, comme le criaient les sous-offs au moment d'escalader les talus. Vaincre était viril et glorieux. Tout le plan XVII de 1914 avait été conçu et appliqué en fonction de cette philosophie avec des résultats mitigés. Si les Allemands avaient bel et bien été arrêtés puis repoussés, une partie du territoire national était occupée depuis lors et sa population aux mains de l'ennemi.

Le parti pris fantaisiste de l'équipe se retrouvait jusque dans les mises en boîte systématiques à l'adresse des gendarmes affectés à la surveillance des lieux. César Calisson en particulier adorait s'entendre répondre des « Oui, mon capitaine » réglementaires à ses « Il fait beau aujourd'hui », ou bien, selon son humeur, à ses « J'ai mal au cul ! Ça doit être le vin d'Hector ! », qu'il lançait aux factionnaires de service en arrivant au bureau. Son souffre-douleur favori était un sergent d'active au physique caricatural, un Charentais nommé Bélisaire, dont l'accent lent de son terroir laissait croire à tort, entre deux *la mile boce*[1] *!* aux voyelles paresseuses, que son cerveau fonctionnait au même rythme que ses mots. Il n'en faisait pas moins le rêve chaque jour plus intense de régler quelques comptes quand les uniformes seraient remisés, après la guerre. Comme il le murmurait entre ses dents dans son patois, *il en avait son las de leurs grands airs*. En attendant, il y avait les officiers et ceux qui ne l'étaient pas, et il s'en tenait là. Ses demandes de mutation avaient été refusées et il n'y avait rien à faire. Une seule fois, une lueur d'espoir lui était apparue. Le commandant Saint-Arnaud, du 2e Bureau, avait rendu visite au colonel Roitelet. En attendant que l'entretien se termine, il avait aligné ses hommes sous le porche, puis, quand l'officier était passé, il avait ordonné d'une voix forte :

« Présentez armes pour le commandant Saint-Arnaud ! »

Surpris, Saint-Arnaud était venu vers lui.

« Nous nous connaissons, sergent ?

– Sergent Bélisaire, mon commandant ! J'ai servi sous vos ordres au deuxième bataillon du 1er chasseurs spahis.

– Mais que faites-vous donc là ?

– Une blessure, mon commandant, et une nouvelle... affectation. »

Bélisaire avait prononcé le mot *affectation* en le détachant bien de sa phrase, avec une moue et un dédain qui signifiaient assez son peu d'estime et d'entrain pour le poste.

1. Mille Pestes.

« Je comprends, sergent. Je verrai ce que je peux faire pour vous trouver une nouvelle affectation dans un corps monté.

– Merci, mon commandant. Je rêve de chevaux et de charges toutes les nuits ! »

Et Bélisaire avait passé une journée merveilleuse. Le lendemain à l'aube, Lanzac et Calisson, qui avaient surpris la conversation depuis une fenêtre du premier, avaient rapporté des écuries un baquet de purin qu'ils avaient perché au-dessus de la porte du sergent. Ce dernier logeait sur place dans un petit réduit sans fenêtre où les instituteurs avaient l'habitude d'enfermer dans le noir les enfants rétifs. Quand le baquet était tombé sur la tête du pauvre Bélisaire, ils étaient accourus pour le tancer de se livrer à de tels enfantillages, se bouchant le nez avec un air de dégoût.

Fort heureusement pour le Bureau des calculs, les résultats étaient bons. Car sans contrepartie, cette accumulation d'incartades peu admissibles dans une armée digne de ce nom aurait vite abrégé la vie du nouveau service dont beaucoup au GQG souhaitaient la fin. Ce qui retenait l'épée de Damoclès au-dessus de la tête de Roitelet, c'était ce travail acharné auquel se livrait son équipe de jour comme de nuit et parfois le dimanche. Chacun possédait son propre bureau avec un lit de camp, souvent utilisé, mais le travail commun se faisait dans une salle de classe. Roitelet avait fait réquisitionner dans un café du quartier deux vieux billards qui servaient à étaler les cartes, ou parfois aussi, quand les cerveaux étaient trop fatigués, à jouer. Tous les tableaux noirs de l'école avaient été rassemblés là avec des boîtes de craies de toutes les couleurs et c'était dans cette enclave autonome à l'ambiance si spéciale que se décidaient désormais tant de choses. L'indépendance du lieu était même soulignée par l'utilisation exclusive de papier vert qui se démarquait du rose officiel du GQG. Le rôle initial du bureau avait été défini par une circulaire laconique : il s'agissait de mesurer les pertes probables dans les meilleurs délais, afin d'améliorer sans cesse l'organisation des renforts, de l'intendance et du service sanitaire pris au dépourvu pendant les premiers mois du conflit.

La logistique d'une armée de presque quatre millions de combattants dépendait donc de Roitelet et de ses trois têtes d'œuf, comme il les surnommait parfois.

Très vite cependant, Roitelet s'était rendu compte qu'il pouvait faire beaucoup plus que simplement calculer les flux d'approvisionnement en vivres, munitions et équipement. Certes, la tâche était déjà écrasante. De discussion nocturne en séance de calcul épuisante, l'ambition du groupe était devenue démesurée au fil des mois. Formé à la dure école des mathématiques, Roitelet ne fut pas long à comprendre qu'il se trouvait à un carrefour unique sur la dure route rocailleuse et chaotique du savoir. Jamais personne avant lui n'avait eu à sa disposition autant de données objectives sur un volume si important d'hommes, de bêtes, d'approvisionnements et de matériel. La durée même du conflit rendait ce trésor de chiffres encore plus précieux en permettant de vérifier sans cesse les évaluations faites par le Bureau. En vrai scientifique, Roitelet désirait passer au crible la profusion d'informations disponibles dans les rapports empilés par l'armée. Sa méthode était celle de l'exhaustion, un tâtonnement progressif aux résultats affinés sans cesse. Il était convaincu que la science statistique finirait par fournir des prévisions exactes sur les opérations en cours et ce faisant par donner la clef de la victoire aux alliés. Bien entendu, ses demandes pour avoir libre accès à tous les rapports de l'état-major étaient d'abord restées sans réponse. Alors, il s'était décidé à frapper à la porte des politiques et il avait fini par demander un entretien au président du Conseil « afin d'étendre et de mieux définir les tâches du Bureau des calculs ».

Au bout d'une semaine toute en coups de téléphone et en notes pressantes à divers parlementaires de ses fréquentations, il avait finalement été reçu par un groupe de députés et de hauts fonctionnaires assistés d'un représentant du GQG, un général en préretraite gratte-papier au 3e Bureau, celui de l'intendance, dont on croyait comprendre les affinités avec le service de Roitelet. Saint-Arnaud avait été convié parce que le 2e Bureau était toujours présent partout. Ce grand oral devait faire basculer Roitelet dans le camp des politiques. Sa présentation fut claire, il avait pesé chacun de ses mots :

« Ma mission était jusqu'à maintenant de calculer au mieux l'état de nos pertes par l'examen de données statistiques recueillies sur le front. En quelques mois nos techniques se sont améliorées. Mon équipe et moi-même serons bientôt en mesure de fournir au GQG *un calcul des conditions de la victoire.* »

La phrase glaça un peu plus l'ambiance tendue entre les militaires qui savaient déjà qu'ils diraient non pour ne pas céder aux politiques et les politiques qui savaient déjà qu'ils diraient oui pour faire céder les militaires.

L'officier du GQG demanda une explication :

« Qu'entendez-vous par *calcul des conditions de victoire* ?

– C'est simple. Les guerres du passé sont difficiles à

analyser en termes statistiques. Trop de variations, trop peu de données. Aujourd'hui nous sommes en présence d'un conflit homogène sur 800 kilomètres de front, avec des centaines de milliers de tonnes d'équipement, des millions de combattants à l'œuvre, des milliers de pièces d'artillerie et des millions de coups tirés. Dans de telles conditions, en observant les événements des deux années passées, nous devons arriver à découvrir par induction les *lois statistiques* qui conditionnent le déroulement des opérations.

– Des *lois* ! »

Le timbre de la voix marquait l'hésitation entre rire et indignation. Le reste de la présentation ne fut plus qu'une joute oratoire entre les deux hommes :

« Oui, mon général. Des lois. Des lois scientifiques permettant de prévoir l'issue de tout engagement militaire dans des conditions données, clairement définies. Dès lors, en modifiant *sciemment* tel ou tel paramètre, on peut prédire avec une marge d'erreur infime le résultat et donc...

– C'est absurde ! Tout comme votre affirmation que le front est *homogène* ! Nous ne nous battons pas sur la surface lisse d'une table. Nos troupes mêmes ne sont pas de valeur constante : un régiment n'en vaut pas un autre pris au hasard !

– Bien sûr. Mais on peut catégoriser ce genre de variations. Nous raisonnons sur de grandes quantités, ne l'oubliez pas.

– Je ne comprends rien à la langue que vous utilisez ! *Catégoriser ?* Un néologisme de votre création ?

– Attribuer des caractéristiques qui permettent d'identifier clairement un nombre fini de facteurs variables. Tout cela est aussi mécanique qu'une réaction chimique. Dès que nous en connaissons chaque ingrédient en termes quantitatifs et qualitatifs, la réaction est réussie. En cas d'erreur sur la moindre des particules du moindre des composants, c'est la catastrophe ou, au mieux, l'absence de résultat.

– Nous marchons sur la tête ! Une équation pour gagner la guerre ! N'importe quoi ! Votre service a peut-être prouvé sa valeur dans le domaine des approvisionnements et de l'évaluation des pertes, mais sachez rester à votre place. Nos soldats ne sont pas des rats dans un labyrinthe de laboratoire. Il y a des “facteurs”, comme vous dites, que l'on ne maîtrise pas : le courage, la peur, la faim. La stratégie n'est pas une science mathématique.

– Vous posez là un axiome, mon général, une affirmation non démontrée qui guide tout votre raisonnement, mais si on rejette cet axiome...

– Oh ! Vous m'emmerdez à la fin, colonel ! On va finir par le savoir que vous avez brillamment réussi Polytechnique. Eh oui, j'ai lu votre dossier, ça vous étonne ? Alors, monsieur le mathématicien, dites-moi comment, dans votre beau système, vous allez réduire en équations les forces et les intentions de l'ennemi ? »

Avant de répondre, Roitelet avait tourné les yeux vers Saint-Arnaud.

« À nouveau par l'observation et l'étude *à grande échelle* de ses comportements, mon général. En intégrant dans ce cadre les données du renseignement. En réunissant toutes les données précieuses que nous recevons sur les bombardements de l'ennemi sur toute la longueur du front, nous pouvons par exemple déduire quelle est sa production d'obus, donc sa capacité ; nous pouvons même prévoir ses intentions en observant la concentration, les types d'engins et surtout toute irrégularité sur un point donné du front par rapport à un comportement moyen. Nous pouvons aussi rassembler avec profit pour en tirer des résultats significatifs toutes les informations sur ses moindres mouvements, ses approvisionnements...

– Les approvisionnements ! Nous y voilà ! L'intendance n'est pas la stratégie, colonel, elle est l'organisation secondaire, subordonnée à la volonté stratégique. Tout cela est ridicule et je perds mon temps ici. Excusez-moi, messieurs, nous avons une guerre à gagner. Essayez-vous plutôt à prédire le temps qu'il fera demain, colonel, vous finirez peut-être par être utile. »

Le général avait quitté la pièce en claquant la porte, jetant un froid qui mit fin à la conférence. Roitelet avait passé le reste de la journée à broyer du noir, persuadé que le Bureau des calculs avait vécu. Ce qui le frustrait le plus était de n'avoir pas pu exposer les principes de sa théorie en détail. Quelques exemples auraient pourtant suffi à convaincre son auditoire. C'était vraiment absurde que tout finisse ainsi. Au cours des deux jours suivants, il transmit sa morosité à tous les autres et même au pauvre Hector, qui envisageait d'un mauvais œil tout changement de situation qui l'aurait obligé à quitter la petite Renault du service ainsi que sa Fernande. À la grande surprise de tous cependant, Roitelet reçut dès le lendemain un ordre écrit émanant de la présidence du Conseil : le document indiquait tout d'abord que le Bureau des calculs devait poursuivre « *son activité habituelle d'évaluation des pertes et des besoins en matière d'intendance* ». Mais le plus beau restait à venir : en conclusion, il était précisé que l'équipe pourrait, en complément de son activité principale, se consacrer « *à tous les travaux théoriques pouvant conduire à une amélioration des conditions de nos troupes au front* ». Les politiques avaient eu gain de cause.

À partir de ce jour, ayant pour ainsi dire senti le vent du boulet, tout le monde travailla avec une énergie décuplée afin de justifier une existence qui serait à coup sûr remise en cause à la première occasion. Roitelet avait divisé le travail entre ses collaborateurs de la manière la plus rationnelle. Lanzac s'occupait d'examiner les conséquences des conditions matérielles des engagements telles qu'accidents particuliers du terrain, horaires ou conditions climatiques ; Calisson se concentrait sur l'évolution des unités combattantes au fil des semaines ; enfin, Achille Tricotin s'intéressait à l'efficacité de la chaîne de commandement et de transmission des informations. Pour toute l'équipe, la réalité de chacun de ces cadres devait pouvoir se réduire à une série de propositions mathématiques simples, de lemmes, dont la réunion permettrait de construire un théorème unifié des conditions de la victoire.

Aujourd'hui, après avoir réglé son compte à la poule en sauce, chacun présenta pour le domaine qui lui avait été confié l'état d'avancement de ses travaux, mais ce fut Calisson qui attira le plus l'attention. En travaillant sur des effectifs au moins égaux à un régiment complet, il venait de découvrir une formule qui permettait de prédire avec une marge d'erreur acceptable les pertes pour chaque engagement. Debout au tableau noir, il fit une démonstration qui provoqua des sifflements admiratifs.

Hector, qui faisait la vaisselle au fond de la salle dans un petit évier que le maître d'école utilisait sans doute pour laver les encriers, ne comprit rien au détail de l'affaire. Les mots étaient français mais la langue étrangère. Dans son esprit, *l'application* était une vertu quotidienne dont il se serait fort offensé qu'on veuille la vérifier. Quant à *converger*, c'était sans doute une plaisanterie de corps de garde, tandis que *variable* lui signalait à tel point l'arrivée de l'orage qu'il regarda un instant par la fenêtre. En dépit du grotesque galimatias, il perçut aux regards et aux intonations que le moment était d'importance. Au tableau, César Calisson avait tracé des lettres et des chiffres qu'il effaçait à l'éponge au fur et à mesure pour en inscrire d'autres, encore et encore. Les intonations de sa voix étaient enthousiastes. Avec sa pointe d'accent médocain, avec ses *avé* en guise d'*avec* et ses « *je suis ensuqué* » des lendemains de cuite, Calisson faisait souvent sourire ses collègues mais, à cet instant-là, chacun d'entre eux se concentrait sur le fond de chaque son sortant de son gosier sans se préoccuper aucunement de sa forme. En conclusion, après trois bons quarts d'heure d'un discours qui pour Hector était de l'hébreu, il écrivit en gros au centre du tableau humide où la craie se brisa :

$$P \geq \pi \frac{(R-1)^2 \times (J-1)^2}{\sqrt{R \times J}}$$

Là où Hector ne voyait qu'un message hermétique, aussi impossible à fractionner en unités moindres qu'une vue de l'océan, le petit groupe installé aux pupitres semblait découvrir des merveilles sans fin. Roitelet voulut parler le premier à l'issue de la démonstration, mais c'est Lanzac qui se jeta d'abord dans le débat, pensant à haute voix plus qu'il ne commentait :

« C'est un grand moment : cela sera connu dans les manuels sous le nom d'*inéquation de Calisson !* Incroyable que J, nombre de jours depuis le premier engagement, et R, nombre de jours de repos, aient une influence si parfaitement régulière et systématique sur les pertes P. C'est extraordinaire ! C'est comme si nous avions trouvé un indicateur objectif de l'accroissement de la prudence au combat, ou de l'aguerrissement au front. »

Tricotin, le plus réservé du groupe, l'ancien séminariste, y alla aussi de son commentaire :

« Espérons surtout que nous arriverons avec cette formule à épargner la vie de nos braves soldats. »

Mais ce n'était pas le genre d'argument que Roitelet était prêt à entendre à ce moment précis où l'exaltation de la découverte constituait le seul univers concevable. Il revint à la discussion technique sans paraître remarquer l'intervention de Tricotin :

« Lanzac a raison, c'est prodigieux. Tu as réussi à établir un lien objectif constant entre les pertes humaines et les diverses variables que nous avons isolées au fil des mois afin de caractériser l'état des troupes. La marge d'erreur qui ne dépasse jamais 20 % est une indication précieuse. Mais il faut être prudent. Même si ton inéquation se vérifie pour 153 engagements sur le terrain, en fonction des paramètres que nous avons définis, il faudra encore en vérifier la validité.

– Sois donc sérieux, Roitelet ! Calisson a pris soin de vérifier son inéquation pour des engagements bien circonscrits et avec des unités de tailles différentes, de la brigade au corps d'armée, et le résultat obtenu est à chaque fois parfaitement prévisible ! Tout cela est bien clair.

– Je ne cherche pas à minimiser la portée du travail de Calisson. Notre camarade nous démontre clairement que le hasard, ça n'existe pas, c'est juste une équation mal posée. Mais nous le savions déjà. Ce que je pense par contre, c'est que nous ne détenons qu'une partie de la vérité. Le premier lemme du grand théorème que nous cherchons. L'*inéquation de Calisson* doit être complétée par les résultats que vous obtiendrez dans chacun de vos domaines. Nous n'en sommes qu'au début, les gars, c'est certain, mais aujourd'hui, Calisson nous a fait faire un grand bond en avant. Bien réel, celui-là, pas comme sur le front ! Il va falloir travailler d'arrache-pied. Les génies qui dirigent la guerre préparent notre offensive de printemps en mettant au point de nouveaux principes d'attaque. Il nous faut avoir notre mot à dire : l'*inéquation de Calisson* est une bonne indication pour évaluer les meilleures unités à utiliser en fonction des engagements plus ou moins rudes. C'est sans doute une composante essentielle du théorème de la victoire qui reste à découvrir. Elle nous éclaire, mais il faut aller plus loin encore. Je rédigerai notre rapport d'ici la fin de la semaine et nous le transmettrons à la présidence du Conseil pour forcer la main du GQG. En diffusant notre formule à l'échelle des divisions sur la totalité du front pour la mettre à l'épreuve, nous obtiendrons une foule de résultats complémentaires. En attendant, nous gardons le secret absolu et ce soir, Hector, champagne pour tout le monde ! Et nous boirons cette bouteille de rhum que m'a offerte le frère du secrétaire d'État. »

En frottant d'un air satisfait ses lorgnons épais, Roitelet

pensa que le siège à l'Académie des sciences dont il rêvait tant s'était rapproché. Hector, lui, ne savait pas de quoi il était question, mais la joie du groupe était communicative. Ça tombait bien : il savait où trouver de la blanquette de Limoux, de la trois étoiles. Il en ramènerait une bouteille à Fernande qui serait enchantée de cette fête après sa journée d'usine.

7

ALBERTINI rangea ses cartes lorsque ses partenaires durent aller superviser les relèves aux créneaux et aux postes d'écoute. La partie avait été amusante avec une série de mains inattendues. D'abord, toutes les rouges pour une équipe et toutes les noires pour l'autre ; le tour suivant, vite plié, toutes les figures du même côté et, lors de la manche d'après, cœurs et piques regroupés ! Tout le reste de la matinée, Albertini avait toujours reçu les quatre dames dans le même ordre. Treize fois de suite, la dame de cœur, la dame de carreau, la dame de trèfle puis celle de pique étaient venues d'elles-mêmes dans la main d'Albertini. On avait d'autant plus ri que le jeu battu et rebattu s'obstinait à créer des situations toujours plus étranges ! Qu'allait-il en faire, le sergent, de quatre dames ? Une, c'était déjà bien assez ! Il lui en faudrait de l'argent pour payer la dentelle et les peignes. Lui qui parlait d'ouvrir un cabaret, il avait déjà tout le personnel !

Les blagues s'étaient déversées en torrents. Jouer à la manille était vraiment distrayant. Cela faisait passer le temps. Car les journées étaient monotones en première ligne. L'arrivée des gamelles constituait souvent le seul événement dont le caractère aléatoire vienne enrichir le rythme trop régulier des relèves et des corvées fixes. Le courrier aussi créait une animation remarquable car, peu abondant, il arrivait rarement jusqu'à la tranchée des Corses. Les vaguemestres, quitte à risquer leur vie, préféraient des voyages qui vaillent la peine. Cette pénurie de nouvelles n'étonnait pas. La censure obligeant la troupe à écrire en français, beaucoup avaient renoncé aux trop longues lettres pour se rabattre sur les cartes types fournies par la poste militaire. Le français, ils le comprenaient, mais ce n'était pas pour eux la langue des sentiments et de l'intimité. Tout au plus la langue des bourgeois, des percepteurs, des gendarmes. Alors on s'essayait aux cinq lignes des cartes types. Leur fonctionnement donnait lieu à débat. La première ligne où le mot « *date* » précédait des pointillés était simple à remplir. Il était juste écrit au bout de la ligne : « *sans indication de lieu* ». Comme on ne savait pas de façon précise où l'on se trouvait, l'ordre était superflu. La deuxième ligne intitulée « *santé* » portait en bout de ligne la mention « *cinq mots maximum* ». Il fallait se gratter la tête : « *très bonne* » faisait perdre trois mots, mais « *je vais très bien* » n'ajoutait rien au sens. Certains essayaient « *bonne, j'ai beaucoup d'appétit* », ou des choses voisines, mais la discussion s'enflammait bientôt entre les hommes. N'allait-on pas, à la maison, trouver aux mots un sens qu'ils n'avaient pas ? On cherchait toujours à comprendre plus, à lire entre les lignes, à interpréter. Si la santé était bonne et que l'on avait beaucoup d'appétit, cela ne voulait-il pas dire que l'on manquait de vivres, que l'on en demandait de manière cachée, car on ne pouvait pas le faire de manière directe à la ligne suivante ? Si un seul laissait passer ce genre d'impression, ne se répandrait-elle pas dans le village, ou d'un village à l'autre, au risque que les familles se privent au-delà de leur misère ordinaire pour faire des colis ? Finalement, on se rabattait sur « *bonne* », « *très bonne* » ou « *excellente* », même lorsqu'on tremblait de fièvre ou que la dysenterie vous déchirait entrailles et boyaux. Cela arrivait quand, assoiffé, on avait fini par boire l'eau de ruissellement grasse du jus des milliers de cadavres alentour. La ligne « *envoyez-moi* » limitée à trois mots se réduisait à de frustrants « *des nouvelles* », qui n'arriveraient pas, ou « *votre affection* », qui ne voulait pas dire grand-chose. Quant à la cinquième ligne, ornée d'un « *voici mon adresse* », elle faisait rire, puisque l'indication de l'unité militaire au tampon humide la noircissait complètement.

Albertini s'était lassé du procédé. En plus, il s'était dit que ces petits bouts de carton, encadrés par une ironie involontaire d'un fin liseré de couleur noire, étaient plus frustrants pour ceux qui les recevaient, gens peu habitués à ce genre de communication, que l'absence pure et simple de nouvelles. Sachant son père endurci par une vie de labeur et sa mère bercée par la voix de l'Éternel qu'elle entendait résonner sous les voûtes de la petite église du village, il n'en envoyait plus. Le jour où l'on y passait, les siens étaient prévenus par le maire et ça suffisait bien. L'annonce d'un sursis supplémentaire confinait à l'horreur lorsque chaque semaine l'arrivée de la carte à cinq lignes ne disait rien d'autre que « *je ne suis pas encore mort. Pas encore* ». Arrêtant le flot de ses pensées pour essayer d'en concrétiser l'objet, Albertini sortit du jeu qu'il venait de ranger les huit carreaux puis il glissa le dix de pique au milieu de la pile. Il mélangea le petit paquet puis retourna les cartes une par une. Sa raison fonctionnait comme une machine autonome suivant sa trame systématique :

« Première semaine à partir d'aujourd'hui, carreau, je suis vivant. Deuxième semaine, carreau, vivant. Troisième semaine, carreau, vivant. Quatrième semaine... »

Le pique était sorti. Albertini éclata de rire. Ce parallèle entre les cartes du jeu et les cartes de correspondance n'avait pas de sens. Enfermé dans ce trou à rats sans issue, il finirait par devenir fou. Il fallait s'échapper. S'échapper. Il coiffa son Adrian et alla rejoindre ses hommes.

Une clameur attira son attention. Un petit groupe s'agitait à l'autre bout du boyau. Il arriva à temps pour séparer Clovis et Salicetti qui se battaient comme des chiffonniers.

« *Torna ! Aio aio*[1] *!* Ça suffit !

– C'est pas moi, sergent ! C'est lui !

– *Un ci so per nunda, un ci so*[2] *!* C'est le fou qui m'a insulté !

– Je lui ai juste posé une énigme de ma revue, sergent, et il s'est énervé contre moi !

– Ça suffit ! *Basta,* j'ai dit.

– Mais, sergent, écoutez, je lui ai juste demandé de dire ce qui se passerait s'il remontait dans le temps et s'il tuait son grand-père avant que son père soit né...

– Tu recommences, *scemu* ! *Ti portini in quattru*[3] *!*

– Et s'il fait ça, il peut pas être né, alors s'il est pas né,

1. Encore ! Allons ! Ça suffit !

2. Je n'y suis pour rien !

3. Espèce de fou ! Que l'on te porte à quatre (c'est-à-dire : dans ton cercueil) !

il peut pas voyager dans le temps et tuer son grand-père, donc... »

Salicetti s'était à nouveau jeté sur Clovis.

« Tu oses insulter la mémoire de mon grand-père ! *Ch'è tu crepi*[1] *!* »

Albertini plaqua son compatriote contre le mur.

« Arrêtez ! Vous voulez me rendre fou ! Vous serez de garde toute la nuit, tous les deux, chacun à un bout de la tranchée ! Toute la nuit ! File le premier, Clovis, *pristu* ! *E tu aspetti*[2] *!* »

Albertini surveilla la séparation de ses deux hommes. Il allait finir par perdre la raison, lui aussi.

---

1. Crève !
2. Et toi, attends !

8

En revenant le long du Rhin vers Strasbourg où toute sa troupe était au repos, Joseph Wronski dévisagea chacun des passagers qu'il croisait. C'était stupide, car si on arrive à lire des choses dans les yeux des gens, il savait que les impressions sont souvent trompeuses. Son angoisse ne lui permettait de toute façon pas de réfléchir clairement. L'homme qu'il avait tué dans le parc de Basel ne pouvait pas être un simple rôdeur. C'était aussi probable que tirer au hasard l'as de cœur d'un paquet bien battu. L'incident signifiait qu'on l'avait repéré. Restait à savoir si les services allemands avaient détecté l'existence d'un espion sans savoir à qui ils avaient affaire ou si son identité était déjà connue. Mademoiselle Lilibeth, qui percevait sa nervosité, tournait vers lui de grands yeux inquiets. En plus, quelque chose d'autre le préoccupait. Il s'était bien libéré de tous les chiffres que les services français lui avaient demandés. Mais on n'efface pas sa mémoire comme un simple tableau noir. Les détails, même insignifiants, restaient inscrits sans logique comme des mots sur une plage qui ne s'effacent qu'au hasard de la montée des vagues. Or les derniers éléments que Joseph Wronski avait transportés de manière si discrète en Suisse étaient atypiques. Il n'expliquait pas son sentiment, mais ressentait les choses comme un joueur de bridge ou de poker travaillant à l'intuition ressent la plus ou moins grande probabilité d'une main et de ses chances au jeu. Jamais il n'avait mémorisé autant de numéros de régiments du génie et du train comme ces derniers mois entre l'Aisne et la Somme. La même proportion de *Sturmtruppen*, de troupes d'assaut, il l'avait déjà mémorisée avant chaque offensive, mais cette indication était toujours couplée à une présence importante d'artilleurs de campagne. Or ce n'était pas le cas. Tout cela était frustrant, désespérant pour un esprit humain. Comme ces dessins dont on ne peut percevoir le sens qu'en se reculant pour permettre aux parties indéchiffrables de près de s'articuler en unités plus larges et soudain évidentes. Le 2e Bureau français serait sans doute capable de comprendre le sens caché de tout cela.

Une fois à Strasbourg, il n'arriva pas à retenir Mademoiselle Lilibeth qui s'élança sur le quai pour aller bondir, joyeuse, aux pieds d'une jeune femme. Traudel était venue l'accueillir.

« Comment vas-tu, *Schatz* ?

– Je vais bien. Et toi-même ? Le voyage s'est-il bien passé ?

– Tout va bien, rassure-toi, j'ai même eu le temps de faire quelques courses. »

D'un geste de prestidigitateur fort habile, il présenta sur la paume de sa main tendue comme un plateau une petite fiole triangulaire aux côtés de verre taillés en mille losanges brillants.

« C'est du vrai ? de Paris ? »

Elle avait prononcé « Paris » à voix basse.

« Bien sûr, que crois-tu ? Un vrai magicien ne triche jamais.

– Tu es un amour ! Et moi, pour te récompenser, j'ai d'excellentes nouvelles ! »

Il adorait le son de sa voix, son petit accent bavarois qui faisait chanter un allemand dialectal épicé de *Brotzeit*, de *mein Daheim* et autres vocables curieux qu'il aimait se faire mille fois expliquer. Elle était le bonheur incarné sous les traits les plus purs de la beauté. Les yeux d'un bleu si foncé, presque noir, lui firent oublier ses soucis. Traudel était une orpheline qu'il avait recueillie, plus par calcul que par générosité, lorsqu'elle avait cinq ans. Les numéros d'enfant étaient alors à la mode, en particulier dans les villages où une petite gamine vêtue de soie et de dentelle émouvait facilement les paysans, surtout si on la faisait danser avec un ours. Elle avait appris à chanter comme un oiseau et Joseph Wronski l'avait dressée à captiver le regard de son public par la variété de ses sourires et de ses œillades. Artiste accomplie, elle avait vingt-cinq ans à présent. Tout leur entourage au sein de la troupe considérait un peu le patron et la jeune femme comme père et fille. En réalité, leurs rapports étaient plus compliqués. Beaucoup d'hommes plus sages n'auraient pas résisté bien longtemps à la beauté d'une jeune femme à modeler dans tous les domaines. L'endurance de Joseph Wronski s'amenuisant à mesure que le corps de rêve se dessinait mieux, ils étaient devenus amants cinq ans plus tôt. Amants d'autant plus passionnés que l'écart d'âge était grand, la perversité de l'innocence se combinant à celle de l'âge. Le scandale d'une telle relation aurait posé d'innombrables problèmes, alors, d'un commun accord, ils l'avaient cachée à tous. Joseph Wronski avait promis que l'on partirait vivre à Paris une vie d'oisiveté et de plaisir, une vie de rêve, *wie Gott in Frankreich*, puis la guerre était arrivée, imprévue. Vendre ses biens était devenu délicat. De plus, s'établir en France à un moment où la détestation hystérique du Boche était à son comble aurait tenu de l'inconscience. Devant toutes ces difficultés, Joseph Wronski avait accepté de continuer à travailler pour les services de renseignements français. Avant la guerre, simple amoureux du pays des libertés et des arts, il ne rendait que des services ponctuels ; désormais, il lui fallait se donner à plein temps. Le profit était double : les Français savaient se montrer généreux et, après le conflit, le couple pourrait s'installer à Paris avec un statut enviable dans un pays reconnaissant.

Traudel ne savait rien des activités secrètes de son amant. C'était sans rien connaître à l'intérêt particulier de leur numéro qu'elle le secondait la plupart du temps sur scène, interrogeant en toute ignorance les troupiers sur leur âge, leur unité et leur lieu d'affectation. Ses formes parfaites et raffinées de statue grecque, Diane et Vénus à la fois, domptaient un public souvent agité sans provoquer le défoulement rituel que déclenchaient *les Grosses*. Joseph Wronski avait remarqué depuis longtemps que la beauté trop parfaite créait l'ambiance recueillie nécessaire à la concentration. Comme devant une vitrine de luxe, les hommes les plus vulgaires étaient intimidés à la vue de ce qu'ils n'auraient jamais, même en rêve. Par contre, des beautés plus rustiques, aux seins confortables comme des oreillers, aux hanches larges comme des croupes de bonnes juments, agissaient tel un chiffon rouge sur des hommes sevrés de sexe et réduits dans ce domaine à une misère sordide. Peut-être s'agissait-il d'une réponse collective, estimation inconsciente à une grande échelle de la moyenne de plaisir plus élevé que donnent à l'espèce des formes généreuses. Quoi qu'il en soit, Traudel élevait les esprits, tandis que les filles des numéros suivants déchaînaient les instincts. Le numéro des *Grosses*, comme les forains le nommaient entre eux, suivait donc celui de Wronski. Fait de danses obscènes et de chansons paillardes, il permettait d'oublier la frustration ou de transposer le désir que Traudel avait pu susciter. Satisfait de cet équilibre, le public revenait au spectacle ou en répandait la réputation, et Joseph Wronski récoltait les chiffres dont il avait besoin.

Les nouvelles qu'apportait Traudel sur le quai de la gare étaient comme elle l'avait promis excellentes :

« Nous avons reçu une lettre en ton absence.

– Vraiment ? Et de qui donc ?

– D'un général Morgenstern.

– Ah... Et qui est ce grand homme ? »

En même temps qu'il posait la question, les cellules grises de Wronski, par des connexions inextricables, lui avaient apporté la réponse : le général Morgenstern commandait les 11ᵉ et 23ᵉ armées du groupe von Neumann. Traudel n'en savait pas autant :

« Un traîneur de sabre prussien, j'imagine. Mais un traîneur de sabre qui nous engage !

– Oh... il nous engage ?

– Oui. Nous devons nous rendre à Laon en zone occupée afin d'y donner notre spectacle pendant six semaines. Fini de négocier nos représentations au coup par coup avec chaque régiment.

– Voilà un contrat bien juteux. »

Traudel fut surprise du peu d'enthousiasme dans l'intonation de son compagnon. Alors qu'elle ne voyait que la possibilité d'un cachet assuré pour les mois à venir, lui se rendait compte qu'une telle servitude allait mettre un frein à ses activités de renseignements. Les lieux de représentation choisis par Wronski étaient toujours guidés par les demandes du 2e Bureau. La fin de toute liberté de mouvement risquait de rendre ses informations moins précieuses pour les services français. Car il était hors de question de refuser l'offre de l'armée. Cela aurait été le meilleur moyen d'attirer l'attention de la Section III B, le contre-espionnage de Berlin. On irait donc à Laon et on accepterait le contrat. C'est ainsi qu'après une seule journée de repos à Strasbourg, Wronski et Traudel quittèrent le territoire allemand pour pénétrer en zone militaire.

9

LE voyage fut fatigant. Le trajet se diluait en une multitude d'arrêts. Le train militaire, seul disponible, n'en finissait pas d'égrener de gare en gare ses chargements de fournitures et de caisses de munitions, d'hommes, de chevaux et de mulets. À chaque arrêt, des sous-officiers nerveux vérifiaient trois ou quatre fois le moindre bordereau avant de livrer boîtes et ballots à d'autres sous-officiers qui, tout aussi soucieux de ne pas commettre d'erreur, reprenaient chaque document depuis la première ligne ; de jeunes lieutenants inquiets comptaient et recomptaient leurs hommes alignés par trois sur le quai, multipliant lignes et rangées avant de laisser le champ libre aux suivants. Le paradoxe de cette agitation tous azimuts était la grande uniformité de couleur dans laquelle elle se fondait, renforçant l'impression générale d'une fourmilière besogneuse. Le vert-de-gris et le réséda des uniformes étaient identiques à ceux des caisses et des couvertures à chevaux. Seul le rouge et noir de quelques officiers de la garde impériale apportait de temps à autre une petite touche de couleur bienvenue.

Arrivé à Laon, il fallut se changer à l'hôtel pendant que

le cocher d'une voiture envoyée par l'état-major attendait dehors. On était invité à souper par le général, le soir même à dix heures. Il y avait une demi-heure de cahots à supporter, en voiture découverte, sur une route défoncée par le passage de la troupe et les intempéries. Comble de malchance, un zeppelin géant de la Kriegsmarine dont l'enveloppe s'était dégonflée pour une raison inconnue avait dû s'abattre dans un champ proche, créant une certaine confusion dans le voisinage. Même si la fuite avait dissipé une partie des 62 200 mètres cubes d'hydrogène, il fallait à tout prix éviter tout risque d'explosion jusqu'à ce que le décollage redevienne possible. La route dura donc plus que prévu. On dut se résigner à observer de loin l'enveloppe luisante ornée de son énorme croix noire et du L70 qui, en se repliant au gré du vent, se transformaient en symboles étranges. Bien que fourbu et irrité par ces incidents, Joseph Wronski avait de quoi se consoler : Traudel était superbe dans une longue robe verte qui mettait en valeur le moindre de ses atouts.

La résidence du général et de son état-major se trouvait dans une grande bâtisse du XVIIe siècle réquisitionnée par l'armée. L'ensemble était plus une vaste maison de maître avec dépendances qu'un vrai château, même si, par abus de langage, les habitants du lieu lui donnaient couramment ce titre. Un architecte sans imagination en avait conçu le plan dans la plus complète servilité aux règles les plus mécaniques de son art. L'application systématique du nombre d'or à la moindre proportion forçait dans un paysage pourtant agréable une impression de symétrie absolue qui fatiguait l'œil. Des communs à l'étable jusqu'à la résidence principale et aux écuries, des cubes s'alignaient et s'empilaient sur d'autres cubes comme dans un jeu d'enfant. Mais l'esthétique était un souci secondaire pour les nouveaux occupants. C'était surtout la difficulté de chauffer convenablement les pièces, de conserver les documents au sec ou d'installer les lignes électriques et téléphoniques qui avait constitué un vrai casse-tête pour les services de la 11e armée.

Joseph Wronski et Traudel furent accueillis à la porte par un jeune homme tiré à quatre épingles qui se présenta à eux comme le lieutenant Leibniz. L'affaire étant plutôt secondaire, Wronski avait trouvé étrange qu'on la traite autour d'un dîner plutôt que dans un bureau, mais il n'était pas en position de refuser une telle invitation. Il supposa que des hommes occupés empiétaient sur leur temps de détente pour régler des détails mineurs.

Le souper était une réception intime. Le général Morgenstern n'avait convié que trois de ses aides de camp ainsi qu'un colonel Frege de passage dans le secteur. Une bourriche d'huîtres d'Ostende était arrivée le matin et seuls quelques privilégiés en profiteraient. Tout était pour le mieux, car le lieutenant Leibniz planté au garde-à-vous derrière le général surveillait du coin de l'œil le service assuré par trois soldats en livrée impeccable.

Joseph Wronski avait présenté Traudel comme sa fille adoptive en s'excusant d'imposer une présence féminine. Il se délectait des regards concupiscents que déversait vers elle, comme la graisse des volailles coule sur la flamme, la compagnie exclusivement masculine. Le général, s'excusant à son tour de ne pas avoir donné une tournure plus formelle à son invitation, approuva Wronski de n'avoir pas laissé la jeune femme seule à l'hôtel. Avec toutes ces troupes et l'agitation, cela n'aurait pas été convenable. Traudel contribua à rendre la soirée charmante. Sa connaissance du spectacle lui permettait de participer à une conversation d'autant plus plaisante qu'éloignant l'esprit des militaires des rigueurs du conflit, elle aurait pu se dérouler en des temps ordinaires. Alors que la mention de danses déhanchées exécutées par des beautés opulentes avait fasciné le général, la description détaillée qu'elle fit du numéro de Wronski intéressa au plus haut point le colonel Frege. Wronski aurait souhaité éviter de donner trop de détails, mais l'ambiance de la soirée et l'art de la conversation du colonel aidant, Traudel prit plaisir à parler. Cette tablée d'hommes raffinés et cultivés apportait un changement agréable à l'habituelle fréquentation de troupiers mal dégrossis et à l'hygiène douteuse. En plus, la qualité du repas à la table d'un officier supérieur était surprenante ; les huîtres en particulier l'émerveillèrent. Habituée aux ersatz divers et variés d'un pays au bord de la famine, la jeune femme avait l'impression qu'elle ne pourrait jamais se rassasier de ces mets riches et de ces vins racés. Sa description des prouesses mnémoniques de Wronski en devint dithyrambique au point qu'incrédule, le général Morgenstern voulut le mettre à l'épreuve. Prenant dans un des secrétaires un rapport d'artillerie, il lui fit refaire mentalement, sans temps de réflexion, les calculs balistiques compliqués, tout en problèmes de degrés de hausse et de pourcentages de déclivité, qui figuraient sur le document. Wronski refit sans difficulté tous les calculs pour le plus grand plaisir du général, bon public par nature.

« C'est tout bonnement prodigieux. Votre numéro doit être exceptionnel. Qu'en pensez-vous, colonel ?

– C'est en effet fort impressionnant. Mais comment avez-vous développé une telle agilité mentale avec les chiffres ?

– C'est une longue histoire.

– Elle contribuera au plaisir partagé de cette soirée. J'en suis bien sûr. N'est-ce pas, *Fräulein* ? »

Frege avait pris la main de Traudel en prononçant ces derniers mots.

« Oh oui, raconte, s'il te plaît ! J'adore ces histoires, c'est tellement mystérieux !

– Mystérieux ! Vous nous mettez l'eau à la bouche.

– Il est déjà fort tard, mais je ne voudrais pas être désagréable. »

Wronski n'avait pas envie de parler, mais il ne pouvait guère s'échapper. Il reprit la parole après avoir vidé son verre de vin :

« Pour résumer, disons que mon père était rabbin. Obsédé par les mystères de la Kabbale, il m'a élevé avec mes frères dans l'adoration de son principe.

– La Kabbale ?

– Oui. Je suppose que vous connaissez le fondement de cet art. Mon père s'y est usé à rechercher le sens des choses et de l'enchaînement des événements dans des calculs sans fin. Bien sûr, étendue à l'alphabet latin et aux noms de tout un chacun, c'est une forme grotesque et galvaudée d'une science à l'origine subtile et raffinée. Tout cela n'a en effet guère de sens dans une langue autre que l'hébreu qui ne connaît pour chiffres que ses lettres et dont les textes sacrés ne sont en dernière analyse que des séries de nombres.

– Vous parlez d'une science ? C'est un peu exagéré, non ? »

Le sourire en coin de tous les convives n'échappa pas à Wronski. Le ton de sa voix se durcit, prenant presque la tournure hautaine et sans rémission du professeur qui prendrait ses étudiants pour des sots sans cervelle :

« Une science, je pèse mes mots, une science des chiffres bien établie avec ses grandes branches : la Guématrie, la Notarique et la Thémoura. La Guématrie, la "géométrie" du nombre, par rang, classique ou au carré, est l'activité la plus fascinante, elle permet la mise en rapport, l'équation, de mots ayant la même valeur numérique : Abraham, BRHM en hébreu, a la même guématrie 248 que RHM, la miséricorde. C'est ainsi qu'Abraham est *nécessairement* miséricordieux, car 248 égalent 248. Mais on ne le voit pas dans les traductions.

– Les Évangiles échappent à ce fonctionnement, bien entendu. »

Frege avait prononcé cette phrase sans lever les yeux, comme on énonce ce qui est à la fois évident et raisonnable.

« Croyez-vous, mon colonel ? Ils ont été rédigés par des Juifs. Si Judas trahit votre Christ pour trente pièces d'argent, c'est simplement parce que la guématrie du nom Judas, YHWDH, est 30. Et plus simplement, si Dieu pour vous est Verbe, c'est que DBR et YHWH sont chacun égaux à 26. *Dieu est Verbe* veut seulement dire *26 égalent 26*, c'est tout. Mais cela vous échappe en allemand. Même dans votre quotidien. Tenez, par exemple, le verre que vous êtes en train de boire, colonel, vous comptez peut-être y trouver la vérité, c'est bien ce que l'on dit, n'est-ce pas : *In vino veritas.* Mais on ne le dit que parce que la Bible le dit, et la Bible ne le dit que parce que YYN, *le vin*, et SD, *le secret*, ont exactement la même valeur numérique de 70. La traduction latine n'a que la cohérence des sons. Pas celle plus profonde des chiffres... Les chiffres ne mentent pas. »

Tous avaient l'air, sinon intrigués, du moins étonnés. Frege ne pouvait pas en rester là. Se raidissant, il se fit ironique :

« Le monde n'est donc fait que de chiffres et nous voici soudain bien ignorants de tout.

– Mais je ne suis qu'un saltimbanque, colonel, rassurez-vous. »

Wronski comprit qu'il ne devait pas aller trop loin. Il s'en sortit par une pirouette :

« Il ne faut pas me prendre au sérieux. Dès mon enfance, j'ai observé attentivement la rythmique des nombres, ce souffle divin qu'essayait d'agripper mon père, et je l'ai reproduite de la manière la plus imbécile qui soit. C'est assez simple en fait. N'importe quelle séquence de chiffres révèle des coïncidences amusantes pour peu qu'on agence les choses comme il convient. Tenez : prenons le nom du colonel Frege, par exemple. La valeur numérique de son nom donne 6 pour *f*, la sixième lettre de l'alphabet, 18 pour *r*, puis 5 pour *e*, 7 pour *g* et à nouveau 5. L'addition de ces chiffres donne 41. À partir de là, j'ai une foule de choses à dire sur le colonel. Si, par hasard, ou parce que je suis bien informé, elles correspondent à la réalité, alors vous penserez que je suis extralucide. Tenez, je peux vous dire par exemple que vous venez de faire un récent aller-retour à Munich dont le total des lettres en allemand est égal à 82. 41 + 41 : deux fois la présence de votre guématrie, donc un probable aller-retour. »

Le colonel en perdit le monocle qu'il portait à l'œil droit entre les trois rides d'une patte-d'oie. Morgenstern poussa un cri :

« Comment diable ! Êtes-vous sorcier ? »

Wronski sourit sans répondre. Il prit le temps de boire la moitié de son verre de vin, amusé par les regards effarés autour de lui. Même Traudel ne souriait pas. Lorsqu'il jugea que le silence avait assez duré, le magicien daigna révéler son tour :

« Rassurez-vous, messieurs. Lorsque nous sommes entrés dans le vestibule, j'ai remarqué une valise de cuir qui portait encore autour de sa poignée un de ces rubans de corde et de papier qu'y enroulent les employés du chemin de fer. Y figurait la mention de Munich. La valise est trop petite pour avoir été utilisée au cours d'un long séjour. Votre valet n'a pas eu le temps de la monter à votre chambre. C'est tout.

– Mais comment avez-vous su qu'elle m'appartenait ?

– Vous êtes le seul ici ce soir, avec moi-même et ma fille, dont les chaussures portent les traces de la sciure répandue sur les quais de gare pour nettoyer après le passage des animaux. De plus, la seule casquette posée dans la pièce où nous mangeons porte les insignes de votre grade. Vous venez d'arriver et vous vous êtes découvert ici sans avoir eu le temps de monter à votre chambre, ce qui aurait obligé le général à attendre. »

Frege éclata de rire, bientôt suivi par Morgenstern et les autres convives.

« Bien raisonné, cependant je ne suis pas logé ici, mais en ville. Je suis passé directement présenter mes respects au général. C'est la raison pour laquelle ma valise est dans le hall.

– Vous voyez. Ma magie a ses limites. »

La voix limpide de Traudel interrompit l'échange entre les deux hommes pour le plus grand plaisir de Frege :

« Vous étiez chez moi ? En Bavière ?

– En effet, ma chère. Je me trouvais à Munich. »

Traudel lui décocha un de ces sourires charmeurs dont elle avait le secret et qui confirmait une complicité naissante. Ils se comprenaient à demi-mot. Wronski aussi avait perçu cette harmonie. Le repas s'acheva dans une bonne humeur rehaussée par le bruit de bouchons de champagne. Une prise de guerre du général lors de la grande poussée de 14. Les détails de la tournée n'avaient pas été discutés. Wronski recevrait un contrat tout prêt le lendemain. L'armée réglait même sa note d'hôtel pour toute la semaine à venir. Sur ce, les invités prirent congé, le général s'excusant de n'avoir plus qu'une voiture ouverte à leur prêter. Blottie sous l'épaisse couverture, Traudel préférait de toute façon profiter du spectacle des étoiles que le ciel glacé rendait plus éclatantes.

Une fois au bout de l'allée de gravier qui menait au château, le cocher s'apprêtait à fouetter lorsque Mademoiselle Lilibeth, sans doute énervée d'avoir dû attendre dehors tout ce temps, se jeta hors du véhicule à la poursuite d'un chat ou d'un rat entrevu. Traudel éclata de rire, tandis que, jurant en yiddish, Wronski faisait stopper l'équipage pour se précipiter dans la nuit à la poursuite de son chien.

10

APRÈS avoir raccompagné leurs hôtes, le général et le colonel Frege s'étaient retirés au fumoir dont la fenêtre donnant sur l'arrière du bâtiment était entrouverte malgré le froid. Les cigares qu'ils avaient l'habitude de fumer rendaient leur tripe en un nuage trop épais pour permettre de garder la pièce close. Vers la fin du repas, fidèle au poste, le lieutenant Leibniz venait donc ouvrir les fenêtres en mettant en place sur la table basse les boîtes à cigares et les alcools.

« Ah, Leibniz ! Retirez-moi mes bottes et apportez-moi mes pantoufles. Dépêchez-vous, je suis à l'agonie.

– Oui, mon général.

– Et veillez à bien les cirer pour demain. Nous avons une visite du Kronprinz.

– Bien, mon général. »

Leibniz se retira. Visiblement, le général ne l'aimait guère.

« Quel âne, ce Leibniz ! Pas fichu de cirer des bottes. Vous m'excuserez, Frege. Asseyez-vous donc et servez-vous. Je ne connais rien de plus épouvantable pour un soldat que les cors aux pieds. C'est la chose la plus terrible qui puisse arriver à un homme !

– Je vous en prie, mon général.

– Quelqu'un d'étonnant, ce Wronski. Bien que je ne voie pas pourquoi votre Section III B a insisté depuis Berlin pour lui donner un contrat si avantageux. La Section III B s'intéresse au music-hall, à présent ? »

Frege répliqua sur un ton naturel sans que le général, trop occupé à se servir un énorme cognac, remarque qu'il ne répondait pas à sa question :

« Oui, l'intelligence de ces Juifs est vraiment remarquable. Il faudra que j'aille voir son spectacle si j'ai un peu de temps.

– Ce serait une bonne chose ; vous devriez vous détendre un peu. Vous n'avez pas pris un jour de permission en huit mois !

– Difficile en ce moment. La préparation de l'opération Alberich m'accapare. De plus, il y a la mise en place de notre nouveau code. Tous les télégraphistes sont bien formés, mais il va falloir procéder à la distribution des clefs. Elles sont dans le carnet que voici.

– Amusant que tout ce que je rédige et tout ce que je lis soit d'abord traduit dans un charabia incompréhensible. Est-il vraiment hermétique, ce nouveau code dont même moi je ne connais pas le principe ?

– Il n'y a pas de code inviolable. Il s'agit juste de préserver nos messages assez longtemps pour rendre le décryptage par l'ennemi sans intérêt pratique, leur contenu n'ayant plus de valeur après l'exécution des ordres. Le nouveau système est assez simple dans son principe pour être utilisé avec aisance, mais, sans les clefs, il faut des mois pour déduire la moindre bribe de sens.

– Un code simple ? Vous m'étonnez.

– Je vous assure. Nous pouvons en parler maintenant que nous sommes seuls. Il s'agit d'un bête jeu d'abscisses/ordonnées dont le croisement cartésien correspond de façon arbitraire à toutes les lettres de l'alphabet et aux dix chiffres. Nous utilisons les lettres le plus aisément différentiables de l'alphabet Morse : A, D, F, G, V, X. D'abord en abscisse, puis en ordonnée. Regardez, voici la grille de la semaine. »

Frege sortit de sa poche une feuille de papier qu'il déplia devant le général.

	A	D	F	G	V	X
A	0	a	1	o	2	x
D	c	q	b	6	e	p
F	r	3	w	c	z	f
G	g	h	s	v	4	k
V	l	7	n	i	j	u
X	y	m	8	t	9	5

Il prit ensuite une feuille vierge et un crayon.

« Si je veux dire par exemple : *La jeune fille que j'ai rencontrée ce soir est superbe*, je dois rechercher les coordonnées de chaque lettre, ce qui donne... AV pour le *l*, DA pour le *a*... »

Frege calcula pour le général la transcription de son fantasme, lettre après lettre se projetant en un digramme qu'il inscrivit en majuscules :

> AV DA VV VD XV FV VD XF GV FA FA VD DD XV VD VV DA GV AF VD FV AD GA FV GX AF VD VD AD VD FG GA GV AF VD FG XV XD VD AF FD VD.

Le général examina la séquence mais ne parut guère convaincu.

« Colonel, il s'agit là d'un simple exercice de substitution, compliqué, certes, par le hasard de votre grille, mais une simple substitution néanmoins. Je croyais que de bons statisticiens arrivaient facilement à briser ce genre de code en analysant la fréquence des signes transmis. Tenez, moi-même je peux vous dire que votre VD revient assez souvent pour être une voyelle. En examinant de longs textes, on doit pouvoir déterminer des fréquences...

– En effet, c'est le cas. Aucun code de substitution ne résiste à l'analyse statistique, mais laissez-moi finir. Ce qui rend le chiffre beaucoup plus sûr, c'est que non seulement nous changeons la grille de référence fréquemment, mais nous ajoutons en plus une seconde étape, de transposition celle-ci, qui masque toute régularité. Nous utilisons un mot de code de longueur aléatoire qui définit les colonnes d'une seconde grille. La série de digrammes obtenue par la première étape est inscrite lettre à lettre *horizontalement* sous les colonnes, créant ainsi des lignes et surtout brisant la cohérence des digrammes, car ce que nous transmettons au bout du compte, c'est le défilement *vertical* de nos six lettres après avoir remis le mot de code du haut dans l'ordre alphabétique. Même si les Français comprennent le principe utilisé, et ils le comprendront sans doute tôt ou tard, aucun cerveau ne peut calculer assez vite toutes les possibilités, parce qu'on ne peut pas se raccrocher à des fréquences reconnaissables. Regardez ce que cela donne si notre mot clef est *CHAT*, par exemple. »

Frege traça grossièrement un second quadrillage qu'il se mit à remplir de gauche à droite avec la série de digrammes qu'il venait d'obtenir en revenant à la ligne à chaque fois :

C	H	A	T
A	V	D	A
V	V	V	D
X	V	F	V
V	D	X	F
G	V	F	A
F	A	V	D
D	D	X	V
V	D	V	V
D	A	G	V
A	F	V	D
F	V	A	D
G	A	F	V
G	X	A	F

V	D	V	D
A	D	V	D
F	G	G	A
G	V	A	F
V	D	F	G
X	V	X	D
V	D	A	F
F	D	V	D

« À partir de là, je remets d'abord le mot clef dans l'ordre alphabétique, ce qui me donne ACHT pour les têtes de colonne au lieu de CHAT. Puis, au moment de transmettre, je lis les colonnes de haut en bas dans l'ordre ACHT, ce qui donne :

D V F X F V X V G V A F A V V G A F X A V A
V X V G F D V D A F G G V A F G V X V F V
V V D V A D D A F V A X D D G V D V D D
A D V F A D V V V D D V F D D A F G D F D.

« Et vous constaterez qu'aucune fréquence n'est plus évidente ou alors elle n'est qu'un hasard sans rapport avec les fréquences du message initial. Il ne reste plus au destinataire qu'à remplir sa propre grille et à refaire les opérations à l'envers pour obtenir le message en clair.

– Splendide ! C'est enfantin et, malgré tout, cela constitue un vrai casse-tête !

– La science mathématique allemande, mon général, voilà tout. Et dans notre secteur, c'est moi qui garde toutes les clefs pour les mois à venir, une par jour. Je ne les distribue aux opérateurs qu'au compte-gouttes. Inutile donc de vous dire combien ce petit carnet est précieux. Je ne le quitte jamais. Même pendant mon sommeil.

– J'y compte bien ! C'est une arme plus redoutable qu'un régiment de la garde impériale au complet que vous portez sur votre cœur ! Les Français ne tiendront pas bien longtemps. De plus, les rumeurs vont vite dans l'entourage du Kaiser. Vous avez, paraît-il, dans votre manche un traître français d'une valeur inestimable.

– Les rumeurs vont vite, en effet. »

Le général éclata de rire. Il ne voyait dans le renseignement qu'un jeu de société pour adolescents en mal d'émotions.

« Vous ne me direz rien, bien sûr. D'ailleurs, je ne veux rien savoir. Je n'aime guère les traîtres. Nous devrions le fusiller nous-mêmes, pour l'exemple. Qu'est-ce qui peut d'ailleurs pousser un homme à trahir sa patrie ? C'est répugnant.

– Oh, pour cela au moins, je peux satisfaire votre curiosité sans trop de risques. Notre informateur a besoin d'argent. Vous voyez, c'est encore pire que vous le pensiez... »

Le pied boiteux de Joseph Wronski, engourdi, glissa un peu, provoquant un crissement qui attira l'attention de Frege. À la recherche de Mademoiselle Lilibeth qu'il avait fini par trouver, cachée dans un massif, Wronski avait été attiré par le murmure des voix. Blotti contre le mur, le chien serré entre les bras, il avait mémorisé chaque mot prononcé à sa portée en contrôlant au mieux la vapeur blanche de son souffle que la clarté de la lune rendait lumineuse.

L'officier quitta son fauteuil et s'approcha de la fenêtre. À deux ou trois reprises, il jeta un coup d'œil à droite, puis à gauche. Il n'y avait personne dehors. Comme le général se plaignait du froid, il referma la fenêtre, désolé pourtant d'aboutir ainsi à enfumer la pièce.

Le lendemain, Joseph Wronski reçut une lettre du colonel Frege. Avec sa permission et si Mlle Traudel y consentait, il serait honoré d'inviter la jeune femme à une représentation de *Tannhäuser* qui se tenait à Laon le soir même. Une diva de Berlin faisait une tournée sur le front. Wronski s'empressa de donner son accord. Il n'eut aucun mal à convaincre la jeune femme que *Tannhäuser* serait pour elle une détente agréable.

11

INSTALLÉ au centre d'une toile immense dont les fils s'étendaient comme les rayons réguliers d'un cercle parfait, aussi bien dans les unités au combat qu'en territoire ennemi et même en pays allié, Saint-Arnaud régnait en maître sur l'univers du renseignement. Il était loin d'être au sommet de la hiérarchie, sa position intermédiaire était cependant parfaite pour prendre connaissance de tout. Pour ses agents sur le terrain, il était Cagliostro, dispensateur généreux de fonds et protecteur en cas de difficultés.

Un instant distrait par l'arôme puissant de son café si chargé de souvenirs, il reposa sur son bureau la liasse dactylographiée qu'il venait de parcourir. C'étaient les dernières informations transmises par l'agent Kaleb, via la Suisse, et leur contenu était intrigant. L'agent Kaleb était son instrument le plus précieux par la précision parfois déconcertante de ses rapports. Pourtant la précision trop grande entraînait souvent Saint-Arnaud à conclure que la Section III B devait soit donner des ordres à Kaleb, soit le manipuler, procédant dans les deux cas par son intermédiaire à de l'intoxication, instillant des éléments qu'elle voulait faire passer pour argent comptant. Il lisait donc avec intérêt mais avec méfiance. Le rapport du jour était d'ailleurs comme d'habitude surprenant. Quelque chose d'étrange était en train de se passer dans le secteur occupé compris entre l'Aisne et la Somme. Il se produisait là-bas trop de rotations pour les régiments du génie, trop de mouvements du train. Tout cela ne cadrait pas avec d'autres rapports reçus de la même zone : si les Allemands avaient préparé une poussée, il y aurait eu plus d'artillerie lourde en dircction du front, plus d'acheminements d'obus percutants pour creuser des brèches au lieu de ces chargements interminables d'obus fusants destinés au combat en ligne. Ce n'était pas cohérent. Perplexe, Saint-Arnaud écrivit à l'encre rouge dans la marge : « Transmettre copie au Bureau des calculs. » Il allait passer à un autre rapport, mais se figea soudain, le cerveau en ébullition. Il se concentra sur sa tasse afin de se calmer. Au bout de quelques minutes, il reprit le rapport de Kaleb et se mit à le lire beaucoup plus attentivement, examinant chaque point deux ou trois fois. Il farfouilla ensuite dans la pile de dossiers posée à sa droite pour en retirer un autre rapport concernant du transport de ciment et de matériel d'empierrement, puis un troisième au sujet de poutrelles d'acier et de mobilier en chêne livré à la Reichswehr dans ce secteur.

Habituée à l'univers de l'armée et à sa logique depuis tant d'années, l'intelligence de Saint-Arnaud fonctionnait comme celle des autres militaires de tous les pays, associant les mêmes concepts élémentaires avec la même discipline simple et sans faille. En relisant ces détails variés observés en territoire ennemi, il venait soudain de comprendre ce qui se passait là-bas comme on voit la lumière s'imposer à la sortie d'un tunnel. À cette seconde précise, il était le seul à savoir côté allié. Le seul. Il éclata d'un rire irrépressible. Reprenant son souffle, il murmura à haute voix pour le seul plaisir de s'entendre :

« Juste là où notre offensive de printemps est prévue ! Vu la quantité de béton et d'acier livré, c'est la muraille de Chine ! Quelle catastrophe ça va être, même avec cette invention du *feu roulant* ! Nivelle ne s'en remettra pas ! Bientôt le tour de Châtelard au sommet. Et le mien... Nous pourrons alors changer les choses. »

Il roula les feuilles des divers rapports qu'il venait de consulter en un cylindre épais qu'il glissa dans l'ouverture rectangulaire de son poêle en fonte. Un jaillissement bleuâtre troubla d'abord le rougeoiement du charbon incandescent en une myriade d'étoiles, puis les cendres passèrent du noir au gris pour disparaître en fumée.

Il revint s'asseoir à son bureau et dut faire un effort pour effacer son sourire persistant lorsque le planton vint lui apporter les dépêches du front. Il s'agissait de l'état des pertes pour la semaine écoulée. En dépit de l'engourdissement de l'hiver qui clouait les hommes dans leurs trous, les chiffres étaient impressionnants pour la plupart des secteurs. Il sortit de son tiroir les prévisions. C'était le rôle premier du service de Roitelet de fournir tous les quinze jours des grilles d'estimations des pertes à venir pour la quinzaine suivante.

Une partie non négligeable de l'activité du Bureau des calculs avait longtemps consisté à vérifier l'écart entre ses propres prédictions et les chiffres réels qui remontaient ensuite des officiers de renseignements. Un écart inférieur à 5 % était considéré comme un succès. Au-dessus de ce chiffre, il fallait que l'équipe de Roitelet se demande si le mode de calcul devait être amélioré par la prise en compte de nouveaux paramètres ou bien si la variation venait d'un changement notable dans les conditions du front. Roitelet était convaincu qu'avec le temps et le perfectionnement de sa méthode de déduction, chaque écart, même infime, ne serait plus imputable qu'à l'ennemi. Dès lors, toute variation indiquerait forcément une situation particulière : déplacement de troupes ennemies, préparation d'artillerie pour un assaut par exemple. L'accumulation des données sur toute la longueur du front finirait par donner une image aussi claire du système allemand que celle que le Kaiser installé dans son état-major pouvait avoir lui-même. L'image serait en quelque sorte comparable au négatif d'une photographie.

Il y avait toutefois une faille dans le raisonnement. Mais cette faille-là, aucune règle mathématique n'aurait pu en révéler l'existence. Car Roitelet ne pouvait évaluer son succès qu'en examinant les chiffres communiqués par le 2e Bureau et ce qu'il ignorait, c'est que les rapports qui lui étaient transmis passaient toujours entre les mains de Saint-Arnaud.

Aujourd'hui même, d'ailleurs, le commandant se livra à l'exercice habituel : dès qu'il recevait les notes des états-majors des différentes divisions, il faisait un tri afin de ne communiquer au Bureau des calculs que les données dont la somme s'approchait le plus possible des prévisions de Roitelet.

Dès 1914, un certain nombre d'officiers, dont Saint-Arnaud faisait partie, s'étaient rendu compte que les chiffres réels des pertes étaient trop effrayants pour être diffusés sans précautions, y compris au sein de l'armée.

Avec 850 000 combattants tués, blessés ou disparus dès les quatre premiers mois de guerre, l'affrontement s'avérait être un cataclysme dépassant l'entendement. La moyenne des pertes s'établissant à 7 000 par jour, on arrivait à des projections de 2 millions et demi par an, ce qui, en cinq ans, aboutissait à l'engloutissement de toute la population mâle du pays. Avec la conviction que le conflit ne pouvait s'éterniser et surtout que la situation était trop grave pour laisser les politiques y fourrer leur nez, ces militaires avaient, chacun à leur niveau de responsabilité, minimisé tous les chiffres. Ils n'auraient pas pu jouer ce jeu bien longtemps sans l'intervention providentielle de Roitelet.

Saint-Arnaud s'était aperçu en effet que nombre de ministres et de députés étaient hypnotisés sinon par les conceptions révolutionnaires de Roitelet et de son équipe, du moins par des comptes lisibles comme les registres d'un boutiquier. Ces avalanches de chiffres bien alignés les captivaient autant que les hanches d'une danseuse orientale oscillant en rythme autour du point fixe du nombril. Il avait décidé alors de favoriser le destin de ces Nimbus pour lesquels il n'avait qu'un mépris équivalant à celui qu'il éprouvait pour les politiciens. Lorsqu'on lui avait donné pour mission de vérifier l'adéquation des prévisions de Roitelet avec les réalités du front, il s'était fait un plaisir de mentir par omission en n'utilisant qu'une partie des rapports parvenus jusqu'à lui.

Pour les premiers sondages, les chiffres du Bureau des calculs étaient donc au final supérieurs de 7 % à ceux présentés par Saint-Arnaud dans son compte rendu, alors qu'ils devaient, en réalité, être inférieurs d'au moins deux fois autant. Tout le monde avait été satisfait de la bonne nouvelle et on avait demandé à Roitelet de revoir son système d'estimations à la baisse. En l'espace d'un mois et quatre offensives plus tard, Saint-Arnaud réussit par touches successives de données tronquées à influer sur les correctifs qu'apportaient les statisticiens à leurs formules de calcul. De manière pifométrique, il manipula les informations jusqu'à ce que les statisticiens atteignent un taux de pertes jugé par lui sinon acceptable, du moins tolérable pour une transmission aux élus. Saint-Arnaud était le seul à savoir qu'en réalité pour chaque victime déduite à l'avance par les règles à calcul de Roitelet, c'étaient deux hommes au moins, parfois trois ou quatre, qui tombaient au champ d'honneur.

Saint-Arnaud prépara comme d'habitude la liasse de documents qui donneraient entière satisfaction à Roitelet en venant confirmer ses chiffres et l'intime conviction de son propre génie. Il n'y avait pourtant là qu'un petit tiers de toutes les informations dont il disposait pour l'heure.

Le seul risque que courût Saint-Arnaud aurait été que sa créature Roitelet lui échappât, le privant ainsi de tout pouvoir et l'exposant à voir au bout du compte ses tripotages découverts. L'enthousiasme récent des membres du Bureau des calculs pour l'*inéquation de Calisson* avait bien failli créer l'occasion d'un tel désastre. Prévenu à temps par son mouchard, Saint-Arnaud avait évité le pire de la façon la plus simple du monde. Grâce à une copie volée du brouillon rédigé par Calisson pour son exposé, il avait réuni tous les détails préalablement tronqués par ses soins et omis des rapports sur lesquels le mathématicien avait travaillé avec tant de précision. Avant même que Roitelet commence à préparer sa note à l'intention du président du

Conseil, il avait trouvé dans le courrier émanant du 2ᵉ Bureau une masse impressionnante de nouveaux chiffres invalidant très exactement tous les résultats si prometteurs de l'inéquation. Il lui avait fallu se rendre à l'évidence : toute la démonstration de Calisson portait sur des données erronées. Il faudrait donc tout reprendre de zéro en augmentant le nombre de situations examinées. Lorsque son agent l'avait informé de ces conclusions, Saint-Arnaud avait éclaté de rire. Il aurait en tout cas la paix pendant un long moment et le Bureau des calculs resterait cantonné au rôle qu'il avait prévu au lieu de concevoir de dangereuses chimères.

Après avoir rangé le premier flot de documents étalés sur son bureau, Saint-Arnaud ouvrit une nouvelle chemise. Il y avait là divers rapports d'importance variable sans lien logique que l'on archiverait jusqu'au moment où leur utilité apparaîtrait : quelques désertions, le vol d'un camion Renault flambant neuf, une étrange pénurie de haricots dans la capitale. La liste n'avait guère de sens. Saint-Arnaud écarta aussi ce dossier pour ouvrir celui qui le passionnait le plus. Il s'agissait des *Rapports de moralité*, comme l'indiquait l'encre violette en anglaises soignées.

En période de crise, il fallait éviter tout scandale qui eût pu entacher la réputation des responsables, militaires ou civils. Chaque membre du gouvernement, chaque responsable militaire avait un dossier en carton à son nom. Le contenu en était actualisé par les notes émanant des enquêteurs et mouchards de la sûreté générale. Dans l'univers du secret, c'était la partie la plus difficile à maîtriser. La veille, Saint-Arnaud avait eu la désagréable surprise de découvrir qu'en dépit de l'âge son ami Châtelard n'avait rien perdu de son goût pour les jeunes hommes. C'était à présent un garçon d'écurie, employé au manège que le général fréquentait chaque matin, qui avait dû subir ses assauts. S'il n'avait pas été trop jeune, on aurait pu, en cas de scandale, se débarrasser de lui en le faisant mobiliser, mais là il n'y aurait guère de solution détournée. Pour comble d'embarras, le général n'était guère prudent, assouvissant son vice après les matines dans le parc et dans les écuries où d'autres que les agents de Saint-Arnaud auraient pu le surprendre. Ce matin-là, tandis que tel Jupiter besognant Ganymède, il haletait, crispé, pantalon sur les bottes, un groupe de visiteurs était entré pour contempler la vigueur des étalons du lieu. Seuls la présence d'esprit et l'aplomb du sbire de Saint-Arnaud, qui avait chassé les importuns sous un prétexte quelconque, avaient sauvé la situation, de justesse, permettant à Châtelard de conclure et de se rebrailler sans se rendre compte de rien. Même si l'exemple venait parfois du sommet, il faudrait rappeler avec tact à Châtelard qu'en Afrique du Nord, *consommer son Kabyle* était sans doute naturel au point que l'expression s'en trouvait consacrée dans le jargon des troupes coloniales, mais qu'en métropole, les conventions étaient différentes, surtout lorsque l'on avait des ambitions politiques. Tant que Saint-Arnaud veillerait au grain en étouffant chaque écart, le général aurait encore un avenir. Si, par malheur, cette protection venait à disparaître, il était fini. Ou pire. Le tampon rouge « Très Secret » avait été apposé et le document rangé.

Parmi les autres rapports du jour, Saint-Arnaud passa rapidement sur les inconduites des hommes politiques et de leur famille, tout en traficotages coloniaux et petits profits, pour s'attarder à nouveau sur le cas de Roitelet, mais dans une catégorie bien différente. Son informateur infiltré au sein du Bureau des calculs le tenait en effet au courant non seulement des travaux statistiques du groupe, mais aussi des frasques du colonel. Rien de bien méchant au demeurant. Le colonel Roitelet fréquentait. L'emploi intransitif du verbe était en soi suffisant pour signaler la teneur de la liaison. L'heureuse élue, pour laquelle Roitelet déboursait le montant d'un loyer, bloqué par la guerre mais malgré tout important, se prénommait Léonore.

Fichée sous le numéro 1280-58 à partir de 1912 dans une maison de fort bonne réputation, elle avait abandonné la prostitution à la veille de la guerre, s'échappant de son monde clos pour se lancer dans une carrière de chanteuse. Il était toutefois probable qu'elle continuait à exercer sa vocation première, à son compte, ce qui était bien plus lucratif même si cela aurait pu la conduire en ligne droite des cabarets de la Bastille à la prison de La Roquette. Tandis que Roitelet était retenu par ses séances de calculs souvent longues, des messieurs, élégants ou pas, faisaient de brèves visites à son appartement, sans qu'il se doute de rien. Le rapport du jour était intéressant car la belle était devenue un bon parti... Saint-Arnaud pensa en refermant la chemise que certaines putains, une fois assagies ou trop usées, font d'excellentes mères de famille et maîtresses de maison. Le destin de Roitelet était sans doute tracé.

Ce ne fut qu'en soirée que ce dernier apprit ce dont Saint-Arnaud venait de prendre connaissance. Privilège de l'amant, il devait avoir droit à des détails inédits qui avaient échappé aux enquêteurs.

12

APRÈS de longues heures passées à méditer la remise en cause si inattendue et combien frustrante de l'*inéquation de Calisson*, Roitelet était rentré, fourbu, un peu plus tôt que d'habitude. Dans l'escalier, il avait croisé un petit monsieur brun à la moustache poivre et sel, qui avait salué ses galons en ôtant son chapeau vert avec un geste ample. Lui avait rendu un salut vaguement militaire. Il avait souri en pensant que le petit homme avait l'air ridicule avec son chapeau vert auquel un bandeau de cuir trop serré donnait une allure de cône tronqué. En arrivant quelques minutes plus tôt à son appartement, trois à quatre au plus, il l'aurait sans doute trouvé moins ridicule, car le petit homme en sortait. Pendant un long moment, Léonore lui avait tenu la dragée haute pour négocier une de ces gâteries rapides dont elle s'était fait depuis longtemps une spécialité. D'allusions en œillades, elle s'était laissé raccompagner depuis un square voisin où elle faisait les cent pas, puis son sourire et ses mains élégantes aux longs doigts agiles avaient fait le reste. N'en pouvant plus, le petit homme au bord de l'apoplexie avait consenti à payer le prix fort pour une prestation de durée inversement proportionnelle au tarif pratiqué. Il s'était néanmoins promis de revenir.

Lorsque, comblé du bonheur que procurent l'ignorance et le hasard d'un minutage favorable, Roitelet ouvrit la porte de son refuge, garçonnière devenue nid douillet de son couple parfait, Léonore était en train de se remettre du rouge à lèvres. Elle ne montra aucune surprise particulière de le voir arriver si tôt et ne manifesta pas plus d'émotion à la pensée, qui l'effleura pourtant, qu'à quelques minutes près, le cours des événements aurait pu être modifié. En fermant ses dossiers un peu plus tôt ou en pressant le pas un brin, pour éviter une ondée, par exemple, ou en ne s'arrêtant pas pour regarder une vitrine qu'on venait de réaménager, ou en montant les marches de l'escalier un peu plus vite que d'habitude pour soulager une crampe, Roitelet aurait découvert le chapeau vert du petit monsieur moustachu non pas au cours de l'obséquieux salut dans l'escalier, mais presque froissé entre une paire de mains croisées dans le dos, crispées par le travail expert de Léonore. Pour cette fois, elle avait eu de la chance et la jeune femme en était satisfaite :

« Mon Alexandre ! Mon gros nounours ! Viens donc embrasser ta môme ! T'es revenu tôt pour ta petite poussinette. T'es vraiment le plus bath, toi. »

En gros nounours qui se respecte, Roitelet se prêta de bonne grâce au transfert méthodique du rouge à lèvres de la bouche superbe et pulpeuse vers ses joues et son front pâlichons. La voix rauque de Léonore le soumettait toujours à des caprices insensés. Elle valait d'ailleurs à la jeune femme un petit succès dans les music-halls de la rue de Lappe. Par une étrange faculté d'adaptation, Léonore avait oublié son accent du terroir pour prendre un accent parisien comme un serpent abandonne sa mue quand il fait peau neuve. Lorsqu'elle chantait son succès du moment :

Pour un' thune, a' r'tir' son chapeau
Pour deux thunes a' r'tir' son manteau
À la Bastille...,

aucun des clients vibrant sur sa chaise ne se serait douté que Paname n'était pour elle qu'une terre d'adoption. La réussite de cette mutation, qui n'avait pris que quelques années, était telle que Roitelet avait parfois du mal à comprendre certaines expressions argotiques de sa compagne, tournures souvent tirées des centaines de chansons qu'elle avait mémorisées pour ses spectacles de music-hall. Il était conquis, vaincu et enchaîné, et la voix aux intonations canailles y était pour beaucoup.

« Ma poussinette ! Tiens, tu rangeras ces deux bouteilles. C'est du rhum que le frère du secrétaire d'État m'a fait parvenir.

– Ben dis donc, v'là bien de quoi se piquer le tarin ! Puisqu'on a le temps, on va aller souper dans un restau pour rupins et s'en foutre plein derrière la cravate !

– Non, pas ce soir, ma poussinette. Je suis un peu fatigué.

– Oh, mon pauvre chéri ! Tu travailles trop. Si tu veux, je vais te faire un vermicelle bien chaud et une camomille. Attends, je vais te chercher tes charentaises. En plus, j'ai une très bonne nouvelle. On va fêter ça à tous les deux, en amoureux.

– Une bonne nouvelle ?

– Oui. Tu te souviens que je t'ai parlé de l'oncle Gaston ?

– Celui qui a gardé la ferme de ton père quand tu as dû venir à Paris ?

– Oui, ce salaud-là qui m'a tout piqué... eh bien, devine ?

– Devine quoi ?

– Il a avalé son bulletin de naissance.

– Pardon ?

– Il est mort en tombant d'un pommier.

– Et c'est ça la bonne nouvelle ?

– Mais oui ! Comme mes deux cousins sont morts sur la Marne, c'est moi que j'ai hérité de la ferme.

– Ah bon.

– Et c'est pas tout ! Regarde ce que le notaire m'a apporté aujourd'hui. »

Dans un coin de la pièce se trouvait une malle de voyage que Roitelet n'avait pas remarquée en entrant. Elle semblait avoir beaucoup servi. Léonore trottina sur la pointe de ses chaussures aux talons trop hauts qui donnaient à son bassin un balancement d'une bouleversante amplitude, puis, s'agenouillant après avoir relevé sa jupe serrée, elle fit jouer la serrure qui grinça méchamment.

« Et voilà, dit-elle en levant le couvercle. Mince de chance, hein ?

– De vieux vêtements de paysans du Haut-Poitou. C'est très bien, poussinette. J'avais justement besoin de renouveler ma garde-robe. Tu as raison, c'est une bonne nouvelle.

– Mais non, grand sot. Tu comprends jamais rien à rien. Tu te souviens pas du gilet de grand-père Boniface ?

– Celui qui était cousu d'or ?

– Oui ! eh bien, il est là. Y a tellement de pèze là-dedans qu'on pourra jamais tout dépenser ! C'est fini la dèche ! »

Plus poussé par la curiosité que par l'avidité instinctive que déclenche la proximité d'un trésor, Roitelet s'approcha. Il faut dire qu'il ne croyait pas vraiment à cette histoire dont il avait attribué l'invention à l'imagination fertile de Léonore. Le grand-père de la jeune femme, mobilisé puis abandonné à lui-même lors de la débâcle de 1870, avait soi-disant découvert dans un village à demi détruit un trésor. Selon les jours et l'humeur du moment, c'était dans un coffre de notaire ou dans une banque éventrée par le canon prussien que le vieux Boniface avait trouvé une centaine de pièces d'or dont la taille variait d'une version à la suivante de la sous-tasse au plat à gâteau. En rentrant chez lui, il les avait cousues une à une dans un gilet. Ce n'est que sur son lit de mort qu'il avait transmis son secret à ses deux fils avec la consigne stricte qui aurait plu au fabuliste de ne jamais y toucher. Le vœu du mort avait été respecté puisque le gilet, sans doute oublié au fond de la malle, était maintenant entre les doigts manucurés de Léonore, la petite-fille qu'on avait préféré oublier à la mort de son père.

Roitelet prit en main le vêtement rustique qui pesait étonnamment lourd. C'était un de ces gilets de molleton épais, doublés de peau de chèvre, que portent pour se préserver du froid les paysans et les bergers. En se croisant à intervalles réguliers, les coutures dessinaient au dos et sur les côtés une série de losanges rembourrés. Par une déchirure que Léonore avait pratiquée dans la doublure, Roitelet put constater que dans chaque losange transformé en poche se trouvait un napoléon d'or. Avec quinze losanges par dix pour le tour de l'habit, cela faisait cent cinquante pièces au total.

« Voilà qui te fait une belle dot, ma poussinette.

– Mon coco ! Tu veux enfin m'épouser !

– Ce n'est pas ce que j'ai dit, poussinette. Quand tu voudras te marier, tu n'auras pas de problème pour trouver des prétendants. »

Le visage de Léonore devint en un instant si cramoisi qu'on en percevait la rougeur sous la strate de fard.

« Alors, tu t'en fous si j'épouse n'importe quel corniaud. Je suis bonne qu'à t'apporter tes pantoufles et à ouvrir les cuisses quand Môssieur veut tirer sa crampe ! Je suis pas la cinquième roue du carrosse ! »

Roitelet, qui n'avait pu esquiver le jet des charentaises, n'avait pas vu venir la crise. Que les femmes étaient donc lunatiques ! Léonore l'avait habitué à ces scènes occasionnelles, mais il n'en saisissait pas les ressorts et n'arrivait jamais à les prévoir. Elle n'était pour lui qu'une compagnie agréable dont tout bon bourgeois peut rêver s'il a les moyens de se l'offrir. Pour le reste, l'idée d'une relation durable ne lui avait jamais traversé l'esprit et c'est en toute franchise qu'il prenait le sujet sur le ton de la plaisanterie. Le point de vue de Léonore était bien différent. En dépit de ses infidélités rémunérées qui ne laissaient aucune place aux sentiments, elle tenait à son Alexandre. Les inconnus racolés dans les squares alentour ne lui procuraient que l'argent nécessaire à un investissement patriote dans les bons de la Défense nationale. Elle savait que jusqu'à trente ans une femme, pour peu qu'elle sache s'y prendre, est une fontaine claire de plaisir où se jette n'importe quel homme, qu'à quarante elle devient surtout une source de problèmes qu'on évite, et qu'ensuite elle n'est plus qu'un puits saumâtre et desséché dans un désert de solitude. Il lui fallait assurer ses arrières par la constitution d'une rente solide, mais son gros Alexandre, elle comptait le garder pour faire une fin. Ayant tout planifié à l'avance, elle prévoyait de concrétiser son *collage* en ayant un enfant qu'elle lui ferait bien reconnaître, qu'il soit de lui ou d'un autre. Faire Pâques avant les Rameaux était un pari audacieux, hardi même, mais réalisable avec de la volonté. Elle percevait parfaitement tout ce qui les séparait, de l'éducation au milieu social, mais elle avait la foi qui déplace les montagnes et Roitelet était loin d'être une montagne à déplacer. Avec de l'argent, on pourrait s'échapper, s'échapper loin en laissant derrière soi la mistoufle, les souvenirs sulfureux et déplaisants, s'échapper là où, selon elle, disparaîtraient toutes les différences.

La crise dura un long moment. Léonore cria, puis elle pleura. Elle cria à nouveau un long moment dès qu'il fit mine de la consoler, cassant des assiettes et des tasses qu'elle prit soin de choisir ébréchées, ensuite elle se retira dans la chambre, abandonnant au milieu de la pièce le pauvre Roitelet et ses charentaises.

Comme c'est souvent le cas, le couple se réconcilia au lit. Bien sûr, Roitelet était plus expert en logarithmes qu'en luxure, mais Léonore, en femme de tête, possédait l'art subtil et mélodieux de faire croire à n'importe quel maladroit rencontré au hasard qu'il était un Mozart de la bagatelle. Dans les granges et les caves de sa province, puis en maison, elle avait connu des gaillards qui l'avaient menée au ciel en lui faisant découvrir ce que c'est qu'être femme. Certains, tels des caravaniers conduisant leur convoi à travers la rocaille aride, lui avaient dévoilé des jardins luxuriants explosant de fraîcheur et des terres promises où coulaient le lait et le miel. D'autres, moins portés sur des écarts aussi extrêmes, posés comme Cincinnatus prenant en main sa charrue au retour du Sénat, lui avaient démontré que l'ornière d'un paysage moins varié mais plus étendu équivalait parfois aux dénivelés les plus incroyables.

Dans le cas de Roitelet, le parcours, privé à la fois d'espace et de hauteur, se transformait en un point, un zéro suspendu entre les deux infinis. Heureusement, à la pâle clarté des lampes languissantes, Léonore s'était inventé une méthode infaillible pour faire varier un peu ce qui était trop plat. Comme les rideaux de la chambre servaient de terrains de jeu à des bergers et bergères jouant du pipeau pour des moutons joyeux groupés parfois par deux, parfois par trois, Léonore déclinait dans sa tête la régularité du dessin. Lorsque Roitelet se concentrait poussif sur sa besogne, elle comptait la fréquence d'un motif de son choix au rythme de la pendule, lançant un petit cri tous les trois couples ou trios de moutons par exemple. Cette scansion (qu'elle utilisait parfois avec d'autres) avait la vertu d'accélérer l'affaire grâce à l'illusion enivrante où elle plongeait Roitelet de défricher sans fin des continents nouveaux. Son imagination de mathématicien traçait des cercles toujours plus larges sans qu'il se rende compte qu'il n'allait jamais plus loin que la pointe du compas.

La flamme de la lampe éteinte, ils s'endormirent côte à côte, après seulement dix bergères au fichu jaune, et leurs pensées divergèrent. Bien décidée à mettre en œuvre son plan et sentant la résistance s'effriter, Léonore décida qu'elle attaquerait le sujet dès le lendemain afin d'imposer une union stable et un départ vers de nouveaux horizons. Lui, la vanité virile rassasiée de chimères, le corps soulagé comme un bouton qu'on a gratté, ressassait dans l'obscurité les progrès accomplis par son équipe. Il avait fallu de longs mois de travail acharné pour concevoir le principe d'un modèle de calcul dont les facettes se mettaient peu à peu en place. Le théorème de la victoire dont il rêvait semblait enfin à portée de main en dépit de l'échec récent de l'*inéquation de Calisson*. Tout dans le déroulement de la guerre allait devenir prévisible. La victoire viendrait des chiffres. Sa fatigue du jour et sa lassitude face à la scène de sa maîtresse étaient dues à une nouvelle et remarquable avancée à laquelle il rêva le reste de la nuit.

13

LA journée que Léonore avait failli gâcher avait commencé pour Roitelet de manière bien calme. Lanzac avait promis une annonce spectaculaire et Roitelet s'était installé dès neuf heures dans la salle de classe, attendant impatient que les autres arrivent. Hector, qui depuis quelques jours avait l'air de plus en plus soucieux, essuyait les tableaux. Il observa du coin de l'œil son officier jusqu'au moment où, n'y tenant plus, il lui adressa la parole :

« Mon colonel.

– Oui, Hector.

– C'est pas pour faire offense, mais je voudrais poser une question.

– Pose donc, mon brave Hector, pose donc.

– Tous ces chiffres que vous écrivez sur le tableau, toutes ces choses que vous dites et que je comprends pas...

– Oui ? Eh bien, Hector ?

– Ça sert vraiment à quelque chose ?

– Ah, mon pauvre Hector, que nous sommes malheureux, nous les savants, d'être si incompris ! Ces chiffres, ce sont les seuls reflets corrects de notre monde informe. Même les mots dans ta bouche et dans ta tête te trompent, mon pauvre Hector. Les hommes se trompent toujours, toujours..., les chiffres jamais : *il faut toujours faire confiance aux chiffres.*

– Ah bon. »

L'intonation d'Hector marquait une telle déception que Roitelet en éclata de rire.

« Eh oui, Hector ! Laisse-moi te donner un exemple pour que tu comprennes. Imagine que tu sois juste au centre d'un polygone de tir et que l'on demande à cent commandants de batterie tout autour de toi d'atteindre pile poil le cercle rouge de ta casquette avec toutes leurs pièces...

– Ma... ma casquette, fit Hector, épouvanté à l'idée de jouer ainsi le rôle de cible.

– Ne t'inquiète donc pas, ce n'est qu'un exemple, mon pauvre Hector. Eh bien, chacun de ces artilleurs fera ses calculs balistiques. Chacun tiendra compte de la distance, de la puissance de ses canons, de la déclivité, de la météo..., puis tirera. Tous les tirs encadreront cette cible minuscule sur le sommet de ton crâne... sans pratiquement aucune chance de la toucher exactement..., sauf par un hasard extraordinaire.

– Ah..., soupira Hector, dont les joues reprirent des couleurs.

– Et si au bout du compte tu veux savoir qui est le meilleur artilleur, le plus proche de l'impact, tu trouveras que c'est toujours la *moyenne* de tous les calculs qui aurait donné un tir meilleur que le meilleur des tirs réels. Comprends-tu ?

– Ben alors, personne n'arrive jamais à toucher la cible et le total de toutes leurs erreurs, c'est le seul résultat juste que personne a trouvé ?

– En gros, c'est un peu ça. Cela s'appelle le paradoxe des artilleurs. Mais ce n'est pas la peine de faire cette tête, tu sais ! répondit Roitelet, qui s'esclaffa en voyant la mine déconfite d'Hector.

– Oh, c'est pas à cause de votre histoire, mon colonel... C'est que j'ai un problème, mais...

– De quoi s'agit-il ? Je peux peut-être t'aider.

– Oh non, il ne faut pas parler de ces choses-là !

– Alors, je ne peux pas t'aider, mon pauvre garçon ! »

La conversation prit fin lorsque entrèrent les trois adjoints de Roitelet. Pensif, Hector reprit son balai pour achever de passer sa serpillière. Une phrase le hantait : *Il faut toujours faire confiance aux chiffres.* Quand les discussions commencèrent, il s'installa au fond de la salle pour écouter.

Continuant à développer son algèbre des conditions du combat, Hannibal Lanzac était arrivé à un résultat surprenant de simplicité en tenant compte de trois paramètres qu'il avait appelés les trois T : le Terrain, le Temps et la préparation d'arTillerie. La définition du troisième T, à l'intérieur du mot et pas à l'initiale, avait beaucoup amusé toute l'équipe, y compris Hector qui, appuyé sur son balai, avait au moins saisi ce détail-là. Lanzac avait réduit chaque paramètre à une indication quantitative simple sur une échelle allant de 0 à 1. D'une bataille à l'autre, il avait comparé : la déclivité moyenne du terrain par centaine de mètres parcourue, la quantité de pluie au mètre carré par jour précédant une action et, enfin, la quantité d'explosif en kilogrammes par mètre carré pour la préparation d'artillerie. Rapportée à des tranches de vingt-quatre heures, l'augmentation moyenne de ces trois facteurs s'inscrivait, pour les deux cent vingt engagements étudiés, dans une équation implicite définissant le chiffre de l'état des pertes P :

$$f\ (T_1, T_2, T_3, P) = 0$$

Les trois facteurs T_1, T_2, T_3, calculés à partir du premier jour J d'un engagement jusqu'au jour J + N, N étant un entier naturel positif, semblaient donc permettre de calculer l'augmentation des pertes de façon numérique quand les trois paramètres d'intérêt se dégradaient.

La découverte était d'importance, car elle rendait prévisibles à la fois le moment idéal d'une attaque et la quantité d'obus la mieux adaptée à une préparation d'artillerie. Surtout, en appliquant la formule, on savait de combien d'hommes supplémentaires il faudrait disposer à tous les instants. Poussant la réflexion à son terme, Lanzac en était arrivé à poser la question de savoir si un chiffre plancher des pertes humaines pouvait être défini. Ce chiffre idéal serait en quelque sorte celui de l'effort inévitable à consentir. Grâce à l'équation implicite de Lanzac, tout général connaîtrait à l'avance le chiffre de ses pertes, chose qui n'était jamais arrivée au cours de l'histoire de l'humanité.

Comme dans le cas de l'inéquation de Calisson, il fallait à nouveau tenter de diffuser le plus largement possible la formule mise au point par Lanzac afin d'en vérifier la validité. Roitelet se fit lyrique : il finirait par convaincre le monde. Hasard et accident n'étaient que des équations mal posées. Chaque événement qui se répétait sur la ligne du temps avait un sens, chaque coïncidence de plusieurs événements donnés s'expliquait. Tout était nécessairement cohérent. Il allait imposer cette vérité à ceux qui menaient la guerre. Le langage universel des mathématiques conduirait à la double victoire, sur le front de l'Est et sur celui de la pensée.

Hector, qui réprima un bâillement, fut ravi lorsqu'il comprit que ces mots servaient de conclusion à la soirée. Il était pressé de retrouver sa Fernande, dont la présence à l'usine ne laissait pas de l'inquiéter. Elle rentrait de plus en plus tard et lui, aux cent coups, l'attendait. Roitelet le rappela :

« Au fait, Hector, le frère du secrétaire d'État m'a encore fait livrer une caisse de rhum. Prends-en trois bouteilles. Il titre 58°. Je te conseille de le flamber un peu avant de le boire.

– Merci, mon colonel. »

14

IL avait raison d'être inquiet, le brave Hector. Les premiers rapports entre Fernande et son contremaître avaient été édifiants. Moins pour les séparer de leurs collègues masculins (dont les désirs primaires d'ouvriers sans éducation pouvaient être redoutés) que pour rassembler par souci d'efficacité en un seul lieu des machines et des tables de hauteur moindre, les « munitionnettes » étaient regroupées dans les mêmes ateliers. Le contremaître des lieux passait donc aux yeux des autres travailleurs pour le coq enfermé dans sa basse-cour. C'était d'ailleurs le surnom dont ils l'affublaient chaque soir au bistrot. Par réaction, lui appelait au contraire les filles ses truies, toujours d'un ton méchant, par allusion au fichu, rose à force d'être lavé à la Javel, dans lequel elles devaient glisser leur chevelure pour éviter d'y accumuler trop de poudre prompte à s'enflammer.

Il y avait des raisons à son agressivité permanente. Son rôle de chef lui semblait amoindri par la nature de ses subordonnées : il souffrait d'avoir mis autant de temps pour en arriver à se retrouver là, à chaperonner des femelles. Car il avait dû tout leur apprendre. Le bréchet bombé, il avait cherché à les impressionner par son discours tout en obus, poudre, impacts et dégâts. Bien qu'il ait été réformé moins pour son rôle vital à l'atelier que pour sa petite taille, faire le martial devant son auditoire lui donnait l'impression de voler aussi haut que la Victoire de l'Arc de triomphe. Au demeurant, son enseignement, régurgité devant un tableau noir accroché à un tour, était utile à toutes pour bien comprendre leur rôle. Dans l'obus explosif modèle 1900 de 5,300 kilos, 825 grammes d'explosif étaient nécessaires ; pour l'obus à balles de 7,240 kilos qu'on devait bien apprendre à distinguer du précédent, il fallait ajouter 300 balles de plomb durci de 12 grammes pièce. Le reste des renseignements, tels que la surface effectivement battue de 25 mètres sur 200, à une distance de 6 600 mètres, ou la cadence théorique de 28 coups tirés par minute pour une vitesse initiale de 550 mètres à la seconde, ne présentait aucun intérêt, sinon de permettre au contremaître de plastronner comme si lui-même vomissait feu et plomb sur l'ennemi désemparé. Sa virilité, d'ailleurs, enflait au fil d'un lexique guerrier entrecoupé du leitmotiv : « Les Boches, y l'ont profond dans le cul, notre 75. » Prononcée de façon de plus en plus hystérique, la formule annonçait la définition des culasses et des fûts qui n'étaient nommés qu'avec des ricanements et des gestes entendus, lourds de surprises à venir. Quant aux obus, leur mention s'accompagnait d'œillades insistantes et gênantes en direction des poitrines les plus opulentes qui connaîtraient le moment venu le contact de ses doigts crochus.

Bien sûr, ce n'était pas tous les jours ainsi. Parfois des messieurs en habit venaient. Des femmes à l'usine, ça intéressait même les journalistes et on les faisait poser pour des photos qui enflammeraient le moral de la nation. C'était le photographe qui l'avait dit. Lors d'une de ces occasions, le secrétaire d'État en personne avait visité les locaux. Toutes avaient retenu son nom car il était noble : Charles de Moursault. Il était accompagné d'un colonel du génie qui fit un discours devant l'atelier assemblé. Bras croisés comme à l'école avec les autres filles, Fernande avait remarqué que le contremaître en était vert de jalousie.

L'officier était chimiste, chargé de la lourde mission de superviser la fabrication des gaz de combat. Formé à l'École supérieure de chimie, il avait le discours élémentaire et concis du scientifique qui maîtrise la nature si simple des choses :

« Monsieur le sous-secrétaire d'État, messieurs les journalistes, charmantes demoiselles... »

Au mot « charmantes », qui avait fait fuser de petits rires aigus, Fernande avait vu le contremaître se dresser sur ses ergots tel le coq dont un rival lorgnerait les poules.

« Comme vous le savez, nous avons dû mettre en place à la hâte la production industrielle de gaz nocifs. Notre but était la production de gaz à la fois lacrymogènes, suffocants et vésicants, ou toute combinaison de deux de ces trois propriétés. J'ai le plaisir de vous annoncer un succès total de nos efforts. De plus, nos canons Schneider sont particulièrement adaptés à l'utilisation de telles charges. »

Il avait prononcé Cheunèdre à la française et pas Cheunédère par patriotisme. Il marqua une légère pause pour souligner son succès. Un brouhaha approbateur s'éleva, que Charles de Moursault fit cesser en levant la main pour permettre à l'officier de poursuivre :

« Le choix initial du sulfure d'éthyle dichloré s'est avéré

bon. Nous l'obtenons désormais en quantité industrielle par barbotage de gaz éthylène dans du bichlorure de soufre en présence de tétrachlorure de carbone. Le produit est fusible à 14°et bout à 217°. La substance obtenue est suffocante, lacrymogène et surtout vésicante, avec une action de corrosion sur les muqueuses internes. Un avantage supplémentaire réside dans l'empoisonnement durable des lieux où elle a été répandue. Nous disposons donc à la fois d'un effet à l'impact et d'un effet différé. »

Un journaliste leva le doigt.

« Mais, dites-moi, colonel. Puisque l'effet de votre produit est durable, comment éviter que nos propres hommes en pâtissent ?

– Il faut les informer des secteurs contaminés, monsieur, voilà tout... »

De détail technique en détail technique, que l'officier en bon pédagogue rendait aussi abordable et vivant que possible pour des néophytes, l'exposé se poursuivit jusqu'à sa conclusion :

« Nous produisons à présent dix mille obus chimiques par jour en cinq calibres différents. Les charges sont prévues pour neutraliser entre cinquante et deux cent cinquante combattants à l'impact. Nous sommes ici dans l'un de nos deux sites de production, l'autre est installé à Boulogne, rue Saint-Blaise.

– Mais dans des zones habitées, n'est-ce pas un peu dangereux ? Souvenez-vous de l'explosion de la fabrique de grenades au 117, rue de Tolbiac. »

C'était un autre journaliste qui venait de parler. L'incident mentionné était encore dans les mémoires de ceux qui savaient, car la nouvelle avait été censurée. Cinquante personnes étaient mortes ce jour-là.

« Ce n'est dangereux qu'en cas de fuite, monsieur. »

La réplique, toute en froideur scientifique, avait été donnée sans l'ombre d'une pointe d'ironie. L'intonation du colonel semblait indiquer qu'il était un poil vexé qu'un scribouillard ait pu douter de son organisation. Charles de Moursault, dans son for intérieur, pensa que Dieu, dans sa très grande gloire, avait destiné l'École supérieure de chimie à accueillir la même proportion d'imbéciles que les autres composantes de la nation. Il prit congé suivi de tout son monde au grand dam des munitionnettes trop heureuses de cette pause inattendue. Elles n'avaient pas compris un mot, mais on les avait prises en photo, alors elles étaient contentes.

En sortant de son atelier à la nuit tombée, l'attention de Fernande fut attirée par une affiche que le secrétaire avait fait placarder. Il y avait des dessins avec des troupeaux de zèbres, des éléphants et des Nègres. Demain, elle la lirait à la lumière du jour.

15

L'ISOLEMENT de la section d'Albertini contribuait à amplifier le sentiment général d'usure. L'environnement se dégradait, les corps se délitaient, les pensées s'éraillaient et la solitude du groupe n'arrangeait rien.

Un jour, en 1915, Albertini et ses hommes avaient été séparés du 173e régiment bastiais, désorganisé après des pertes trop importantes. D'habitude, on arrangeait relèves et permissions d'une unité complète quand les deux tiers de l'effectif étaient hors de combat, morts, estropiés ou disparus. Au régiment corse, on avait imposé un rythme plus sévère qui avait ébranlé les individus, dans la chair et dans l'esprit, et détruit le semblant d'organisation sociale qui s'était mis en place après la mobilisation. Ainsi la section s'était retrouvée coupée du reste de l'unité, s'en éloignant de plus en plus au fil du temps. Pas par l'action de l'ennemi. Par le hasard d'un ordre de route rédigé à la hâte, d'un mouvement trop rapide ou d'un oubli. Les hommes avaient été versés par accident à un nouveau régiment, attribués par malchance à un autre qui montait à l'assaut, donnés par un coup de veine à un troisième qui partait pour un secteur calme. Au bout du compte, le petit groupe laissé en première ligne avait développé une certaine autonomie au prix de la perte de toute mémoire collective.

Tous les jours, Albertini comptait ses effectifs, matin et soir. À chaque soustraction qu'il devait poser, la cohésion du groupe s'effaçait un peu plus. Pour chaque homme tombé, les nouveaux venus étaient d'autres Corses égarés, mais aussi des Niçois ou des Bretons ou des Vendéens dispersés par des fortunes diverses. Chacun parlait à sa façon, réduisant le vocabulaire et les expressions communs à une intersection de toutes les variétés. La confusion de cette nouvelle Babel expliquait en partie la difficulté à entretenir les dérisoires fortifications. Pourtant, même dans un patois différent, chacun aurait sans doute pu raconter une histoire semblable à celle qu'Albertini partageait avec ceux de son village. Une histoire dont ils n'avaient pas prévu le tour si lugubre.

Le jour de la mobilisation, il faut dire que les gendarmes avaient bien fait les choses. Un détachement était monté à Santa Chiara au petit matin. Sans mettre pied à terre, ils avaient demandé au maire de réunir au plus vite la trentaine d'hommes qui devaient partir. Tout fut accompli en moins de deux heures et la petite colonne s'était mise en marche vers les villages suivants. En rassemblant à la hâte quelques effets et un peu de nourriture, personne n'avait eu le temps de penser à s'enfuir ou à se cacher. D'ailleurs, un départ en août ne gênerait pas trop la vie quotidienne. Le maire l'avait dit : les travaux agricoles les plus prenants étaient terminés. Pendant quelques mois, on ne souffrirait pas de l'absence de bras. De plus, le capitaine de gendarmerie avait lancé quelques boutades sur la solde à venir que ces chanceux allaient envoyer à la maison ou même vite rapporter en personne.

D'embrassades pleines d'émotion en plaisanteries sonnant un peu faux, personne n'avait remarqué les paires de menottes qui dépassaient des fontes de l'officier. Juste au cas où. Elles avaient été inutiles, tout comme les carabines portées en bandoulière par le détachement. Seul Albertini avait tenté de sortir par l'arrière de la maison familiale, mais les cavaliers étaient partout. Pris de court, il avait fait semblant de cueillir quelques poires pour la route sous l'œil sévère d'un pandore méfiant. Ensuite, le curé les avait bénis et ils étaient partis, escortés pendant quelque temps par les enfants du village. Pour beaucoup, le souvenir des années de service avait facilité les choses. Ce n'était pas si mal, l'armée. On y mangeait, sinon bien, du moins à sa faim, ce qui n'était pas toujours le cas au village, et puis on pouvait toujours gratter sur les petites fournitures en trafiquant un peu avec les civils pour améliorer l'ordinaire. Chacun parlant de ses propres expériences pour se rassurer lui-même contribuait à réconforter le groupe entier. Le soir, la petite colonne grossie d'autres groupes de mobilisés d'autres village avait dormi à Aléria. Les hommes étaient fourbus, les pensées réduites à rien par la marche rapide sous le soleil. Au rata préparé par les gendarmes, on avait ajouté les quelques provisions prises dans les villages.

L'officier chargé de conduire la colonne jusqu'à Bastia le lendemain avait fait servir un quart de rhum pendant qu'il improvisait un petit discours. Il avait parlé en corse et le ton était rassurant : le trajet jusqu'au port, l'attente du rassemblement de tout le régiment, la traversée puis l'entraînement à Marseille, tout cela prendrait du temps.

La guerre serait sans doute terminée avant que le 173ᵉ ne monte en ligne. On pouvait le regretter, mais que faire d'autre ? Avant de dormir, on avait chanté en chœur sous les étoiles, heureux et rassasiés de la camaraderie virile qui rayonnait autant que les feux de camp. Albertini avait fait une seconde tentative pour s'enfuir. En vain : les gendarmes de l'escorte n'avaient pas bu de rhum.

Ensuite, tout était allé vite. Deux jours de traversée, un mois d'entraînement, puis le front. En quelques engagements, le régiment corse avait été saigné à blanc, comme les Sénégalais de la *Force noire* vantée par Mangin, comme les tabors et les goumiers des troupes arabes. Question de moral pour les troupes métropolitaines. En quelques mois, les frères, les cousins et les amis étaient tombés. L'impression qui résultait de ces pertes était celle d'une nasse qui se resserre. Chaque cerveau fonctionnait par analogie, projetant en un point proche de cette courbe décroissante sa propre fin. Un de ces quatre matins, on allait y passer aussi. Tous.

Dès les premiers mois, on avait parlé à mots couverts de partir, de s'enfuir. Déserter, disaient les officiers. Les idées fusaient : marcher jusqu'à Paris de nuit, s'y perdre, s'y cacher, ou bien gagner Lyon puis Marseille et ensuite la Corse ou l'Algérie, l'Espagne peut-être. Tous les lieux où l'on avait de la famille. Mais comment partir ? Pendant les relèves, on restait dans la zone des étapes pour aider les territoriaux aux travaux de voirie. La surveillance des gendarmes ne se relâchait jamais. Les appels étaient nombreux dans des région bien trop militarisées pour passer inaperçu si l'on n'était pas dans une tenue à peu près convenable. Les prévôtés connaissaient les numéros des régiments au repos et les contrôles d'identité étaient fréquents. Les hommes avaient fini par comprendre que les trois chiffres qu'ils portaient au col, ces 1-7-3, les marquaient comme sont marquées les bêtes. Et les gendarmes étaient de bons chiens bergers. Quant à s'échapper durant une des rares permissions dans la troisième zone, l'arrière, il aurait fallu d'abord que tous en bénéficient au même moment, ou que l'on puisse falsifier les documents proprement. La tâche était impossible. Et puis, comment passer inaperçu dans des provinces dont on ne parlait pas le patois et dont les routes étaient inconnues ? Et il fallait de l'argent pour vivre, bien plus d'argent que ce dont on pouvait se contenter au village. Sans argent, impossible de réussir : la forteresse ou le peloton et douze balles dans la peau étaient inévitablement au bout du chemin. La force morale des premières lignes se mesurait aux bataillons de gendarmes postés dans la zone des étapes.

Alors on s'était habitué. Pour Salicetti, la situation était comparable à celle d'un de ses boucs qu'il avait jadis perdu dans la montagne un jour d'orage : rabattu par un feu de foudre vers un à-pic, l'animal s'était laissé brûler vif plutôt que de choisir une mort plus rapide en se jetant dans le vide.

Et le feu venait vite. Par une symétrie macabre imposée par le destin et le hasard des classes, Albertini, Morelli, Bastellica et Salicetti avaient connu le deuil de manière parallèle. D'abord la perte d'un frère plus jeune d'un an, en 1915, pour chacun des quatre, la même semaine, pendant l'offensive de Champagne. On n'avait pas retrouvé les corps. Un poignard à la main pour seule arme, Bastellica avait passé une dizaine de nuits à ramper dans le *no man's land* pour chercher le cadavre de son cadet afin de le traîner vers l'arrière. Ils avaient tous promis à leur mère de veiller à donner des sépultures chrétiennes à ceux qui succomberaient. Les autres lui avaient fait la courte échelle nuit après nuit. En vain. Il n'avait rien trouvé. Puis il avait perdu son autre frère le mois suivant. Les autres aussi.

Albertini essayait de ne pas ressasser ces événements, mais ils s'imposaient. On avait beau taper le carton ou se concentrer sur une activité manuelle, les souvenirs récents et anciens revenaient comme autant d'acteurs encombrant sans logique une scène de théâtre. Clovis apporta du café, interrompant un instant le flux de la mémoire. Albertini lui en fut reconnaissant : trop penser n'était pas bon. Fichue tête qui vagabondait sans rime ni raison comme un animal sauvage que l'on n'arrive pas à dompter. Même le babillage de Clovis valait mieux. Il venait de se précipiter dans l'abri en riant comme un fou, son magazine à la main.

« Sergent...

– Quoi, Clovis ?

– Écoutez-moi ça, sergent. Ce coup-ci, vous allez vraiment mourir de rire : "*Si les gens que n'aime pas Victor sont plus nombreux que les gens qui aiment Victor, mais si les gens que Victor aime sont plus nombreux que les gens qui n'aiment pas Victor, combien de personnes aiment Victor ?*"

– Tu me fatigues, petit. »

Tout d'abord, Clovis eut l'air très déçu, puis, d'un seul coup, un nouveau frémissement l'anima.

« Sergent ! Je voulais vous demander.

– Quoi, petit ?

– Tous ces types qu'on trouve morts, c'est quoi ?

– C'est la guerre.

– Non, non, non. Pas ça. Je veux dire tous ces types qu'on trouve morts, mais sans marque, sans blessure, sans rien. Y z'ont pas été gazés comme Toussaint et Charlot, y z'ont pas pris de balle comme Louis et Antoine ni de shrapnel comme Gaston et Didier ou d'éclat d'obus comme le Marcel et Riton. Alors, c'est quoi qui les tue, tous ceux-là ? C'est quoi, sergent ?

– Je sais pas, petit. Tu m'as déjà demandé et je t'ai déjà dit.

– Salicetti, il dit comme ça que c'est des diables qui arrachent juste leur âme si vite que ça laisse pas de traces, mais moi je crois qu'il doit y avoir une *explication rationnelle.*

– Quoi ?

– Une explication rationnelle. Ça veut dire qu'il y a une explication qu'on peut comprendre. Dans mon magazine, il y a écrit qu'il y a toujours une explication rationnelle pour tout. »

La lecture était devenue le passe-temps de Clovis. Chaque page lue était sa façon à lui de s'échapper. Pour fuir son propre cerveau, pour se donner l'illusion qu'en dépit de l'évidence alentour, cette évidence analysée inconsciemment, on pouvait survivre, chacun avait sa méthode : Salicetti portait autour du cou une impressionnante collection de médailles de saints. Il les prenait à des amis et des ennemis morts souvent sans savoir ce qu'elles représentaient. Chaque jour, il les comptait dans le même sens comme on égrène encore et encore un chapelet au point d'en transformer le cycle en une réalité de substitution. Il s'en était fait une religion personnelle agrémentée de prières qui mêlaient les noms trouvés sur ses colifichets. Pour se moquer de lui, à chaque « Saint Boniface, priez pour moi » qu'il laissait échapper, les autres lui disaient qu'il allait survivre car aucun morceau de shrapnel, aucun obus ne traverserait jamais cette invincible cotte de mailles de bondieuseries amassées sur sa poitrine. C'était bien là une preuve de la puissance de la religion.

Quand Clovis avait rejoint le groupe, il avait d'abord adopté la marotte de Salicetti, par mimétisme, se mettant à ramasser lui aussi médailles, médaillons et bracelets pieux. Mais, avec la compétition, la tension était montée entre les deux hommes. Une fois, une dispute avait commencé, abrégée par deux bons coups de genou d'Albertini à chacun d'entre eux. Alors, concédant l'exclusivité, Clovis s'était mis à collectionner les médailles et marques militaires trouvées sur les corps. Il rampait la nuit dans le *no man's land*, pendant des heures, armé d'un couteau pour trancher manteaux et vareuses afin d'augmenter son stock qu'il épinglait par couleur et par taille sous sa veste. La paix était revenue entre lui et Salicetti au point qu'ils pensaient désormais l'un à l'autre, chacun veillant à recueillir au hasard des cadavres ce que l'autre cherchait. Chaque échange permettait un enrichissement mutuel de leur collection qui leur occupait autant l'esprit à chaque instant que les billes et les calots distraient les écoliers de leurs études. Clovis avait même remarqué que les décorations et insignes allemands pouvaient parfois lui rapporter gros. Le moindre territorial, le moindre embusqué de l'arrière était prêt à donner un paquet de tabac pour une croix de fer et deux ou trois pour un galon de Boche en fonction du grade. Ces reliques les faisaient mousser auprès des paysannes et des grisettes éblouies. Ne restait plus qu'à s'inventer une aventure héroïque justifiant le trophée pour faire bonne mesure et enlever la place. Clovis ne jouait dans ce commerce que le rôle de fournisseur. Il avait passé un accord avec les vaguemestres et les pain-sel-sucre du ravitaillement : en échange des précieux morceaux de métal, il ne réclamait que les derniers numéros de *Je sais tout* qu'il avait découvert un jour aux feuillées et dont il lisait avec dévotion les solutions des casse-tête et le feuilleton régulier. Pour connaître la suite des *Aventures de Rouletabille et Candeur chez Krupp*, Clovis était prêt à ramper toutes les nuits. Lors de sa mobilisation, il ne gardait de son bref passage à l'école qu'une connaissance élémentaire de l'alphabet, suffisante pour lire les enseignes et les étiquettes des boîtes de conserve. Puis il avait découvert *Je sais tout*. Épisode après épisode, à force de harceler ses compagnons dix ou vingt fois par jour pour déchiffrer un mot trop long ou à l'orthographe étrange, il avait progressé, en arrivant à pouvoir lire sans parler. Cela n'avait pas été facile. Un jour, il avait dû descendre jusqu'à une tranchée voisine en plein bombardement avant de trouver un homme, ouvrier chez un opticien dans le civil, qui puisse lui expliquer le mot *prisme*. Parfois, il devait relire cent fois la même revue avant qu'une autre arrive. Il se concentrait jusqu'à les apprendre par cœur sur les énigmes, rébus et paradoxes soumis d'une semaine sur l'autre à la sagacité des lecteurs. Gare alors à qui interférait avec sa passion.

Un jour, un énorme Breton fraîchement arrivé au front avait profité de sa largeur d'épaules et de sa grande taille pour arracher des doigts de Clovis les précieuses feuilles, clamant qu'elles avaient l'air assez absorbantes pour que ses fesses les apprécient. Clovis ne dit rien mais, dès que le Breton se leva et lui tourna le dos en riant, il dégaina son couteau de tranchée. D'un seul coup, à travers le cuir de la botte, il lui trancha le tendon du jarret, relâchant le muscle du mollet en une pelote fibreuse et sphérique. Il reprit ensuite son magazine pour se remettre à lire sans prêter plus d'attention à l'autre qui se tordait de douleur. L'histoire aurait pu mal finir, mais Albertini, du haut de ses chevrons, avait arrangé les choses. Si le Breton voulait se plaindre, les deux hommes finiraient en forteresse ou au Bat' d'Af'. S'il se taisait, Albertini ferait passer sa blessure pour une blessure de guerre : il rentrerait chez lui et serait pensionné. Boiter avec de l'argent et surtout pouvoir s'échapper du front à si bon compte, ce n'était pas si mal. Le Breton avait accepté en leur lançant en celte d'obscures malédictions.

Salicetti s'était croisé à cent dix reprises pour conjurer le sort.

16

La fumée fraîche du narghileh chargé d'herbes exotiques parfumait la chambre de son odeur à la fois sucrée et poivrée. Les paravents ajourés et les meubles en marqueterie donnaient l'illusion d'être à Rabat ou à Casablanca. La chaleur d'enfer générée par deux poêles chargés jusqu'à la gueule du meilleur coke achevait d'abuser les sens. Au milieu d'autres ornements entrelacés, le croissant de lune repris mille fois dans le bois, l'ivoire ou la corne mangeait mille fois les cinq branches de son étoile. Avec jubilation, Saint-Arnaud écrasa sur sa cuisse une puce déjà grasse de son sang. Il venait sans doute de partager l'insecte avec Lucienne. Amusant comme les jeunes femmes encore préservées portaient toujours en abondance cette engeance sur elles. Était-ce le sang plus pur ou la chaleur des corps qui les attirait ? Il devait y avoir une explication.

Allongées à même le sol sur un tapis aux motifs géométriques incarnat et lavande, Félicie et Lucienne, les deux serveuses rencontrées au café de la rue de Rivoli, s'amusaient à mêler leurs cheveux. Saint-Arnaud examinait de son œil unique le moindre détail de leurs jeunes corps. Félicie, déjà rouée, lui avait livré Lucienne. En partenaire blasé, il venait de lever le rideau de sa jeune candeur. Ses yeux innocents brillaient de la double extase du haschich et de la révélation de sa propre intimité. Étourdie par cette fumée inconnue ou afin de subjuguer sa gêne persistante d'avoir enfreint tout ce qu'elle pensait en accord avec l'ordre du monde, elle babillait comme une enfant. La tresse commune était son idée. Les cheveux défaits des deux jeunes femmes avaient une longueur exceptionnelle. Libérés de leur chignon, ils tombaient jusqu'au bas des cuisses en une couverture noire, pesante et épaisse. Cette masse était si difficile à garder propre et brillante qu'elles avaient pris l'habitude de se les laver et de se les sécher mutuellement.

Comme pour se concentrer sur une tâche connue dans cette situation qui la dépassait, Lucienne avait commencé à peigner les cheveux de son amie dont elle venait de découvrir dans le moindre détail la nudité la plus secrète. Félicie s'était prêtée au jeu de bonne grâce. De caresses mutuelles en taquineries, perverses de la part de Félicie, espiègles et puériles de la part de Lucienne, les deux amies avaient commencé à mélanger leurs chevelures en une série de nattes triplées deux fois, serrées fin comme une soutache. Elles pouvaient s'occuper des heures tant la matière était abondante.

Saint-Arnaud se leva pour aller se servir du café qu'il corsa d'une bonne rasade de rhum. Le frère du secrétaire lui en avait fait parvenir une caisse. Machinalement, il remonta sa montre posée sur son bureau. Les rainures fines du remontoir, agréables au toucher, s'accrochaient tant au relief des doigts que l'on aurait eu du mal à dire si le crissement soyeux à peine perceptible venait des rouages ou du relief de la peau. Le corps nu de Saint-Arnaud était impressionnant. À l'exception de son visage carré, il donnait l'illusion d'être composé de lignes : d'abord, sous l'axe horizontal massif de ses épaules, les douze traits de ses côtes, puis, barres compactes, les cinq muscles saillant de son ventre. Même le triangle de taffetas noir posé au milieu de la triple balafre violacée sur son œil gauche confirmait cette géométrie générale. Seule une vilaine cicatrice circulaire au centre de sa cuisse droite apportait un élément de rondeur à son académie.

Les vapeurs du café sirupeux accélérèrent par réflexe le flux du sang, stimulant le cerveau de l'officier. Cette semaine avait au moins été un peu amusante grâce aux déboires de Roitelet. La seconde équation du Bureau des calculs, cette *fonction implicite* de Lanzac, ridicule abracadabra à prédire les pertes, avait été réduite à néant comme la précédente. Comme on fait s'effondrer un château de cartes. Les supputations des mathématiciens prétentieux n'avaient pas résisté à la masse de chiffres complémentaires avec lesquels Saint-Arnaud les avait submergés dès qu'il avait été informé par son agent des nouveaux résultats. L'alerte avait toutefois été chaude. Qu'une seule fois Roitelet arrive à convaincre un politicien qu'il détenait une formule magique pour déchiffrer les événements à venir tout en dirigeant les armées vers la victoire, et Saint-Arnaud se retrouverait en fâcheuse posture, obligé de justifier une cascade infinie de mensonges et de dissimulations. Mais la menace était écartée. Plus sérieuse, l'ineptie croissante des dépêches décodées par le bureau du chiffre semblait indiquer que l'ennemi ne confiait plus aucun réel secret à son système de codage actuel. Saint-Arnaud, dressé à réagir en agent de renseignements, était convaincu que les Allemands avaient découvert que leurs messages étaient vite décryptés. Tout en ordres inutiles et en commentaires oiseux sur des spectacles de music-hall prévus sur le front, la logorrhée insignifiante qui se déversait désormais ne pouvait être qu'un nuage de fumée. Un nouveau code en préparation allait sans doute se substituer au précédent, Saint-Arnaud le sentait comme on parvient à prédire l'arrivée d'un orage sans comprendre la raison de sa propre nervosité. À un moment où il était convaincu que son ami Châtelard allait parvenir au sommet de la hiérarchie, ne plus disposer du code ennemi équivalait à perdre le sens de la vue et de l'ouïe. Comment pourrait-il tirer avantage d'un généralissime qui, en l'absence d'informations fiables, serait paralysé ? Tout cela était inquiétant. De plus, si le traître mystérieux continuait à informer le Boche des mouvements de notre approvisionnement, la situation risquait de devenir dramatique.

Un éclat de voix le ramena à une réalité plus douce. Les deux chevelures de plus en plus solidaires des jeunes serveuses donnaient naissance à un jeu nouveau, dont le but peu clair semblait être pour chacune de tirer d'un coup de tête sur l'étrange tapisserie afin de déséquilibrer l'autre tout en continuant son propre ouvrage. Amusé, Saint-Arnaud se concentra sur les corps nus.

Félicie, avec ses seins amples, coniques et sa perversité sans limite, lui plaisait. Lucienne, sans charme, boutonneuse de son visage à l'ovale quelconque jusqu'à ses fesses flasques, ne déclenchait en lui que des bouffées de vice. Sa niaiserie surtout attisait sa perversité. Il croisa le regard de braise de Félicie. Ils se comprirent sans parler. Perdue dans la logique élémentaire de son exercice de tressage, Lucienne chantonnait une comptine enfantine :

Un, deux, trois, nous irons au bois,
Quatre, cinq, six, cueillir des cerises...

La voix de Félicie reprit la mélodie, mais pour articuler des mots bien différents :

« Tu sais, elle a volé de la crème, Lucienne.

– Vraiment ?

– C'est pas vrai, j'ai pas volé de crème ! Tiens ta bave et achale-moi donc pas devant le monsieur !

– Si ! Va pas du contraire ! T'es tout le temps alouvie que même, après la crème, t'as bu le rhum des babas et qu'y en avait plus quand on a servi. Je m'en souviens, c'était le jour où tu t'es trompée en comptant la caisse.

– Elle s'est trompée en comptant sa caisse, cette vilaine ? intervint Saint-Arnaud en souriant de l'accumulation des expressions patoisantes.

– Oui, elle sait pas ajouter après cinq francs ! Elle confond les sous et les centimes ! Il faut la battre ! Pour la punir ! Comme le maître lui faisait chaque soir à l'école !

– C'est pas vrai ! Elle bâille toujours de la goule, celle-là ! Il faut cinq pièces de un centime pour faire un sou. Vous voyez, monsieur, je sais !

– Et pour un franc, combien de sous, mon enfant ? »

Prise au piège, Lucienne essaya en guise de réponse de griffer le visage de Félicie, qui la plaqua contre le tapis en s'adressant à Saint-Arnaud d'un ton rauque :

« Tu vois ! Elle sait pas ! Elle mérite un ours pour mari !

– La chose est grave, en effet. Je vais devoir t'apprendre

à compter, vilaine. Et cette leçon, tu vas bien la retenir, car je vais te la payer. »

Lucienne ne comprenait pas où cet homme inquiétant voulait en venir. Le corps endolori par la découverte déchirante de l'amour, elle n'arrivait à penser que comme des yeux éblouis par trop de soleil arrivent à voir. Saint-Arnaud était allé prendre son portefeuille, qu'il ouvrit pour en extraire une impressionnante liasse de billets bleus de cinq francs, ceux où le mois de l'année est indiqué par un signe du zodiaque.

« Pour le premier coup, tu auras 5 francs, puis je double la somme pour les suivants. Mais c'est toi qui dois me dire *avant* que je frappe combien je dois te donner, sinon tu reçois le coup quand même et tu perds l'argent. Comprends-tu bien, petite ? »

La vision du portefeuille gonflé de billets avait réveillé l'attention de la jeune femme. Le calcul pervers qui lui était proposé mobilisa toutes ses facultés : 5 et 5, cela faisait 10 comme les doigts des deux mains, puis 10 et 10, ça faisait 20, elle en était sûre ! Puis 20 et 20... La voix de Saint-Arnaud interrompit la spirale dans laquelle elle s'engageait :

« Tu dois dire *cinq francs* pour que la leçon commence. »

Félicie, fascinée par ce jeu nouveau dont elle venait de comprendre la subtilité, redressa Lucienne sur ses genoux et ses coudes. Elle l'installa sous le meilleur angle, coinçant sa tête sous son bras et enserrant les minuscules sphères souples de ses seins naissants entre ses mains griffues pour maîtriser le moindre mouvement de résistance. Lucienne, un peu pâle, se soumit en fermant les yeux :

« Cinq francs. »

La badine de jonc tressé en se brisant au tiers de sa longueur laissa sur la chair blanche une première trace couleur myrtille. Lucienne hurla, mais modula bientôt le son de sa voix pour rejoindre le rire incontrôlé de Félicie. Un peu déçu par cette interruption, Saint-Arnaud alla chercher une autre cravache plus rigide puis revint calmement prendre position. Il attendait. Lucienne prononça plus vite, comme si sa vitesse d'élocution pouvait atténuer la douleur par l'équation magique de sa souffrance et de la durée de ses mots :

« Dix francs !

– Bien. Tu es une bonne élève. »

Avec la lenteur méthodique d'un instituteur écrivant au tableau, Saint-Arnaud continua d'appliquer le châtiment. Il traça une seconde blessure bien parallèle à la précédente et de profondeur identique.

17

JOSEPH Wronski releva le col de son manteau. L'air glacé du soir lui déchirait les joues et le fond de la gorge jusqu'au sang. En dépit d'un incohérent semblant de redoux, le mois de février plantait ses griffes terribles. Blotti à l'endroit habituel contre un mur dans un jardin potager à l'abandon, il attendait entre les carreaux étoilés d'une vieille serre et une brouette rouillée. Mademoiselle Lilibeth, derrière lui, réchauffait un peu le creux de ses reins et ses fesses. Le froid nocturne, en dépit de ses crocs, avait cette vertu apaisante de donner une illusion de propreté à ce qui apparaîtrait anarchique et exubérant dès les premiers feux du printemps. Les couleurs, brouillées par le givre et l'obscurité en un jaune terreux presque uniforme, lissaient la variété et le contour des choses.

À chaque coup de vent qui remuait les lames du froid dans sa chair, des larmes troublaient la vue de Wronski dont les yeux étaient fixés sur une fenêtre fermée, au premier étage d'une maison de maître. Bientôt la lumière viendrait, puis à nouveau l'obscurité. C'était là que dormait Frege. C'était là que Traudel allait monter avec le colonel. Là qu'il la toucherait, sans doute de manière obscène. Aussi obscène que Wronski lui-même, en homme d'expérience, se l'autorisait. Plus peut-être. Comment connaître les détails ?

Depuis une semaine, les troupes arrivaient en toujours plus grand nombre aux alentours de Laon, défonçant chemins et routes que des terrassiers français réquisitionnés ou prisonniers s'efforçaient de réparer afin que de nouvelles ornières s'y creusent dès le lendemain. Les régiments du train et les *Sonderkommandos* du génie étaient relevés et renforcés à un rythme croissant. Les dépôts et les cantonnements prenaient vie dans le moindre village comme autant de tertres de fourmilières.

Au milieu du tumulte, Wronski et Traudel passaient beaucoup de temps retirés dans leur chambre d'hôtel ou dans la salle de restaurant. À trois reprises déjà, ils avaient demandé des laissez-passer, indispensables pour revenir à Strasbourg, mais aucune réponse n'était venue. Le colonel Frege, dont la signature devait être apposée sur ce type de document, ne semblait guère pressé de voir repartir le couple. Wronski hésitait à donner une interprétation à cette attitude. Soit la Section III B, resserrant la nasse autour de lui, souhaitait ne pas lui laisser sa liberté de mouvement, soit le colonel Frege s'intéressait tant à Traudel qu'il ne les libérerait qu'après être arrivé à ses fins. Il avait invité la jeune femme deux soirs de suite à souper et à assister au même spectacle de *Tannhäuser*. Poliment, il avait proposé à Wronski de se joindre à eux, mais ce dernier avait décliné, prétextant des courriers à rédiger pour faire venir sa troupe sur place, en particulier ces danseuses grassouillettes que le général Morgenstern rêvait de rencontrer en privé. En fait, le rapprochement entre Frege et Traudel l'arrangeait. Sans les informations concernant toute la longueur du front qu'il obtenait d'habitude au cours de son numéro, Wronski risquait fort de n'être plus d'aucune utilité aux services français. Finis alors les espoirs d'une seconde vie à Paris. Au milieu de ces nuages d'orage, deux rais de lumière avaient indiqué une voie de sortie. En se procurant la liste des mots clefs qui verrouillaient le nouveau code allemand et surtout en découvrant l'identité du traître auquel Morgenstern avait fait allusion, il deviendrait indispensable aux Français. C'était la seule issue. La difficulté était qu'il lui fallait pour arriver à ses fins impliquer Traudel dans ses projets.

La révélation fut pénible. Amoureuse de la France comme lui, Traudel n'en était pas moins une patriote convaincue qui n'aurait jamais souhaité la défaite des siens. Quand Wronski lui avait tout révélé, elle avait pleuré. Il avait expliqué, justifié, démontré. Elle s'était calmée. Puis le coup de grâce était venu : il avait besoin de son aide. L'intérêt de Frege devait être exploité. Ce n'était rien de plus qu'un numéro à jouer. La même chose que lorsqu'elle attirait les yeux du public pour lui laisser du temps pour compter. L'échange de mots n'avait pas pris cinq minutes. La situation était si claire qu'elle s'était imposée naturellement, quelques phrases comblant le gouffre entre l'illusion entretenue et la réalité jusqu'à présent cachée. Wronski avait juste remarqué que les joues de Traudel d'habitude si roses avaient un peu pâli. Ensuite, elle avait écouté son plan comme elle aurait écouté les détails d'une nouvelle mise en scène. Après quelques instants de silence, elle avait demandé :

« Veux-tu que je couche avec lui ? »

Il aurait préféré qu'elle ne pose pas cette question. Il répondit que non, bien sûr, c'était hors de question, mais, au fur et à mesure que les mots sortaient de sa bouche, il savait bien que cela arriverait. C'était inévitable. Tous les éléments étaient réunis pour que cela se produise.

Comme les fois précédentes, Traudel ouvrit la fenêtre pour tirer un peu le volet, en accord avec leur plan. Le son de sa voix était gai, trop gai à son goût. Avant de refermer, elle glissa le petit carnet bleu subtilisé dans la poche de Frege entre deux interstices de la jalousie.

Mademoiselle Lilibeth leva un peu la tête lorsque son maître, gêné par son pied infirme, souleva son échelle de bois. Elle savait qu'elle devrait l'attendre en bas sous le balcon et elle alla s'installer à sa place. Wronski grimpa chaque échelon en prenant soin que l'échelle ne craque pas. Arrivé au sommet, il enjamba la rambarde, s'empara du carnet et commença à lire à la lumière de la lune, lentement mais avec un rythme égal. L'exercice de mémorisation était difficile. Le froid sur le balcon, décuplé par la réverbération de la pierre lisse, était plus tranchant qu'à l'abri du mur.

À travers la fenêtre fermée, les cris de Traudel, ces cris qu'il redoutait d'entendre, parvinrent jusqu'à ses oreilles, troublant sa concentration à chaque nouvelle modulation. Au milieu de chaque page, les mêmes paroles se formaient dans sa tête, susurrées par un démon terré au fond de son esprit : « Jamais elle n'a chanté comme ça avec toi. Jamais elle n'a chanté comme ça avec toi. » Wronski avait beau essayer de fixer son attention afin que chaque séquence soit complètement bue, proprement épongée par sa mémoire, les mots revenaient : « Jamais elle n'a chanté comme ça avec toi. » Soudain, il s'imaginait des choses. Il voyait des images. Puis il se reprenait. Il lisait, fermait un instant les yeux pour se concentrer, mais à nouveau le démon s'imposait : « Jamais elle n'a chanté comme ça avec toi. » Ses mains tremblaient. Soudain, d'un autre recoin de son âme, une autre voix s'éleva : Traudel criait pour qu'il l'entende ! Oui, c'était bien ça. Pour le narguer. Pour lui faire payer. Elle s'était offerte à cet homme et ces cris étaient un reproche qu'elle lui adressait. Comment avait-il pu ainsi la prostituer ? Mais le premier démon ne s'avouait pas vaincu : « Allons donc. Elle n'y peut rien, la pauvrette. Ses cris sont spontanés. Jamais elle n'a chanté comme ça avec toi. Jamais elle n'a chanté comme ça avec toi. Jamais, jamais, jamais ! » De grosses gouttes de sueur au front, il continuait à tourner page après page. Le flot qu'il mémorisait était un ruisseau paisible pris entre des volcans de pensées troublantes. Il fallait suivre le cours d'eau et oublier le reste. *La moindre erreur sur un mot, sur une seule date de validité des clefs, décalerait tout le système. Le code resterait alors hermétique.* Il fallait se concentrer. Juste suivre le cours d'eau. Ne pas écouter les rugissements du remords ou les relents de ses propres vices.

Chaque fois que le calme de son esprit semblait se rétablir, facilitant son travail, de nouveaux cris venaient résonner et se répercuter en hurlements dans les quelques centimètres cubes de l'intimité de son crâne. Le démon lui commandait de regarder à travers le carreau pour confirmer ses imaginations : « Regarde donc ce qu'il lui fait ! Regarde donc ce qu'il lui fait ! Cela te donnera des idées ! Tu as des leçons à prendre... »

Une grosse goutte de sueur bien sphérique tomba sur la

pointe de son pouce. Quelques millimètres plus à gauche et le carnet aurait été souillé. Il devait se concentrer sur les clefs. Se concentrer ! À côté de chaque date inscrite dans la marge, les lettres d'une phrase ou d'un mot clef s'alignaient : neuf février mil neuf cent dix-sept : *Le zeppelin décolle ;* dix février mil neuf cent dix-sept : *Wilhelmina danse le quadrille* ; onze février mil neuf cent dix-sept : *Chevauchée des Walkyries...* Les séquences se succédaient, sans logique, sans un rapport entre les unes et les autres qui aurait pu rendre l'exercice aisé, et Traudel criait, hurlait, rugissait de plaisir.

18

La tranchée *u Paese* était à nouveau calme. Quelques Gros Rouges, ces obus fusants de 105 baptisés ainsi pour la fumée lie-de-vin qu'ils dégageaient à l'impact, s'étaient abattus tout autour, mais le feu avait cessé aussi vite qu'il avait commencé. Le bombardement était une mesure de représailles de la part des Allemands. Sur ordre du commandant, il avait fallu sortir dès l'aube pour aller grenader un mamelon occupé par une casemate ennemie. C'était une échauffourée au sens incertain où la section voisine avait laissé une dizaine de bonshommes ou plus. Ceux d'Albertini n'avaient eu que deux tués pendant la charge. Un autre dans le bombardement. L'épisode avait pourtant failli tourner au drame. Dès le coup de sifflet, Clovis s'était élancé en criant comme s'il avait souhaité attirer sur lui le feu du blockhaus. Convaincu qu'il était pris de folie comme d'autres avant lui, Albertini l'avait plaqué au sol, lui évitant de se faire couper en deux, mais il s'était relevé en beuglant de plus belle. De retour à la tranchée, le Corse était entré dans une colère épouvantable. Il avait noyé l'inconscient sous tout ce que la langue corse peut fournir d'insultes et de jurons baroques comme un texte de Dante. À aucun moment de l'algarade, Clovis ne s'était départi de son sourire, comme s'il était convaincu d'avoir raison : il finirait par mettre son sergent dans l'embarras de s'être emporté contre lui. Quand Albertini s'arrêta, il prit son air le plus goguenard et se mit à persifler :

« Faut pas vous énerver, sergent. Je risquais rien.

– *Scemu !* Tu as failli te faire tuer et moi avec, tu as failli !

– Mais non, sergent ! Tout est écrit là. »

Clovis avait sorti de la poche de sa vareuse le dernier numéro, un peu chiffonné, de *Je suis tout*. Alors qu'Albertini, exaspéré, haussait les épaules de rage en partant, il s'expliqua enfin :

« Les mitrailleuses allemandes, elles peuvent plus tirer, sergent !

– Tu dis n'importe quoi, *cretinu* !

– Mais si, sergent, c'est écrit là ! Rouletabille et Candeur ont saboté les chaînes de montage de leurs mitrailleuses ! Après la cinquième cartouche, la culasse explose au visage du premier servant. Le second a les mains broyées, c'est écrit. On risquait rien, sergent, je vous assure. C'est écrit là ! »

Clovis galopait derrière Albertini pour lui imposer la vérité qu'il refusait d'admettre :

« C'est écrit, sergent ! En une seule journée, ils ont fait un trou dans l'enveloppe d'un zeppelin géant L70 qui finira par se dégonfler, ils ont trafiqué l'essence des Taubes pour que le moteur s'arrête à haute altitude et, pour finir, ils ont saboté la chaîne de montage des mitrailleuses Krupp ! C'est écrit là, sergent ! Ils l'ont fait.

– C'est des histoires, Clovis, des histoires pour les

enfants, tu peux pas comprendre ça, non ? Ce qui est écrit, c'est pas vrai, c'est inventé.

– Mais puisque c'est écrit, c'est vrai ! »

Clovis s'était arrêté. Comment pouvait-il faire saisir au sergent l'importance de ce qu'il savait ? Il allait repartir à la charge, mais Albertini était trop occupé. Il organisait la journée, répartissant la section entre les réparations, l'entretien et les tâches courantes. Chacun s'activait. Après l'attaque inutile, le train-train habituel devait reprendre pour éviter de trop réfléchir. Penser n'était pas bon. Chaque homme rejoignit son poste.

Tandis que tous s'agitaient, Napoléon Morelli s'était glissé au fond du réduit où le poste télégraphique de la section avait été installé, dans le méandre tortueux des tranchées de communication. Prenant des factions de plusieurs heures, quatre soldats se succédaient en permanence dans l'espace de quatre-vingts centimètres sur un peu plus d'un mètre. Ce n'était pas la plus désagréable des corvées, car on était à l'abri et un peu au chaud. La plupart du temps, Morelli s'allongeait en laissant ses pieds dépasser à l'extérieur, dans la tranchée, puis il posait la planchette du manipulateur sur sa poitrine. En cas d'activité, le crépitement le réveillait s'il avait sombré dans un sommeil trop profond. L'état-major attachait beaucoup d'importance à ces écoutes. Au fil des mois, les mouvements de troupes avaient créé une situation inédite. Les kilomètres de fil de cuivre déroulés à la hâte par les soldats des deux camps avaient fini par se croiser et par s'emmêler au petit bonheur. Dans chaque nouvelle tranchée prise, un fatras de fils enchevêtrés offraient aux téléphonistes un étonnant puzzle à résoudre. Une simple épissure suffisait, par l'incroyable hasard de mille connexions perdues dans la boue du *no man's land* ou sous les éboulis de boyaux disparus, pour établir un contact avec des postes amis ou ennemis, parfois éloignés de dizaines de kilomètres.

L'exercice relevait du même type de fortune que celui de la pêche. Il fallait parfois attendre plusieurs heures avant qu'un signal électrique ne vienne animer l'aiguille de cuivre. Ce matin-là pourtant, Morelli n'avait pas encore eu le temps de s'installer qu'une succession rapide de lettres et de chiffres commença à résonner dans le réduit. C'était la Chèvre. Morelli prit son carnet et son crayon. Au fil du temps, un bon télégraphiste reconnaissait toujours, à l'écoute, le « poignet » d'un autre télégraphiste. La Chèvre avait une frappe rapide qui se crispait parfois en des accélérations qu'une oreille de berger pouvait comparer à un bêlement caprin, d'où son surnom. Simples plaisanteries en première ligne, ces identifications permettaient au 2e Bureau de chaque division de classer les messages en déduisant par un travail de fourmi une origine géographique probable. Parfois même on arrivait à déduire au fil des transmissions une appartenance à telle ou telle unité.

Aujourd'hui, Morelli était surpris. Après le monotone signal préliminaire à toute transmission, une suite de longues et brèves pendant quelques secondes, le flux électrique ne correspondait plus qu'à la succession de groupes de deux lettres. Seules six lettres de l'alphabet semblaient s'associer et se répondre dans ce nouveau chiffre, les plus distinctes à produire dans l'alphabet Morse : A, D, F, G, V, X. Cette caractéristique rendait la perception aisée en dépit de la friture. Sans trop savoir pourquoi, Morelli ressentit au creux de son ventre une contraction d'inquiétude. Il n'aimait pas quitter ses habitudes et, lorsque ceux d'en face le faisaient, ça ne lui disait rien de bon non plus.

Quand le silence fut revenu, Morelli alla porter sa première transcription au sergent. Albertini était en train de tailler une canne dans un morceau de hêtre bien dur, vestige d'un timon ou d'un affût. De façon assez surprenante, la canne, le plus précieux des ustensiles pour des soldats amenés à se déplacer sur des terrains variés avec un barda de quarante kilos, ne faisait pas partie de l'équipement réglementaire. Alors, chacun se fabriquait la sienne, armant la pointe d'une douille de mitrailleuse ou de fusil en guise de virole. Sans regarder les notes griffonnées à la hâte que lui tendait Morelli, il lui montra la qualité de son travail, obtenant en retour un large sourire approbateur. Il ferait passer une copie de la transmission à l'arrière avec le rapport du jour.

Tandis que Morelli retournait à son poste, le travail de sculpture du sergent fut une nouvelle fois interrompu par l'arrivée du riz-pain-sel de la compagnie venu apporter du ravitaillement. Avec les hommes des roulantes, ceux de l'intendance jouaient le rôle de téléphone arabe, colportant d'un boyau à l'autre les derniers ragots et des informations plus vitales. Celui-là était corse. D'un village du nord, mais corse tout de même. Albertini lui fit signe d'entrer dans sa cagna et sortit sa bouteille de tafia.

« *Cosa mai portadu di bellu*[1] ?

– Du lard et de la morue.

– Beaucoup ?

---

1. Que m'apportes-tu de beau ?

– La morue, y en a beaucoup, mais elle est mal salée. Elle sera vite pourrie. »

L'homme engloutit le quart de rhum qu'Albertini lui avait versé. Le sergent le resservit.

« Et qu'est-ce qu'on raconte là-bas ?

– Rien de neuf. On va sortir dès le retour des beaux jours, c'est sûr.

– Des choses nouvelles sont arrivées au dépôt ?

– Des pois et des lentilles. On trouve plus de haricots. Pour le matériel, un stock d'échelles d'escalade en bon bois bien sec a été livré, et des bandes molletières aussi. Faut se dépêcher pour adresser les demandes. Tout ça va filer vite. Personne ne sait encore, à part vous. »

Albertini sourit. L'homme avait tendu son quart une nouvelle fois pour paiement de cette exclusivité. En se dépêchant et en s'arrangeant un peu, on pourrait se procurer le plus grand nombre possible d'échelles d'assaut. Le petit groupe avait un projet secret qui nécessiterait beaucoup de bois de chauffe. Si celui qui venait d'arriver était bien sec, ce serait parfait pour faire des bûchettes. On commanderait des bandes molletières également. Autant que l'on pourrait. Ces longs rubans de tissu très résistants pouvaient servir à tout. Enduits d'une poix gluante de fabrication artisanale, ils fournissaient un calfat de première qualité, même s'il sentait un peu fort. Il faudrait faire vite. Tous les postes avancés allaient procéder de même afin d'accaparer le plus de fournitures en exagérant les besoins pour être sûrs d'avoir quelque chose au bout du compte. Afin de faciliter sa demande, Albertini devait dès maintenant augmenter dans ses rapports pour le 2e Bureau le volume et la nature des bombardements allemands.

Envoyer des rapports inexacts afin de réclamer plus de matériel n'était pas chose simple. Il fallait s'y prendre de manière assez intelligente pour rester crédible. Signaler chaque jour quelques coups de 105 ou même de 150 restait acceptable. Par contre, les marmites de 280 ou de 305 devaient être signalées avec parcimonie. Des obus si chers se tiraient peu.

Bien sûr, Albertini avait d'abord pensé à augmenter de façon mécanique dans ses rapports la densité des bombardements comme on majore le prix d'une denrée avec une taxe fixe. Le système présentait un double inconvénient : non seulement les très gros calibres n'étaient utilisés qu'exceptionnellement et de façon aléatoire, mais les besoins de la tranchée à un moment donné n'étaient pas en rapport direct avec les dégâts causés au cours d'une autre période. Il devait donc prévoir un peu à l'avance les besoins afin de planifier les déclarations tout en tenant compte des délais de l'intendance. Cinq jours de pilonnage fictif au 150 pouvaient assurer l'arrivée de couvertures et de paillasses deux mois après. La déclaration d'un coup de 305 sur une hypothétique casemate permettait la livraison assez rapide de troncs d'arbre que l'on utilisait ensuite soit pour étayer, soit pour construire des meubles, voire pour se chauffer.

De manière intuitive, Albertini essayait de rester dans des proportions vraisemblables pour ne pas être pris en défaut lors d'une inspection. Cela l'amenait à faire des « économies », comme il les appelait lui-même. Un ou deux coups de 280 et un peu de « monnaie » en 105 pouvaient ainsi n'être déclarés que plusieurs semaines plus tard, pour avoir du bois de rab par exemple, ou bien pour le cas où il faudrait justifier une demande de supplément de nourriture en prétextant un magasin détruit. Il ne s'agissait pas alors d'une fausse déclaration, mais d'une déclaration différée que l'on faisait remonter vers l'officier de renseignements du régiment, qui transmettait à celui de la division et ainsi de suite. Albertini ne conservait pas de traces de cette comptabilité balistique, mais, en moyenne, en tenant compte de son système d'économies, il croyait n'avoir fait que doubler ses déclarations pour les plus petits calibres en n'exagérant que d'un tiers ou d'un quart celles des plus gros. En trois ans, l'arrière n'y avait vu que du feu et les fournitures qui ne seraient jamais parvenues jusqu'à la section y avaient été livrées.

À présent, pour s'approvisionner au plus vite tant que les dépôts étaient pleins, il allait devoir augmenter très fortement la proportion d'obus de fort calibre déclarée dans les rapports des trois ou quatre prochains jours en exagérant ainsi les dégâts infligés au matériel. Ensuite, afin de rétablir une moyenne acceptable, il serait nécessaire de ne faire état dans les semaines suivantes que de calibres bien inférieurs. Il conviendrait aussi de diminuer leur fréquence pour ne pas provoquer de réaction violente de représailles contre les Allemands. En croyant à trop d'agitation dans le secteur, l'état-major aurait bien été capable de monter un assaut de grande ampleur !

19

ROITELET était au trente-sixième dessous. Avachi à sa table de travail, il était aussi abattu que si la lune lui était tombée sur la tête. Au moment où, triomphant, il s'apprêtait à soumettre au secrétaire d'État les principes de l'équation implicite de Lanzac, le Bureau des calculs avait reçu plusieurs caisses de documents remettant en cause chacun des trois T examinés par son collègue. Il y avait de nouveaux rapports, froissés et poussiéreux, émanant des services météorologiques, de nouvelles indications brouillonnes sur les pilonnages et, bouquet final, de nouvelles cartes d'état-major avec des indications plus précises ou rectifiées sur les derniers engagements. Le plus étrange, c'est que le hasard avait voulu que tous les documents de cette caisse concernent précisément les deux cent vingt engagements étudiés en détail par Lanzac. C'était un hasard incroyable. Incroyable ! Il fallait tout reprendre de zéro afin de vérifier la validité des raisonnements.

Ce mauvais coup du sort avait déprimé Roitelet déjà bien découragé par sa vie privée. En effet, harcelé par une Léonore de plus en plus pressée de lui passer la corde au cou, Roitelet restait toutes les nuits dans son bureau à examiner des statistiques de bombardements sans se douter qu'il donnait ce faisant à sa maîtresse l'occasion d'augmenter ses souscriptions aux bons de la Défense nationale. L'héritage du gilet avait bien un peu rassuré la jeune femme, mais, *encore plus* valant mieux que *beaucoup*, elle continuait à étoffer sa rente avec l'acharnement d'une abeille se constituant un stock de miel. Il ne la voyait plus que deux ou trois fois par semaine, le temps d'une scène et d'une réconciliation, ce qui, en fin de compte, lui convenait. La dernière crise, violente, avait éclaté lorsqu'elle avait posé sur la table quatre réservations pour des billets à destination de Casablanca.

« On peut se rendre là-bas sans formalités et accomplir les démarches pour aller aux États-Unis. L'Europe, c'est fini. Pantruche me manquera, mais y faut partir, tu comprends ?

– Ma poussinette, enfin... Et les billets supplémentaires, pour qui sont-ils ?

– Pour Hector, y viendra comme valet, majordome et chauffeur. Et l'autre pour sa femme qui repasse si bien le linge. »

En entendant ses explications, Roitelet avait éclaté de rire.

« Tu es une enfant ! Tu comptes disposer des gens comme cela ! Hector n'est pas un esclave ni un domestique. C'est un soldat mis à ma disposition pour s'assurer de mon confort quotidien tandis que je vaque à mes missions.

– Y viendra, j'en suis sûre. Rien que pour s'en sortir.

– Vraiment ? Tu es capable d'en prédire des choses, dis-moi.

– Tu te rends pas compte de la réalité, mon coco. T'es

perdu dans tes papiers et tu vois rien ! Regarde autour de toi. Moi, j'ai compté les femmes dans la rue. Chaque fois que j'en croise cinq, quatre portent des habits noirs. Chaque fois ! Si je vois deux femmes ensemble en habits de couleur, je suis sûre d'en croiser huit ensuite qui vont vêtues de noir. Quatre veuves sur cinq femmes, tu te rends compte ? Les journaux, y nous mentent, coco. Tous nos bonshommes, y sont en train de claboter là-bas dans l'Est. Bientôt, y en aura plus. C'est forcé ! »

Roitelet tira Léonore vers lui et la fit asseoir sur ses genoux comme une enfant à qui on va faire la leçon.

« Tu dis des bêtises, mon trésor. As-tu seulement un peu réfléchi ? Ces femmes en noir sont peut-être des épouses, mais aussi des mères, des tantes, des sœurs. Tu te laisses impressionner pour rien : les quatre femmes que tu croises sont peut-être en deuil pour une seule et même malheureuse victime... »

Il n'avait pas eu le temps de finir sa phrase. Comme une furie, Léonore avait bondi sur ses talons en hurlant :

« Me traite pas comme si j'étais qu'une conne, tu veux ! Et la bouffe, hein, tu y as pensé à la bouffe avec tes mères, tes tantes et tes sœurs ? Plus de 3 francs le kilo de bœuf, 6 francs le kilo de beurre, et même à ce prix on en trouve pas ! Y a plus rien à becter à Paris ! Que nib à part ce pain de merde qui me déchire les boyaux, si on part pas on nous enterrera tous, le ventre gonflé comme des chiens crevés ! Tu crois pas que c'est les fonds de gamelle que tu me ramènes qui vont me suffire ! J'ai la dalle, moi ! Y a même plus de fayots nulle part à présent ! Y faut se barrer, je te dis. On est riches avec le gilet, alors y faut se barrer. »

Suite à un geste qui se voulait tendre et consolateur,

mais qui fut mal interprété par Léonore, la dispute avait fini en un véritable pugilat au cours duquel Roitelet avait eu le dessous. Les tibias meurtris de bleus infligés par la pointe ferrée des bottines de sa maîtresse, il avait décidé de ne plus avoir de discussions aussi irrationnelles avec elle. C'était trop cher payé pour un plaisir somme toute fugace et fugitif. La vie du Bureau des calculs constitua donc à partir de cet instant la trame unique de son existence. Il y avait des problèmes de ce côté-là également, mais au moins ne naviguait-on pas dans l'absurde. L'enthousiasme grandissant des politiques lui permettait d'avoir accès à des renseignements de plus en plus confidentiels. Il avait ainsi reçu à titre tout à fait exceptionnel une note expliquant les objectifs de la grande offensive de printemps préparée par le généralissime. Le ton déraisonnablement optimiste qui promettait la victoire en vingt-quatre heures aurait pu l'amuser et le tirer un peu de son humeur maussade, mais il avait été effaré par les principes théoriques contenus dans le document du polytechnicien. Il avait enfin sous les yeux une présentation complète du si secret *feu roulant* et il était loin d'être convaincu par ce principe novateur et révolutionnaire. Pour l'heure, il avait décidé de ne pas en parler à l'équipe afin de ne pas nuire à l'atmosphère de concentration, mais il sentait bien que la mise au point finale du théorème de la victoire devait être rapide.

Heureusement, Tricotin, dont le travail concernant la qualité du commandement n'avançait guère, avait eu une idée de génie. Pour cette partie des réflexions du bureau, l'équipe s'était heurtée dès l'origine à un obstacle. À la demande de Roitelet, les dossiers de trente-deux généraux avaient été apportés sous escorte au Bureau des calculs dès

1915. Le président du Conseil en personne avait dû signer une autorisation après un premier refus catégorique du GQG. Le nombre de dossiers en question était pourtant bien faible par rapport aux 160 divisionnaires et aux 260 brigadiers en service en 1914. Tricotin avait pu se mettre au travail avec ce dont il disposait, puis, afin d'avoir accès à un plus grand nombre de dossiers de généraux, il avait fini par faire courir le bruit, au GQG, qu'il mettait au point un nouveau système de calcul des retraites. Il avait entretenu la rumeur qu'il ne progressait guère, faute d'informations. En deux jours, de nouveaux cartons étaient arrivés sur son bureau, au point qu'il manquait de place pour les entasser. Un certain temps serait nécessaire pour tout dépouiller et voir le parti que l'on pourrait tirer de ces données-là.

En attendant, la mise en commun traditionnelle des cogitations allait prendre ce matin-là un tour bien étonnant. L'examen détaillé des fiches de marmitage, qui recensaient la totalité des tirs d'artillerie allemands le long du front, avait donné de bien curieuses indications pour les deux semaines écoulées. C'était Hannibal Lanzac qui, règle à calcul en main, avait vérifié ce point devant ses collègues. À partir du nombre d'obus tirés, de leur calibre, de leur nature et de leur fréquence, il affectait chaque semaine une valeur relative à chaque secteur du front. Cette valeur était une sorte de coût abstrait C qui tenait compte de la nature des explosifs, du temps de fabrication des projectiles et même de leur encombrement : par train, un chargement d'obus de 105 prenait en moyenne dix fois moins de volume qu'un chargement de calibres 280.

Cette fois-ci, l'analyse poussée des activités de l'artillerie ennemie donnait une valeur moyenne stable pour C sur tout le front de la mer du Nord à la Suisse, *sauf entre l'Aisne et la Somme*. Le chiffre de ce secteur précis devenait assez différent jour après jour pour signaler un événement remarquable.

Intriguée, la petite équipe abandonna un instant tous les autres travaux et se mit à cogiter, tandis qu'Hector, l'air soucieux, emplissait sans fin les tasses d'un café bien épais. Roitelet pensa d'abord que l'on avait affaire à une préparation augurant une nouvelle attaque massive, comme à Verdun. Mais ça ne collait pas. Par acquit de conscience, on examina toutes les statistiques des préparations d'artillerie de ce type depuis deux ans. Jamais les Allemands n'avaient procédé à un premier pilonnage de gros calibres pour se contenter ensuite de ne tirer que des obus fusants de calibres moindres. Ça n'avait aucun sens. Les bons obus manquaient au bon endroit.

Ce fut Achille Tricotin qui trouva la solution. Comme à Archimède faisant déborder l'eau de sa baignoire, son idée lui vint en contemplant un phénomène fort banal. Ayant terminé sa pipe, il en gratta le fourneau avec la plus grosse lame de sa curette d'abord, ensuite avec la plus petite pour les morceaux de tabac les plus récalcitrants. Il marqua un temps d'arrêt, puis énonça sa découverte avec le calme du détective qui tient son coupable :

« Ils se déplacent.

– Comment ça, ils se déplacent ?

– Ils n'ont pas tiré d'abord avec leur artillerie lourde pour ensuite laisser la place à la légère. Ils ne tirent plus avec de gros calibres parce que les pièces de gros calibre ne sont plus là. Il n'y a plus d'artillerie lourde ennemie dans ce secteur. Et l'activité de la légère n'est qu'une couverture destinée à masquer leur retrait.

– Mais si autant de pièces lourdes avaient été retirées d'un point, on les retrouverait ailleurs dans nos moyennes. Plus au nord ou plus au sud. Or, ailleurs, les statistiques sont constantes. Qu'ont-ils fait de ces fichus canons ? »

Ce fut Lanzac qui comprit le premier :

« À moins que ces pièces soient installées sur une nouvelle ligne de front.

– Comment ça, une nouvelle ligne de front ? Ils ne vont pas envahir la Suisse. Tu penses au front russe ?

– Non. Une nouvelle ligne de front en retrait de la première. Ils battent en retraite. Ils vont se retirer sur une nouvelle ligne.

– Quel intérêt ? Ils ont toujours préféré perdre des centaines de milliers d'hommes plutôt que de céder un mètre de terrain. Pourquoi une nouvelle ligne ?

– Une ligne méthodiquement fortifiée et donc imprenable. »

Cette dernière phrase plongea le petit groupe dans une sorte de stupeur. C'était la seule solution logique.

« Il y a un moyen d'avoir confirmation.

– Comment ?

– S'ils se retirent, alors, après l'évacuation de l'artillerie lourde, la présence de la légère doit se faire jour après jour moins évidente, car ces pièces-là vont également décrocher d'échelon en échelon.

– Cela correspond à nos données !

– Bon sang ! Mais cela signifie que notre généralissime court au drame.

– Que veux-tu dire ?

– Je ne voulais pas vous troubler avec ça. Notre offensive de printemps est prévue par Nivelle exactement au sud de ce dispositif, dont nous venons de déduire l'existence à l'instant par la rigueur de notre logique. Nos troupes vont se retrouver confrontées à des forces dont le flanc droit est tout d'acier et de béton. Derrière ce rempart, les rotations de renforts se feront sans problème. De plus, les voies de communication ont sans doute été améliorées, ne serait-ce que pour acheminer les matériaux de construction. Comment cela a-t-il pu échapper au 2e Bureau ? Les Boches vont nous rejouer Verdun, mais à l'envers !

– Il est heureux que Lanzac sache compter, alors.

– En effet. Messieurs, je prévois des lauriers pour le Bureau des calculs. Puisque nous savons ce que les Allemands sont en train de faire, nous pouvons peut-être infliger une correction mémorable à leurs troupes lorsqu'elles se retireront. En attendant, Nivelle va devoir revoir sa copie. »

L'équipe de Roitelet venait d'aboutir par de tout autres moyens à une conclusion qui, quelque temps plus tôt, avait jailli dans l'esprit de Saint-Arnaud. Tandis que ce dernier disposait des notes de Kaleb et de ses autres agents, le Bureau des calculs avait raisonné à partir d'éléments différents. Le résultat était pourtant le même : il était évident que les Allemands préparaient une retraite d'envergure. Hector était heureux que l'on soit arrivé à trouver la solution, car il n'y avait plus de café. Il était aussi soulagé de pouvoir réfléchir enfin à ses propres problèmes.

20

L'ÉQUIPE de Roitelet n'était pas la seule dont la cervelle bouillonnât. Tandis que ses patrons s'agitaient d'inférences en déductions, Hector s'enfonçait dans le dédale d'une déprime sans issue. La raison de ses soucis était étonnante. Depuis des semaines, il avait commencé à thésauriser les ingrédients nécessaires pour la réalisation de son *cassoulet des mathématiciens*. À chaque boîte de graisse d'oie sur laquelle il avait pu mettre la main, le brave garçon se répétait que la fête serait belle et qu'il serait le centre de l'attention de tous. Une découverte toutefois l'avait ébranlé. Ayant mis la main sur trois sachets de haricots secs de la meilleure qualité, bien ronds et entiers, il s'était mis en tête de vérifier sur l'échiquier qui trônait sur le bureau de Tricotin la quantité exacte de féculents réclamée par ses maîtres. Il commença à compter avec un petit sourire en coin : 2 puis 4 puis 8... Quels petits appétits, ces gens de la ville ! Pourtant, très vite, la surface de bois n'y suffit plus. À son grand étonnement, il dut prendre une bassine de tôle et se contenter d'utiliser l'échiquier pour compter en jetant les haricots dans le récipient à ses pieds. Il n'était arrivé qu'à la deuxième case de la deuxième rangée que déjà ses sachets étaient vides. Ne sachant que penser, il avait passé une journée à faire le tour de ses principaux fournisseurs que sa nervosité alarma bien vite. L'un d'eux, un vieil Italien du nom de Ruggieri, lui demanda s'il y avait une pénurie en prévision, ou si, par ses officiers dont on croyait savoir qu'ils travaillaient pour l'intendance, il était au courant de quelque chose de précis pour les mois à venir. Comme il ne serait jamais arrivé à expliquer son problème, Hector mentit, et il mentit mal. Dès lors, le moindre épicier chez qui il se mit à rafler des sachets de haricots secs s'inquiéta. On soupçonna anguille sous roche et chacun se mit en tête d'augmenter ses propres stocks avant que n'arrive la disette. Ces prédictions pessimistes qui se répandirent vite n'arrangèrent guère le problème d'Hector. Avec vingt sachets d'un kilo, il n'était pas même arrivé à couvrir la moitié de la deuxième ligne. Cela n'avait pas de sens ! C'était un sort qu'on lui avait jeté ! Une diablerie !

Désormais, chaque matin, il se mettait en quête de nouveaux sachets et de caisses entières dont la rareté augmentait au fil de ses recherches par un paradoxe dont il ne savait pas qu'il était la source. Pour tenir ses comptes, il accumulait chez lui des sacs et des bassines dont le contenu correspondait à chaque nouvelle case qu'il parvenait à couvrir. En arrivant à son immeuble à la nuit tombée, il avait trouvé un moyen de faire un point en utilisant les carreaux de la cour dont il avait marqué par des piquets une surface de huit par huit reproduisant l'échiquier de Tricotin, mais sur une superficie qui pouvait accueillir ses récipients. Afin de tenir sa comptabilité, il avait noirci les pages d'un premier cahier d'écolier jaune, puis d'un second, dont les tables de multiplication imprimées au dos de la couverture l'aidaient beaucoup. Plutôt que de s'ouvrir à son colonel de cette énigme étrange qu'il venait de découvrir, le brave Hector préféra se taire. Il sentait bien que toute cette affaire n'était à l'évidence pas naturelle. Or, parler d'un sort qui vous frappe est le meilleur moyen d'en multiplier l'effet maléfique. Son père à la ferme avait un jour mentionné au curé un cochon envoûté par un voisin jaloux et, en quinze jours, tous les porcs avaient attrapé la même maladie.

La seule à qui il eût essayé de suggérer quelque chose, à mots couverts, c'était Fernande. Comme elle l'avait rabroué, Hector en avait déduit qu'il s'agissait bel et bien d'un sort, d'une punition pour ses fautes dont la seule mention entraînait l'incrédulité. Même sa femme pourrait en être affectée, pensait-il, et s'écarter de lui. Bien sûr, il n'y avait guère besoin de magie pour que les disputes éclatent. L'argent et l'avenir du couple occupaient le premier plan dans des querelles répétées à l'envi. Mais le sort jeté devait être un peu responsable. D'ailleurs, quand Hector essayait encore et encore, le résultat était identique, Fernande n'écoutait pas.

« Il arrive des choses...

– Tu te rends compte ! C'était écrit dans le journal que les combattants auront des places réservées dans l'administration. Dans l'administration !

– Et alors ? Moi, je te dis qu'il arrive des choses...

– Mais on s'en fiche, de tes choses ! Le cousin de Noémie, il est facteur. Il gagne 160 francs par mois. Avec ça, dans dix ans, il pourra s'acheter une boutique au lieu de continuer à travailler pour les autres.

– Mais que veux-tu que l'on fasse d'une boutique ? Moi,

c'est les voitures qui m'intéressent, tu le sais. Quand tout ça c'est fini, j'aurai mon garage. De toute façon, à Paris on n'est pas dans la zone des combats. Donc, ça ne me concerne pas. Tu ne voudrais tout de même pas que je parte au feu, non ?

– Alors, ça veut dire que c'est moi qui dois ramener de l'argent en soulevant des obus du matin au soir pendant que toi tu fais rien.

– Comment tu peux dire que je fais rien ! Je m'occupe de mon officier et de sa dame.

– Mais arrête de me faire rire avec ton officier et sa dame ! Sa dame, c'est une pute, voilà ce que c'est...

– Ah, Fernande, ne parle pas comme ça ou je... !

– Ou tu quoi ? Ne me fais pas rire, je te dis ! Maquillée comme ça et avec ses talons, y a que derrière la gare de Carcassonne que j'en ai vu des dames comme la tienne. Quand je lui ai ramené ses panières de linge la semaine dernière, elle était avec un type et y z'avaient pas pris le thé, ça je peux te le dire.

– Comment tu peux dire des choses comme ça ! Ce sont des gens très bien et je suis à leur service, c'est tout.

– C'est en comptant tes fayots que tu es à leur service, que tout le monde croit que tu es un couillon ! Mais tu perds ton temps, mon pauvre Hector, pendant qu'il y a de bonnes occasions à portée de main...

– Tu ne vas pas me reparler de cette satanée concession en Afrique ! Et puis, je t'interdis de parler de mes haricots, ou je vais... ! Et puis, et puis... C'est moi qui t'ai fait venir à Paris. Tu vas me le faire regretter. Tu devrais plutôt t'occuper un peu de la cuisine que je puisse manger chaud en rentrant, et puis tu laves même plus mon linge...

– Oh, va te faire foutre ! Tu es fada si tu veux que je te dise. »

Hector était pétrifié par les écarts de langage parisien qui émaillaient de plus en plus le discours de son épouse depuis qu'elle fréquentait l'usine. Ses vêtements, ses cheveux sans élégance ni féminité le laissaient perplexe. Cette guerre n'avait rien de bon et la ville non plus. Ces changements qu'il ne comprenait pas seraient vite oubliés de retour au pays. Le naturel reviendrait vite. Une femme était faite pour porter des enfants pendant les dix ou quinze ans où elle pouvait le faire. Ensuite, elle servait son mari qui jouait le rôle d'homme, de chef de famille, en prenant soin d'elle avec bienveillance. Cela s'était toujours passé comme ça et devait donc nécessairement continuer comme s'écoulent les saisons au fil des mois pour revenir l'année suivante. Le plus frustrant pour Hector, c'est qu'il essayait en vain de convaincre Fernande du bien-fondé de son projet d'un grand garage automobile, à Carcassonne. Il avait depuis longtemps réfléchi à tout et tout prévu. Il s'agissait d'un garage où tous les gens riches de la région conduiraient leur voiture pour des réparations qui rapporteraient des fortunes. Mais Fernande ne voulait rien entendre. Tout cela, c'étaient des rêves. Attendre que des moteurs tombent en panne pour pouvoir travailler, c'était s'en remettre au hasard comme on joue aux dés en attendant que sortent trois six ensemble. Pour elle, il fallait saisir les occasions à portée de main plutôt que de penser à des chimères. La lecture de l'affiche parcourue par les troupeaux de zèbres et d'éléphants, dans la cour de l'usine, lui avait révélé l'existence d'une bonne occasion. C'était cette satanée concession dont avait parlé Hector, une concession en Afrique-Occidentale française pour 1 280 francs. Même les manuel d'agronomie seraient fournis sur place. Là-bas, on pouvait faire venir de l'arachide, du cacao et de la banane. Au moins, les gens auraient toujours besoin de manger et les riches aimaient ces produits. Ce n'était pas comme les moteurs.

À chaque nouvelle dispute, Fernande avait pris l'habitude de gifler Hector, puis de sortir en claquant la porte pour aller se réfugier la nuit entière chez la concierge. Cette femme d'origine grecque avait gardé de ses parents un français hésitant et approximatif encore déformé par une dentition réduite au minimum. Son phrasé exotique et ambigu l'avait aidée à transformer une passion bien ancrée en complément lucratif de sa modeste paye. Chaque soir, Mme Saros recevait en effet à sa loge des mères ou des épouses angoissées par l'avenir d'êtres chers partis au front. Elles venaient se faire tirer des horoscopes. D'expressions baroques en néologismes obscurs, la bouche crénelée de la vieille concierge délivrait ses oracles sibyllins. Les yeux mi-clos, elle commentait des carrés de papier noircis de signes et de figures insolites. Ses mains couvertes de plus de verrues qu'elle n'avait de doigts vibraient au rythme de ses mots. On ne comprenait en général pas la moitié de ce qu'elle avait tracé ou de ce qu'elle bredouillait entre les trous de ses cinq chicots noirâtres, mais on s'en trouvait d'autant plus rassuré. Pour un temps du moins. Jusqu'à ce que se fasse ressentir le besoin de nouvelles vaticinations. Car l'imagination du demandeur exploitait au maximum les signes. Même le visage ingrat semblait à chaque tic nerveux et à chaque grimace convulsée communiquer une subtile variation au futur entrevu. Sa réputation s'était surtout accrue de manière phénoménale lorsqu'une de ses clientes s'était rendu compte qu'à trois reprises depuis 1914 la Grecque lui avait indiqué en crachouillant la date du *lundi 21 février 1916*. Le discours chargé de sens caché était tout en inquiétants trigones Mars-Uranus et en aussi peu rassurants sextiles Mars-Jupiter. La date s'étant trouvée être celle du déclenchement de l'assaut général contre Verdun, la cliente, convaincue d'être un peu mêlée aux étranges rouages du destin, et fort aise de le faire savoir, avait fait à la voyante une publicité augmentée par le bouche-à-oreille. L'affluence était donc grande chaque soir à la loge.

En conséquence de ses scènes de ménage, Fernande était devenue par la force des choses une spectatrice assidue de ces séances, au point d'en avoir développé une compréhension remarquable des principes de l'astrologie. Un observateur attentif aurait pu se demander si Fernande ne précipitait pas les querelles pour pouvoir gagner au plus vite ce refuge, porte d'une science mystérieuse et intrigante. Pour sa part, Mme Saros tirait de sa présence la fierté que n'importe quel maître peut ressentir à la vue d'un disciple doué. D'abord, Fernande avait bénéficié de sa protection occulte d'une manière si générale qu'Hector lui-même avait été englobé dans sa bonté. Un dimanche où le malheureux devait se rendre au Bureau des calculs pour veiller au repas de ses patrons qui ne s'octroyaient pas de pause, elle avait même tenté de jeter un sort sur son colonel trop exigeant au moyen de quelques cheveux recueillis sur une veste. La vieille femme dans sa simplicité s'était imaginé que, la brûlure intense d'un bon mal de gorge retenant un peu son officier au lit, Hector serait relevé de son obligation dominicale et que Fernande s'en trouverait mieux. Hélas, rien n'avait pu altérer le cours des choses. Dix fois elle avait recommencé, augmentant sans cesse la puissance de ses charmes et de ses incantations pour infliger au malheureux Roitelet l'angine jugée opportune, mais cela n'avait pas marché. Ce genre d'attention pour Hector disparut toutefois au fur et à mesure que son affection se concentrait sur la seule Fernande. D'ailleurs, lorsqu'elle l'avait observé alignant dans la cour ses seaux de haricots en prenant des notes dans ses cahiers jaunes qui s'accumulaient, elle s'était convaincue que ce pauvre garçon était idiot.

De plus, les deux femmes avaient en cachette examiné le détail du thème astral d'Hector et le résultat s'était avéré catastrophique. Mme Saros dessinait ses horoscopes à l'ancienne mode, en carré et non pas en cercle comme ces soi-disant voyantes que l'on rencontre en ville. Elle traçait un premier carré à l'intérieur duquel venait se loger un second, plus petit et dressé sur la pointe, dont chaque extrémité touchait le milieu d'un des quatre côtés du carré extérieur. Le troisième carré central, à nouveau posé sur une ligne droite, se plaçait selon le même principe dans l'espace créé par le second, ses côtés se retrouvant parallèles à ceux du plus grand. La surface fractionnée de cette façon permettait de créer douze triangles de surface identique symbolisant les douze maisons du zodiaque. Le carré central restait vierge de tout calcul, mais servait à inscrire le nom de l'intéressé qui se retrouvait ainsi suspendu entre les fils de son destin. Dans le cas d'Hector, avec Saturne très faible et Jupiter à 90°, il était le plus mauvais choix dont on puisse rêver pour faire un bon mari, ou un bon quoi que ce soit d'ailleurs.

Tout cela était d'autant plus dommageable que le thème

astral de Fernande correspondait au contraire à celui de Léonidas, le propre fils de la concierge. Certes, il était difficile de savoir si les problèmes croissants du couple venaient d'un destin engrené dans les rouages de l'horlogerie céleste ou si Fernande, peu amoureuse, n'était devenue désagréable avec Hector que pour se conformer aux décrets du ciel. Quoi qu'il en soit, Hector n'était guère à la fête et devenait jaloux du jeune Léonidas mis en avant par sa mère à chaque occasion. Fernande ne regardait pourtant guère son profil grec qui dissimulait mal le regard infirme vide d'expression, mais qui lui avait valu la si précieuse réforme. La jeune femme, fatiguée de l'attitude de ces coqs imbéciles qui voulaient décider de son sort à sa place en lui grimpant dessus, se transformait peu à peu.

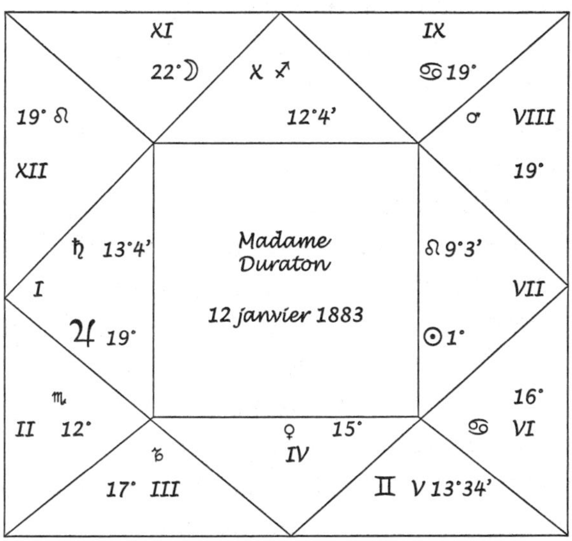

Un horoscope de Mme Saros

21

DÈS que Saint-Arnaud avait appris que le Bureau des calculs en était arrivé à la même déduction que lui sur un retrait allemand vers une ligne fortifiée, son sang n'avait fait qu'un tour. La promotion de son ami Châtelard au commandement suprême dépendait de l'échec retentissant de l'offensive d'avril. Or les résultats de Roitelet remettaient en question la validité d'une attaque. Cette fois-ci, il n'était pas possible de noyer les as de la règle à calcul en déversant un nouveau flot de chiffres inattendus. Il fallait donc que personne ne prête attention à leurs résultats.

Saint-Arnaud choisit Charles de Moursault, que Châtelard lui avait présenté, comme interlocuteur privilégié : il voyait assez de monde pour qu'une confidence qu'on lui réservait se répande telle une traînée de poudre.

Quand l'huissier ouvrit la porte du secrétaire d'État, Saint-Arnaud le surprit dans un mouvement d'humeur assez violent, en train de jeter par terre une liasse de documents. Il rougit en voyant son visiteur.

« Monsieur le secrétaire. Mes respects.

– Ah, commandant... je... excusez-moi. On demande des choses extraordinaires à un secrétaire d'État aux fournitures et approvisionnements... Nous devons même surveiller les stocks de haricots...

– De haricots ? Vraiment ?

– Eh oui ! Le haricot se thésaurise, voyez-vous. C'est la dernière denrée à la mode. Figurez-vous qu'un dépôt de fournitures militaires a été dévalisé ! Que croyez-vous que l'on y volât ? De l'essence plus précieuse que l'or ? Non, des sacs de haricots dont les prix s'enflamment ! C'est absurde.

– Je suis au courant. Mais je suppose que les voleurs ont déjà été pris.

– Pris, jugés et fusillés... Ce n'est pas là l'important, le vrai problème est que notre intendance ne trouve plus de haricots nulle part, de Marseille à Bordeaux et de Lyon à Paris, toutes les réserves ont disparu. Les gens font des stocks. La rumeur, vous comprenez... Mais je suppose que vous n'êtes pas là pour m'entendre parler de haricots. Asseyez-vous, je vous en prie.

– C'est en effet quelque chose de bien différent qui m'amène, monsieur le secrétaire d'État. La rumeur d'un traître parmi nous a dû remonter jusqu'à vos oreilles.

– Ce n'est plus un secret. Quelqu'un fournit aux Allemands des données précieuses sur les mouvements de nos approvisionnements. C'est très grave. Où en êtes-vous au 2e Bureau ?

– Nous avançons avec prudence. Pour avoir accès à ce genre d'informations, il est bien évident que le traître est l'un des nôtres. Je veux dire quelqu'un du premier cercle. Cela pourrait faire du bruit et la suspicion elle-même peut créer des répercussions.

– Mon Dieu, il a fallu des années pour se remettre de l'affaire Dreyfus !

– Et sa culpabilité était sans rapport avec ce dont nous parlons... »

Saint-Arnaud avait prononcé cette phrase avec un grand sourire, dont il était difficile de lire au fond de son œil unique quel était le sens. Charles de Moursault reprit le cours de la discussion sans faire plus de commentaires :

« Que proposez-vous donc, si c'est si délicat ? De ne rien faire ?

– Pas exactement. Il existe des moyens d'être discret..., de travailler de manière scientifique. Par élimination.

– Par élimination ?

– Oui. J'ai pris sur moi de diffuser en petite quantité des informations fausses au sein de nos services. Jamais les mêmes...

– Des informations fausses ! Quelle idée étrange !

– Moins étrange qu'il n'y paraît. Vous savez que, lorsque l'on cherche à savoir quelle est l'origine d'une rivière qui disparaît un moment dans les entrailles de la terre, on déverse des teintures dans ses sources présumées, les unes après les autres, pour vérifier si l'eau change de couleur.

– Je comprends ! La teinture qui apparaîtra côté allemand vous indiquera à coup sûr la source de la trahison ! Vous êtes un génie, commandant. Mais...

– Oui ?

– Pourquoi m'informer ? J'ose croire que vous ne me soupçonnez pas... Non, bien sûr, vous ne me soupçonnez pas, sinon vous ne m'auriez rien dit.

– En effet.

– Alors, pourquoi ?

– Je n'irai pas par quatre chemins. Les informations reçues par l'ennemi pourraient fort bien provenir du Bureau des calculs qui dispose de tous les renseignements imaginables sur notre intendance.

– Vous plaisantez ! Roitelet...

– Ou quelqu'un de son équipe plus sûrement... Nous faisons tous confiance au colonel Roitelet.

– Mais que dois-je faire ?

– Il y a des effets imprévisibles au déversement de nos “teintures”, des bavures en quelque sorte, et vous pourriez jouer le rôle de buvard, si vous me passez l'expression.

– Que voulez-vous dire ?

– Le Bureau des calculs pourrait être amené à présenter au gouvernement des conclusions construites sur des données erronées, la teinture...

– Oh, je vois ! À quoi dois-je m'attendre ?

– Ces derniers temps, nous avons trafiqué les données sur les bombardements ennemis dans l'espoir de trouver des commentaires réjouis sur nos “erreurs d'évaluation” dans les dépêches allemandes que nos agents nous communiquent. Si cela se produisait, il y aurait là une preuve à charge contre le Bureau des calculs.

– Je ne le souhaite pas.

– Je ne le souhaite pas non plus. Dans l'intervalle, si le colonel Roitelet vous présente des conclusions significatives déduites des données sur les bombardements allemands...

– Il ne faudra pas y accorder foi, car elles seront entachées d'erreur, nécessairement.

– Nécessairement.

– Mais votre plan n'est-il pas risqué ? Nous avons besoin de résultats fiables dans d'autres domaines. Il ne faudrait pas que votre “colorant” déteigne sur les autres calculs du Bureau. Tenez, j’ai ici même une demande d’analyse que je comptais soumettre à Roitelet...

– Aucun problème. Lorsque les demandes viendront de vous, je m’assurerai que Roitelet dispose de chiffres authentiques. »

En sortant du bureau du secrétaire d’État, Saint-Arnaud jubilait. Il y avait gros à parier que les résultats émanant du Bureau des calculs seraient discrédités pendant quelque temps avec des sourires entendus dans les ministères ou à l’état-major. Avant que Roitelet n’ait bougé, son mouvement était voué à l’échec. Une brillante idée, cette image de la teinture et de la source. Il rajusta le triangle de taffetas noir posé au milieu de la triple balafre violacée sur son œil gauche.

Un homme en redingote couleur safran qui répandait autour de lui un parfum fleurant la lavande le bouscula par mégarde. Le maladroit s’inclina en ôtant son feutre à large bord, puis, lorsqu’il parla, Saint-Arnaud reconnut le léger bégaiement :

« Pardonnez ma grossièreté, j’étais dans la lune ! Commandant Saint-Arnaud de Cabrillac-Lentevin, si je ne m’abuse.

– Cher monsieur, comment allez-vous ? J’ai bien reçu les bouteilles d’excellent rhum que vous m’avez fait tenir. Je n’ai pas eu l’occasion de vous remercier.

– Mais ce n’est rien, je vous assure. Une maigre récompense pour un soldat qui se bat pour son pays. Si vous l’avez aimé, je vous en ferai livrer une autre caisse. Vous sortez de chez mon frère, je vois ?

– En effet... Votre séjour en Suisse s’est bien passé ?

– Fort bien, fort bien. Les Helvètes sont pressés de nous voir gagner la guerre.

– Vraiment ? C'est merveilleux... mais, excusez-moi, on m'attend.

– Au revoir, mon commandant. »

Saint-Arnaud avait eu du mal à refréner un sourire en patientant pendant l'accouchement pénible des Zézé, des Zézé, des Zélvètes... Cet oiseau-là au moins n'avait pas eu de mal à se faire réformer.

22

ROITELET était effondré. Sa tentative pour prévenir ses supérieurs d'un prochain retrait allemand déduit par son équipe s'était soldée par un lamentable échec. Politiques et militaires avaient accusé réception de son rapport sur un probable mouvement ennemi sans donner suite ni même lui accorder un rendez-vous ou un entretien par téléphone. Sa seule consolation, bien piètre en vérité, était une demande de calculs statistiques très pointus destinés au secrétaire d'État Moursault en personne. L'ironie de la chose était que ce rapport devait permettre de définir la meilleure date, en fonction des mouvements de l'approvisionnement, pour le déclenchement de la grande offensive de printemps sur l'Aisne, offensive que le retrait allemand rendait suicidaire !

Tout cela n'avait pas de sens. Personne ne semblait vouloir accepter l'évidence. La clarté de la démonstration ne faisait pourtant aucun doute. Qu'est-ce qui pouvait pousser les gens à adopter des comportements aussi irrationnels ?

Après quelques heures où alternèrent abattement et réflexion, Roitelet avait sonné le branle-bas de combat. À la petite équipe réunie dans la salle de classe, il donna d'abord les détails de son échec, puis il fixa la ligne de conduite à tenir :

« Nous avons la certitude que les Allemands ont préparé une ligne fortifiée. C'est la seule façon d'interpréter les statistiques de bombardements dont nous disposons. Or notre prochaine grande offensive doit se dérouler au sud de ce dispositif dont nous avons déduit l'existence. Avec une telle fortification à leur disposition, les Allemands vont pouvoir mettre en réserve dix ou onze divisions : nos troupes courent donc au massacre !

– La seule chose que je ne comprends pas, c'est pourquoi les informations du renseignement ne viennent pas corroborer ce que nous savons, fit Tricotin d'un air pensif.

– Peu importe si le 2e Bureau brille par son incompétence ! Notre devoir désormais, c'est de gagner du temps envers et contre tout.

– Gagner du temps ?

– Oui, pour laisser les Allemands prouver par leur retrait que nous avions raison.

– Mais comment gagner du temps ?

– En trouvant des failles dans le plan d'attaque de l'état-major. Ce qui obligera à de nouvelles réflexions.

– Oui ! Tu as raison. Mais comment procéder ?

– Comme d'habitude, grâce à la puissance des statistiques. D'abord, nous allons passer au crible chaque détail de l'organisation du plan d'attaque qui nous a été communiqué. La moindre petite faille peut nous permettre d'ergoter et de ralentir les choses. Il nous faut agir vite, mais notre copie doit être parfaite. On ne veut pas écouter ce que nous avons à dire sur les mouvements de l'ennemi... eh bien, soit ! Consacrons notre capacité d'analyse à nos propres forces, puisqu'il le faut ! Nous allons démontrer par A plus B que le plan Nivelle contient des défauts rédhibitoires. Commençons par réunir toutes les statistiques sur les préparations d'artillerie depuis quatre ans, puis confrontons-les à ce que le GQG prévoit pour avril prochain. Au boulot, messieurs. Hector, du café par litres pour tout le monde ! »

Chacun se précipita dans son bureau. Hector connaissait bien ce genre de bouffée fébrile qui de temps à autre prenait ses patrons comme frappe un rayon de lune. Il mit le café commandé en train. D'ici une demi-heure, il ferait le tour des bureaux pour abreuver et nourrir ces cerveaux en transe, puis il repasserait à intervalles réguliers. À certains moments, on lui parlerait pour se détendre les neurones ou pour le prendre à témoin, il devrait passer des documents de l'un à l'autre, à d'autres, on lui réclamerait du tabac, du papier ou des craies. Ces tâches-là au moins lui occuperaient l'esprit de manière positive une partie de la journée. Car Hector broyait du noir. Ses nuits étaient peuplées de cauchemars sans nom, de monstres effrayants qui le persécutaient jusque dans les recoins obscurs des puits les plus profonds pour dévorer ses chairs avec voracité. Sa quête vaine pour recouvrir de haricots ses soixante-quatre cases l'obsédait au point que sa raison s'égarait. Les pages de son sixième cahier d'écolier jaune se couvraient d'une succession de dates inscrites en rouge, des quantités achetées et de multiplications méthodiques lors du passage d'une case à la suivante. Il ne se demandait même pas comment il cuisinerait cette invraisemblable montagne de féculents qui s'accumulait au fil des jours. Comme on suivrait un fil trouvé dans un labyrinthe sans savoir où il vous mènera, il n'était plus obnubilé que par une seule idée : contrecarrer cette malédiction qui le frappait en trouvant la quantité exacte qui corresponde aux cases de son échiquier. Ce Minotaure arithmétique rongeait ses moindres pensées, ses moindres instants, l'empêchant de se consacrer à une quelconque autre tâche.

L'équipe de Roitelet avait bien remarqué cette mélancolie persistante, mais l'attribuait à des difficultés de couple dont on commençait à découvrir l'ampleur aux yeux pochés et aux lèvres fendues qu'Hector arborait. Pourtant, outre l'argent prélevé sur les bons de caisse, le Bureau des calculs était concerné par l'accumulation infinie de féculents bien plus qu'on aurait pu le soupçonner. Vite submergé par ses seaux et ses caisses, Hector avait dû renoncer à utiliser son logement comme lieu de stockage. Échangeant un peu de sa réserve d'essence contre les services d'un chauffeur débrouillard, il avait utilisé un camion Renault flambant neuf pour transporter de nuit, en plusieurs navettes, son chargement dans les caves nombreuses et inutilisées de la vieille école. Il n'y avait pas de plan précis de cet ensemble de pièces creusées sur trois niveaux de galeries dans d'anciennes carrières. Comme souvent dans le sous-sol parisien, c'était le hasard de murs et de piliers de consolidation épousant les aléas de la roche friable qui avait généré la configuration des lieux. Hector y progressait peu à peu au gré de ses besoins. Il fallait maintenant une dizaine de mètres cubes pour entreposer la masse accumulée.

Hector se tenait sous le plancher de la salle de cours principale à contempler les piles de sacs lorsque des bruits de bottes au-dessus de lui signalèrent que le travail du jour était terminé.

Il était huit heures du soir. Le petit groupe éreinté venait de se retrouver dans la grande salle, à l'exception de Lanzac qui désirait prolonger un instant son travail. Connaissant les habitudes, Hector avait fait son possible pour réchauffer un ragoût de mouton sur le petit poêle, ajoutant un peu d'eau avec un soin jaloux dès que la sauce commençait à accrocher. Après une avalanche de mots que, derrière sa casserole, il ne comprit pas, ce fut Roitelet qui, comme d'habitude, conclut la réunion :

« Beau travail, les gars ! Je peux vous dire que, grâce à nous, il est logique de penser que l'offensive de printemps n'aura pas lieu. Le plan Nivelle n'est pas viable en soi et en plus le retrait allemand le rend mortellement dangereux. Notre rapport fera l'effet d'une bombe. Nous allons dactylographier tout ça en cinq exemplaires. L'original pour le secrétaire d'État, les bleus pour la présidence du Conseil, la Commission de la Défense nationale de l'Assemblée, le GQG, et surtout, surtout, la presse. Ils ne pourront rien publier, avec la censure, mais l'information sera au moins dans de nombreuses mains. »

Le courrier que sur-le-champ Roitelet commença à taper contenait des informations explosives. Les statistiques ne mentent pas et certains passages, signalés par une petite étoile dans la marge, constituaient un véritable réquisitoire. Il déclamait à haute voix sur un ton jubilatoire, tandis que les trois autres derrière lui vérifiaient sa frappe :

« La masse d'obus prévus pour l'offensive est certes supérieure de 34 % à la moyenne des munitions utilisées habituellement en préparation d'artillerie. Toutefois, outre une consommation plus importante qu'entraînera la mise en place du concept inédit de *feu roulant*, principe nouveau et gardé confidentiel, ce chiffre est une illusion. En effet, dans cet ensemble, la masse d'obus percutants de gros calibre utilisés contre des positions bien établies est de manière incompréhensible inférieure de 50 % à la moyenne de tous les engagements s'étant déroulés depuis 1914 jusqu'à ce jour. »

César Calisson avait également tenu à ajouter sa patte en explorant les statistiques des explosifs utilisés. Là encore, les résultats étaient probants : sans doute pour des raisons de capacité industrielle faiblissante, le pourcentage de mélinite utilisée pour la préparation des obus était en baisse sensible, ce qui réduisait d'autant la puissance de feu *globale* dès lors que l'on ne se contentait pas de compter le nombre d'obus. La diminution était telle que la remarque restait valable même avec l'augmentation sensible du nombre de coups tirés. C'était comme si, en coupant un millésime réputé avec trois fois son volume d'eau, on prétendait obtenir plus de bouteilles d'un vin de même qualité.

23

La villégiature forcée de Wronski et Traudel avait pris un tour singulier. Par une étrange perversion des pulsions humaines, les deux amants ne mentionnaient plus jamais l'étrange rituel de mémorisation. Aucun mot jamais n'était échangé au sujet de ces moments intimes auxquels tous deux participaient, chacun d'un côté d'une simple porte-fenêtre.

Bien sûr, ces instants très particuliers n'étaient pas tous partagés. Le général Morgenstern avait convoqué Wronski à plusieurs reprises pour qu'il lui décrive encore et encore son numéro des *Grosses* et les danses qu'elles accomplissaient. Comme le plus primitif de ses troupiers, le général semblait subjugué à l'idée de voir se trémousser dans un simulacre chorégraphique des femmes dont il n'aurait jamais admis la compagnie en bonne société. Durant ces entretiens d'une lourdeur exaspérante, Morgenstern simulait un intérêt purement professionnel pour le spectacle. Wronski, lui, ne pensait qu'à Traudel. Outrepassant les limites de leur mission commune, elle devait au même moment rencontrer son amant sans qu'aucun vol d'informations secrètes puisse avoir lieu puisqu'il n'était pas là pour mémoriser. Le pire était que, par une étrange quadrature du cercle, Wronski n'arrivait pas à analyser les méandres de ses sentiments : il ne savait pas s'il reprochait à Traudel de s'adonner au plaisir par plaisir, sans obtenir de contrepartie, ou s'il lui en voulait de n'être pas témoin de ses extases.

Deux nuits auparavant, tandis que, gelé jusqu'aux os, il continuait à engranger la litanie idiote des mots clefs, un événement inattendu était survenu. Comme ses mains tremblaient de plus en plus, de froid ou de jalousie, Wronski avait fait par cette vibration permanente glisser de la couverture du cahier une feuille jaune. Par la seule première phrase inscrite en petites lettres soignées, il avait compris l'importance de ce document : « 66 700 francs-or sur compte 170-5678 banque Schlug & Haartman, 58, Kiefernstrasse, Zurich. » Suivaient des dates, passées ou à venir, et des montants toujours aussi copieux assortis de divers numéros de comptes. Sur la deuxième moitié de la page s'étalaient des chiffres et la mention de denrées diverses, inscrits en regard de numéros de divisions tracés en chiffres romains et d'identification de régiments en chiffres arabes comme le voulait l'usage. En haut du feuillet, figurait un nom, un nom soigneusement calligraphié dans le gothique fin et racé de Frege. C'était le nom du traître que l'officier avait mentionné. Le nom du traître si essentiel à l'état-major allemand, si préjudiciable aux desseins français, le nom du traître pour lequel se payeraient des fortunes. Le nom du traître qui permettait de prédire que le lendemain serait fait de lait et de miel.

Ces quelques signes tracés à l'encre noire avaient la puissance d'un signe du destin. Ils illuminèrent les pensées de

Wronski comme une comète ou une éclipse de lune envoyée par les dieux révèle la texture de l'avenir. L'illusionniste mémorisa le feuillet entier en quelques secondes, de comptes en banque en sommes versées et en informations transmises. Mademoiselle Lilibeth poussa un gémissement d'aise en percevant son maître si heureux.

24

L'INQUIÉTUDE qui rongeait Clovis depuis des mois n'était pas la lubie d'un seul homme. Lors de chaque sortie ou de la moindre patrouille, on découvrait des corps figés dans la mort sans que rien ne vienne expliquer le phénomène. Ces hommes étaient apparemment indemnes, ils ne portaient aucune marque, aucune trace. Ils étaient juste... morts. Certains étaient debout, d'autres assis. Quelques-uns souriaient ou avaient même les yeux ouverts.

Des rumeurs étaient alors montées dans les tranchées, surtout parmi les croyants. Mettant bout à bout les éléments dont on disposait ici et là, rassemblant de patrouille en coup de main tous les témoignages directs ou indirects, on construisait des explications étonnantes : on parlait du *souffle de Dieu* qui avait frappé les premiers-nés d'Égypte avant l'Exode. On parlait de sorts jetés, de mauvais œil et de démons qui rôdaient, attirés là par l'odeur des cadavres ou par les esprits des morts égarés entre les arbres. On parlait de prodiges néfastes annonçant un cataclysme proche. Il avait fallu fusiller deux ou trois pauvres malheureux qui, dans leur folie, redoutaient plus les sorcières de leur campagne et la torture des âmes dont parlaient les curés que le châtiment d'une cour martiale.

Le phénomène prenait une ampleur dangereuse. La situation du front était propice à des contacts par contiguïté qui facilitaient le passage des idées. On avait rédigé quelques articles pour le *Bulletin officiel* mais, par souci de clarté, des officiers d'artillerie avaient été envoyés en tournée afin de démontrer l'absurdité de toutes les angoisses. Le *vent d'obus* était quelque chose de simple et de naturel. Les nouveaux très gros calibres qu'autorisaient les aciers modernes, renforcés par la qualité accrue des explosifs, donnaient à l'impact un effet de pression au sol jamais connu auparavant dans l'histoire de l'humanité. L'air que l'on respire était pour ainsi dire rendu mille fois plus lourd en une seule fraction de seconde, tuant *de l'intérieur* ces soldats que l'on découvrait en apparence indemnes en leur déchirant tout bêtement bronches et poumons.

Le jeune lieutenant qui avait fait la leçon à la section d'Albertini, un normalien engagé volontaire, rompu à la discipline des sciences, avait fait preuve de pédagogie. Sur un tableau noir improvisé, il avait tracé une sorte de sablier dont le triangle supérieur, plus gros et symbolisant le souffle de l'obus, se déversait dans le triangle inférieur, plus petit, stylisant les poumons du soldat (il avait dit *les voies respiratoires*). Clovis avait quitté l'école très tôt mais en gardait une grande nostalgie. Il avait levé le doigt pour le plus grand amusement des autres, pourtant un peu jaloux de ce culot de bon élève. Autorisé à parler, il s'était mis debout, retrouvant d'instinct la position bras croisés, pour dire que, selon lui, ce problème de *voies respiratoires*, c'était comme lorsque l'on gonfle un sachet de papier puis que l'on tape dessus pour le faire éclater. Les hommes avaient ri, mais le lieutenant les avait vite rappelés à l'ordre d'un seul mot. Conditionnés par les règles cassées sur les doigts et le bonnet d'âne porté en équilibre à genoux sur la corbeille à papier, les troupiers les plus aguerris étaient envahis par la même angoisse qui les étreignait enfants dans leur tablier noir. Félicitant Clovis pour la pertinence de sa comparaison, l'officier auréolé de la toute-puissance des instituteurs lui avait accordé un jour de permission. Il ne put pas le prendre à cause d'une montée en ligne, mais cette reconnaissance plus belle qu'un bon point le remplit de fierté.

Certes, l'instruction n'est pas chose simple et la connaissance ne se déverse pas dans les esprits comme l'eau puisée à la source claire descend dans la bouteille. Une fois écartées toutes les imaginations sur le vent d'obus, certains persistaient contre toute logique à croire aux chimères. D'autres, peut-être déçus que la magie ait dû battre en retraite devant des mots, se raccrochaient à d'autres balivernes, essayant par l'observation de prédire l'arrivée de la pluie en fonction de l'intensité des canonnades ou de prévoir la fin du conflit en écoutant les craquements du gros sel jeté sur le feu. Parfois, ils se contentaient comme Salicetti de collectionner les reliques. Toutefois, le progrès était net : en donnant au phénomène son nom, en parlant désormais entre eux de *vent d'obus* quand ils en reconnaissaient les effets, tous avaient acquis une maîtrise plus sûre du monde autour d'eux. Comme avait dit le jeune normalien que son athéisme et son positivisme faisaient un peu se gausser de la Bible : « Nommer, c'est dominer, et pas besoin d'avoir la permission de Dieu dans tout ça ; l'homme peut tout. »

Rassuré par ces bonnes nouvelles, Clovis se concentra

de plus belle sur ses *Je sais tout*. Ayant lu que la fabrication d'un canon de 75 revenait à 1 200 francs et que chaque obus tiré coûtait 36 francs, il calculait le coût de chaque marmitage. Cette activité, d'ailleurs, avait la vertu de détendre l'atmosphère générale lorsque les tirs passaient au-dessus des têtes. En tapant la manille, on identifiait les différents calibres utilisés en écoutant le son des impacts et on riait bien de l'addition sans cesse croissante dont le total dépassait déjà ce que ces hommes pouvaient concevoir. Pendant les relèves, dès que l'on croisait des batteries de 75 avec leurs caissons, Clovis se lançait pour ses camarades dans une série de multiplications à haute voix qui les faisaient tous rêver. Tous les terrains de leur village corse ne valaient pas le prix d'une seule batterie avec ses cinq pièces et ses attelages. L'effet était d'autant plus impressionnant que, basculant d'un quart de tour, chaque arrière-train de caisson s'ouvrait des deux côtés comme une armoire à linge. Les couvercles conçus pour offrir la meilleure protection aux servants révélaient, en se transformant en boucliers, le trésor de 72 obus brillants bien rangés culot en arrière sur huit lignes régulières de neuf obus chacune. Pour tous, ces cercles de cuivre alignés devinrent plus beaux que des pièces d'or. Ils se saoulaient de la multiplication paradoxale qui donnait plus de valeur au chargement d'obus qu'à la pièce qu'ils nourrissaient : 2 592 francs ! Aucun dans le groupe n'avait jamais exprimé ou même conçu dans son esprit une telle somme. Albertini se mit à penser que, puisque tant d'argent existait, en avoir un peu dans sa poche ne serait pas si mal.

25

LORSQUE le planton ouvrit la porte pour introduire le colonel Roitelet, Saint-Arnaud remarqua ses cernes et son air fatigué.

« Bonjour, commandant.

– Mon colonel.

– Je m'adresse à vous en désespoir de cause, afin que vous puissiez m'aider à arrêter une folie.

– Quelque chose de grave ?

– Mon équipe et moi-même sommes certains que les Allemands préparent une opération de repli dans un secteur fortifié juste au nord de l'objectif de notre prochaine poussée. Personne ne semble vouloir nous écouter. Nous venons de faire une analyse complète de notre plan d'attaque... »

Saint-Arnaud connaissait déjà tous les arguments de Roitelet, aussi bien pour le repli dont il avait lui-même compris l'objectif et l'ampleur que pour les problèmes posés par la préparation d'artillerie prévue par Nivelle contre le chemin des Dames. En effet, aucune des cinq copies du rapport préparé par le Bureau des calculs n'avait atteint son destinataire. Toutes avaient été interceptées par l'informateur de Saint-Arnaud et se trouvaient dans le tiroir à un mètre cinquante de l'endroit où Roitelet était assis. Bon comédien, le commandant suivit néanmoins les explications, manifestant de la surprise comme si le sujet était nouveau pour lui.

« Voyez-vous, commandant, je suis certain que vous pouvez trouver dans les informations directes dont vous-même disposez la confirmation de nos déductions et de nos calculs. Quelques communications allemandes interceptées apporteront des confirmations, j'en suis sûr. Elles sont peut-être dépourvues de sens pour l'instant, mais, à la lumière de nos déductions, elles révéleront bien quelque évidence. On sera forcé de nous écouter, alors !

– Hélas, mon colonel, je dois vous faire une confidence bien grave qu'il faudra garder pour vous seul.

– Quoi donc ?

– Nous nous retrouvons sourds et aveugles.

– Que voulez-vous dire ?

– Vu vos fonctions si particulières, vous n'ignorez pas que le chiffre allemand a été percé par nos services dès la première année, d'où l'abondance d'informations variées à votre disposition.

– C'est bien pour cela que je suis ici.

– Eh bien, tout cela est fini. Tous nos postes d'écoute ne captent plus que des messages indéchiffrables. C'est un nouveau code, de nature différente, que l'ennemi utilise à présent. Les intentions des Allemands nous sont désormais aussi impénétrables que la face cachée de la lune.

– C'est une catastrophe épouvantable !

– Je ne vous le fais pas dire, mon colonel.

– Si nous résumons les choses : nous avons un plan irréaliste d'un point de vue logistique, nous allons trouver en face de nous des troupes pouvant s'appuyer sur leur flanc droit sur des fortifications planifiées et, pour couronner le tout, l'ennemi vient de mettre au point un nouveau code que nous ne percerons sans doute pas avant des mois, si nous y arrivons jamais.

– Essayez de voir le bon côté des choses. Les faiblesses que vous avez détectées dans l'approvisionnement en munitions peuvent être corrigées.

– Pas d'ici le mois d'avril. En fonction des besoins définis par le GQG, l'offensive devra être déclenchée le lundi 16 avril 1917. C'est le moment de jonction de tous les moyens dont notre généralissime croit pouvoir se contenter et j'ai bien dû informer le secrétaire de cette date pour me conformer à mes ordres.

– Certes, la date est proche, mais nous avons au moins l'avantage de la surprise totale, n'est-ce pas ? Les Allemands ignorent tout de nos projets, c'est important pour une opération militaire.

– C'est en effet tout ce qui nous reste... Mais ne voyez-vous pas que la raison nous dicte de reporter l'offensive de printemps ou du moins d'en reconsidérer radicalement à la fois l'organisation et le secteur ?

– Je comprends vos arguments et je vous promets d'appuyer vos remarques en haut lieu de mon mieux. J'ai quelques amis bien placés, vous savez.

– J'étais sûr de pouvoir compter sur vous, commandant. J'ai toujours su que vous étiez un homme raisonnable. »

Dès que Roitelet eut pris congé et que la porte se referma, Saint-Arnaud éclata de rire.

26

LES trois filles assoupies au pied d'une pyramide de ces coussins de cuir rigide comme on les aime en Orient étaient jolies. Leurs guêpières aux couleurs vives contrastaient avec le noir des jarretelles et des bas résille. Posées en quinconce autour de la scène charmante, dix lampes luisaient avec langueur. La lumière dessinait des motifs fugaces en dansant sur le blanc des six seins bien enserrés dans les bustiers rigides.

Saint-Arnaud, installé sur les poufs, expirait en une série de cercles parfaits la fumée lourde et poivrée de ses cigarettes turques améliorées de saveurs épicées dont il gardait le secret. Il cherchait par un léger mouvement des lèvres à diminuer la circonférence de chaque anneau de façon à ce que les derniers émis, plus petits et plus légers, rattrapent les précédents dans leur course et les traversent en une translation parfaite. Le bordel de Mme Yvette était l'endroit de Paris qu'il préférait. Quand il venait, on mettait toujours à sa disposition une pièce privée où trois ou quatre filles toujours différentes le rejoignaient.

Le sourire sur ses lèvres devait autant à son mystérieux mélange d'herbes qu'au souvenir jubilatoire d'un Roitelet venu se confier à lui. Quel imbécile ! Embrumé dans ses chiffres et ses certitudes, ce pauvre crétin ne comprenait rien au monde alentour. Bien sûr que l'attaque d'avril serait un désastre ! Il faudrait alors placer à la tête de l'armée des hommes comme lui qui infléchiraient le destin de tout un peuple vers un nouvel ordre des choses. Des hommes comme Roitelet seraient remis à leur place. Des cerveaux ! Avaient-ils jamais vu la bouillie blanchâtre d'un cerveau giclant sur le noir de leurs bottes ? Dès que Châtelard aurait l'armée dans sa main, Saint-Arnaud arracherait en personne leurs galons et même leur uniforme à ces cuistres. La guerre était pour les guerriers, pas pour les sous-hommes.

Mme Yvette ne dérangeait que rarement cet hôte choyé, car il payait bien et ne faisait jamais de scandale, aussi fut-il étonné lorsqu'elle se glissa dans la pièce en interrompant le flot vagabond de ses pensées. C'était une petite femme replète que le sens des affaires avait fait passer de la position d'employée besogneuse à celle de patronne avide. Un peu tard peut-être, car ses lèvres, sans doute jadis pulpeuses, avaient été étoilées sans rémission par le bourgeonnement destructeur des syphilides. Sa voix paraissait trop aiguë pour sa corpulence :

« Je vous apporte quelques bouteilles de rhum, mon commandant. Sur la maison... C'est du très bon rhum dont un monsieur très distingué nous a offert plusieurs caisses. Et puis, je sais que mon commandant aime les tours curieux. J'ai en bas une sorcière réputée qui sait lire l'avenir. Voulez-vous que je la fasse monter pour votre distraction ? »

Les trois jeunes femmes semblèrent émerger de la torpeur languissante où les avaient plongées les exigences insolites de leur client et surtout les cigarettes qu'il leur avait distribuées. Elles répétèrent en un murmure sourd *« la sorcière »* à plusieurs reprises.

Comme un calife trop blasé, Saint-Arnaud esquissa de la main un geste lent d'approbation. Mme Yvette se retira au milieu du frémissement inquiet des voix de ses filles qui se chuchotaient à l'oreille des horreurs qui les faisaient trembler. Lorsque, après un moment, la porte s'ouvrit, la sorcière redoutée entra. Elle avait trois dents réduites à des chicots sur le côté gauche de la mâchoire supérieure et deux sur le côté droit de celle du bas. Son souffle rauque et sec suivait en rythme le balancement lourd des jambes qui sous une jupe en forme de sac donnait l'impression qu'elle possédait des hanches mais pas de genoux. Saint-Arnaud ne regarda pas le trou crénelé et luisant de sa bouche qu'elle déforma du mieux qu'elle put en guise de sourire. Il se contenta de la questionner avec la même voix blasée qui guidait les filles de Mme Yvette dans des spectacles de son invention :

« Que sais-tu faire ?

– Lire l'avenir qui est écrit dans les cartes ou sur tes mains pour répondre à une question de ton choix.

– Banal. Tu n'as rien de mieux ?

– Je connais une formule qui donne la victoire au guerrier qui la prononce. Elle a été volée au dieu Seth. Alexandre le Grand lui-même l'a utilisée pour conquérir l'Orient. Je peux te la livrer...

– Tu lasses ces jeunes beautés en parlant de guerre. Je suis déçu. »

Pensant la sorcière presque éconduite, les trois filles se mirent à glousser de l'autre côté des coussins, s'attirant un regard mauvais des vieux yeux chassieux et purulents. Elles avaient ri plus pour exorciser leur peur que par moquerie, mais la vengeance tomba, froide comme l'acier d'une lame enfoncée dans les reins :

« Je peux aussi lire ton destin dans les tripes fumantes de ces putains. »

Cette fois-ci, ce fut un cri de terreur qui jaillit à l'unisson des trois gosiers, bientôt couvert par l'énorme éclat de rire de Saint-Arnaud, repris par celui, plus grêle, de la vieille, satisfaite de la frayeur qu'elle inspirait.

« Tu me plais, sorcière. Mais nous ne pouvons pas éventrer une de ces belles créatures ici, pas sur ces jolis tapis ! La patronne ne me le pardonnerait pas. N'est-ce pas, vous autres, qu'elle y tient à ses tapis arabes, la patronne ? »

En prononçant ces mots, Saint-Arnaud avait fixé son œil unique sur les trois jeunes femmes terrifiées qui hochaient bêtement la tête en tremblant de toutes leurs dents pour se prononcer en faveur de la préservation des tapis. Le triangle de taffetas noir posé au milieu de la triple balafre violacée sur son œil gauche le rendait effrayant. Satisfait de l'effet qu'il venait de produire, il reprit sa conversation :

« Que peux-tu m'offrir de mieux, sorcière, pour me prédire mon avenir ?

– Il y a des choses chères.

– Qu'importe le prix. Ces détails m'ennuient.

– Ton sang et ton crachat savent parler.

– Vas-y. »

Trop heureuse de vendre son art à si bon prix, la sorcière bouscula un guéridon pour s'emparer d'une assiette à fruits qui s'y trouvait. En prononçant une formule gutturale, elle prit le doigt tendu de Saint-Arnaud pour l'entailler et récupérer son sang qu'elle fit couler en colimaçon au fond du récipient. Lui, tirant sur sa cigarette, ne sembla remarquer ni la ponction ni le cérémonial. Elle lui demanda de cracher, puis mélangea le liquide à une poudre qu'elle cachait dans un repli de sa jupe et dont la principale propriété perceptible était qu'elle puait l'ail. La préparation fut accompagnée d'autres palabres psalmodiées à l'intention de la coupe, qui eurent pour effet le plus évident de terrifier encore davantage les trois jeunes femmes recroquevillées les unes contre les autres.

Peut-être par malice, ou bien pour accroître l'efficacité de sa messe noire improvisée, la sorcière marqua un temps d'arrêt, puis lâcha d'une voix sourde :

« C'est plus facile à lire sur le ventre blanc et brillant d'une femme jeune ! »

Un nouveau piaillement de terreur se fit entendre derrière les coussins. Saint-Arnaud fouilla dans son portefeuille et jeta une liasse de billets dont la sorcière suivit à regret des yeux la trajectoire courbe. Une des filles la ramassa après quelques hésitations et deux ou trois murmures avec ses compagnes, sans que Saint-Arnaud, toujours occupé à la génération sans fin d'anneaux de fumée complémentaires, fasse rien pour presser le mouvement. Elle dégrafa sa guêpière en venant s'allonger, méfiante, là où la vieille le lui indiquait, pour recevoir dans le nombril qui déborda le mélange gluant et visqueux.

La sorcière se mit à gémir comme si elle entrait en transe en observant les signes sous ses yeux. Au grand dégoût de la jeune femme, les mains couvertes de plus de verrues que la vieille n'avait de doigts caressèrent la peau si soyeuse pour orienter le liquide en un labyrinthe de méandres indépendants. Peu à peu, son bredouillis devint plus compréhensible :

« Tout est sombre ! Sombre ! Tu dois te méfier ! Te méfier ! Je vois un sergent-major, mais il n'est pas militaire ! Attends, attends encore ! Ce qui fait l'oiseau ! Ce qui fait l'oiseau ! Tu dois te méfier de ce qui fait l'oiseau. C'est écrit, c'est écrit. Ce qui fait l'oiseau t'éblouira et ce qui fait l'oiseau te tuera ! »

Saint-Arnaud éclata de rire.

« Vieille folle ! Tu racontes n'importe quoi. Il va donc falloir que je me méfie des Taubes et des zeppelins d'après toi, ou de leurs projecteurs peut-être, puisque je dois être ébloui. Tu es folle, mais ton tour m'a distrait. File maintenant. Ces dames ont des choses à faire... »

Grand seigneur, Saint-Arnaud jeta une nouvelle liasse sur le ventre nu de la fille. La sorcière s'en empara en hurlant de rire. Il y avait bien entre 1 000 et 1 300 francs. Les trois filles de Mme Yvette en sifflèrent presque de surprise en emplissant leurs poumons. La vieille se retira en s'inclinant.

« Tu es un homme généreux. Pendant que tu t'amuses, je vais dessiner ton horoscope. Je n'ai besoin que de ton heure et de ton lieu de naissance pour tracer la toile de ton avenir.

– Parfait ! Cela me fera de la lecture, j'en suis sûr. Rapporte-moi tout cela ici dans deux jours.

– Bien, mon officier, bien... Ce sera fait. »

Le grincement de la porte qui se refermait sembla venir des mâchoires de la sorcière qui s'ouvraient au même rythme en un sourire hideux.

27

De scène en dispute, Fernande n'apercevait plus que sporadiquement un Hector obsédé par ses achats de haricots maléfiques et leur accumulation dans les caves du Bureau des calculs. Cinquante-sept étaient déjà pleines et une première caisse avait été déposée dans la cinquante-huitième. Toutes étaient cadenassées. Hector ne dormait que quelques heures en serrant contre lui ses cahiers d'écolier jaunes, si pressé de retourner surveiller son trésor qu'il partait sans manger. Fernande, qu'il ne remarquait plus, passait donc sans s'occuper de lui de l'atelier à la loge de Mme Saros, où elle s'instruisait chaque jour plus avant dans les sciences occultes. La géométrie du bouclier de David et du sceau de Salomon n'avait déjà plus de secret pour elle. Même la redoutable étoile à cinq branches, dont la puissance dépassait ce que l'homme peut concevoir, se matérialisait d'un tracé brisé continu aux angles parfaits sous ses doigts. Son éducation allait toutefois de pair avec une autre transformation.

Au contact des femmes à l'usine, Fernande découvrait de plus en plus sa vraie nature. Déjà, adolescente, elle détaillait à la rivière les seins de ses camarades et aimait peigner leurs cheveux après la toilette. Cette confirmation d'appétits maudits par la société s'accentuait tel le parcours du mercure dans un thermomètre un jour de canicule. Plus la peau lisse des femmes attirait Fernande, moins la couenne rêche des hommes la tentait. Le peu de plaisir donné par ses amants puis par son mari n'était plus qu'une impression fugace, comme le souvenir des dents de lait tombées quand vient se mettre en place la vraie dentition. Après sa lune de miel d'un seul dimanche, Hector n'avait plus eu droit qu'à des batailles à cinq contre un qui de toute façon le contentaient.

Pourtant, ses nouvelles inclinaisons placeraient Fernande devant un problème de taille : Mme Saros voulait à tout prix caser entre ses bras son rejeton bigleux. Il y avait là un pacte tacite, une équation qui revenait à échanger toute la science des sorcières contre un ventre fertile qui produirait une progéniture prometteuse pour mille sabbats à venir. En dépit de ce que les horoscopes avaient pu raconter sur la perfection de deux destins forcément unis, Fernande rechigna d'abord.

Ce dont elle ne se doutait pas, c'est que ses hésitations étaient justifiées. Rassurée au fil des semaines par la présence à ses côtés d'une femme solide aux origines aussi rurales que les siennes, Mme Saros avait un peu faussé l'heure de naissance de son fils pour faire entrevoir à son élève un hymen plus parfait. Il n'en fallait pas beaucoup, d'ailleurs. L'habitude lui avait appris, sans qu'elle en comprenne la raison, qu'un écart de quatre minutes faisait varier d'un degré le calcul de l'ascendant. Alors elle avait forcé le destin. Au demeurant, elle pensait œuvrer pour le bien de Fernande : son fils n'ayant pas été mobilisé à cause de son strabisme extrême, ses chances de survie étaient bien supérieures à celles du moindre mobilisé en bonne santé. En plus, elle aurait près d'elle quelqu'un à qui transmettre tous ces savoirs de tous temps mieux maîtrisés par les femmes.

Mme Saros comprit que quelque chose n'allait pas, mais elle se trompa sur le peu d'appétence de Fernande pour son fils, qu'en bonne mère elle considérait comme le plus beau des hommes. Convaincue que la présence du mari était l'obstacle majeur à l'idylle de son fils chéri, elle mobilisa tout son art. Suivant à la lettre les prescriptions d'un vieux grimoire, elle confectionna sur une page arrachée à un missel, avec de l'encre mêlée au sang noirâtre d'un chat crevé, un pentacle connu par les initiés sous le nom de carré de la lune :

37	78	29	70	21	62	13	54	5
6	38	79	30	71	22	63	14	46
47	7	39	80	31	72	23	55	15
16	48	8	40	81	32	64	24	56
57	17	49	9	41	73	33	65	25
26	58	18	50	1	42	74	34	66
67	27	59	10	51	2	43	75	35
36	68	19	60	11	52	3	44	76
77	28	69	20	61	12	53	4	45

La puissance effroyable de la construction venait de sa cohérence mystérieuse : les chiffres utilisés aboutissaient sur chaque rangée et chaque colonne à la même somme de 369, horizontalement, verticalement et en diagonale. Associé aux incantations appropriées, ce talisman devait provoquer chez celui qui le porterait des migraines à lui faire croire que sa tête explosait. Cela devait le rendre insupportable à son entourage et même le faire devenir fou. En secret, Mme Saros l'avait plié dans le petit cylindre d'une plume de corbeau, qu'elle avait cousue dans la doublure d'une chemise. C'était la préférée d'Hector : un vêtement de drap neuf et bien épais que ses parents lui avaient offert pour son mariage. Elle était convaincue que le jour où il la mettrait, son couple volerait en éclats aussi sûrement que les étoiles sont au firmament. En attendant, la vieille Grecque s'impatientait. Parfois, Fernande percevait une certaine mauvaise volonté à lui en dire plus sur les secrets de l'avenir. À contrecœur, pour éviter que Mme Saros ne se ferme comme une huître en la privant de son savoir précieux, elle avait feint de devenir la maîtresse de Léonidas.

Leur liaison simulée ne servait toutefois qu'à combler les rêves d'une mère. Tandis que Mme Saros étalait ses réussites sur la table de sa cuisine, Fernande et Léonidas passaient à l'acte dans la chambre à côté, faisant craquer le bois du sommier pour donner le change. Léonidas trouva son compte à l'affaire, car il avait autant envie d'une femme que Fernande d'un homme. Sa mère avide d'une flopée d'enfants qui animeraient enfin sa loge lui rendait la vie impossible. Sans rien dire, ils étaient donc devenus complices pour avoir la paix.

Les cours de sciences occultes avaient repris grâce au subterfuge et bientôt il serait temps pour Fernande de s'échapper d'un mariage et d'une vie dont elle percevait les contours comme autant de mailles d'une nasse. Seul restait à régler le problème de ces 1 280 francs qui lui donneraient toute sa liberté en lui permettant de s'enfuir vers cette concession en outre-mer dont elle rêvait. Ce n'était pas la moindre des difficultés. Tout ce que Fernande touchait à l'usine passait en nourriture et en loyer sans lui laisser aucun moyen d'économiser. Elle aurait pu commencer à tirer elle-même les horoscopes mais, une fois passées les dix heures quotidiennes à l'usine, le temps manquait ainsi qu'un lieu adapté.

Ce que la Méridionale ne savait pas, c'était que Mme Saros, ayant perçu son talent, l'utilisait déjà à son profit. Les horoscopes qu'elle lui faisait tracer en guise d'initiation étaient bel et bien vendus par la Grecque, parfois fort cher. Ce qui plaisait en particulier aux clients dans les œuvres de Fernande, c'était la touche élégante qu'elle donnait au tracé des symboles occultes et des lettres grecques. Ignorant d'ailleurs que ce qu'elle croyait n'être que des exercices finissait vraiment entre des mains inquiètes, elle surchargeait toujours ses œuvres, en somnolant un peu de la fatigue de l'atelier, avec des lettres grecques et des symboles du zodiaque recopiés pour la seule esthétique du dessin. Obnubilée par ses gains, Mme Saros ne remarquait pas leur présence parasite. Après les calculs compliqués sur lesquels elle ne se concentrait guère, ces tracés instinctifs donnaient à Fernande, épuisée par sa journée d'usine, la sérénité agréable qu'apporte tout exercice de calligraphie. Pourtant, cet art tout en application créatrice ne lui rapportait rien et les 1 280 francs de la concession en

Afrique-Occidentale française restaient un mirage. Une solution était néanmoins proche : la jeune femme l'avait vu dans les cartes. L'épreuve et la contre-épreuve donnaient la même lecture. La lame 20, la *Roue de fortune*, arrivait à chaque tirage après le 77, as de denier qui signifiait sans erreur possible une arrivée d'argent. Bizarrement, c'était toujours la *Reine des bâtons* qui semblait apporter la somme désirée.

Ce soir-là, Fernande fut surprise de voir Mme Saros enduire les rebords de l'horoscope qu'elle venait de tracer d'une substance blanchâtre. Bercée par de telles pratiques au cours de son enfance, elle n'osa pas poser de questions et se détourna. La vieille sorcière avait été offensée par les moqueries de Saint-Arnaud. Sur cette feuille qu'elle devait lui apporter, elle venait de déposer de l'urine séchée de vipères prises au nœud qui avait macéré avec des rognures d'ongles de vieillard mort sénile. En gardant ce papier dans sa poche cinq jours consécutifs, l'insolent souffrirait bientôt d'horribles crises d'arthrose dans ses dix doigts.

28

La tranchée *u Paese* était en effervescence. La veille, Morelli et Bastellica étaient allés jusqu'à un hameau quinze kilomètres en arrière. Tous les civils dont la présence n'était pas nécessaire avaient été évacués d'une zone si proche de la ligne de front. Un vieux paysan têtu s'était cependant retranché là, dans sa ferme, avec ce qui lui restait de bétail. Depuis plusieurs semaines, les deux Corses négociaient âprement l'achat d'un cochon. La bête, exempte de ladrerie, avait sept mois. Le paysan avait fait monter les prix d'une rencontre sur l'autre. Alors on avait rompu les discussions, puis c'était lui qui avait cherché à retrouver les deux hommes, en vain d'abord car la zone des combats n'était pas accessible.

Un jour, en repérant un Corse dans une auberge, le vieil homme était parvenu à faire passer son message. Morelli et Bastellica étaient revenus. On avait bu, puis on s'était entendus. En échange de la bête : du tabac et de la gnôle, de la toile imperméable et de l'outillage, surtout du ciment dérobé dans les stocks d'un dépôt du génie voisin. Il avait fallu soudoyer le chauffeur d'un général d'artillerie en longue permission à l'arrière. Grâce à la voiture personnelle de l'officier, une superbe Panhard Torpédo de 1914 aux courbes parfaites, on avait pu apporter tout le montant du troc en plusieurs fois. Ensuite le cochon, emmailloté dans une bâche, bâillonné pour éviter d'attirer l'attention, avait fait le voyage sur le siège arrière jusqu'au plus près des lignes. La bête furieuse avait déchiré la banquette en mordant à travers le cuir rouge, ce qui avait failli provoquer une bagarre avec le chauffeur, qui s'était consolé des explications qu'il aurait à fournir grâce à quelques bouteilles et la promesse de belles pièces de viande. Ensuite, à quatre, on avait porté le cochon sur la civière de la section jusqu'à l'étal que Salicetti s'était improvisé dans un des abris.

Seul Clovis éprouva une gêne au moment de la mise à mort. Il ne connaissait rien de plus effroyable que les cris d'un cochon dont on tranche le cou. Il se boucha les oreilles un long moment en pleurant un peu, tandis qu'il faisait chauffer une gamelle pour cuire le boudin.

Tous s'affairèrent pendant une bonne partie de la nuit. À la lumière d'une lune bien rousse, Salicetti avait réparti la multitude des tâches entre de petits groupes qui s'appliquaient à faire cuire ou griller la viande et la couenne pour conserver la moindre partie de la bête. C'était en prévision de l'arrivée du cochon qu'Albertini avait commandé autant d'échelles d'assaut à l'intendance. Le bois sec et épais de ces petits escabeaux fournissait un combustible de qualité. La seule contrariété fut qu'en vidant l'animal, Salicetti découvrit un foie marbré et couvert de taches brunes et noirâtres de mauvais augure. À contrecœur, il jeta la pièce entière qu'il aurait pourtant volontiers fait cuire sur-le-champ pour la dévorer pendant l'abattage.

Dans ce ballet bien orchestré, l'opération la plus délicate

fut la préservation des jambons. Il était bien sûr hors de question d'envisager une fabrication lente. Le salage puis le séchage étalé sur plusieurs mois auraient nécessité un lieu ventilé. Or il n'y en avait pas et l'on pouvait être amené à quitter le secteur dès le lendemain. Afin de pouvoir garder le plus longtemps possible cette chair précieuse, Salicetti fit preuve d'imagination. Avant l'arrivée du cochon dans la tranchée, Clovis avait été chargé de préparer un feu sous une cantine d'artillerie trouvée dans le voisinage. Elle avait servi d'abreuvoir à mulets puis de baignoire lors de l'arrivage erroné d'une caisse de savon destinée au commandement. Chaque homme avait pu s'y tremper quelques merveilleuses minutes afin de se décrasser. À présent, remplie d'eau bien claire qu'il avait fallu recueillir dans des bâches pendant une semaine, elle faisait une marmite idéale. Avec plusieurs kilos de sel, on obtiendrait une saumure passable qui suffirait pour la préparation des pièces de petite taille et qui, en prolongeant un peu le bain, serait utilisée pour la préparation des jambons. Au petit matin, tandis qu'il se faisait relayer pour l'écumage de la surface étoilée de graisse, Clovis remarqua du mouvement cent mètres plus bas dans un des boyaux d'accès. Ce qu'il vit l'effraya assez pour qu'il lâche sa pipe dans la boue et se précipite vers la cagna de son sergent.

« Vingt-deux ! Vingt-deux ! Une inspection, sergent ! »

À bout de souffle tant il avait couru vite, il venait de s'étaler aux pieds d'Albertini occupé à débiter des côtelettes. Les inspections d'embusqués de l'arrière étaient rares mais toujours redoutées. Pour peu que l'on tombe sur un merdeux frais émoulu de Saint-Cyr, ou un réserviste avec des idées sur ce que l'armée doit être, le moindre bouton manquant pouvait valoir une privation de permission ou des dégradations. Clovis en avait déjà fait la cruelle expérience. Il était paniqué. Même en temps normal, le poste avancé était une enclave autonome où aucun point des divers règlements n'était observé. Avec l'abattage du cochon en cours, on pouvait s'attendre au pire.

Albertini n'eut pas le temps de donner la moindre consigne pour camoufler l'étal de boucherie, la petite forge ou la baignoire. Un fringant capitaine du 3e zouaves escorté de six de ses hommes déboula dans le boyau, moustache au vent. Tout le monde se crispa au garde-à-vous. Des vapeurs de bouillon gras et de grillades embaumaient l'atmosphère.

« Repos, mes braves, repos. On prépare la soupe, je vois. C'est fort bien, fort bien. »

L'officier n'avait pas trente ans.

« Nous allons en patrouille de reconnaissance vers les lignes ennemies. Nous allons faire une surprise au général en lui rapportant des renseignements de valeur, voyez-vous. Une surprise... Comment ça va par ici, sergent ?

– On fait aller, mon capitaine, on fait aller.

– Pas trop de marmites ? Pas de coups de main ennemis ?

– Si, parfois, mon capitaine.

– Je vois, je vois. Guerre d'usure. Dur pour les nerfs. Pas facile de maintenir le moral du groupe dans cette guerre de rats, n'est-ce pas, sergent ?

– Oui, mon capitaine.

– Rassurez-vous ! D'ici deux mois, on va remettre baïonnette au canon pour se payer du Boche. On va les embocher, comme vous dites dans le rang. Les embocher ! Elle est bien bonne ! »

Le capitaine se mit à rire du calembour mais, s'apercevant que personne ne l'accompagnait, il reprit son discours martial :

« Une grande offensive se prépare ! On va y aller à la fourchette, foutre Dieu ! Comme des hommes ! Nous allons les annihiler ! Les an-ni-hi-ler ! J'ai tous les plans de notre attaque ici. Mais motus. Je les garde sur moi en permanence en attendant le grand jour. »

L'officier frappa sa poitrine à l'endroit où il gardait sans doute son portefeuille. Morelli avait du mal à comprendre l'accent pointu et snob du Parisien. En contravention avec la règle établie qui veut que l'on respecte la hiérarchie présente lorsque l'on parle, il se permit d'intervenir. Il risquait la réprimande, mais il n'avait pu se retenir. C'était toujours d'un mauvais œil qu'il voyait l'intrusion d'un officier dans leur petit univers précaire.

« *Cosa dettu ?*

– *Nunda. E scemu*[1]. »

Rassuré, Morelli fit un très large sourire au capitaine.

« Qu'a-t-il dit, le soldat, sergent ?

– Qu'il est bien content pour la grande offensive, mon capitaine. Il comprend mal le français, mon capitaine. »

Un lieutenant rasé de frais qui collait aux basques de son officier comme pour le surveiller intervint à son tour. Blême, il serrait dans la main droite un revolver d'ordonnance et dans la gauche une carte d'état-major froissée.

« Ce sont des débris du 173ᵉ Bastiais. Ils ont été séparés de leur régiment. On les a regroupés avec d'autres rescapés d'unités d'outre-mer sur cette crête, mon capitaine. Je vous

1. « Qu'est-ce qu'il a dit ? – Rien. C'est un fou. »

l'avais dit. Nous nous sommes égarés dans ce dédale de fossés. Cette tranchée est très loin de la route que vous avez annoncée au QG. Regardez, nous sommes ici...

– Balivernes, lieutenant ! Vous me fatiguez ! Que croyez-vous donc trouver avec votre boussole et votre carte d'état-major ? Un coup de main ici ou ailleurs, c'est un coup de main. De l'énergie, que diable ! Prenez exemple sur ces braves ! »

Tournant le dos au lieutenant pour faire mine de l'ignorer, il ne s'adressa plus qu'à Albertini :

« Ainsi, vous êtes corses dans ce secteur. Un bien beau pays, la Corse, n'est-ce pas ! Les montagnes, la mer ! Ces charcuteries délicieuses ! Et vous êtes des gens solides, vous, endurants et têtus, mes braves. Et puis, pensez à Napoléon. Napoléon ! Un grand soldat. Un exemple pour nous tous.

– Oui, mon capitaine.

– Excellent ! Très bon état d'esprit dans cette tranchée, sergent. Je parlerai de vous en haut lieu. On vous fera rejoindre votre régiment.

– Merci, mon capitaine. »

Sans aller jusqu'à tirer les oreilles des grognards de façon impériale, l'officier s'était cru obligé de donner une bourrade amicale sur l'épaule de Morelli. Le geste viril dégagea un petit nuage de poussière grasse et malodorante. Le Corse sourit à nouveau de toutes ses dents. Se méprenant, il avait trouvé que la mention de son prénom, en termes flatteurs d'après ce qu'il avait compris des intonations, rachetait un peu ce capitaine-là.

« Allons-y, mes briscards ! À moi les zouaves ! »

Dégainant son propre pistolet, le capitaine ne fit ni une ni deux : il entraîna ses hommes d'un bond au-dessus du parapet. Juste derrière lui, le lieutenant qui avait l'air de plus en plus inquiet lui emboîta le pas. Clovis, quant à lui, était terrifié, son bégaiement encore plus marqué qu'à l'habitude :

« Quand il va revenir, ça va barder s'il inspecte nos cagnas, le pistard, hein, sergent ? Y va trouver notre cochon et on sera punis ?

– T'en fais pas, petit, t'en fais pas. Y va pas nous revenir demain, celui-là. C'est dommage pour ses biffins. Pauvres types... À moins qu'ils lui règlent son compte très vite et qu'ils reviennent. Mais il y a le lieutenant aussi... Il avait pas l'air fou, lui. C'est dommage pour eux. Va me chercher un plat de côtelettes bien grillées, puis assieds-toi et mange autant que tu peux.

– Oui, sergent. Dites, sergent...

– Quoi ?

– C'est quoi *annihiler* ? Je l'ai jamais vu ce mot-là, même dans mon magazine.

– Cherche pas. Ça doit être des trucs pour les officiers, ça doit.

– Ah bon. »

En attendant la viande, Albertini alluma une cigarette. Un peu plus loin, un tintamarre de boîtes de conserve et de cloches se fit entendre. Quelques instants après, il y eut un crépitement de mitrailleuses, puis des cris. Puis plus rien. Il omettrait de consigner le bref passage du capitaine dans son rapport du jour. De toute façon, puisqu'il n'était pas dans le bon secteur, il était inutile de compliquer les choses pour l'état-major.

29

CLOVIS revint avec une gamelle pleine de viande fumante qu'il faillit renverser quand il entendit les cloches. Sans raison, il se mit à rire. On avait l'habitude. Il était idiot. Ou il l'était devenu en deux ans de guerre. Les avis étaient très partagés et souvent, le soir, à la veillée, les hommes discutaient du problème sans même se soucier de sa présence. D'ailleurs, pour passer le temps, Clovis lui-même avait fini par prendre part aux débats sur son propre état, fournissant au bon moment des détails biographiques qui enrichissaient la qualité des échanges. Par moments, il se ralliait avec ardeur à ceux qui penchaient pour un dérangement précoce ; en d'autres occasions, il défendait bec et ongles le clan de la folie tardive.

Fils de mineur, d'un village quelque part dans le Nord, en zone occupée, il était descendu au charbon avec son père dès l'âge de quatorze ans, ce qui lui procurait une telle fierté qu'il répétait l'histoire cent fois entre deux énigmes bizarres piochées dans sa revue favorite. À son incorporation, il avait été versé fort logiquement dans le corps des mineurs-sapeurs. Pendant trois mois complets, il avait appris à creuser des sapes, puis on l'avait envoyé mettre sa science en pratique sur le front.

Les sapes étaient de longs tunnels ou plutôt des boyaux étroits dans lesquels on devait ramper en tirant ses outils puis les sacs de déblais que l'on dégageait. Il avait fallu s'habituer à travailler en silence, car l'ennemi, tout aussi conscient que nos ingénieurs des terrains plus ou moins favorables à ces activités, se livrait de temps à autre à des exercices d'écoute. Un forage à la barre à mine pour l'établissement d'un camouflet en direction de bruits entendus était toujours à craindre. Même les manches des outils et les gourdes étaient habillés de toile pour éviter tout cliquetis. Ensuite, une fois arrivés à la distance calculée par les officiers du génie, on devait travailler dans le four : c'était le nom de la cavité à laquelle on donnait une forme de sphère et où l'on entassait des tonnes d'explosifs. Quelques mètres au-dessus, l'ennemi vivait son quotidien le plus prosaïque sans se douter du va-et-vient de ces infernales fourmis qui rampaient sous lui. On entendait quelquefois des chants ou des rires résonner dans la terre lorsque la distance s'amenuisait trop. Souvent la même chanson jour après jour. La tâche était à la fois harassante et angoissante. Le mauvais vin blanc coulait à flots pour éviter aussi bien la déshydratation que la peur panique qui vous prend au milieu du ventre quand un peu de terre tombe sur vous en vous faisant craindre un enterrement.

Un beau jour de juillet 1916, Clovis avait été réveillé par son sergent. La plus grande opération de sape à laquelle il avait participé touchait à sa fin. Tous les fils avaient été tirés puis épissés sur un détonateur électrique, cube de bois aux charnières de cuivre astiquées. Il avait fallu tout un mois pour en arriver là. Ils avaient été jusqu'à cinq cents à creuser ensemble la dizaine de galeries et autant de fours agencés de manière méthodique pour provoquer le maximum de bouleversements dans deux collines fortifiées.

Comme Clovis était le plus jeune des sapeurs et qu'en plus la date de son anniversaire approchait, c'était à lui que revenait l'honneur de tourner le levier. Son sergent, immobile à ses côtés, avait remonté sa montre pour meubler le temps d'attente. Les rainures fines du remontoir, agréables au toucher, s'accrochaient tant au relief des doigts que l'on aurait eu du mal à dire si le crissement soyeux à peine perceptible venait des rouages ou du relief de la peau. Au moment précis où la préparation d'artillerie commençait et où les grappes d'hommes s'agglutinaient pour sortir occuper le terrain, Clovis avait obéi à son sergent lorsqu'il avait crié « Maintenant ! ». Il avait fait tourner entre ses doigts d'un quart de tour à droite, très sec, mais bien complet, le petit levier de bois verni et la terre avait tremblé. Tous avaient été soulevés du sol de deux ou trois centimètres, perdant le sens de l'ouïe et de l'équilibre pendant un instant.

Le lendemain, Clovis avait été appelé devant son colonel, un homme élégant à la large moustache. L'officier l'avait remercié au nom du régiment et lui avait donné une bonne bourrade virile et martiale sur l'épaule. C'était de sa bouche que Clovis avait appris que son simple geste du poignet venait de faire passer de vie à trépas près de 2 300 ou peut-être 2 400 soldats ennemis, engloutis par les remous de terre et de débris. Pour la grande fierté de tous, la déflagration de près de cent tonnes d'explosif avait été entendue jusqu'à Londres. On racontait même que quelques embusqués s'en étaient renversé leur chocolat dessus. Clovis ne savait pas exactement où était Londres mais, puisque le colonel avait l'air bien content, il était bien content lui aussi. Le colonel, excellent chimiste, avait lui-même calculé la répartition de la mélinite et de la cordite dans les fours, en fonction des mouvements de terrain espérés et de la nature du sol. Énonçant les propriétés des divers explosifs pour briller devant tous les officiers assemblés plutôt que pour le seul Clovis, il avait fini par éclater de rire en mentionnant l'utilisation d'un soupçon de pentrite au centre géométrique du dispositif pour épicer le tout, comme on aurait fait pour un plat en sauce. Bien qu'intimidé, Clovis avait ri, sans comprendre, s'attirant un cercle de regards désapprobateurs de la part des officiers. En le congédiant, on lui avait dit qu'il serait cité à l'ordre du régiment et sans doute de la division. On y veillerait.

Clovis avait dit merci, puis il était parti se promener un peu. Au bout de quelques heures, son sergent, ne le voyant plus, avait commencé à s'inquiéter. Si le héros du jour s'en était allé déserter, ce serait un tollé où lui-même laisserait des plumes. Finalement, pendant la nuit, ses camarades l'avaient retrouvé, divaguant au milieu des champs. Il parlait seul et chantait une alternance de marches militaires et de cantiques, puis retombait dans un état de profonde prostration. Informé de la mésaventure, le colonel décida qu'il serait mieux pour le moral de la troupe d'envoyer ce coco-là vers l'arrière. En plus, l'avancée consécutive à l'effet de surprise de la sape avait été brisée en moins d'une heure par les tirs fournis de la seconde ligne ennemie. Comme il n'y avait plus rien à occuper à l'emplacement de la première ligne ennemie que l'on avait réduite à néant, il avait fallu se replier sur les positions de départ. Inutile de reparler de tout ça dans les ordres du jour. Il avait donc rédigé une note à l'intention du médecin major de la division, mentionnant chez « ce soldat chétif, une grande fatigue consécutive à un travail éreintant et justifiant un peu de repos dans un hôpital ».

Alors Clovis était parti. Bien sûr, les services de santé n'avaient guère le temps de s'occuper d'une « grande fatigue ». La bataille de la Somme venait de commencer et, pour la seule journée du 1er juillet, les Britanniques venaient de perdre 60 000 hommes, dont 20 000 tués. Presque 1 000 morts de l'heure et trois fois plus d'éclopés dans le même laps de temps. Clovis pouvait attendre un peu. De bureau en bureau, les infirmiers qui lui faisaient répéter 33 le prenaient pour un idiot de village. Puis on avait fini par l'affecter à un régiment déficitaire, le 173e Bastiais, plus au sud, dans un secteur réputé calme car, par manque d'hommes, on n'y bougeait plus beaucoup.

C'était ainsi que Clovis s'était retrouvé là. Sa contribution à la vie du groupe était devenue inestimable. Frappé d'adoration pour le personnage d'Albertini, il s'était improvisé factotum des Corses, lavant, cuisinant pour eux et vidant de lui-même les goguenots chaque matin. Sa dévotion animale et son inconscience totale du danger étaient telles qu'Albertini l'envoyait chaque semaine, toujours de nuit, pour veiller au bon état du fil et des boîtes de conserve au tintement si vital. À aucun moment son visage n'était aussi animé que lorsqu'il revenait en rampant et qu'Albertini le gratifiait d'un « C'est bien, petit ». La récompense suprême vint le jour où Albertini prononça quelques paroles en corse comme si Clovis, si limité par son patois du Nord qu'il avait parfois du mal à comprendre les officiers et surtout à leur répondre, était du même sang que lui. Pourtant, le : « *Bravu, u mio figliolu, ghje bè !* » amena sur le visage du garçon toute la lumière du bonheur. Décryptant l'ensemble plus que le détail, il arrivait peu à peu à comprendre ces hommes dont la langue ressemblait souvent aux mots du prêtre le dimanche. « *Mio figliolu* », c'était « mon fils », et rien que pour ces deux mots, Clovis serait volontiers reparti dans le *no man's land* en chantant et en dansant la gigue.

30

CHARLES de Moursault parcourait avec attention le rapport secret commandé au Bureau des calculs. Roitelet en personne y exposait ses conclusions sur l'enthousiasme renouvelé de nos premières lignes. Statistiques à l'appui, il démontrait que les bataillons au contact avec l'ennemi avaient en effet, presque sans exception, réclamé bien plus de bandes molletières neuves que les années passées, signe clair que la troupe attendait avec impatience de bouger enfin pour déborder les lignes ennemies. La hargne du soldat français était encore plus claire lorsque l'on examinait l'augmentation des commandes d'échelles d'escalade neuves. Il avait presque été difficile de satisfaire chaque section avec les stocks disponibles. C'était bien certain : au premier coup de sifflet, tout le monde grimperait au parapet avec fougue.

Charles de Moursault hocha la tête, approbateur. Ces conclusions de Roitelet avaient été obtenues avec des chiffres validés par Saint-Arnaud. Elles étaient donc fiables, contrairement aux fables sur un retrait allemand construites à partir de données truquées. Quel dommage de perdre ainsi du temps et de la puissance de calcul ! Moursault se dit que la peau du traître valait sans doute ce prix. En tout cas, ce que les lignes de Roitelet confirmaient, c'était bien que toutes les conditions étaient réunies pour que la prochaine offensive soit la bonne : une utilisation révolutionnaire de l'artillerie avec le concept tenu secret de *feu roulant*, un lieu propice où les défenses ennemies étaient faibles et, par-dessus tout, ce souffle viril qui réveillait nos tranchées plus sûrement que l'arrivée du printemps. Avant qu'il ne puisse tourner la page, on frappa. Un huissier en livrée ouvrit la porte.

« J'avais donné ordre que l'on ne me dérange pas.

– monsieur votre frère, monsieur le secrétaire d'État. Il a insisté.

– C'est bien. Faites-le entrer. »

Il poussa un soupir d'une durée impressionnante. Napoléon avait bien raison de répéter que, si l'on peut choisir ses amis, la famille, c'est une autre affaire.

« Guy ! Mon cher frère ! Comment vas-tu ? Viens que je t'embrasse.

– Mon... mon... mon cher-Cha... cher-Cha... cher Charles, tu as l'air de te porter à mémé..., à mémé... à merveille. »

En présence de son seul frère, Guy de Moursault bégayait encore plus que lorsqu'il était confronté à un public inconnu. Avec sa lavallière violette et sa redingote couleur safran, il avait tout du dandy. Il était aussi peu à sa place dans les salles poussiéreuses et ternes du ministère qu'un perroquet dans une basse-cour. En le voyant arriver, le soldat de garde, un nouveau, l'avait d'abord pris pour un de ces journalistes toujours avides du moindre détail publiable en dépit de la censure impitoyable. Il essayait en plus de passer devant une grosse dame avec un parapluie indigo à la tête en forme de canard qui était arrivée avant lui et le militaire l'avait éconduit sans ménagement. Lorsque, en examinant ses papiers, il s'était rendu compte de son erreur, que Guy de Moursault fit tout pour transformer en drame, il avait rougi et, sous le coup de l'émotion, s'était mis à bégayer aussi, ce que le visiteur avait pris pour une moquerie. Le ton avait monté, chacun, se croyant singé par l'autre, rajoutant une syllabe trois ou quatre fois saccadée à celle prononcée par son interlocuteur sans chercher à saisir le sens des mots complets. Seule l'intervention d'un huissier avait mis fin à la confrontation ridicule qui, de bribe de mot en reprise de souffle, aurait pu durer longtemps.

On avait ensuite guidé le visiteur un peu calmé à travers les méandres de couloirs sans fin créés au fil des années par la mise en place d'innombrables cloisons. Comme beaucoup de bâtiments publics, celui-ci avait été destiné plusieurs siècles auparavant à des fins plus festives. Les salles de bal à l'agencement mûrement pensé par un architecte à la mode étaient devenues des bureaux ou des salles de réunion sans qu'un nouveau plan d'ensemble ait jamais été tracé. Il en résultait une impression de labyrinthe construit de façon aléatoire pour quelque Minotaure des temps modernes.

Après de brefs échanges de mondanités, le silence se fit entre les deux frères. Charles connaissait assez Guy pour savoir que cette visite était sans doute intéressée. Il attendait donc que se déverse par bribes ce pour quoi il allait être sollicité. Il ne fut pas déçu.

« La rumeur court qu'une offensive de printemps se prépare.

– Tu sais, les rumeurs... par les temps qui courent. Et puis, il y a toujours des offensives au printemps, non ?

– Voyons, Charles, il faut en finir avec cette situation indigne. L'armée française ne s'enterre pas, que diable !

– Il te suffit de t'engager pour démontrer le bien-fondé de ton point de vue. Je peux même intervenir pour t'obtenir une place en première ligne.

– Toujours ce cynisme insupportable ! Tu es incroyable ! Je suis juste un patriote. »

Il avait fallu qu'il s'y reprenne à cinq fois pour passer le « pa » de patriote.

« Un patriote qui va me demander une faveur, un coupe-file ou un passe-droit. »

Guy se leva et fit mine de quitter la pièce sans que Charles s'en émût en aucune façon. Il savait que son frère allait se rasseoir. Ce qu'il fit après avoir touché la poignée.

« Comment peux-tu me parler ainsi ? Je ne cherche qu'à jouer mon rôle à la place qui est la mienne dans la grande entreprise de l'instant !

– Et quelle est ta place ?

– La troupe va avoir besoin de toutes sortes de fournitures pour la prochaine poussée. Puisque le destin t'a donné un rôle éminent...

– C'est mon travail qui m'a donné le rôle que j'ai. Pas le destin...

– Oui, bien sûr... je voulais dire...

– Venons-en au fait, Guy. Mon temps est précieux.

– Chaque offensive provoque une augmentation des besoins de l'intendance.

– À quoi penses-tu ?

– Aux rations d'alcool. Les derniers approvisionnements remontent à plus de six mois. Il va falloir reconstituer les réserves.

– Et tu as une solution idéale.

– J'ai trois cargos de rhum à l'ancre au Havre. Du rhum de Guyane. Le meilleur de ce que produisent les distilleries de Saint-Laurent-du-Maroni. Du rhum pour nos braves. Du 58°. »

Charles de Moursault explosa :

« C'est donc cela ! Tu oses revenir vers moi pour une affaire de fournitures ! Sombre crétin ! Lorsque j'ai pris le risque de te proposer en confidence le marché des cartes de correspondance en 1914, tu as refusé, et aujourd'hui tu me reviens avec une histoire de rhum ! À 15 centimes le paquet de dix, te rends-tu compte de la manne que je t'offrais ! Avec huit millions d'hommes dans la zone des armées, chacun écrivant au moins une fois chaque jour à ses proches ! As-tu bien compté ce que cela représente ? Tu es un âne ! Ensuite, il y a deux ans, je t'ai proposé de te favoriser pour l'approvisionnement des cercueils et des croix de nos nécropoles de soldats. Sais-tu combien d'arbres sont abattus chaque semaine ? Mais non, c'était trop compliqué pour Monsieur de travailler un peu. J'aurais même pu te faire participer à la fabrication des casques modèle Adrian que nous livrons aux armées alliées : un million huit commandés par l'Italie, deux cent soixante mille pour les Belges, cent soixante et onze mille pour la Serbie ! À 6 francs l'unité pour moins de 4 francs de prix de revient, tu aurais pu participer aux bénéfices ! Mais non, tout cela était trop simple ! En désespoir de cause, je te donne depuis des mois des indications précises sur les besoins à venir pour qu'enfin tu finisses par faire quelque chose d'utile dans les poudres, le cuivre, les chaussures... et au lieu de cela te voilà embarqué avec les affairistes coloniaux ! La pire des choses ! Des transports incertains, une production aléatoire, de la concurrence sans doute ! Qu'ai-je fait pour mériter un frère pareil ?

– Mais toi-même, avec tes ventes de concessions en Afrique, tu ne sembles pas leur tourner le dos, aux affaires coloniales ! Voyons, Charles, nous nous connaissons. Ne nous disputons pas. Tu sais bien que tout ce que tu me proposais en métropole ne pouvait être rentable qu'en cas de conflit long !

– Nous en sommes à la quatrième année de guerre !

– On était à cent lieues de penser cela en 1914 !

– Oh, tais-toi ! Les actions de Carmaux s'arrachent à plus de 3 000 francs au palais Brongniart et celles de Schneider ont passé la barre des 2 500, et toi, tu as tout misé sur le rhum ! Et ne fais plus allusion à mes concessions en Afrique-Occidentale. Ça au moins, c'est une affaire qui marche.

– Il n'est pas trop tard pour faire fortune. Les meilleures affaires sont dans le ravitaillement, je t'assure. As-tu vu comment les cours des simples haricots, secs ou en boîte, se sont envolés en quelques semaines ? Les producteurs ont fait fortune sans même comprendre pourquoi. Ce sera pareil pour mon rhum. Si je sais très précisément quand la nouvelle offensive aura lieu, nous pouvons à la fois faire fortune sur les stocks et sur les actions en Bourse. Réfléchis donc ! Chaque offensive, quelle qu'en soit l'issue, a un effet rapide sur les cours de la Bourse. Je contrôle déjà une grande part de l'approvisionnement, dont l'abondance est connue seulement d'un petit cercle pour cette année. J'ai commencé à acheter au-dessus du cours un nombre important d'actions de diverses rhumeries. La rumeur de manque sera facile à entretenir le temps de revendre. Ensuite, nous livrons nos stocks à l'armée à prix réduit. Avec cette abondance, les cours s'effondrent d'un seul coup et nous rachetons pour une bouchée de pain. En un jour, nous contrôlons tout le marché du rhum et, pour l'offensive de l'année suivante, nous pourrons fixer les prix. »

De manière assez étonnante, Guy de Moursault venait de débiter l'intégralité de son programme sans buter sur la moindre consonne ou la moindre voyelle.

« Si ton plan est au point, quel besoin as-tu d'une date précise ? Les choses viendront en leur temps.

– Il me faut emprunter de l'argent, beaucoup d'argent, pour rafler le plus d'actions possible et aussi pour augmenter mes stocks au maximum. Si je sais avant les autres, je pourrai emprunter pour un temps très bref et faire un bénéfice d'autant plus important.

– À qui vas-tu emprunter ?

– À des banquiers suisses. Tout est déjà arrangé.

– Il te faudra apporter une mise de fonds initiale importante pour que ces gens-là te suivent.

– J'ai de quoi les rassurer.

– Hummm. Te voilà donc bien riche. Qu'est-ce que j'en retire ?

– Vingt pour cent des actions que je possède.

– Vingt-cinq. Et je veux en plus ton vignoble du Médoc. Cédé devant notaire dès la semaine prochaine.

– Nous sommes entre frères !

– Justement. Tu ne vas pas te montrer avare.

– Il me faut aussi, en plus de la date, le lieu précis de l'offensive.

– Ça, c'est impossible. Il s'agit de secrets militaires.

– Réfléchis. Si je connais le lieu précis de l'offensive, je peux dès maintenant prévoir les livraisons aux dépôts militaires les plus proches du front. »

Charles réfléchit un moment. Son frère était loin d'être sot. Seule sa fainéantise l'avait empêché de profiter de toutes les mannes offertes.

« Lorsque nous irons chez le notaire, tu mettras également un quart de tes stocks à mon nom.

– Charles !

– C'est mon dernier mot. Sans les indications que tu réclames, l'improvisation des livraisons au dernier moment fera fondre tes marges. Si tu disposes à l'avance de tous les moyens de stockage et de transport pour le moment précis de l'offensive, tu gagneras des fortunes. »

Guy de Moursault regarda son frère droit dans les yeux pendant une longue minute. Son cerveau se concentrait sur les chiffres de l'opération. Il lui fallait travailler de manière instinctive en estimant au plus juste jusqu'où il pouvait faire des concessions. Il ne bégaya pas en donnant sa réponse :

« C'est d'accord. »

31

DEPUIS quatre jours, Albertini mentait comme il n'avait jamais menti auparavant. Au grand soulagement des hommes, les seuls bruits de canonnades venaient de très loin au nord. Plus rien ne tombait dans le secteur. Néanmoins, afin d'éviter aussi bien les missions de reconnaissance que pour avoir prétexte à réclamer du matériel de remplacement, Albertini notait chaque jour des impacts fictifs dans ses rapports : tirs de 120 et de 155, grenadages avec des tentatives d'incursion... La chose la plus difficile à falsifier dans ces rapports quotidiens était les transcriptions d'écoute. Morelli n'arrivait plus en effet à intercepter aucune émission, même brève. Cela n'était jamais arrivé auparavant. Le sergent craignait à juste titre que la hiérarchie, remarquant le paradoxe d'une activité militaire normale privée des communications habituelles, n'ordonne incursions et coups de main afin de connaître la raison du silence soudain. Pour donner aux officiers de renseignements du grain à moudre, il se mit donc à composer de faux rapports d'écoute. Comme il avait remarqué que l'alternance des lettres reposait toujours sur la même série de six : A, D, F, G, V, X, il les avait tracées sur les cartes de son jeu. Les trente cartes bien brassées donnaient des séries aléatoires de lettres qu'il recopiait de la même façon qu'il recopiait en temps normal les transcriptions authentiques relevées par Morelli.

Tous ces efforts permettraient d'être tranquille pendant quelque temps. L'accalmie l'inquiétait cependant comme inquiète ce que l'on ne parvient pas à comprendre. Les artilleurs allemands en particulier étaient assez précis pour que l'on ne regarde plus les montres à l'heure des pilonnages. On savait à la minute près quand il fallait descendre dans un abri. Les intestins de certains s'étaient d'ailleurs adaptés à ces rythmes, se tordant juste avant le bruit des premiers départs d'obus, ce qui obligeait leurs maîtres à courir aux feuillées. Désormais, ces cycles si bien acquis semblaient ne plus avoir de sens et la prise d'assaut des goguenots qui persistait ne rimait à rien. Albertini en éprouvait jusqu'à un sentiment de solitude, d'abandon, dont il percevait toute la stupidité. Pourtant, on n'était là que parce que *eux* étaient là-bas. Pourquoi cette absence soudaine ? Tous les hommes commençaient d'ailleurs à éprouver le même type de sentiment. Une impression proche de celle que l'on ressent la première fois que des parents inquiets vous laissent au pensionnat. Clovis, toujours rassuré par le son de sa propre voix et de celle des autres, était venu trouver son sergent lorsque la tension au sein de la tranchée lui était devenue insupportable.

« Sergent !

– Oui, Clovis.

– Et s'ils étaient tous morts ?

– Quoi ?

– Oui. Je me suis dit comme ça, y a un moment qu'on en tue, des Boches. Peut-être qu'y en a plus.

– Qu'est-ce que tu racontes ?

– Oui, sergent. À force d'en tuer, y a un moment où y en aura plus. C'est forcé. Y a un moment où y a un avant-avant-dernier, après un avant-dernier, après un dernier, après plus rien. Et peut-être que de notre côté aussi on est les derniers, parce qu'il faut bien qu'y en ait des derniers de notre côté aussi, c'est forcé... »

Albertini n'avait pas laissé le temps à Clovis de terminer sa démonstration. D'un juron, il l'avait envoyé paître. Clovis en avait été vexé tant il attachait d'importance à l'opinion de son sergent. Il avait tort. Ce qui avait irrité Albertini, c'était que les mêmes réflexions flottaient au même moment dans son propre esprit sans qu'il leur donne un développement aussi clair que celui de Clovis.

Le Corse essaya de guider ses pensées vers d'autres recoins de son esprit afin d'échapper à cette ambiance de déprime irrationnelle. L'exercice était difficile. Dans les méandres de ses souvenirs et de ses projets, il ne pensait plus guère à son île natale. La découverte du monde l'avait trop transformé pour qu'il envisage un jour de retourner redresser à son tour, à la suite des cohortes de ses ancêtres miséreux, les murets de pierre cheminant à l'infini autour de champs trop pauvres. Le seul fil un peu solide qu'il croyait percevoir dans la pelote emmêlée du futur était ce projet de cabaret qui émoustillait les hommes de la section. L'idée lui en était venue au BAC. C'était là qu'il avait découvert l'amour, dès la fin 1914. Lors de la première relève du régiment, un sous-officier de marine affecté à cette tâche les avait aiguillés vers les bons endroits en leur expliquant le fonctionnement des BAC, les *bordels des armées en campagne*, tolérés voire encouragés par les autorités compétentes. On pouvait y boire du mauvais vin et monter avec des filles. Les tarifs étaient bas. L'endroit toujours convivial. Les seules choses qui n'étaient pas admises, c'étaient les bagarres ou la violence avec les filles. À part ça, c'était simple. En cas de problème, un peu plus tard, si ça démangeait ou si ça brûlait en pissant, il fallait juste réclamer du *Salvarsan 606* ou du *Galyl 909* à un infirmier, le premier à l'arsenic, le second au mercure. On pouvait aussi dire tout simplement du *606* et du *909*, c'était facile à retenir et les infirmiers comprendraient de quoi il s'agissait.

Albertini avait tout de suite aimé ces lieux qu'il revoyait souvent en rêve. Il en avait apprécié l'ambiance chaleureuse dès la première visite. Arrivé au BAC 58, il n'avait pas choisi de fille. Le barman, un Corse d'Ortale, lui avait recommandé la *numéro 26*, alors il était monté avec celle-là. C'était une grosse Lilloise très pâle, avec une grande bouche et une poitrine minuscule ornée de gros tétons rosés. C'était sans doute une réfugiée chassée par la progression allemande de 1914 qui avait trouvé là un asile. Une fois dans la chambre, un réduit équipé d'une paillasse, elle avait entrepris avant toute chose de lui *laver la biroute*. C'étaient les seuls mots qu'elle avait prononcés. La métaphore flatteuse qui donnait un statut si intime aux ballons d'observation captifs de forme oblongue avait l'avantage d'être comprise par tous, du Sénégalais au Moco en passant par le Breton, le Russe et le titi parisien, l'Écossais ou le Belge. Aucun parmi les millions de soldats du front n'avait vu ces aéronefs sans penser à cela. Sans réflexion, sans discussion, sans débat. Ainsi *biroute*, du nom de l'officier concepteur, était devenu un vocable commun à tous ces cerveaux, à toutes ces pensées autonomes. Cette communauté d'analogie, cette relation biunivoque magique entre deux objets connus qui unissait la merveilleuse fraternité des hommes en transcendant les langues, était bien pratique pour communiquer. Ce fut pendant l'ablution de sa *biroute*, audessus de la bassine émaillée un peu ébréchée à deux endroits sur le côté, entre ces longs doigts blancs en forme de limaces, rugueux et ligneux tant ils étaient gercés de froid, qu'Albertini découvrit l'extase de l'amour. C'était donc pour cela que les hommes payaient. Qu'ils payaient souvent. Pour quelques degrés supplémentaires sur une échelle mesurant l'intensité de la crispation, quelques petits degrés gagnés sur la simple secousse du poignet. Aveuglé par cette révélation comme saint Paul sur le chemin de Damas, Albertini perçut bien vite les avantages du monde qui pouvait s'ouvrir à lui. L'argent qu'il voulait se trouvait à portée de main. Satisfait du geste d'hygiène transmuté en plaisir, il était reparti trois minutes plus tard sans même demander son prénom à la fille ou lui dire merci. Il lui faudrait revenir, poser des questions, observer afin d'acquérir l'expérience qui lui permettrait de recréer pour son propre compte la logique sans faille de ces lieux. La seule chose qui resterait à trouver, c'était une mise de fonds et quelques filles, bien sûr. Par habitude, quel que soit l'établissement, il exigeait toujours de monter avec la *numéro 26* sans en demander plus. Lorsqu'il n'y avait pas de numéro 26 ou qu'il y avait trop d'attente, il réclamait le numéro inférieur le plus proche possible. Ensuite, le coup suivant, moitié par jeu, moitié par superstition, il essayait toujours de compléter le numéro qu'on lui avait donné pour atteindre ce fameux 26 de sa première fois. S'il avait eu la 11, il essayait d'avoir la 15 ; s'il avait eu la 23, il lui fallait la 3 pour toujours aboutir à un total de 26. À cette étrange loterie, il était tombé sur une Négresse, sur des blondes et des brunes, grasses ou maigres, aux yeux sombres ou clairs, aux seins ronds ou pointus, au derrière large ou étroit, et même sur une Annamite, un jour, dont les yeux étranges avaient accaparé son attention pendant l'acte. C'était bien, les bordels. C'était simple.

Albertini fut arraché à ses méditations par une explosion soudaine de cris stridents. C'était à nouveau Clovis qui, comme à son habitude, arrivait vociférant, affolé et essoufflé dans l'abri. Pour la moindre raison, il manifestait cette agitation frénétique, surtout lorsque Albertini l'avait repoussé comme il venait de le faire un instant plus tôt et qu'il tentait d'effectuer un retour en grâce comme le font les enfants grondés par leurs parents. Cette fois-ci, pourtant, dès qu'à travers son bégaiement Albertini put distinguer quelques mots, il comprit que l'affaire était sérieuse :

« Un général et le colonel, avec des Nègres ! Plein de Nègres ! Toute une brigade, y en a des milliers ! On peut même pas les compter ! »

32

ALBERTINI ajusta son képi et commanda aux hommes de l'abri de le suivre. Un étrange spectacle les attendait dès qu'ils arrivèrent au boyau de communication. Un général, à cheval, remontait au trot leur tranchée, suivi du colonel de leur régiment, monté lui aussi. Le général avait trois étoiles sur chaque bras. Jamais les hommes de la tranchée n'en avaient vu autant. Derrière les deux officiers, couraient quatre par quatre des Sénégalais chargés des trente kilos de leur barda complet. La colonne évoluant à l'intérieur de la tranchée était flanquée de deux autres au-dessus, de chaque côté. Le bruit des gamelles, attachées comme il se doit au sommet des sacs avec le quart et le casque, produisait un concert impressionnant. Le général avait l'air furieux. Parvenu à hauteur d'Albertini et apercevant ses chevrons et son numéro de régiment, il l'apostropha assez fort pour que tous entendent :

« Alors, les tire-au-cul, on fait la sieste. On se croit toujours en Corse ? Mais c'est qu'on est plus sur l'île aux ânes, ici ! »

Le général postillonnait de rage entre chaque invective. Son cheval, nerveux dans ce fossé qui dépassait sa tête, s'emballa. Le général piqua des deux et, en deux bonds, sortit de la tranchée. En hauteur, il était effrayant. Les tirailleurs qui s'étaient appuyés aux parois pour reprendre leur souffle baissèrent les yeux pour éviter de croiser son regard. Alors qu'il trottait en petits cercles rapides dans le *no man's land* pour finir de calmer sa bête, il vint faire tinter les boîtes de conserve accrochées par Clovis au cours des semaines avant de revenir au bord de la tranchée. Le tintamarre eut le don de l'exaspérer encore plus.

« Mais qu'est-ce que c'est que ce bordel ? C'est une caravane de romanichels, votre régiment ? Vous êtes pires que les Bamboulas dans ce secteur ! C'est la biffe tout entière que vous déshonorez par votre laxisme, Juillet, je vous le dis tout net ! »

Pour le plus grand soulagement d'Albertini, cette réprimande-ci était adressée au colonel, plus blanc que le foulard qu'il portait au cou. Trop pris à essayer de maîtriser sa monture, il essaya en vain de répondre :

« Je... je... je...

– Quoi, *je, je, je* ? Quoi, *je, je, je* ? Soyez clair, foutre Dieu ! Ne savez-vous pas que la langue est ce qui unit les hommes et les différencie des bêtes ? Que pourriez-vous dire de toute façon ! Un régiment de Nègres à droite, des demi-Macaronis abrutis à gauche ! C'est le pire commandement de ma carrière ! Et aucun de ces *braves* ne s'est aperçu que l'ennemi n'est plus là ! Mais qu'on me donne des Marsouins, bon sang, et j'irai, moi, à Berlin ! »

Il faisait à présent trotter sa monture en remontant et en descendant le long de la tranchée. En essayant de le suivre en bas, le colonel bouscula Morelli et Clovis. De plus en plus nerveux, il tenta de faire sortir son cheval, mais celui-ci se figea devant le mur de terre, basculant son cavalier sur son encolure. Le général continuait à fulminer :

« Trois jours ! Trois jours et trois nuits que les Allemands se sont repliés et personne n'a rien vu, rien entendu ! Ah ça, elle est défendue, la patrie ! Et ça se prend pour des soldats !... Colonel Juillet !

– Mon général !

– Donnez vos ordres ! Faites-moi avancer tout ça. Et sortez donc de ce trou, vous êtes ridicule. Même pas foutu de monter un cheval ! Vous auriez dû rester dans le civil à vous occuper de votre petit cabinet de notaire.

– Je... je... je... Oui, mon général. »

Le général s'éloigna en maugréant quelque chose d'inaudible au sujet de « trous-du-cul ». Le colonel donna à nouveau des éperons, mais n'obtint qu'une ruade qui envoya valser l'un des tirailleurs en lui défonçant une dizaine de côtes dans un jaillissement de sang rutilant. Il renonça. N'apercevant aucun officier subalterne, il s'adressa à Albertini comme l'avait fait le général. Sa voix était cassante. Le blâme qui venait d'être assené devait descendre le long de la ligne hiérarchique en une digestion qui préserverait toute son intensité.

« Sergent !

– Mon colonel.

– Toute la section en ordre de marche dans un quart d'heure ! Vous punirez les hommes qui ont accroché ces cloches là-bas ! Vous avancerez ensuite jusqu'aux lignes ennemies où vous attendrez vos ordres sans défaire les paquetages. Faites passer aux sections voisines ! Et vous serez tous privés de la prochaine permission.

– Bien, mon colonel. »

Albertini répéta les ordres et envoya ses caporaux à droite et à gauche. Le colonel poursuivit son chemin dans la tranchée, suivi par les tirailleurs sénégalais. Le général était déjà loin, il lui faudrait le rattraper au grand galop et cela n'allait pas de soi. Clovis poussa un soupir de soulagement.

« Il est méchant, le général, hein, sergent ? Et le colonel aussi.

– T'en fais pas. S'il gueule, c'est que lui aussi a dû en prendre pour son grade.

– Par qui ?

– Par un autre général. Avant d'arriver ici. C'est comme ça que ça marche.

– Et cet autre général, quelqu'un l'a engueulé aussi ?

– Cherche pas, petit. Tais-toi et va faire ton barda. »

Clovis resta un instant sans bouger, puis partit prendre ses affaires avec un large sourire aux lèvres. Il n'avait jamais pensé que l'on puisse parler à un général comme celui-ci venait de leur parler à eux. Son univers plat venait soudain d'acquérir une troisième dimension.

Le plus difficile pour les hommes fut d'abandonner tout ce qu'ils avaient dans la petite forge et dans l'atelier de menuiserie improvisés. Le temps manquait. On rassembla le plus d'objets en cuivre possible dans les sacs, mais Albertini mit tout le monde en garde. On ne savait pas combien de temps il faudrait marcher. La nourriture était vitale. On pouvait prendre quelques outils, mais le reste, c'était aux risques et périls de chacun. Avec trente kilos sur le dos et le Berthier qui en pesait quatre à la bretelle, marche ou crève, cela avait un sens.

La première étape fut la tranchée d'en face, dont on ne connaissait qu'une portion infime aux endroits où quelques coups de main avaient été réalisés. Il est difficile de décrire l'état d'esprit de la petite section. Penser que le bourbier qu'on laisse derrière soi est vite oublié est une erreur. C'en est une autre de croire que la tranchée ennemie que l'on aborde est juste un autre retranchement. L'instinct territorial s'était exacerbé au fil des mois, en proportion de celui de survie. Avec sa lumière, ses sons, son odeur, un lieu familier équivalait à une sécurité plus grande. Dans la tranchée allemande, rien n'était pareil. L'odeur des restes de nourriture, du bois des linteaux, de la graisse à fusil était différente. L'ouverture des aménagements orientés vers l'est et les parapets à l'ouest donnaient l'impression bizarre d'un monde symétriquement inversé par rapport à celui qu'on venait de laisser derrière.

La pause dans ce nouveau monde ne dura qu'une heure. On resta assis là comme on s'assied dans la salle d'attente d'un médecin. Un peu mal à l'aise. Curieux de détails sans importance, seul Clovis s'agitait. Il aurait voulu explorer chaque recoin perdu, mais Albertini le réprimanda. Les Boches avaient pu laisser des mines ou des grenades dégoupillées. Le centre du boyau était plus sûr. À regret, Clovis se retint. Alors que nul ne parlait plus sauf pour lancer une plaisanterie éculée dont personne n'écoutait la fin, il murmura à l'intention d'Albertini avec un sourire :

« C'est-y pour ça qu'on est restés enterrés comme des rats pendant ces longs mois ? Ça fait drôle d'être arrivés là comme en se promenant, hein, sergent ? Et tous les autres qui sont morts... S'ils savaient, ils rigoleraient bien, eux aussi. »

Albertini n'eut pas le temps de répondre. Il n'avait d'ailleurs rien à dire. Un sous-lieutenant accompagné de deux

Sénégalais arriva avec les consignes. L'officier essoufflé était aux cent coups ; sur tout le front, c'était la panique. Les ordres étaient simples : il y avait quatre lignes de tranchées, toutes abandonnées, liées entre elles par un maillage complexe de goulots et de fossés. Il fallait les dépasser de deux cents mètres, puis obliquer plein sud en suivant le mouvement de la brigade afin de se regrouper. Des sections de Sénégalais, qu'on devait couvrir, progresseraient devant pour suivre l'intérieur des quatre boyaux principaux en grenadant chaque trou, il n'y avait donc rien à craindre à droite. Des officiers encadreraient le mouvement à intervalles réguliers. Jusqu'aux ordres du lendemain, on marcherait en formation de voltigeurs ; le Boche n'était peut-être pas si loin.

Les hommes se mirent en route au rythme du grenadage qui déclenchait chez les Sénégalais une hilarité communicative. Bientôt, une course s'engagea entre chaque tranchée, chaque colonne qui descendait le long de son fossé voulant dépasser l'autre dans ce travail de nettoyage pourtant dangereux. À chaque ouverture, il fallait s'arrêter, dégoupiller, jeter en s'abritant, puis repartir après l'explosion. Afin de gagner le jeu improvisé, tous adoptèrent la même méthode intuitive qui consistait à dégoupiller à l'avance et à relâcher le ressort. On devinait en effet, sans grande réflexion, une certaine régularité dans le dédale des tranchées allemandes et le nombre de pas était à peu près identique entre chaque cagna. Cette tactique fonctionna sans accroc, sauf à quelques endroits où, pour une raison inconnue, les ingénieurs allemands n'avaient pas creusé d'aménagement. Une dizaine de tirailleurs se firent ainsi sauter en chemin. Parfois l'absence de retranchement était due au rapprochement des lignes à quelques mètres, sans doute pour faciliter les communications ou pour régler les problèmes d'écoulement. Dans ces étranglements, les hommes finirent par se grenader les uns les autres en s'envoyant d'un groupe à l'autre les engins dégoupillés dont on voulait se défaire par-dessus les parapets. Albertini apprit le soir que la course folle avait un enjeu : le pari avait été tenu que les premiers arrivés à l'endroit où il faudrait bien arriver à un moment ou à un autre recevraient les rations de riz des trois sections perdantes.

Le soir venu, cela permit d'organiser avec les Sénégalais vainqueurs un troc fructueux et l'on mangea bien. Les Africains ne voulaient ni cochon ni alcool, mais ils manquaient de vêtements, de lacets et d'ustensiles de cuisine. Clovis se livra avec ses médailles allemandes à une série de marchandages qui durèrent des heures. Ces Noirs étaient des gens curieux au patois difficile à comprendre, sauf un sergent qui avait travaillé sur les paquebots et qui se prit d'amitié pour Albertini en raison de l'égalité de leur grade. Décoré de la médaille militaire qu'il s'était accrochée au centre de la poitrine, l'homme était venu s'asseoir à côté de lui à un moment où le Corse regardait fixement le ciel en direction de l'ouest. La lune y brillait au quart de son croissant.

« Ça va être difficile d'aller par là-bas. C'est plus facile d'avancer du côté du Boche. »

Albertini ne répondit pas. Le Noir lui offrit une cigarette déjà roulée et recommença à parler. Ses intonations qui montaient sans cesse au milieu des phrases étaient curieuses :

« Toi, tu es un brave, toi.

– Qu'est-ce que tu en sais ?

– Tes hommes, ils parlent de toi. Ils ont peur de toi aussi. Ils disent comme ça que tu es parti cent fois dans les lignes ennemies et tu es toujours revenu. »

Albertini tira sur la cigarette. Le tabac était très parfumé. Le Sénégalais rit.

« C'est du tabac spécial. Je l'ai échangé à un tabor. C'est très bon, tu vas voir. Moi, je le fume avant le combat. On est plus fort après.

– Et toi, tu veux pas partir ?

– Partir ? Pourquoi ? On est des guerriers, non ? On est ici pour gagner caisse et c'est tout.

– *Gagner caisse ?* »

Albertini comprit le sens de l'expression sénégalaise au moment où il posait la question. Cela le fit sourire : les mots étaient bien trouvés.

« Je n'ai pas envie, moi, de me retrouver entre quatre planches, de *gagner caisse,* comme tu dis.

– Pourtant, tu défends ton pays.

– Autant que toi le tien. »

Les deux hommes éclatèrent d'un rire rauque. Albertini sortit de sa poche un morceau de chocolat dont il offrit la moitié au tirailleur.

« Du chocolat !

– Oui, je l'avais gardé pour aujourd'hui.

– C'est un jour spécial aujourd'hui, dis donc ?

– Oui, c'est mon anniversaire. J'ai vingt-deux ans. »

La salive chargée de sucre et des arômes de cacao procurait en se mélangeant au goût fruité du tabac un plaisir d'une intensité sans pareille.

« Tu sais. Toi, tu es un vrai guerrier. Tu iras où tu veux

aller. Si tu veux aller à l'est, tu iras à l'est. Et si tu veux aller à l'ouest, tu iras à l'ouest.

– On verra bien.

– Eh bien, moi, je te le donne en mille que tu t'échapperas. Je suis un peu marabout et je sais lire dans le ciel. Tu vois la lune de ton anniversaire, elle me dit, comme ça, que tu iras où tu veux aller. »

33

La nuit fut difficile. Le confort relatif que l'on venait d'abandonner prenait dans des souvenirs à peine vieux de quelques heures des allures de palace. Albertini fit dormir la moitié de ses quarante hommes dans la tranchée allemande. C'était dans le système ennemi la tranchée la plus en arrière et la moins bien aménagée, réservée qu'elle était au transit des troupes et du matériel. Les quelques abris détruits dans la journée par les Sénégalais auraient nécessité du travail d'étayage, mais on était fourbus. Alors, chacun se cala comme il put contre son sac ou les pieds du voisin en se protégeant au mieux du froid. Avec des gardes triplées et relevées toutes les deux heures, le sommeil fut de toute façon léger.

À l'aube, le café n'arriva pas. On mangea du riz de la veille mélangé à des morceaux de cochon. Clovis s'était levé plus tôt et se mit en quatre pour qu'Albertini puisse manger chaud. Vers huit heures, on n'avait toujours pas bougé. Tout un régiment de zouaves et un second de Marocains venant de l'arrière étaient montés vers l'est. On avait regardé passer leurs rangs réguliers comme au défilé du 14 Juillet en les encourageant de « Z'en faites pas les gars, on est derrière ». Peu de mots avaient été échangés. Juste des rumeurs qui se colportaient. Il y avait eu des reconnaissances aériennes et des patrouilles, mais on n'avait pas réussi à accrocher le Boche ; ils refusaient l'engagement et évacuaient en colonnes vers Saint-Quentin et La Fère, de nouveaux noms à connaître. Pourtant, c'était des *Stosstruppen* là-bas, à ce qu'on savait. Et c'était pas des comiques, ceux-là. Des nettoyeurs de tranchées et des assassins plutôt. Si eux reculaient, c'est que ça allait pas fort chez le Kaiser. Certains en déduisaient que les Russes avaient enfin percé de l'autre côté, comme c'était souvent annoncé dans les journaux.

À dix heures, une colonne arriva dans l'axe des lignes suivies la veille par Albertini. C'était d'autres morceaux du 173e, ainsi que de deux autres régiments. Des *Pace e salute* fusèrent. Il fallut faire un semblant d'alignement et un lieutenant-colonel passa une revue rapide. Il annonça qu'il prenait le commandement. Le colonel Juillet était mort la veille d'une chute de cheval. Clovis commença à rire, mais Albertini lui écrasa le pied pour le faire taire. À présent, on allait marcher dans la zone reconquise, direction Soissons, où on serait provisoirement versés au Premier Colonial, sous le commandement du général Mangin. C'était un grand honneur de servir sous un tel soldat et il fallait être fier. Après le discours, on se mit en route. Comme d'habitude, Clovis colla aux basques d'Albertini.

« Dites, sergent, on nous met avec les Nègres et les Arabes, c'est bien ça, non ? Y sont courageux. On aura rien à craindre avec eux. Hein, sergent ?

– Tais-toi, petit. »

L'expérience avait fait comprendre à Albertini dès 1914 que là où on affectait les coloniaux rien de bon n'arrivait.

La marche à travers ce que le lieutenant-colonel avait appelé le territoire reconquis fut éprouvante. Bien sûr, on était en sécurité relative puisque les régiments en route vers l'est couvraient les déplacements sur la gauche. De quart d'heure en quart d'heure, l'angoisse montait cependant. Quelque chose n'allait pas. Personne ne parlait plus dans la colonne. Tous finirent par comprendre l'origine du malaise. Il n'y avait *rien* autour. On était habitués au *rien* du *no man's land* labouré par le hasard des explosions, mais là c'était différent. C'était un *rien* planifié avec système, mis en œuvre avec méthode. Au premier hameau, on ne découvrit qu'un véritable site de démolition tout en ruines et gravats. Comme l'endroit était peut-être de surcroît miné, il fut interdit de s'écarter de la colonne, même pour se soulager. Ensuite, on longea une grande mare d'où émanait une odeur pestilentielle, mélange d'ammoniac et de pourriture. Tous les poissons flottaient le ventre à l'air. Contrairement au bétail, ils n'avaient pas pu être amenés. Les hommes frémirent à chaque nouveau verger. Ces paysans d'une région difficile connaissaient la valeur d'un arbre. Des poiriers de dix ans, des pommiers, des cerisiers jonchaient le sol, sciés au plus bas du tronc. Bientôt, le bois pourrirait et deviendrait impossible à utiliser, même dans une cheminée. Des champs s'exhalaient des odeurs chimiques qui raclaient la gorge. Depuis Carthage, on avait trouvé mieux que le sel dont leur avait parlé l'instituteur du village pour stériliser la terre.

Comparée aux horreurs du combat, cette dévastation aurait pu sembler à certains quelque chose de secondaire.

Pourtant, soit que l'habitude de la mort fût prise, soit que la conscience d'un désastre à plus grande échelle qu'une simple vie d'homme s'instillât dans les esprits, tous les cœurs se serrèrent comme jamais depuis très longtemps. Même les oiseaux étaient morts et la lune n'aurait pas été plus déserte. Morelli se mit à pleurer. Un instant après, des larmes coulaient aussi sur les joues de Clovis puis sur celles de Salicetti. Quand Albertini sentit ses yeux commencer à piquer et son nez couler au contact d'une odeur qui mêlait en une palette étrange l'ail, le carbone et le foin coupé, il donna un ordre bref :

« Les groins ! Vite ! »

Bouffée rémanente d'une préparation mortelle, la brise était urticante sans qu'on le remarque. Il était temps de réagir, car tous dans le groupe pleuraient comme des madeleines en reniflant. Bientôt, transpirant sous le masque à gaz, les hommes progressèrent en cachant au mieux la peau des mains qui démangeait sous la vareuse. Albertini respira le premier au bout d'un quart d'heure, mais fit garder les masques à la ceinture.

Le calvaire dura deux jours. Deux jours où l'on parla à voix basse comme si la honte d'être en ces lieux sans vie participait du même sacrilège que la destruction qui s'y était accomplie.

Arrivée à Soissons, la petite troupe eut un jour de repos complet que la plupart passèrent au dépôt à laver les corps fourbus et le linge durci par la sueur et la crasse. Il y avait beaucoup de mouvement en ville. Des régiments entiers équipés de neuf passaient en rangs par quatre. Leur moral semblait excellent : ce coup-ci, c'était, paraît-il, le bon. Nivelle l'avait promis. Il y avait de l'artillerie aussi, dix pièces passaient au galop en une heure parfois, chaque batterie sur pied de guerre s'étalant sur trois cents mètres de longueur. Quelque chose se préparait. Quelque chose dont l'ampleur dépassait les imaginations.

Le lendemain, chacun reçut son comptant de cartouches, de la graisse à fusil et, luxe suprême, des chaussures neuves. Beaucoup ne les mirent pas. Marcher sur une longue distance avec des souliers neufs était le meilleur moyen de s'abîmer les pieds. Et puis, les vieilles étaient usées mais encore bonnes. Si la guerre s'achevait enfin, on aurait vite l'usage de la paire neuve aux champs ou à la vigne.

Après la soupe de midi, on quitta la ville en marchant au canon. L'apparence de l'horizon redevint familière : le *no man's land* tout en cratères et barbelés, l'odeur entêtante du nitrate des explosifs, l'écho sourd des bombardements et les mouches que le printemps faisait éclore par vagues entières. C'était à nouveau le rebord du monde.

Bientôt reprit la vie souterraine dans un sol crayeux. Tous en furent soulagés. La nouvelle tranchée, baptisée *Gascogne* sur les cartes, était encore inconnue, mais il serait facile d'y prendre des habitudes rassurantes et de l'aménager.

34

JOSEPH Wronski éternua violemment. Le thé du *Prince of Wales* n'arrivait pas à le réconforter et dix couvertures n'auraient pas réchauffé la moelle de ses os. Même le confort des Chesterfield du lobby ne soulageait pas ses rhumatismes. Séance de mémorisation après séance de mémorisation, il avait passé tant d'heures sous le balcon de Frege à la pâle lumière de la lune que sa santé s'en était trouvée bien altérée. Une fièvre permanente à 38° brouillait ses pensées et le rendait susceptible et grincheux. Depuis la veille, le personnel de l'hôtel en faisait la douloureuse expérience. Autour de lui, Wronski ne tolérait aucun bruit, aucune parole échangée. Les voix des serveuses l'irritaient d'autant plus qu'elles étaient gaies et aiguës. Le moindre de leurs mots, le plus petit rire perçu derrière la porte des cuisines ou au fond de la lingerie provoquait son courroux. Chacune de ces femmes parlait comme Traudel, riait comme Traudel, respirait comme Traudel. Le crâne de Wronski n'était plus qu'une caisse de résonance où se répercutaient sans fin les cris de plaisir de sa maîtresse. Chaque fois qu'il s'était concentré sur le carnet de Frege, mémorisant, mémorisant sans répit, le bruit des ébats amoureux avait insidieusement pénétré son esprit avec plus d'aisance que la plus simple des clefs qu'il s'était efforcé d'y graver. C'était comme le contrepoint lancinant qui porte toute une symphonie. Dans ses rêves sans images, son oreille de musicien finissait par lui faire scander les temps des halètements et des hurlements alternés.

Bien qu'il n'ait jamais rien vu du commerce indécent derrière le rideau, la chronologie exacte des mouvements l'obsédait. D'abord, dès que la main blanche de Traudel refermait la fenêtre, il y avait un bref silence ponctué de bruits discordants comme l'accord des violons qui précède un concert : crissements de chaises, craquements du parquet, grincements des ressorts rouillés du lit. Puis tout commençait par les longues minutes d'un cri à quatre temps. Un cri très léger, un souffle plutôt, à peine modulé, mais régulier, régulier d'un palier au suivant comme le motif montant d'une mélodie entêtante. Ensuite venaient des variations aussi stridentes que les coups de sifflet violents que vomit la vapeur brûlante d'une locomotive. La voix de Traudel s'élevait de demi-ton en demi-ton à intervalles irréguliers mais constants, pour finir en une vocalise qui se substituait peu à peu à la trame principale du souffle léger. Contre-chant régulier, les ressorts du lit couinaient, couinaient, couinaient... Le rythme ensuite s'accélérait ou ralentissait par saccades comme si des doigts fins et habiles avaient fait descendre ou monter le curseur pesant sur la longue tige d'un métronome, mais en le laissant toujours un cran plus bas à chaque va-et-vient. Cette séquence se concluait invariablement par un retour plus ou moins brusque à un râle plus grave, antienne inquiétante et douloureuse aux accents de chant grégorien, qui à son tour laissait la place au souffle lent du début ou bien aux aigus rapides de contralto. Ces trois thèmes, souffle, cri et râle, chacun subdivisé en une profusion d'harmonies, semblaient devoir se moduler et se mélanger en une infinité de combinaisons possibles, mots d'un langage insaisissable au milieu duquel l'esprit s'égarait. L'ensemble donnait l'illusion que sous l'effet du plaisir, la voix de Traudel se multipliait en une dodécaphonie irréelle pour jouer à elle seule tous les rôles d'un chœur complet.

Ce qui gênait le plus Wronski dans son exercice de concentration, c'était que son esprit cherchait de lui-même entre les motifs récurrents une logique qui permette à son cerveau de maîtriser l'ensemble, de s'en souvenir, d'en dominer le sens profond et mystérieux. Au pire, un fractionnement en petites unités reconnaissables, même si elles se répétaient en désordre, lui aurait suffi. Mais l'enchaînement incessant du souffle, du cri, du râle paraissait anarchique, en permanence renouvelé. Seul le bruit des ressorts fournissait un fil directeur bien léger. Ce manque de cohérence le déstabilisait. Grâce à des efforts surhumains, il arrivait néanmoins à ne faire de tout cela qu'un contexte lointain, un paysage comme celui qu'un voyageur en train verrait par la fenêtre. Montagnes et vallées, crevasses et pics sans harmonie autre que leur existence même.

Une seule fois au cours de ces séances, il avait réagi. Il s'était révolté. L'incroyable intensité des sons ayant submergé son pouvoir de concentration, il avait laissé échapper un juron, un blasphème en yiddish qui figea le cours du temps et de ses pensées. S'étant rendu compte de son erreur, il s'était plaqué contre la pierre glacée. Du coin de l'œil, il avait aperçu Frege, entièrement nu, obscène de virilité droite et dressée comme un défi au ciel, qui venait coller son visage à la fenêtre. À cet instant précis, tout avait failli basculer. Découvert à cet endroit, Wronski était mort et Traudel aussi sans doute. Le plus étrange, c'est que, par une de ces perversions du fonctionnement cérébral, le détail le plus marquant de ce souvenir angoissant était que Frege, au moment où il regardait par la fenêtre, portait son monocle. La question avait obsédé Wronski sans qu'il ose jamais la poser à Traudel. Frege gardait-il son monocle en permanence ? La perfection de ce petit cercle de verre faisait-elle partie de cet univers caché derrière le rideau ? Bien sûr, il savait que la question était idiote, mais elle s'était installée dans son esprit bien confortablement et de manière aussi erratique qu'une verrue grasse et hideuse pousse par un beau matin sur une aile du nez pour en détruire la symétrie. Cette pensée ne l'avait plus lâché. Même lorsqu'il avait enfin obtenu un laissez-passer de trois jours pour se rendre à Basel, puis pendant tout le voyage, il n'avait cessé d'y repenser. Toute son attention revenait buter sur ce détail, sa conscience entière était accaparée. Gardait-il son monocle ? Il en avait passé à la trappe sa haine et sa jalousie. Et cela l'avait peut-être sauvé de la folie ou pire. Il en avait oublié l'idée de s'enfuir sans Traudel, de l'abandonner et de se cacher seul en Suisse à défaut de pouvoir passer en France. Ce soir, il était là, dans le salon du *Prince of Wales,* pour lui et aussi pour elle. Les codes qu'il avait mémorisés allaient leur permettre de s'échapper. Ces centaines et ces centaines de petites phrases se transmuteraient en faux passeports, en de nouvelles identités, en argent. Les Français feraient tout pour qu'ils sortent ensemble d'Allemagne et on les accueillerait à Paris. Tout était clair et limpide. Prévisible.

Wronski sursauta au bruit d'une petite cuillère qu'un serveur avait laissée tomber sur la desserte. Ses nerfs étaient vraiment éraillés. Il allait insulter le maladroit lorsqu'une silhouette qui venait d'émerger de la porte à tourniquet attira ses regards. L'homme, en civil, était d'une élégance raffinée, mais le manteau cintré, les chaussures beurre frais et les gants de pécari signalaient aussi bien qu'un fanion déployé au vent un officier de métier. Le triangle de taffetas noir posé au milieu d'une triple balafre violacée sur son œil gauche et une partie de la joue ajoutait une note martiale supplémentaire. Avant de s'avancer vers la réception, il aborda une serveuse en tablier blanc. Elle rougit un peu à ce qu'il lui dit, puis partit vers l'office avec un petit sourire gêné. Il la suivit du regard en s'avançant vers le guichet. Wronski vit que le réceptionniste pointait dans sa direction et, comme il l'avait prévu, l'homme vint vers sa table.

« *Guten Tag, Herr Wronski, oder soll ich Kaleb sagen ? Sprechen sie Französich ?*

– Oui. Je suppose que, de mon côté, je ne peux vous appeler que Cagliostro ?

– Ici, vous m'appellerez M. Ledoux. Jacques Ledoux. C'est le nom qui figure sur mon passeport. »

Joseph Wronski parlait un français courant avec un petit accent saccadé qui semblait donner de la gravité au plus anodin des mots qu'il employait. La serveuse que l'homme avait abordée apporta du café et des gâteaux, rougissant à nouveau d'être caressée par le regard luisant du cyclope.

« Dois-je le mettre sur votre chambre, monsieur Ledoux ?

– Bien sûr, mon petit. »

Comme elle hésitait, il reprit d'un ton moins aimable :

« Qu'y a-t-il, mon petit ?

– Je... j'ajoutais le prix des gâteaux et du café dans ma tête... mais... euh...

– Ne savez-vous pas compter ? »

La voix s'interrompit, trahissant l'intérêt étonnant que semblait présenter cette assertion banale. Le silence en devint si lourd que la serveuse ne put faire autre chose que s'épancher.

« Oh, monsieur, faut pas le dire à monsieur le directeur. Déjà mon maître m'azorait toujours à l'école, quand je savais pas mes tables.

– Il vous azorait, mon petit ? Étrange français que vous parlez ici... Filez donc faire votre addition plus loin, mon petit. Je signerai tout à l'heure. Vous m'apporterez le coupon à ma chambre. Nous vérifierons votre opération ensemble en détail. »

La jeune femme se retira, suivie de l'œil par M. Ledoux qui arbora un sourire étrange. Lorsqu'elle eut disparu derrière la porte de l'office, Wronski parla le premier :

« Je suis heureux que vous soyez venu jusqu'à moi.

– Vous vous êtes fait pressant. C'est une situation très irritante.

– Je sais bien. Pardonnez-moi. La Section III B m'a démasqué et me surveille.

– Vous êtes sûr ?

– Certain. Il faut me faire passer en France. Avec ma fille. Vous êtes notre seule chance de nous échapper.

– N'exagérez-vous pas ?

– Non, je connais le nom d'un traître dans vos rangs. Je suis devenu gênant. »

Saint-Arnaud parvint à ne rien laisser paraître de son intérêt.

« C'est tout ?

– Je connais aussi leur nouveau code.

– L'A-D-F-G-V-X ? »

Le sang était monté au visage de Saint-Arnaud, donnant à sa balafre une teinte plus violacée encore.

« C'est comme cela que vous l'appelez ? Oui... je suppose qu'on peut le nommer ainsi. Ce sont les seules lettres qui reviennent.

– Qu'est-ce qui me dit que vous dites vrai ?

– Vous avez apporté ce que j'avais demandé ?

– Des messages codés et datés que nous avons interceptés récemment ? Oui, les voici.

– Pas ici. Montons à ma chambre. »

Saint-Arnaud lui emboîta le pas. Il faillit donner un coup de pied au caniche qui s'était mis à trottiner à leur côté, mais se retint quand il comprit que c'était le chien de Kaleb. Si cet homme allait réellement leur livrer les codes allemands, alors Châtelard disposerait d'informations cruciales dès qu'il aurait remplacé Nivelle et il lui serait facile de briller de toutes ses étoiles. C'était trop beau pour être vrai. Non. C'était impossible. Saint-Arnaud s'était toujours méfié des informations de Kaleb-Wronski. Trop de détails, trop de précisions qu'aucun agent n'aurait jamais été capable de lui fournir. Mais, d'un autre côté, s'il travaillait pour la Section III B, pourquoi fournir des informations si détaillées qu'elles ne pouvaient être que suspectes aux yeux de tout service de renseignements ?

Sans cérémonie, Wronski s'allongea sur le lit après avoir indiqué une chaise à son visiteur.

« Lisez-les-moi.

– Pardon ?

– Lisez-moi les messages que vous avez apportés. À haute voix.

– Ce ne sont que des lettres les unes après les autres.

– Je sais. Dictez-les. »

Intrigué, Saint-Arnaud prit le premier et lut. Au bout d'une dizaine de lettres, Wronski se mit à parler. Saint-Arnaud s'arrêta, puis, lorsqu'il comprit que Wronski décodait mentalement, il poursuivit tout en prenant en note le texte déchiffré. Au bout de quelques minutes, il relut la totalité du passage : une simple directive sur le stockage urgent d'obus chimiques défectueux.

« Qui me dit que vous n'inventez pas n'importe quoi au fur et à mesure que je dicte ? »

Sans parler, Wronski traça une grille avec le mot de code de la semaine, puis, lorsque la chaîne de lettres fut remise dans le bon ordre, il reproduisit la clef de substitution.

« Et vous êtes capable de tout faire de tête ?

– Je connais tous les mots clefs pour les mois à venir, pour tous les secteurs, et personne ne le sait côté allemand. Ils continueront à les utiliser sans se douter de rien. Pour ce qui est des grilles de substitution, je ne connais par cœur que celle en cours, mais votre Chiffre pourra les reconstruire sans peine une fois le code de permutation appliqué.

– En effet.

– J'ai également une autre information de la plus haute importance à vous transmettre.

– Oui ?

– La Section III B connaît tous les détails de votre prochaine attaque sur l'Aisne.

– Tous les détails ?

– Un capitaine de votre 3e zouaves qui a été capturé portait sur lui des plans assez complets pour tout reconstruire Un général allemand s'en est vanté il y a trois jours à peine. »

Saint-Arnaud éclata de rire.

« C'est vraiment le bouquet ! Non seulement le retrait sur la ligne Hindenburg et notre préparation logistique douteuse rendent le plan risqué mais, pour couronner le tout, les Boches attendent sans doute Nivelle de pied ferme. »

Wronski pâlit légèrement en entendant le mot « Boche ». Le mépris contenu dans ce terme le blessa un peu. Saint-Arnaud avait pensé à haute voix sans prêter attention à lui.

« Et le traître dont vous m'avez parlé ?

– Vous trouverez recopiés sur cette feuille tous les détails : le nom de l'homme, les sommes, les numéros de comptes. En échange, il livre tous les détails logistiques concernant les 4e, 5e et 6e armées. »

Wronski tendit le document à Saint-Arnaud, qui le prit, malgré son étonnement de pouvoir en disposer sans contrepartie. En lisant le nom, il poussa un petit rire de surprise qui s'estompa vite lorsqu'il continua à examiner le document.

« Ce sont tous les détails d'intendance concernant le groupe d'attaque massé sur l'Aisne pour l'offensive Nivelle !

– Vous voyez, mes informations sont sérieuses.

– Avez-vous la liste des mots clefs ?

– Elle est là. »

Wronski avait placé son index sur son front. Le marchandage allait donc commencer.

« Je vous ai communiqué ce dont je disposais pour vous prouver ma bonne foi. Les codes, je vous les donnerai à Paris.

– Je vois. Il me faudra un peu de temps pour régler tout cela.

– Nous avons peu de temps. Je dois repasser la frontière demain.

– Vous retournez en Allemagne ?

– Mon laissez-passer ne m'autorise à quitter le territoire du Reich que trois jours. Après cela, je deviendrais suspect. Les Suisses quant à eux m'expulseraient sans hésiter. Il me faut rentrer. Je compte revenir d'ici une semaine avec ma fille.

– Êtes-vous sûr de pouvoir obtenir un nouveau laissez-passer ? Pour *deux* personnes.

– C'est vous, monsieur Ledoux, qui me ferez parvenir deux faux passeports austro-hongrois pour passer en Suisse, mais ailleurs qu'au poste de douane de Basel où je suis trop connu. Ensuite, il nous faudra deux passeports français à nos noms, des vrais cette fois-ci, pour passer de Suisse en France. Vos services doivent bien être capables d'une telle prouesse, non ? Les codes dans ma tête sont à ce prix.

– Certes, mais, même avec ces faux passeports, si vous êtes surveillé comme vous le dites, il faudra vous faire remarquer le moins possible, soudoyer des gens, acheter des complicités...

– Disons que la grosse somme d'argent que vous allez me remettre d'ici un instant m'aidera beaucoup. »

Saint-Arnaud éclata de rire.

« Une grosse somme d'argent ! Qui vous dit que j'ai apporté une grosse somme d'argent avec moi ?

– Si vous êtes venu jusqu'ici, vous avez dû vous préparer à toutes les éventualités. Le nom de votre traître à lui seul vaut bien cela, non ?

– Je veux une seconde preuve.

– Comment cela ?

– Si vous jouez un double jeu, vous avez pu être informé des dates des dépêches que j'allais apporter. On n'est jamais trop prudent, n'est-ce pas ? Je veux au moins le mot ou la phrase-code en vigueur pour disons… la première semaine de février pour le secteur de Noyon. Le hasard de mon choix constituera ma meilleure garantie.

– Le mot est *Cassandra.* »

Wronski n'avait même pas réfléchi pour donner sa réponse. Saint-Arnaud sortit de sa poche un long portefeuille de cuir. Il mit sur la table une liasse de Reichsmarks et une seconde de francs suisses. Sur chacune des liasses, il déposa quelques-uns de ces petits lingots d'or en forme de nougat qui se négocient aisément. Le seul nom du traître valait cet effort.

« Au cours du jour, chaque barre se négocie à 1 280 francs. Vous pourrez voir venir un moment. Si vous avez dit vrai, nous nous reverrons à Paris bientôt pour faire les comptes. Pour les faux passeports, vous vous présenterez dans dix jours au 58 de la rue Vrain-Lucas à Strasbourg. Vous montrerez ma signature à la personne qui vous ouvrira, elle sera reconnue. »

Saint-Arnaud allait apposer son autographe sur le bloc de l'hôtel, mais le papier était noirci par son décryptage. Il fouilla dans sa poche et en sortit une feuille pliée en quatre. En voyant le recto, il sourit. C'était l'horoscope que lui avait fait parvenir la sorcière au bordel. Avec soin, il signa au verso sur tout un quart de la feuille, qu'il posa ensuite à côté des lingots. Mademoiselle Lilibeth grogna un peu en relevant la babine quand il quitta la chambre sans même saluer. La voix de Wronski l'apaisa :

« *Ich weiß Schatz, ich weiß. Ich mag ihn auch nicht*[1]. »

1. « Je sais, ma chérie, je sais. Je ne l'aime pas moi non plus. »

35

FERNANDE n'avait plus qu'une seule et unique idée en tête : trouver enfin les 1 280 francs pour acheter sa concession en Afrique-Occidentale française. Même si elle n'associait plus du tout Hector à son futur, elle jugeait que la moindre économie faite sur le budget du couple permettrait d'avancer son projet. Elle en vint donc à envisager un tournant crucial auquel ne s'attendait pas son mari.

Un soir, alors qu'il rentrait, fourbu, épuisé par une de ces journées sans fin au cours desquelles il courait Paris pour trouver des haricots supplémentaires, elle lui déclara de but en blanc :

« J'ai une bonne nouvelle ! Nous allons faire des économies. Je déménage chez Mme Saros. Elle nous sous-loue sa chambre du fond. Celle où elle dormait avec son fils. Ils resteront dans la cuisine. Puisque tu rentres de plus en plus tard et que tu pars de plus en plus tôt, ça ne change rien pour toi. Une armoire à linge ici ou là-bas, c'est pareil, non ? »

Hector n'avait guère d'affection pour la vieille Saros qu'il trouvait repoussante avec ses grappes de verrues et sa bouche noire comme une nuit sans lune. L'idée l'avait d'ailleurs effleuré, puisqu'elle était sorcière, que le maléfice de ses haricots incontrôlables était de son fait. Comme ils n'avaient pas de querelle, il n'y avait plus repensé. Il était trop fatigué pour se battre, d'autant que les combats avec son épouse avaient une fâcheuse tendance à n'être pas que verbaux. Quand il remarqua que leurs quelques meubles avaient déjà été déplacés, il se soumit à une décision pourtant prise par une femme. Comme pour marquer son territoire, il fit seulement l'effort de passer quelques heures d'une première nuit dans cette chambre qui puait l'ail et les décoctions bizarres de la Grecque qui, en plus, ronflait et flatulait si fort que la maigre cloison en tremblait.

36

La nouvelle situation du front semblait délicate à évaluer. Pour des raisons évidentes, les Allemands avaient reculé de quarante kilomètres vers une seule ligne droite, abandonnant un saillant enflé qui leur mobilisait plus d'hommes : la demi-circonférence d'un cercle est plus longue que son diamètre. L'état-major français avait baptisé *ligne Hindenburg* la nouvelle position ennemie, puisque le général en face s'appelait Hindenburg. De son côté, l'état-major allemand appelait la même réalité *ligne Siegfried*. Les sous-entendus de cette divergence onomastique avaient fait sourire Saint-Arnaud. Pour les Français, on recommençait ailleurs la même chose. Pour les Allemands, l'allusion au tueur de dragon invisible et invincible en disait long sur la confiance redoublée qu'ils mettaient dans leur nouvelle position. Seul Saint-Arnaud disposait d'assez d'informations pour avoir une vue d'ensemble : la ligne Siegfried, ce n'était pas de simples tranchées ou même des tranchées renforcées et aménagées, mais un ensemble de fortifications peut-être comparable au réseau de forts dont les Français avaient pu disposer autour de Verdun quelques mois plus tôt. Il était évident dans ces conditions qu'une attaque sur le flanc sud d'un tel dispositif était vouée à l'échec. L'assaut pourtant restait à l'ordre du jour à la fois par ignorance de la vraie nature des fortifications allemandes et par excès de confiance dans le principe secret du *feu roulant*.

Prenant part à une campagne de soutien au moral des troupes qui bientôt sortiraient des tranchées pour exécuter l'offensive, Charles de Moursault devait visiter ce matin le secteur *Gascogne*. Il n'irait pas en première ligne, bien sûr, mais on ferait descendre quelques soldats bien typiques pour prendre des photographies qui raviraient les Français. Un tirage au sort désigna la section d'Albertini. Avec dix de ses hommes, il eut le plaisir de découvrir un petit déjeuner préparé par le mess des officiers, que le visiteur éminent devait partager avec eux. Il s'avéra très vite que le choix n'avait pas été bon. Certes, les Corses comprenaient le français, mais pas assez pour bien répondre aux questions des journalistes de Paris. L'humour n'était pas le même et des mots simples comme *maison* ou *paix* ne recouvraient pas la même réalité. Seul Clovis trouva grâce aux yeux des visiteurs, devenant pour un instant centre de toutes les attentions. Les histoires qu'il racontait sous le contrôle sévère d'un capitaine du 2e Bureau tenaient assez du merveilleux pour plaire. Son admiration pour son sergent et la bravoure qu'il lui prêtait permirent aux gratte-papier de noircir leurs carnets. On allait faire des unes parfaites sur le sergent taciturne, image paternelle et virile, grand pourfendeur de Boches. Il était d'ailleurs inutile de l'interroger en personne puisqu'on avait tous les détails.

Bien vite, les hommes furent regroupés dans un coin, tandis que le capitaine reprenait en main les journalistes. L'odeur du café dont on percevait bien qu'il n'était pas dilué comme celui servi à l'avant était un vrai supplice de Tantale. Il fallait toutefois attendre l'invité d'honneur avant d'y toucher.

On avait rassemblé là pour faire bonne mesure sur les photographies trois pièces de 75 avec leur caisson et leur équipage. L'officier égrenait donc comme une litanie les performances du matériel : portée de 6 600 mètres, cadence théorique de 28 coups tirés par minute pour une vitesse initiale de 550 mètres à la seconde. Les chiffres qui ne voulaient rien dire permettaient de meubler le temps sans parler d'autre chose. À part Clovis, personne n'écoutait le discours quasi automatique, aussi, quand le capitaine demanda pour la forme s'il y avait des questions, tout le monde sursauta au son de la voix aigrelette :

« Combien de temps qu'il met l'obus pour arriver ? »

Clovis n'avait pas le droit de parler, toutefois on ne pouvait pas punir la coqueluche du moment, d'autant que les journalistes éclatèrent de rire, approuvant de bon cœur l'esprit pragmatique du brave poilu. Cela ferait une bonne anecdote de plus à défaut d'informations à se mettre sous la dent. Percevant tout l'intérêt de la chose, le capitaine rit aussi en dépit de l'envie irrépressible de punir ce fanfaron grotesque. Ce n'est que lorsqu'un des journalistes reprit la question de Clovis qu'il s'empourpra :

« C'est vrai ça, au fait. Combien de temps met-il, votre obus, avant d'atteindre sa cible ?

– Eh bien, c'est un calcul très compliqué.

– Allons, allons, capitaine, il ne s'agit pas de l'envoyer sur la lune, votre obus ! lança un autre journaliste en déclenchant un torrent de rires. Il suffit de diviser 6 600 par 550 et le tour est joué !

– En fait, on ne peut pas diviser 6 600 par 550, car il faut prendre en compte la perte progressive de vitesse due au frottement de l'air... Et puis, 6 600 mètres, c'est pour une hausse parfaite à 45° sur un terrain sans dénivelé. D'ailleurs, moi, je ne suis pas artilleur, vous savez... Et puis, je vous assure que le Boche, il n'a pas le temps de compter sur ses dix doigts avant que ça lui tombe dessus ! »

La pirouette avait provoqué à nouveau l'hilarité du groupe, à l'avantage du capitaine cette fois. Tous étaient satisfaits, sauf Clovis qui ne comprenait pas en quoi la hausse à 45° et le frottement de l'air empêchaient de faire un calcul précis. Un bruit de moteur annonçant l'arrivée du secrétaire d'État l'empêcha de reprendre la parole, au grand soulagement du capitaine qui commençait à se douter qu'il avait affaire à un fou.

Charles de Moursault passa en revue la petite escouade ainsi que les batteries et leurs servants, lâchant à l'un une plaisanterie, à l'autre un encouragement. Journalistes et soldats reçurent ensuite un quart neuf, brillant comme un miroir, rempli de délicieux café et une gamelle, neuve également, avec un croissant au beurre, délicatesse interdite par décret qui donna un tour canaille à la collation. Moursault fit mine de froncer les sourcils, mais le reproche qu'il adressa au sergent de l'intendance fut assorti d'un grand clin d'œil. Le reste fut tout aussi convenu :

« Eh bien, mes braves, il me faudra venir plus souvent, je connais des hôtels trois étoiles où le café n'est pas si bon.

– Mais c'est jamais comme ça, m'sieur... C'est parce que vous êtes là. »

À nouveau, Clovis venait de prendre la parole sans y être invité et le capitaine était au bord de la crise d'apoplexie.

Heureusement, Charles de Moursault avait du métier. Tandis que les rires fusaient à nouveau et que même les soldats commençaient à trouver la situation cocasse, il s'était approché de Clovis.

« Voilà bien la gouaille des hommes qui ont remporté la bataille de Valmy ! Cet homme, messieurs les journalistes, est la preuve que nous ne pouvons que vaincre. Bravo à lui ! »

Tandis que les applaudissements commençaient à déstabiliser un peu Clovis, Moursault continua :

« Ainsi, mon brave, voici donc Rosalie, fidèle à votre côté.

– Ça ? Ah oui, c'est notre baïonnette, monsieur. Il faut qu'elle soit toujours briquée, sinon le sergent, il nous engueule, parce que quand ça commence à se piquer, ces trucs-là, c'est foutu, et puis...

– C'est bien ! Il faut toujours être prêt. Un bon fusil, une baïonnette, et bientôt la guerre sera finie. Que demander de plus ? »

La dernière question était adressée aux journalistes et, lorsque Clovis continua à parler, le regard du secrétaire d'État se fit plus dur :

« Si vous me demandez, y a bien quelque chose qui manque, monsieur.

– Quoi donc, soldat ?

– C'est les fayots, monsieur le ministre.

– Les fayots ?

– Oui, on en trouve plus. Avant, on pouvait bien se remplir le ventre, mais là, y en a plus. On a bien des lentilles, mais ça tient moins au corps que les bons fayots...

– C'est scandaleux ! J'en ferai parvenir une caisse à votre section.

– Oh, merci, monsieur. »

Le capitaine intervint pour couper court à toute nouvelle familiarité. Les journalistes et le secrétaire devaient se rendre sur une base aérienne proche pour y voir les derniers Spads sortis d'usine. Les artilleurs attelaient déjà les caissons et accrochaient les pièces pour retourner à leur dépôt. En montant dans sa voiture, Charles de Moursault se retourna vers le petit groupe. D'ici un mois, ces hommes seraient lancés à l'assaut des positions ennemies. La retraite allemande avait confirmé les prévisions du Bureau des calculs en dépit de ce qu'avait affirmé Saint-Arnaud. Les militaires ne devraient-ils pas revoir leur plan d'attaque ? Moursault fut troublé dans ses réflexions par la voix servile du capitaine, encore embarrassé par les écarts de Clovis :

« Je suis désolé de l'impertinence de ce soldat tout à l'heure, monsieur le secrétaire. Je veillerai à ce qu'il soit puni.

– Comment ? Ce soldat... ? Ah, oui. N'en faites rien, capitaine. Cet homme a juste parlé librement.

– Tout de même, monsieur le secrétaire, ce manque de discipline...

– Ils monteront bientôt en ligne, capitaine. Cela mérite de notre part un peu de compréhension. »

Le capitaine n'était pas d'accord. Il était néanmoins hors de question de contredire trop longtemps un homme politique en vue. La suite de la discussion le surprit pourtant. Peut-être par fatigue ou pour laisser la pression de trop nombreuses responsabilités s'échapper un peu, Charles de

Moursault continua la conversation, sans doute pour lui plus soliloque qu'échange réel :

« Pourquoi restent-ils ?

– Pardon, monsieur ?

– Ces hommes. Ces millions d'hommes entassés dans des trous sans hygiène, sans chaleur, sans nourriture. Qu'est-ce qui les empêche de partir, d'arrêter et de rentrer chez eux ? Il n'y a pas de logique dans tout cela.

– Mais, vous plaisantez, monsieur le secrétaire ! C'est la guerre !

– Ce n'est pas la guerre. Jamais il n'y a eu de guerre comme cela. C'est autre chose.

– Il y a l'honneur... l'armée ! »

Moursault regarda le capitaine comme s'il venait juste de remarquer sa présence en dépit des mots échangés. Il aurait dû se taire. Il parla cependant :

« Connaissez-vous l'expérience de la grenouille, capitaine ?

– L'expérience de la grenouille, monsieur ? Je... non, en fait, je ne crois pas. »

Le capitaine ouvrait de grands yeux ronds comme s'il avait affaire à son second fou de la journée. La voix de Charles de Moursault semblait venir d'ailleurs :

« C'est une très vieille expérience de biologie. Les Grecs, je crois, la pratiquaient déjà et on continue de la montrer à nos étudiants.

– Vraiment ? C'est très... intéressant... mais de quoi s'agit-il ?

– Si vous jetez une grenouille vivante dans de l'eau en ébullition, que pensez-vous qu'il arrive ?

– Une grenouille ? Vivante... ? Je... je ne sais pas. Je

suppose qu'elle doit sauter hors du chaudron ! déclara sur un ton ironiquement docte le capitaine, agité par un début de fou rire.

– Exactement ! Si vous jetez la grenouille dans l'eau bouillante, elle s'échappe d'un bond.

– Voilà bien une démonstration digne des philosophes grecs ! »

Le capitaine riait franchement comme à une bonne plaisanterie. Il ne comprenait pas pourquoi le secrétaire lui avait raconté cette histoire, mais elle était fort drôle. Il ne se calma que lorsque la voix de Moursault reprit le cours de sa démonstration :

« Et que croyez-vous qu'il se passe lorsque l'on met la grenouille dans de l'eau froide que l'on porte peu à peu à ébullition ?

– Ah... euh... eh bien, je suppose que la grenouille saute à un moment donné ! Cela doit permettre de calculer une "température de saut", en quelque sorte... »

Le capitaine avait recommencé à rire, refoulant avec peine ses larmes. Il lui faudrait raconter cette histoire excellente autour de lui.

« Pas du tout, capitaine.

– Pardon ?

– Je disais : la grenouille ne saute pas à un moment donné.

– Ah...

– Non.

– Et... que fait-elle, alors ?

– Elle meurt. Bouillie. En s'habituant à des conditions rendues progressivement intolérables, elle ne sait plus qu'elle est en train de mourir, puis elle meurt.

– Ah bon. »

Le capitaine jugea que l'histoire de la grenouille n'était pas si drôle et qu'il ne la répéterait pas. La première partie, peut-être. Mais, du début à la fin, il ne s'agissait que d'un paradoxe idiot de plus comme les aimaient les Grecs...

37

APRÈS la séance de photographies, Albertini devait ramener son groupe à la tranchée par le même itinéraire de sentiers et de boyaux. Il fut obligé de faire demi-tour après avoir parcouru cinq cents mètres car un homme manquait à l'appel.

« Ho ! Clovis, tu es dans la lune ? Tu vois pas qu'on est partis, non ?

– Mais pourquoi on y retourne ?

– Fais donc attention quand tu parles ! Le pistard t'aurait déjà volontiers collé au mur tout à l'heure ! T'es vraiment fou, toi, tu es.

– Mais, sergent, les jolis messieurs avec les appareils photo, y sont repartis vers l'ouest, le ministre et le pistard aussi. Et nous ? Nous, on veut nous faire sortir des tranchées sous la drache, dans le froid. Moi, je veux pas, sergent. Je suis peut-être fou, mais je veux pas. »

Albertini colla une taloche sur la nuque de Clovis, qui se hâta de rejoindre le groupe. Une colère sourde bouillonnait au creux du ventre du Corse. Il avait raison, le petit. Qu'est-ce qu'on foutait là, à attendre comme des bêtes que le couteau du boucher tombe ? Même si on en revenait un jour, on serait pas mieux loti qu'on l'était à présent : il faudrait remonter au village pauvre comme un chien sucé par les tiques ou bien devenir cheminot et mendier sa pitance. Il fallait s'échapper !

De retour à la tranchée, le sergent n'était pas calmé. Le soir, à une remarque grossière de Morelli qui refusait de servir la soupe, il fit mine de se retourner, puis lui donna un coup de coude vicieux en plein plexus. Morelli tomba à genoux, le visage violet tant la sensation d'étouffement était insupportable. Albertini jura, plus furieux contre lui-même que contre l'autre :

« On va finir par se tuer les uns les autres dans ce trou ! »

Il sortit de la tranchée et rampa vers l'arrière dans l'obscurité pendant une centaine de mètres. Arrivé dans un creux, il s'allongea sur le dos et planta ses doigts comme les racines d'une plante dans la terre boueuse. Il regarda le ciel. Dans ce théâtre infini, le spectacle de la lune l'apaisa. Il connaissait chaque phase de l'astre qu'il associait dans la mesure de ses souvenirs à la succession des activités agricoles et domestiques. Il tenait de son père que la lune ne retrouve ses quartiers à la même date que tous les dix-neuf ans. Son père tenait ce savoir du sien. Cette double permanence, de l'événement et de sa transmission à travers les générations, le calma. Surtout, n'était-il pas rassurant de penser qu'en se tenant au même point, le même jour, après un cycle de dix-neuf ans, quoi qu'il advienne, chacun pouvait retrouver la lune à la même étape de sa course ? Une fois dans sa vie, ce retour s'était produit. Il fallait qu'il survienne encore une fois, deux peut-être. Cela au moins avait un sens. La seule chose raisonnable à faire, c'était de caler son existence sur ce rythme à la régularité parfaite. Il regrettait juste que ce mouvement soit si compliqué.

Il resta ainsi à rêvasser quelques heures avant de revenir en rampant vers la réalité, imprégné de glaise et grelottant de froid. Clovis l'attendait avec du café chaud.

38

LES Taubes avaient mené la nuit précédente un raid de grande ampleur au-dessus de Paris. Comme d'habitude, le nombre de victimes était dérisoire. L'effet sur le moral était quant à lui difficile à mesurer. Aux carrefours importants, l'armée et la gendarmerie avaient posté des clairons qui devaient sonner l'alerte de proche en proche afin que les habitants des quartiers veillent à éteindre les lumières ou à se protéger. Ces concerts nocturnes recevaient des accueils variables, provoquant des alternances d'agitation quasi festive dégénérant en bal musette improvisé ou bien parfois des mouvements de réelle panique. Le grand nombre d'avions employés avait abouti dans le ciel à une danse étrange aux pas désordonnés. Suivant les fils invisibles d'un schéma complexe dont les spectateurs essayaient de percer la logique, les vagues successives s'articulaient mystérieusement tantôt vers le nord, tantôt vers le sud en losanges, carrés ou triangles. Les figures régulières n'étaient perturbées que par les attaques de Spads français dont les évolutions transformaient ces dispositifs en rosaces curieuses dignes d'un kaléidoscope où l'on ne distinguait plus l'ami de l'ennemi. Par moments, on croyait percevoir une cohérence, une explication qui permettait au moindre permissionnaire qui n'avait jamais vu un avion de près de pérorer, en prédisant aux grisettes ébahies les prochains lâchers de bombes. Cependant, si une combinaison devait bel et bien exister au sein de ces constellations étranges, combinaison pensée et mise au point par les tacticiens d'en face, croire la découvrir signalait peut-être seulement qu'elle était en réalité bien plus complexe qu'il n'y paraissait. Comme les mots utilisés par deux personnes ont souvent la même apparence sans recouvrir la même réalité, la stratégie ennemie restait insaisissable, même si l'on en observait l'exécution. De fait, peu de chasseurs français arrivaient à intercepter les lourds oiseaux de malheur autrement que par le plus pur des hasards.

En arrivant à l'aube dans la cour de leur école, les officiers du Bureau des calculs avaient eu la surprise de découvrir un morceau d'aile de Taube avec sa croix noire et un bout de son numéro d'escadrille, un 58 aux déliés bien marqués du gothique. Hector en supervisait déjà l'enlèvement en vociférant et en donnant des coups de pied dans les débris. Lors de l'impact, il avait été tiré en sursaut des caves où il avait installé sa paillasse. Des bombes avaient déjà traversé les plafonds de stations de métro. L'angoisse l'avait saisi que par pure malchance un tel sort puisse frapper les galeries souterraines où son stock s'accumulait. Rien de plus épouvantable n'aurait pu survenir. Roitelet en personne avait dû lui ordonner de se calmer et de servir le café. Hector, à contrecœur, s'exécuta. Son excitation contrastait avec la gaieté de ses officiers.

Leurs discussions étaient animées. Dès l'annonce du mouvement allemand vers des positions de repli, l'équipe avait jubilé. Les faits avaient prouvé sans appel la pertinence de leur méthode de raisonnement. Pour la première fois, une vérification grandeur nature de la puissance des déductions statistiques venait d'avoir lieu. Grâce à une indiscrétion organisée par Roitelet lui-même, un article était paru proclamant haut et fort que le retrait allemand était connu de notre état-major. Maladresse plus qu'incompétence, la censure avait laissé passer la nouvelle puisque l'événement avait eu lieu et que l'avoir prévu semblait une bonne chose après tout. Or, beaucoup à l'état-major étaient furieux, car même si la source n'était pas révélée, les cercles informés attribuèrent sans peine au Bureau des calculs la paternité de la prédiction. Côté politiques, des questions remontèrent jusqu'au président du Conseil : si tout cela avait été prophétisé en détail, pourquoi n'y avait-il eu sur le terrain aucune exploitation du repli allemand ? Un harcèlement quelconque, une prise en tenaille ou au moins un bombardement ? Si on savait, pourquoi avoir laissé faire ? L'embarras était grand, mais Roitelet en retira une assurance renouvelée. Non seulement le rapport sur l'insuffisance de préparation du plan Nivelle serait pris en compte, mais il y aurait des oreilles attentives pour accueillir le théorème de la victoire. Car la découverte du théorème était à portée de main.

Hector n'avait pas écouté le détail de ce qui ravissait ses maîtres. Les nerfs épuisés par l'émotion du bombardement, il était descendu dans sa cave pour prendre un peu de repos. Les derniers jours avaient achevé de le transformer. Obnubilé par la possibilité que l'on découvre la masse entassée et qu'on en prélève une partie, faussant ainsi ses calculs, il dormait dans le sous-sol en serrant contre lui ses cahiers d'écolier jaunes. Il faut dire qu'il n'avait plus d'autre endroit où aller.

Le beau Léonidas continuait à simuler avec Fernande le vacarme d'un commerce amoureux qui comblait sa mère d'aise. C'était sous les draps blancs qu'en rentrant un peu plus tôt que d'habitude, Hector avait surpris les deux jeunes gens, tandis que la vieille Saros faisait des réussites sur la table de la cuisine. Hector aurait pu ne jamais rien savoir sans vraiment en souffrir. Il y a hélas des hasards malencontreux et ce jour-là il était venu faire la paix avec sa femme en lui apportant un ragoût de pigeon. Sans se démonter, Fernande, qui ne se sentait à juste titre aucunement coupable, avait attaqué avant qu'Hector ait le temps de réagir, lui demandant, un brin irritée, pourquoi il rentrait si tôt. Avec ses gamelles de rab sous les bras, Hector avait balbutié en commençant à s'excuser, puis, retrouvant après réflexion un semblant de dignité virile, il avait repoussé Fernande pour faire valoir au Grec les droits du premier occupant.

La gifle qu'il reçut en retour de sa légitime lui pocha l'œil en lui cassant le nez. Le seul avantage à l'affaire était que Fernande avait frappé si fort qu'il avait atterri dans les bras de son rival. Levant la main en direction de Fernande pour lui signifier qu'il ne comptait pas s'en prendre à elle, une femme, il souffleta le Grec. Ce qu'il ignorait, c'est que Mars en Taureau donnerait aux quatre-vingt-dix kilos de muscles de Léonidas un poids déterminant. Quand Fernande vint en renfort, Hector fut éjecté et contraint de passer dès lors ses nuits dans les caves du Bureau des calculs. Les amants supposés gardèrent sans vergogne ses gamelles et ses effets, y compris cette belle chemise dans laquelle la vieille Grecque avait laborieusement cousu un sort. Il essaya bien de revoir Fernande dans la rue ou à la sortie de l'usine, mais les scènes qui en résultaient ne tournèrent pas à son avantage. Alors, fatigué de recevoir des claques qui finissaient par lui déchausser les dents, il s'était résigné.

Par une étrange schizophrénie, sa vie réelle était désormais souterraine, le monde au-dessus était devenu un rêve dénué de sens. Hector, esclave du mal maudit qui le rongeait, ne vivait plus que pour ses féculents. Les nains des légendes nordiques ne veillaient pas mieux sur les trésors cachés dans leur grotte. Il prenait dans sa main pendant des heures haricot après haricot pour faire connaissance avec chacun des individus qui peuplaient sa nouvelle vie, pour apprendre son contour, ses reliefs, comme un diamantaire s'imprègne de la moindre facette de ses pierres. La veille, il avait écrit le chiffre 2 097 152. C'était le nombre de graines qu'il fallait poser sur la 21e case. Il avait pu l'atteindre, se débarrasser de cette nouvelle étape vers sa libération, grâce à une petite boîte trouvée dans un recoin de la cuisine. D'une main tremblante, il avait pris une page vierge pour y faire ses comptes. L'encre bleue s'alignait en chiffres bien droits, ligne après ligne, jusqu'à la dernière : 3 145 728. C'était le total. Hector posa devant lui 3 haricots qui lui restaient. C'était le début de la 22e case. Pour la compléter, il en faudrait 4 194 304.

Hector s'allongea en psalmodiant ce nombre encore et encore jusqu'à ce qu'il sombre dans un sommeil profond. Fernande n'apparaissait même plus dans ses rêves ni dans ses pensées. Elle appartenait à l'univers d'en haut. L'univers qu'il tenait pour irréel.

39

TOUJOURS assidue à l'usine, Fernande y fixait pourtant en permanence les aiguilles de la grosse horloge accrochée au-dessus de la pointeuse. Ce monde-là était secondaire. Son vrai temps n'était plus ponctué que par les leçons de plus en plus secrètes qu'elle recevait la nuit de Mme Saros. À peine décrassée des poudres et des graisses qui lui avaient donné des mains d'homme, elle courait presque pour revenir jusqu'à la loge. Sa science était à présent telle que toute sa compréhension de l'univers en était transformée.

La veille, la Grecque lui avait montré comment les jours de la semaine s'articulaient le long du fil sans fin du temps. Fernande en avait pleuré de bonheur tant tout cela était lumineux. Sur une feuille carrée, elle avait observé les doigts recouverts de verrues tracer un cercle parfait grâce à un crayon noir attaché à une cordelette à trousser les volailles. À l'extérieur de ce cercle ptolémaïque, Mme Saros avait inscrit les noms des deux luminaires et des cinq astres mobiles dans l'ordre décroissant de leur temps de révolution : d'abord Saturne, puis Jupiter, Mars, le Soleil, Vénus, Mercure et enfin la Lune. Ensuite, avec solennité, elle avait tracé un premier trait bien droit du Soleil vers la Lune, puis un second de la Lune vers Mars, un troisième de Mars vers Mercure, les suivants de Mercure à Jupiter, de Jupiter à Vénus, de Vénus à Saturne, pour revenir, de Saturne au Soleil, au point de départ. Fernande avait senti son cœur battre plus vite. Les lignes de Saros avaient donné vie à un heptagramme, une étoile à sept branches parfaitement régulière, inévitable et évidente, qui faisait jaillir au bout de ses pointes un nouvel ordre des planètes : celui des jours de la semaine ! Dimanche pour le Soleil, puis lundi pour la Lune, mardi pour Mars, mercredi pour Mercure, jeudi pour Jupiter, vendredi pour Vénus, samedi pour Saturne. Sur ce petit carré de papier figurait donc le secret du temps, sa logique. Pour créer l'harmonie de l'heptagramme, les jours que nous vivions ne s'agençaient les uns après les

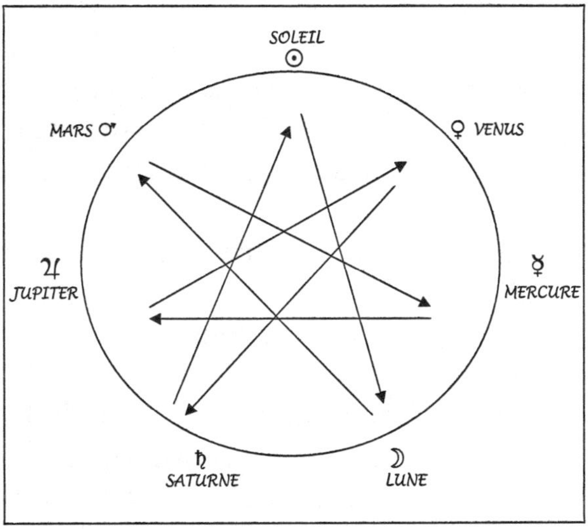

La clef des jours

autres que dans un rapport à la révolution des astres dans le ciel. Tout était lié ! Fernande n'en avait pas dormi de la nuit. Tout s'enchaînait : les astres de la naissance, les jours de nos actions. Tout pouvait s'expliquer, se comprendre !

Mme Saros enflamma un faisceau résineux de genièvre séché qui enfuma la pièce, puis elle servit à Fernande une généreuse rasade d'ouzo.

« Choisis une date prochaine chargée de sens, ma fille, tiens... »

La Grecque tendit un calendrier et une épingle. Fernande, consciente de l'importance du moment, vida son verre d'un trait.

« Je... je choisis le premier lundi après le prochain vendredi 13... Là, le lundi 16 avril 1917.

– Pourquoi ?

– Parce que le vendredi 13 est une porte, soit vers le mal soit vers le bien, le treizième est crucifié, mais il apporte la rédemption, le treizième chapitre de l'Apocalypse est celui où vient la Bête mais elle sera vaincue, le treizième dieu de l'Olympe est Jupiter dont la foudre tue ou guérit. La semaine qui commence après sera soit de lumière, soit de ténèbres.

– C'est bien. Que peux-tu dire d'autre ? Montre que je t'ai bien appris.

– Avril, le dernier décan du Bélier.

– Qu'est-ce que cela te dit ? »

Sous l'effet additionné de l'alcool et de la fumée qui piquaient ensemble les yeux, Fernande combinait des bribes et des formules entendues mille fois dans la bouche de son mentor. Ses larmes de pythie multipliaient la valeur des mots :

« Le Bélier... le Bélier de la constellation, c'est le Bélier ailé d'Orchomène à la Toison d'or... il sauve les enfants d'Athamas le fou ! Jason volera sa Toison.

– Oui, oui, ma fille ! Continue, continue !

– Le troisième décan, c'est la fin de la course du Bélier : les enfants seront sauvés, la Toison sera volée. Liberté et richesse pour qui sait la prendre !

– Le jour, le jour maintenant ! Fais parler le jour ! Regarde l'étoile : le grand secret des jours et du temps qui passe !

– Un lundi : sur l'étoile à sept branches, la pointe qui indique la Lune, et donne son nom au lundi, vient du Soleil et va vers Mars... de l'or vers le fer... de l'or vers le fer... de la lumière jaune d'Horus à la sécheresse rouge de Seth... du savoir à la mort... »

Fernande balbutiait, abrutie par l'alcool puissant quelque peu frelaté qui lui montait à la tête.

« Bien, bien... mais le 16, le 16 ! Fais parler le 16... le 16 !

– Le 16, carré de 4 le Chesed de l'arbre de vie, associé à la foudre, encore la foudre... C'est le chiffre de l'accomplissement de la puissance matérielle. C'est la stabilité du déséquilibre, la somme paire des quatre premiers nombres impairs, les seize rayons des rosaces des cathédrales... Le 16 : un 6 tracé à côté d'un 1 qui ensemble font 7 : les 7 Fléaux ! Le septième annonce le Jugement dernier ! Encore l'Apocalypse !

– Oui ! »

Mme Saros avait déjà rempli le verre de Fernande à deux reprises.

« Oui, ma fille ! Tu as tout retenu, tout bien appris !

Reste le plus important, la Lune ! La Lune fertile qui commande à la rosée ! La Lune miroir du Soleil que l'on peut regarder sans perdre la vue. »

En louchant un peu, Fernande consulta à nouveau l'almanach.

« C'est juste le début du dernier quart ! La Lune de l'encens, la Lune balsamique ! Le déclin de la vie et l'élévation de l'esprit...

– Alors, dis-moi, ce jour est-il faste ou néfaste ?

– Néfaste ! Néfaste ! À cause du 16, néfaste à cause du fer, néfaste à cause de la Lune, mais... mais il y a tout de même l'influence du Bélier : espoir de se sauver et de trouver la fortune !

– Tu connais tous mes secrets, ma fille. Tu pourras les transmettre à ma petite-fille qui poussera bientôt dans ton ventre arrosé par la semence de mon fils. »

40

En ayant pris la précaution d'utiliser Charles de Moursault pour enlever aux prédictions du Bureau des calculs toute crédibilité, le commandant Saint-Arnaud avait évité de se démasquer. Il lui faudrait toutefois affronter le secrétaire d'État, qui avait déjà refusé de le recevoir à deux reprises, afin de s'expliquer et d'éviter de tomber en disgrâce. Ce satané Roitelet lui rendrait un jour des comptes pour toutes les contorsions auxquelles il le contraignait.

Saint-Arnaud avait encore un atout maître dans sa manche qui lui permettrait de rentrer en grâce. Les informations sur le traître fournies par l'agent Kaleb étaient bel et bien exactes. Il avait fallu un peu de temps pour vérifier chaque détail, mais tout était authentique : les numéros de comptes, les mouvements d'argent aux dates données. Pourtant, il y avait un problème. Saint-Arnaud en était arrivé à la conclusion inévitable que Wronski était un agent double et que les Allemands pour une raison ou une autre l'avaient lâché. Il était dès lors inutile.

Saint-Arnaud avait dû admettre l'évidence dès son retour à Paris. Sans en informer quiconque, il s'était rendu au service d'archivage des armées, à Vincennes. Il avait décidé de procéder au hasard. Tous les rapports d'écoute transmis depuis le front les mois précédents et restés indéchiffrables étaient classés là avec méthode par deux soldats affectés au service du Chiffre pour cette seule tâche. Chaque carton contenait chemises et sous-chemises classées par semaine, par secteur et par unité. À la date qu'il cherchait, Saint-Arnaud prit le carton où figurait en rouge : « *Secteur de Noyon / février 1917.* » Il posa une pile de chemises sur la table et appela le planton en faction devant la porte :

« Soldat, donne-moi un chiffre entre 1 et 9. »

Un peu interloquée, la sentinelle marqua un temps d'arrêt qui irrita Saint-Arnaud :

« Allons, que diable ! Es-tu donc idiot, soldat ? Donne-moi un chiffre !

– Euh, 3, mon colonel.

– Un autre à présent !

– Ben, je sais pas, moi... 5, mon colonel.

– Bien, soldat. Retourne à ton poste. »

Tandis que le planton qui n'avait rien compris refermait perplexe la porte de la salle, Saint-Arnaud avait retiré du carton la troisième chemise, puis de celle-ci la cinquième sous-chemise. Il avait pris les feuillets qui s'y trouvaient. D'après Wronski, le mot-code en vigueur pour la première semaine de février pour le secteur de Noyon était *Cassandra.*

Crayon en main, Saint-Arnaud vérifia s'il arrivait à décrypter la séquence de lettres sur la feuille. À la troisième ligne, il obtint les mots *parapluie* puis *indigo* et, plus bas, *canard*, mais rien d'autre pour tout le reste du message. Ce n'était qu'un hasard. Saint-Arnaud avait poussé un soupir. Perdu dans ses pensées, ne sachant que croire, il avait regardé l'en-tête de la feuille qu'il tenait : *Secteur 1280, tranchée Murat, 173e RI, 58e demi-section, SGT Albertini.* C'étaient là les seules informations qui avaient du sens. Kaleb aurait donc menti sur les codes, mais pas sur l'identité du traître. C'était stupide. Quelle était la logique de tout cela ?

Saint-Arnaud avait sorti de sa poche deux passeports flambant neufs que ses services venaient de préparer. Ne manquaient que les photographies. Soudain, la seule solution envisageable lui apparut : les Allemands venaient de sacrifier Wronski avec l'espoir de déclencher en France avec le nom du traître un scandale de l'envergure de l'affaire Dreyfus. Il faut dire que ce nom était inattendu et les conséquences d'une révélation publique, incalculables.

41

COMME les autres sous-officiers de sa compagnie, le sergent Albertini avait été convoqué par le capitaine Rolland. Le jeune homme, un maigrichon qui concentrait sa virilité dans une petite moustache en brosse, avait la mission essentielle d'expliquer à la troupe de son secteur la nouvelle stratégie de l'état-major pour l'attaque imminente. Avec des mots choisis de bourgeois parisien, il s'efforçait de faire comprendre à des hommes ne parlant parfois qu'un français teinté de patois en quoi consistait un *feu roulant*, clef secrète de la victoire à venir. Les sous-officiers transmettaient ensuite à leurs hommes, avec leurs propres mots, des informations vitales pour la survie de tous et aussi pour le succès de la manœuvre. Avant de donner le moindre détail pratique, l'officier obtint une attention totale de tous les sous-offs présents. Ce ne fut pas tant la rhétorique à la Bonaparte qui les captiva que le contenu de son introduction :

« Soldats ! Je sais que vous souffrez sans vous plaindre, mais sachez que la fin est proche. Nos chefs ont mis au point une technique de combat inédite. Une nouvelle tactique qui va surprendre l'ennemi. Jusqu'à ce jour, soldats, nous montions en ligne *après* notre préparation d'artillerie. Désormais, nous chargerons *pendant* que nos canons tirent. »

Comme un capitaine ne plaisante pas avec les sous-officiers, pour éviter la dangereuse *fraternisation* qui érode la discipline, il fallait prendre ses mots très au sérieux. Ce n'était pas une plaisanterie. Tous écoutèrent donc la suite dans un silence religieux.

Le plus remarquable lors de ce genre d'exposé, c'était qu'au bout de trois ans de guerre, le prolétariat de première ligne comprenait fort bien ce dont les gradés lui parlaient. Les esprits aiguisés par l'habitude de la mort dépassaient les obstacles du jargon officiel, reconstruisant ce que des mots inconnus pouvaient masquer ou rendre opaque. C'est ainsi qu'à son retour, Albertini tint avec sa section une conférence, écho de la précédente, qui n'avait rien de déplacé ou de décalé. On était entre professionnels et tous, sauf peut-être Clovis, comprenaient de quoi on parlait. Outre l'absence de fioritures inutiles dans le discours, la communication était plus spontanée entre le rang et les sous-offs. Sans connaître le parcours brillant du généralissime Nivelle, les hommes éclatèrent de rire en devinant qu'il ne pouvait être qu'artiflot pour avoir des idées pareilles. Ils avaient bien sûr raison.

Le principe simplissime du *feu roulant* était de faire avancer les impacts de l'artillerie lourde *devant* l'infanterie en organisant un relais minutieux, chronométré à la seconde, des diverses batteries de tous calibres. L'infanterie n'avait plus qu'à suivre cette première ligne d'acier comme une phalange s'abrite derrière ses boucliers. Sonné par le bombardement, l'ennemi ne pouvait réagir à temps et se reprendre pour endiguer les vagues d'assaut. Les tranchées boches tombaient donc les unes après les autres comme des fruits mûrs. L'essentiel était de maintenir la deuxième ligne, celle de chair et d'os, à soixante-dix mètres de la ligne des impacts. Soixante-dix mètres, ni plus ni moins, c'était la distance qui, d'après les calculs les plus fins, permettait de ne pas laisser l'ennemi réagir sans prendre le risque d'être déchiqueté par ses propres obus. Le *feu roulant* était une chorégraphie balistique, une volte intime entre hommes et obus où chaque pas était mesuré. Comme avaient dit les officiers, c'était tout bonnement génial. Ils s'étaient efforcés de galvaniser le moral des troupes en soulignant la puissance incroyable retrouvée par l'infanterie au cours d'un tel assaut.

En écoutant Albertini, certains soldats, peut-être pour se donner du courage, s'étaient enthousiasmés à leur tour de cette couverture idéale. Un petit brouhaha s'ensuivit même, fait de rodomontades et de grivoiseries sur le sort réservé aux pauvres Boches. Pourtant, Albertini restant taciturne, les remarques moururent sur toutes les lèvres. Le sergent était malin comme pas un. S'il ne riait pas, c'est qu'il n'y avait pas lieu de rire. En fait, en revenant vers sa position à travers le dédale des tranchées de communication, il avait ressassé la mise en œuvre de ces belles idées. Il ne fit aucun commentaire et se contenta d'asséner aux hommes le rythme prévu par l'état-major pour progresser à la poursuite de nos propres tirs :

« Pour garder la bonne distance, il faudra parcourir cent mètres toutes les trois minutes. »

Le silence se fit, puis les cris fusèrent :

« Vingt dieux ! Mais, y vont nous faire courir comme des lapins !

– Avec les cartouchières et les Cho-chos, on dégueule nos tripes sur deux cents mètres. Ça fait dix kilos, une Chauchat ! Et les chargeurs ! Et les grenades ! Y faut se les coltiner ! Comment y z'ont compté, sergent ? Vous savez ?

– Je sais pas. Ils ont dû calculer avec les cadences réglementaires du polygone d'exercice. De toute façon, il faudra suivre le tir des canons. Courir après les impacts. Au pas de charge, sans doute.

– Impossible ! Déjà, au *pas accéléré*, ça fait soixante-quinze centimètres pour une cadence de 123 à 128. Bon, là, c'est encore faisable. Au *pas gymnastique*, on passe à quatre-vingt-dix à une cadence de 180, et avec munitions et fusil, on va crever. Alors, au *pas de charge* sur tout le trajet sans savoir jusqu'où on galope, c'est pas la peine...

– *Porca miseria !* En plus, s'il pleut, avec la boue, on peut pas aller aussi vite ! Et si c'est pas du plat là-dehors ! Parce qu'on sait pas comment c'est devant... Et puis, même si c'est plat, y a les trous d'obus vers lesquels on avance qui viennent juste de labourer le terrain. Et puis... et puis, si on se perd, comment on fait pour être sûrs qu'on marche droit et pas de biais ? Les artiflots, y savent pas tout ça. Y sont bien pépères à l'arrière.

– C'est les embusqués du QG ! Ils croient qu'ici c'est plat comme leurs cartes et qu'on est des pions en carton... comme quand on joue aux dames !

– Et puis, sergent, ça nous laisse pas le temps de nous repérer ! Si on dépasse les lignes boches, ils nous baisent dans le dos dès qu'ils ressortent la tête, ces salauds-là. Ils retournent juste leurs machines à découdre et à nous la croix de bois ! »

En quelques échanges, les hommes, englués dans la réalité quotidienne du terrain, avaient compris les difficultés pratiques de ce qui pouvait passer, à un pupitre, pour une idée brillante.

42

LE 58 de la rue Vrain-Lucas à Strasbourg était occupé par une vieille maison à colombages qu'on aurait pu croire abandonnée. L'endroit était si sinistre qu'en frappant à la porte Joseph Wronski sentit ses intestins se contracter de façon désagréable. L'homme qui lui ouvrit parla d'abord alsacien, qu'il ne comprit pas, puis en mauvais allemand :

« Que voulez-vous ?

– On m'attend.

– Vous avez une lettre d'introduction ?

– Juste ceci. »

Wronski avait tendu la feuille pliée et signée par Saint-Arnaud.

« Suivez-moi. »

Mademoiselle Lilibeth se coucha dans la rue. Wronski traîna son pied dans le grand escalier aux marches trop hautes pour un infirme. L'homme avait ouvert une porte en invitant le visiteur à entrer. Un officier qui se tenait près du foyer se retourna en l'entendant arriver. C'était le colonel Frege.

43

En regardant son frère sortir de son bureau, Charles de Moursault était songeur. La mystérieuse pénurie de haricots faisait monter sans cesse les prix ainsi que les cours de la Bourse pour tous les féculents, entraînant dans la foulée une hausse générale des denrées. On ne savait pas comment tout cela avait commencé, mais ce qui était sûr, c'est qu'on n'arrivait pas à endiguer le mouvement. Certains pensaient que des agioteurs avaient tout organisé de main de maître. À nouveau, des vols avaient même eu lieu dans des dépôts de l'armée, car le féculent valait désormais la moitié de son poids en or. La situation était telle que Charles de Moursault avait un instant pensé changer son fusil d'épaule en poussant son frère à se reconvertir du rhum au commerce des féculents. Ils étaient toutefois trop engagés pour réaliser une telle opération sans y laisser des plumes. Guy venait de le lui confirmer : il avait obtenu en Suisse les financements et tout était déjà investi dans les stocks aux Antilles et en Guyane. Le secrétaire fut distrait de ses pensées par l'huissier qui lui annonçait son nouveau visiteur.

« Bonjour, commandant. Asseyez-vous. Vous souhaitiez me voir ?

– En effet.

– Pour me mettre en garde à nouveau sur les résultats du Bureau des calculs ?

– Vous êtes bien rancunier ! répondit Saint-Arnaud en riant.

– Et vous, commandant, je vous trouve bien insouciant. Vous nous avez empêchés de prendre au sérieux les conclusions de Roitelet, nous privant peut-être d'une grande victoire.

– Vous savez, la victoire est quelque chose de très relatif. Cette guerre est une guerre nouvelle. Peut-être la victoire ne fait-elle plus partie des règles du jeu. Peut-être devons-nous nous habituer à vivre sur un pied de guerre permanent.

– Vos propos frisent la trahison ! Je vous informe que je comptais rédiger un rapport sur nos précédents entretiens, je mentionnerai également ce que vous venez de dire... Cela permettra en plus de réhabiliter les méthodes et les résultats du Bureau des calculs.

– Ne vous emballez pas ! L'objectif que je me fixais a été atteint.

– Que voulez-vous dire ?

– Je connais le nom du traître qui informe les Allemands.

– Vraiment ?

– Oui, j'ai son nom, les numéros de ses comptes bancaires et les dates auxquelles il a fourni le moindre renseignement. »

Saint-Arnaud tendit à Charles de Moursault la chemise

violette qu'il avait apportée. Le secrétaire parcourut les documents, puis reprit la parole :

« Tout... tout a donc été vérifié ?

– Comme vous pouvez le constater sur les documents joints. Vous reconnaîtrez qu'il est maintenant très simple de comprendre d'où venaient les fuites. Ce rapport que vous mentionniez, qui me chargerait et "réhabiliterait" le colonel Roitelet, n'est plus à l'ordre du jour, je suppose. »

Charles de Moursault ne répondit pas.

44

Les larmes aux yeux, Wronski mit quelques secondes à comprendre qu'il avait lui-même poussé le hurlement effrayant qu'il venait d'entendre. Pour la centième fois, le tuyau de plomb, déformé à force de frapper, s'était abattu sur sa main droite, pilant encore plus menu les os disloqués et déjà broyés de ses phalanges. Le soldat assigné à la sinistre tâche, une brute à la trogne avinée, avait relevé la main, mais un geste de Frege le retint. Le colonel ôta le mégot de son élégant porte-cigarette en nacre. Il alluma une nouvelle cigarette puis s'adressa à Wronski :

« Quelle est cette signature, Herr Wronski ?

– Je vous l'ai dit cent fois... Je ne connais l'homme que sous les noms de Cagliostro et Ledoux.

– Oui, vous m'avez dit cela. Et que signifient ces signes cachés dans l'horoscope ?

– Je... je ne sais pas.

– Nos experts se sont rendu compte que cet horoscope est factice, Herr Wronski, il ne correspond à rien. Surtout, il est parsemé de signes et de lettres qui n'ont rien à y faire. Un astucieux système de communication, je dois l'admettre. Des signes mystérieux pour cacher un secret. C'est aussi poétique que votre Kabbale. »

Le visage de Wronski était verdâtre. La torture durait depuis trois jours et trois nuits. Ses genoux étaient disloqués. Bientôt, il n'aurait plus de mains. Il pensa qu'il ne pourrait plus exécuter aucun tour de magie. Il était en train de partir dans un rêve éveillé où Traudel lui souriait, mais la voix de Frege le rappela à la réalité :

« À quoi servent ces symboles du zodiaque ? Des indications de mois, bien sûr ? Et les chiffres ? Des latitudes ? des longitudes ? Avouez donc, la douleur s'arrêtera enfin. »

Frege adressa un signe à un infirmier qui se trouvait au fond de la salle. L'homme releva les paupières de Wronski, puis lui fit une injection.

« La caféine va vous redonner des forces et vous tenir éveillé. Vous pourrez résister plus longtemps. Souffrir plus longtemps. »

Le tube de plomb revint s'écraser sur le magma violacé où l'on ne distinguait plus les doigts. Le cri rauque s'acheva en sanglot.

« Nous avons trouvé, glissées dans cet horoscope, des lettres grecques, Herr Wronski. *Alpha, delta, phi, gamma, upsilon, khi.* »

Frege articulait chaque syllabe avec lenteur.

« Toutes ont été tracées avec beaucoup d'application, avec un soin presque artistique, comme si elles avaient énormément d'importance. Six jolies lettres qui n'ont rien à faire dans un horoscope. Étonnant, non, Herr Wronski ? Ces lettres ont pour nous une grande valeur. A-D-F-G-V-X. Que font-elles là ?

– Je... je ne sais pas.

– Vous n'êtes pas raisonnable, Herr Wronski. »

Le tube fendit l'air si vite qu'il émit un sifflement strident.

45

Saint-Arnaud essayait en vain de forcer l'enchaînement qu'il avait mis au point. Le sel de sa sueur l'obligeait à cligner de l'œil, ce qui réduisait sa vision déjà troublée par la grille du masque. Après une succession de parades de tierce et de prime, il se fendit, mais Châtelard esquiva ses efforts. Ce vieux bigot était incroyable, irritant ! La botte de quarte forcée qu'il porta vers le flanc de son adversaire n'aboutit à rien non plus. À bout de souffle, il dégagea son épée d'un bond en arrière et reprit l'assaut sans faire de pause. Bien qu'il sache que le général était un adepte de la flanconade, cette parade semi-circulaire qui, prise depuis la garde de tierce, ramène la lame adverse vers le haut, il se fit piéger comme d'habitude et dut encore une fois rompre, évitant de justesse la touche. C'était grotesque : à présent, il tirait au mur comme une marionnette, poussant de tierce et de quarte, tandis que Châtelard se contentait de parer. En désespoir de cause, en réponse à une botte désinvolte et amusée du général, il précipita une attaque par une-deux : d'abord la feinte de dégagement, puis le trompement. Sans même comprendre, il sentit la mouche de l'épée adverse effleurer le milieu de ses côtes comme un papillon se pose au centre d'une fleur.

« Touché ! »

En annonçant sa défaite, Saint-Arnaud s'était retourné, furieux. Il ôta son masque en penchant la tête vers le sol pour secouer la sueur. Ces quelques secondes lui permettraient de ravaler sa rage. Son plastron avait été taché par la teinture rouge de la mouche de Châtelard. Ce dernier arborait un sourire satisfait qui blessa plus Saint-Arnaud que ne l'aurait fait son épée si la pointe avait été vive.

« Tu comptes trop, mon ami ! Une, deux, trois... une, deux, trois..., j'ai l'impression de tirer avec un métronome. Sois naturel, que diable !

– Ton talent me fait perdre mes moyens.

– Et en plus tu es essoufflé ! Il faut faire attention, mon vieux. À quoi t'épuises-tu donc ?

– Trop de tensions, sans doute. »

Après avoir pris une longue douche, Saint-Arnaud rejoignit Châtelard à son bureau orné d'un énorme crucifix baroque que le général tenait de sa mère. La salle d'armes se trouvait dans les sous-sols du ministère de la Guerre.

« J'ai besoin d'un service, cher ami. »

Il était rare que Saint-Arnaud soit aussi direct. Châtelard se cala dans son grand fauteuil de cuir et le laissa parler :

« Tu avais raison. Ce Roitelet et son Bureau des calculs sont une source d'embarras pour l'armée. Ceci était adressé à la presse. Dieu merci, mes services l'ont intercepté. »

Saint-Arnaud posa sur la table la copie carbone de la lettre dénonçant en détail les faiblesses du *feu roulant*. Au fur et à mesure de la lecture, Châtelard se contenta d'émettre des « Oh » de plus en plus outrés.

« Mais c'est de la trahison ! Il veut saper le moral de la nation. Et en plus, ce sont des secrets miliaires qu'il révèle aux journalistes ! Selon moi, cette attitude mérite le conseil de guerre et les fossés de Vincennes !

– Et pourtant, quel déshonneur ce serait d'en arriver là ! Pas juste pour Roitelet. Pour l'armée également. Pense donc, un officier décoré. De plus, avec ses amis politiques, il pourrait faire assez de bruit pour sauver sa tête en essayant de justifier ses actes... Imagine ce qu'il pourrait raconter au cours de son procès. Les mensonges qu'il pourrait inventer pour nous souiller tous. Ces choses finissent toujours par ressortir. Souviens-toi du Juif Dreyfus.

– On ne va tout de même pas se laisser faire par ce petit jean-foutre ! Que proposes-tu ?

– Demande son transfert immédiat au front.

– Comment ça ?

– Puisqu'il est détaché auprès de la Commission de la Défense nationale, il est placé sous l'autorité conjointe du secrétaire d'État et la tienne. Si tu demandes au GQG de le réintégrer, je te garantis que son ordre de mission pour le front sera contresigné dans la journée par Charles de Moursault. Il ne peut rien me refuser. Roitelet n'est pas sot. Dès qu'il saura que son courrier infâme a été intercepté, il comprendra que se faire tuer en première ligne est ce qui peut lui arriver de plus honorable.

– Oui, tu as raison. Mais tu es sûr que tu pourras obtenir son transfert immédiat ? »

Une étoile glacée scintilla dans l'œil de Saint-Arnaud. Châtelard sentait toujours un frisson au creux du dos quand son ami lui apparaissait ainsi, tout-puissant et maître des événements. Son expérience lui avait montré qu'il se trompait rarement lorsqu'il faisait ce genre d'annonce :

« Je te le garantis. En attendant, il doit bien y avoir un officier d'intendance d'un grade supérieur qui pourra prendre le commandement du Bureau des calculs.

– Oui, il y a Dampierre.

– Dampierre ? Mais il parle à son cheval et lui offre des fleurs ! Le jour de la déclaration de guerre, il a ordonné à sa brigade de marcher au canon vers Quimper pour *dresser les Bretons*. Tu n'as pas mieux sous la main, celui-là est gâteux ?

– Non, pas complètement. Enfin, je veux dire qu'il est juste sourd et un peu original, peut-être. Et puis, Dampierre est très proche de Charles de Moursault. Ils font des affaires ensemble aux colonies. D'ailleurs, pour s'occuper des approvisionnements, il suffit d'avoir de bons intendants, je lui en enverrai deux ou trois, pour l'encadrer... Sans compter que les subordonnés de Roitelet sont compétents.

– Il vaut mieux les écarter aussi. Je m'en charge.

– Oui, tu as raison ! »

Châtelard apposa son paraphe avec ardeur. Saint-Arnaud prit le pli signé et l'empocha en se levant.

« Je l'apporterai à Beauvais moi-même dès que le secrétaire aura contresigné.

– Notre statisticien sera aux premières loges. D'ailleurs, tu es au courant : la date définitive pour l'assaut du chemin des Dames a été arrêtée. C'est pour le 16 avril. Une bien bonne date. C'est la Saint-Drogon, le protecteur contre les méfaits du feu ! Je me demande si notre artilleur Nivelle l'a fait exprès !

– Je ne sais pas. »

Saint-Arnaud pensa que la date devait correspondre au point culminant de l'acheminement des pièces d'artillerie et des munitions nécessaires à l'exécution du *feu roulant*. Châtelard le fatiguait parfois.

46

PARCE qu'elle était solide, Fernande avait été affectée au contrôle des obus à shrapnel qui constituaient 60 % de la production. C'était l'opération la plus fatigante car, en fin de ligne d'assemblage après examen de l'amorce au culot et du sertissage entre charge et fût, il fallait prendre l'objet de son tapis et le poser au sol. Surtout, il était vital de bien passer le doigt entre la douille et l'obus, sur la ceinture de cuivre striée prévue pour s'imprimer dans les rayures hélicoïdales de l'âme du canon. Cette ceinture pressée dans le cône de forcement assurait l'étanchéité du tube et la survie des artilleurs qui auraient été déchiquetés par une munition défectueuse. En onze heures, pour 6 francs, alors qu'un homme en touchait le double, Fernande devait soulever 2 500 obus de 7, 240 kilos, ce qui faisait 18 tonnes quotidiennes.

Déjà dotée par la nature d'une charpente solide, Fernande sentait ses muscles gonfler et se délier. Le dos en particulier se renforçait en permanence, offrant aux autres femmes qui l'apercevaient nue dans la salle de douche exiguë après le travail une académie superbe. Trapèzes, ronds et obliques se découpaient comme sur la statue antique du *Discobole*. Certaines Parisiennes, imbues de cette mission dont les citadins se croient investis à l'égard des ruraux, avaient prodigué à Fernande quelques conseils. Elle devait selon elles épiler le poil noir si abondant sous ses aisselles et sur ses jambes, ainsi que les soies drues sur sa lèvre supérieure. Une ou deux, plus douces ou plus hardies, lui avaient proposé en détournant les yeux de l'aider à soigner ce toilettage intime. Fernande avait souri, puis s'était laissé faire, découvrant fascinée sous les doigts souples de ces étranges compagnes au dévouement charmant des plaisirs peu connus du fin fond des campagnes.

Certes, parfois, la camaraderie franche de l'usine et la gaîté toute masculine du monde ouvrier posaient problème aux femmes peu habituées à ces chahuts amicaux et sans façon. Il avait fallu s'adapter à cet esprit de l'atelier. Un jour, Fernande fut attirée par un hurlement qu'elle perçut au milieu du fracas des machines. Le contremaître avait, par facétie, sorti son membre rose, bien raidi par des frictions rapides, devant une gamine craintive qu'elle avait à peine remarquée jusqu'alors. La fille, qui avait tenté de s'enfuir, était coincée contre un tour où l'homme l'avait plaquée en relevant ses jupes. Il était hystérique.

« Dans le cul, tu vas l'avoir, dans le cul !

– Et moi, alors, j'ai droit à rien ? »

La voix grave de Fernande avait interrompu l'affaire.

« Vous êtes toutes les mêmes ! Tu le veux quelque part, hein, tu le veux quelque part ? »

Il avait toujours pratiqué ce genre d'humour un peu cavalier avec les plus jeunes, arrivant à ses fins entre quelques pleurs. C'était la première fois qu'il s'intéressait à Fernande. Avec une femme qui le dépassait de deux têtes, le jeu semblait plus délicat. Fernande s'avança vers lui avec ce déhanchement qui fait des hommes à la fois les maîtres et les esclaves. Le sourire complice et la légère inclinaison de la tête tendaient à indiquer qu'elle voulait effectivement quelque part l'appendice exhibé. Au dernier moment pourtant, du plat de la main, elle poussa le malheureux jusque sur les rangs d'obus alignés au garde-à-vous comme pour la parade. L'extérieur de ses cuisses fit glisser les deux projectiles de côté qui partirent s'appuyer sur les suivants de la rangée, provoquant un effondrement en chaîne. Celui du milieu cependant, pris très précisément sur son centre de gravité, n'avait pas frémi. Déchirant pantalon et culotte plus vite qu'une trotteuse ne parcourt trois intervalles avec cette illusion de mouvement saccadé, l'extrémité conique, pointue et bien graissée de l'engin profilé, fierté des artilleurs, trouva sa voie naturelle entre les fesses serrées du contremaître. N'ayant rien à quoi se raccrocher, incapable de ramener sous lui ses talons entravés dans le cahot mobile des obus au sol sans s'empaler davantage, le pauvre homme au sourire crispé saisit les mains tendues de Fernande, implorant d'une voix couinante qu'elle le soulève un petit peu. Par un curieux phénomène vasculaire, qu'un spécialiste attentif pourrait sans doute expliquer de manière scientifique, sa virilité, l'instant d'avant bien raide, pendouillait après l'intromission de l'obus, flasque et piteuse. Les bras de la jeune femme, plus musculeux que ceux d'un archer, auraient pu soulever le bonhomme et le tenir en l'air sur un seul doigt, mais elle préféra rameuter ses voisines afin qu'elles profitent ensemble de la plaisanterie. Singeant la voix du contremaître et son vocabulaire que rendait comiques la superposition de son propre accent rocailleux, elle avait hurlé pour couvrir le bruit des tapis et des machines :

« Ici, les truies, au pied ! Venez voir le goret qu'on embroche ! »

Le silence s'était fait à l'arrêt des moteurs électriques. Toutes s'étaient regroupées en demi-cercle, d'abord craintives, puis amusées par le grotesque de la posture et la vengeance aiguë qu'elles tiraient du spectacle. Toutes les fesses pincées, tous les tétons tiraillés et pire se payaient d'un seul coup au centuple. Après quelques serments, dans une voix étrange, de ficher aux filles une paix royale, de ne plus les toucher ou les traiter de « truies », de leur apporter des cigarettes et du café, serments que Fernande soutirait d'un simple relâchement de la tension des bras, l'homme fut libéré de ses tourments, contraint de supporter encore les inévitables quolibets sur cette extrémité dérisoire et fripée entre ses jambes qu'il remisa aussi vite qu'il put. Fernande le gratifia pour finir d'un « Y a pas que les Boches qui l'ont dans le cul avec le 75 ».

Cette scène lui valut l'amitié de Lucienne, la gamine sauvée in extremis des griffes du surveillant. Les autres la surnommaient la Moche. On l'avait embauchée pour nettoyer l'atelier et recompter les obus mis en caisse, exercice idiot : le nombre de logements étant toujours le même, une seule multiplication suffisait. La jeune femme peinait toutefois, car elle savait très mal compter. Elle aida Fernande à redresser tous les obus renversés. Quand celle-ci prit entre ses bras l'obus dont le contremaître avait connu la pointe, elle éclata de rire.

« Regarde, petite, il porte le numéro 1280 daté d'aujourd'hui. 1280 ! C'est drôle, c'est justement un nombre qui me fait rêver ! Mais qu'est-ce qui t'arrive à toi ? Tu es toute pâle et tu trembles ? C'est fini, va, il te touchera plus. Sinon, je te le prendrai entre quat'z'yeux et il passera un fichu quart d'heure, c'est moi qui te le dis !

– Oh non, c'est pas à cause de lui ! C'est ce nombre. Moi, je l'aime pas, ce nombre. Oh, non. »

Elle s'était réfugiée entre les bras de Fernande sans rien dire pour éclater en sanglots. L'autre l'avait consolée.

Dès lors, elles s'étaient peu à peu rapprochées l'une de l'autre. Fascinée par Fernande dont elle admirait du coin de l'œil les si longs pieds et les mains gigantesques, Lucienne lui avait même apporté en cadeau du parfum dans une petite fiole triangulaire aux côtés de verre taillé en mille losanges brillants. C'était une simple eau de Cologne bon marché, mais Fernande, peu habituée à ce genre de sollicitude, l'avait embrassée sur la bouche en riant de bon cœur pour la remercier. Lucienne était devenue à partir de cet instant sa servante de toutes les occasions, frottant son dos à l'éponge chaque soir comme elle l'avait fait pour ses frères à la ferme.

Un jour qu'elles se débarrassaient ainsi l'une l'autre de la graisse des obus et du noir des poudres si dangereux au fil des jours quand il s'accumulait dans les cheveux et les vêtements, Fernande remarqua sur les reins de Lucienne neuf cicatrices régulières, bombées tant les chairs avaient dû être entaillées en profondeur et laissées ouvertes sans sutures. Avec ses *r* marqués, elle posa sans fausse pudeur la question qui lui était venue à l'esprit en caressant les reins meurtris :

« C'est ton père qui t'a fait ça ?

– Non, c'est un homme qui m'a capuchée comme ça.

– Qui t'a quoi ? Comme tu parles, toi ?

– Y m'a battue.

– Bien sûr que c'est un homme, je te crois ! Ton père ou un autre, c'est tous des bêtes, les hommes. Faut pas les laisser nous toucher.

– Mais tu es forte, toi ! Moi pas.

– N'aie pas peur ! À partir d'aujourd'hui, je suis ta sœur. Personne te touchera plus. C'est quoi ton signe ?

– Mon signe ?

– Beh oui, ignorante. Ton signe. Quand tu es née ? Il va falloir que je te donne des leçons à toi. »

Fernande avait conclu leur discussion par une grande claque sur les fesses de Lucienne qui en avait rougi, entraînant ensuite la jeune femme soumise par le bras.

47

HECTOR, qui avait l'air gêné lorsqu'il entra dans le bureau, se mit au garde-à-vous de la manière la plus réglementaire en laissant la porte entrouverte. Levant la tête de sa table de travail, Roitelet allait lui demander ce que signifiait cette plaisanterie, mais le général Dampierre fit irruption dans la pièce sans leur laisser le temps d'échanger un mot. L'homme, vétéran des guerres du Mexique et de 70, venait d'atteindre sa quatre-vingt-cinquième année, âge auquel il aurait dû être à la retraite. Par protection politique, il avait été maintenu au sein des cadres, ce qui lui permettait de toucher sa pleine solde. Pourtant, se retrouver à la tête d'un service important, à Paris qui plus est, était pour lui inespéré.

Roitelet, en chemise, ne pensa même pas à saluer, ce que le vieillard à la vue trop basse ne remarqua pas.

« Repos, colonel, repos. En plein travail, à ce que je vois. C'est très bien. Vous êtes un bon élément, on me l'a dit. Prendre votre suite ne sera pas de tout repos.

– Ma suite... ?

– Le général Dampierre vient d'être nommé à la tête du Bureau des calculs, colonel. »

Un colonel en uniforme de l'état-major venait d'entrer à son tour dans le bureau. Le général s'écarta afin de laisser les deux hommes discuter. Cela ne le concernait pas. Il fit mine de se concentrer sur une carte de la Somme punaisée au mur, suivant avec son pince-nez le cours du fleuve jusque sur un bordereau accroché à côté.

« Je n'ai été informé de rien.

– Tout va très vite, colonel. Un grand mouvement se prépare qui vous mènera à Berlin en moins d'une semaine. J'ai sur moi votre nouvel ordre d'affectation avec pour mission de vous escorter. Votre ordonnance pourra suivre avec votre bagage.

– Si c'est une plaisanterie, elle n'est pas très bonne.

– Voici l'ordre. Vous remarquerez qu'il est signé du général Nivelle en personne. On a besoin de vos talents ailleurs, colonel, et il faut se hâter. »

L'homme était d'une amabilité parfaite. Saint-Arnaud lui avait donné des instructions très précises, afin que Roitelet ne passe pas une seule minute de trop à Paris. Il avait prêté sa propre voiture pour l'occasion. Roitelet dut mettre ses lorgnons pour arriver à lire l'ordre.

En sortant, il vit que toute l'équipe avait été rassemblée dans la salle de classe. Calisson, Tricotin et Lanzac attendaient au garde-à-vous devant un lieutenant-colonel de l'intendance. Il était probable que le général allait venir prendre les choses en main dans un instant. Il ne put faire ses adieux. Dans un coin de la pièce, le sergent Bélisaire semblait savourer le moment. Et dire que c'était précisément aujourd'hui que cela arrivait.

48

Dès que Roitelet eut quitté l'école, le général vint se placer bien en face de Tricotin, Lanzac et Calisson. Son discours fut bref :

« Messieurs, on m'a dit des choses sur ce service, ce Bureau des calculs. Des choses que j'ai déjà oubliées et dont nous ne parlerons plus. Désormais, c'est moi qui vous commande et nous allons faire du bon travail. Toutes vos tâches en cours sont annulées. Notre mission est claire. Nous devons organiser l'approvisionnement en rhum de notre armée. J'ai ici l'ordre écrit du secrétaire d'État. Les stocks sont en baisse et il nous faut remédier à cela avant l'offensive de printemps. C'est tout, messieurs. À vos porte-plume ! »

L'impact d'un obus de 250 n'aurait pas été suivi d'un silence plus remarquable. Tricotin, Lanzac et Calisson étaient blêmes et abattus. Tout le travail de ces trois dernières années n'avait servi à rien.

Les trois hommes étaient d'autant plus découragés que quelque chose d'extrêmement important s'était passé ces dernières heures. Depuis qu'avaient commencé à arriver les dossiers de tous les officiers généraux, Achille Tricotin n'était plus le même. Certes, il était le plus réservé du groupe, toujours discret et peu enclin à participer aux plaisanteries de potache, mais son éducation au séminaire avait fait de lui un être profondément social. Aussi, tous avaient-ils été surpris lorsqu'il avait commencé à prendre ses repas dans son bureau, à l'écart, et qu'il n'était plus rentré dormir chez lui. Hector devait juste lui apporter de l'eau chaude et sa crème à raser chaque matin à cinq heures avec du café. Ensuite, il n'acceptait qu'une brève collation à midi, puis une pomme ou de la soupe le soir.

La veille, tandis que tous les autres membres de l'équipe étaient occupés à mettre en perce un tonneau de médoc échangé contre trois bidons d'essence, Tricotin avait fait irruption dans la salle de classe. Il était blême. On ne l'avait pas vu plus de quelques minutes depuis plusieurs semaines et tous avaient remarqué le poids qu'il avait perdu. Alors que Roitelet, ne sachant trop que faire, lui tendait un verre, il s'était effondré dans un des fauteuils.

« C'est une catastrophe, avait-il déclaré, une catastrophe.

– Qu'y a-t-il, mon vieux ? Tu n'aimes pas le médoc ?

– Je n'avais pas le dossier de Nivelle jusqu'à cet après-midi.

– Et alors ?

– C'était le seul qui me manquait pour vérifier mes calculs. Alors, dès que je l'ai reçu, j'ai appliqué les paramètres de mon échelle d'évaluation du commandement.

– Ton échelle d'évaluation du commandement ?

– Oui, une constante dont j'ai eu l'intuition. Je crois que je le tiens enfin, notre théorème de la victoire. Contrairement à tout ce que nous avons produit précédemment, le calcul est fiable à 100 %. Sans erreur. Je l'ai vérifié pour tous les engagements dont les données étaient disponibles.

– Explique-toi !

– Ma tâche initiale, complémentaire de la vôtre, était de trouver une mesure fiable de l'efficacité de la chaîne de commandement. J'ai décidé de travailler sur une valeur du commandement qui mette en rapport le grade atteint et les pertes humaines essuyées par les unités commandées. Pour chaque officier, nous pouvons tracer une première échelle qui mesure la vitesse de progression du grade de sous-lieutenant à celui de colonel, puis du grade de colonel à la deuxième et à la troisième étoile. Il existe une seconde échelle, également croissante en raison de l'augmentation des responsabilités, du nombre croissant de pertes au combat dans les troupes commandées par ledit officier. Ces deux courbes sont articulées le long de la même droite du temps, or il existe *un rapport direct et constant* entre les degrés de la première et l'augmentation des chiffres de la seconde.

– Mais bien sûr ! Tu viens de le dire toi-même, un colonel ne commande qu'un régiment, alors qu'un général dispose d'une armée, il est normal de perdre plus d'hommes lorsqu'on en a 100 000 sous ses ordres que lorsqu'on en a 10 000.

– Non, non, non, non, non ! Il y a un facteur d'augmentation géométrique du nombre de morts : ce n'est pas l'augmentation du nombre d'hommes commandés qui provoque l'augmentation du nombre de morts, c'est l'autre échelle qui joue, celle des grades !

– Comment ça ?

– Regardez ! Il existe un facteur constant, que j'ai baptisé facteur Ω, qui permet d'établir une correspondance directe entre la durée moyenne des intervalles de la première courbe et ceux de la seconde.

– À quoi est égal ton facteur Ω ?

– Une valeur entre 58 et 59... j'en suis à 25 décimales. La proportion d'un effectif perdu au combat par un officier d'un grade donné est en rapport direct avec le coefficient de progression de carrière dudit officier, du grade de sous-lieutenant à celui de général, coefficient noté : Ω. La formule se condense en une intégrale d'une simplicité biblique :

$$P = \Omega \int_{0}^{(\text{général–sous-lieutenant})} \frac{x^3}{2} dx$$

– Mais, dans ton équation, pour pouvoir disposer d'un calcul fiable, pour connaître ton coefficient de progression de carrière du grade de sous-lieutenant à celui de général, il faut précisément attendre que l'officier soit devenu général. Même si tu peux calculer ensuite sans erreur l'état des pertes à chaque étape de la carrière, tu ne peux donc pas le calculer avant que l'officier ne soit arrivé au sommet.

– C'est bien le problème ! Le calcul ne devient opératoire que lorsque l'officier a atteint le grade de divisionnaire.

– Mais il est alors trop tard puisqu'il est à la tête d'une armée !

– Je sais ! Pourtant, ça marche à tous les coups et on peut prédire combien d'hommes chaque général va laisser sur le terrain.

– Attends, c'est impossible ! Ton facteur Ω signifie qu'aucune condition extérieure ne vient modifier l'issue d'une bataille, ni la pluie, ni des épées en bois...

– L'issue de la bataille, je ne sais pas. L'issue de la bataille n'est pas un élément pertinent. C'est le nombre de morts qui est constant pour une progression de carrière donnée. J'ai appliqué la formule aux batailles d'Austerlitz et de Waterloo pour chacune des armées en présence. Le nombre des victimes se retrouve à chaque fois tel que les archives nous l'indiquent.

– Tu parlais de Nivelle ?

– Les pourcentages de pertes que j'obtiens en faisant varier la présence de notre généralissime de la brigade à la division, puis de la division au corps d'armée, sont les plus élevés que j'aie obtenus. En introduisant dans l'équation les détails du dossier du sergent Bélisaire pour tous les commandements supérieurs, on n'arriverait même pas à la moitié du résultat.

– Tu parlais seulement de corps d'armée, mais Nivelle dirige tous les groupes des armées au front. As-tu tenté d'appliquer la formule avec un tel ordre de grandeur ?

– Oui.

– Et alors ?

– J'obtiens un ratio de pertes qui correspondrait à environ 100 000 morts par jour d'engagement.

– Mais une bataille ne pourrait pas durer un mois ! Sinon, toute la population de dix-huit à vingt-cinq ans y passerait !

– Je sais. Mais j'ai refait mes calculs à dix reprises.

– Mon Dieu... Cette découverte est hallucinante. La raison, enfin, s'impose ! Te rends-tu compte des bouleversements que cela implique ! Il serait prudent de coder ces résultats afin qu'ils ne tombent pas dans de mauvaises mains. Si l'ennemi les appliquait avant nous, quel désastre ! »

L'écho de cette conversation résonnait encore dans les pensées des adjoints de Roitelet. On leur demandait de calculer les besoins en rhum, alors qu'ils tenaient enfin la formule mathématique qui permettait de maîtriser l'issue de la guerre. La formule et tous les calculs qui avaient conduit à son élaboration avaient été remis au propre dans un rapport détaillé. Il se trouvait sur le bureau de Roitelet lors de l'arrivée de Dampierre.

49

ALBERTINI recompta encore une fois dans sa tête. La première relève des sentinelles des première et deuxième lignes était à minuit quinze, celle de la troisième à trois heures trente. Ensuite, les mouvements du ravitaillement et des relèves vers la tranchée de soutien commençaient vers cinq heures. Pour s'enfuir avant la date de l'assaut, il fallait procéder par sauts de puce en se glissant dans les mailles de cet horaire sans jamais rencontrer personne.

Le petit groupe s'engagea dans les chicanes des tranchées de communication pour arriver après un parcours sinueux jusqu'à la dernière ligne de soutien. On escalada le parapet en silence, puis il fallut trouver un sentier discret. Au bout de deux heures, Albertini jura et fit entrer le groupe à l'abri d'un petit bosquet. En dépit de l'absence de lune, la couche brumeuse au-dessus brillait d'une lueur blanche dont la réverbération illuminait la campagne alentour. Impossible de passer inaperçu : il fallait prendre le risque d'un retard. Albertini pensa à voix haute :

« On est maudits d'avoir autant de lumière par une nuit comme celle-là !

– C'est normal, sergent ! »

Les quatre Corses avaient l'habitude des divagations de Clovis. Ils le regardaient cependant toujours avec autant d'étonnement.

« Ben oui, c'est normal, sergent. C'est le paradoxe d'Olbers.

– Qu'est-ce que tu racontes, toi encore ?

– C'était dans mon magazine... dans *Je sais tout* ! »

Albertini poussa un soupir de désespoir qui piqua au vif le pauvre Clovis. Il était au bord des larmes.

« Si, sergent, c'est vrai ! C'est vrai ! L'univers est infini et le nombre d'étoiles est infini, alors, c'est pas normal que la nuit soit noire ! La nuit doit être aussi lumineuse que le jour avec toute la lumière infinie de toutes ces étoiles... Parce que les étoiles, c'est des soleils et... »

Clovis n'eut pas le temps de terminer sa démonstration savante. Morelli, Salicetti et Bastellica se mirent à rire comme des fous. Albertini dut leur distribuer force coups de botte dans les tibias pour les faire revenir au calme.

« *Cretinu !* Arrête un peu de raconter tes bêtises. Tu vois ce que tu fais, qu'ils deviennent fous, eux aussi ! Il faut se taire ou on va se faire repérer et on est bons pour le peloton !

– Mais, sergent...

– *Zittu !* »

Clovis s'était tu. Les trois autres parvinrent à se maîtriser, même si de temps à autre ils semblaient repartir d'une nouvelle vibration qui ne se traduisait que par un frottement contenu de l'air sur les lèvres. Au moins, un fou dans l'équipe, ça leur changeait un peu les idées.

Percevant la détresse de Clovis de n'être pas pris au

sérieux, Albertini lui donna une petite tape sur l'épaule en guise de consolation. Il aurait préféré que l'échange s'arrête là, mais Clovis ne l'entendait pas ainsi :

« Sergent, sergent !

– Oui, Clovis, soupira Albertini, fatigué à l'avance des délires de son soldat.

– Imaginez, sergent, que vous soyez à un goulot qui mène à deux tranchées différentes.

– Oui ? »

Albertini était intrigué par cette introduction inattendue.

« Une des tranchées vous mène à la mort, l'autre à la liberté.

– La liberté ?

– Oui, la liberté ! Mais vous ne savez pas laquelle vous mène à la mort et laquelle à la liberté.

– Et alors ?

– Et alors, il y a un gardien devant chaque tranchée. L'un dit toujours la vérité, l'autre toujours un mensonge.

– Et elle finit quand ton histoire ?

– Vous pouvez poser qu'une seule question, sergent, une seule question à l'un des deux gardiens que vous choisissez. N'importe lequel. Une seule question qui vous aide à trouver quelle tranchée conduit à la liberté, quelle tranchée conduit à la mort. Quelle question vous posez, sergent ? Quelle question ?

– Tu es fou, petit. Dors. »

Clovis se tourna. Albertini releva le col de sa capote pour se protéger du froid. Après un moment, il tapa sur l'épaule de Clovis.

« Tu dis qu'un gardien dit toujours la vérité, l'autre toujours un mensonge ?

– Oui, sergent. »

Albertini réveilla le petit groupe avant que ne commencent à circuler ravitaillement et relèves. Son cœur battait la chamade. Jamais il n'était allé aussi loin vers l'arrière sans ordre. Si on pouvait continuer à progresser ainsi jusqu'au soir, la liberté était à portée de main. Les astres cependant en avaient décidé autrement. La voix de Clovis brisa le rêve en chantonnant :

« Y a du monde là-bas, sergent. Ils ont même une Chocho. »

Albertini fronça les yeux. Le canon d'une Chauchat dépassait en effet derrière des sacs de terre. Un barrage de gendarmes peut-être ou des gars du 1er Marocains qui étaient stationnés non loin. Le Corse vit un reflet. Des jumelles sans doute qui renvoyaient l'éclat du soleil levant derrière eux.

L'officier du petit poste devait être intrigué car, du haut du moignon de brique qui devait naguère être un balcon, il scrutait à la jumelle les cinq hommes. L'ambiance au sein du groupe était électrique. Salicetti avait sorti son couteau de sa gaine pour le glisser dans sa manche gauche. La voix d'Albertini se fit sèche comme du sable :

« C'est foutu pour cette fois, les gars. Vous me laissez faire.

– Non ! Faut passer ! faut passer, c'est notre dernière chance, sinon, on va y rester. Comme les autres avant nous. C'est de la folie, leur histoire de *feu roulant.* On va y rester ! Ils sont cinq ou six là-bas derrière leurs sacs. On y va, on les crève et on passe. »

Salicetti avait dû faire un effort pour oser prendre la parole en contredisant ainsi celui que tous suivaient depuis le début. Comme pour chercher un objet égaré, tous les regards plongèrent vers les rides de boue au relief insensé qui faisaient office de chemin. Seuls les yeux d'Albertini et ceux de Salicetti étaient encore dans le même plan. La confrontation fut brève. Tout le monde avait peur de Salicetti. Tous savaient qu'il avait égorgé ou éventré de sang-froid quatre-vingts ou peut-être cent Boches. Son regard vide d'expression qui s'était accentué au fil des mois inquiétait même ceux qui ne connaissaient pas ses exploits, comme si d'instinct un homme pouvait sentir de quoi il était capable. Seul Clovis n'éprouvait pas ce genre d'angoisse, mais il était idiot et cette légèreté confirmait l'opinion bien établie à ce sujet.

Albertini ne baissa pas les yeux. Le duel entre les deux hommes ne dura pas une minute. Ce fut Salicetti qui détourna le regard comme une bête devant son berger et rangea son couteau. Si Albertini avait donné l'ordre de faire ce que Salicetti proposait, ils auraient tous obéi. À présent, il était clair que le plan du boucher ne serait pas appliqué.

Avec un culot monstre, Albertini fit avancer son groupe jusqu'aux sacs de terre de la petite fortification. L'officier, intrigué, était venu à leur rencontre sans mettre ses hommes en alerte.

« Bonjour, sergent.

– Mon capitaine.

– Que faites-vous ici ? Vous avez des ordres ?

– Il y a eu un coup de main allemand ce matin chez nous. Je veux dire dans notre tranchée.

– Et alors ?

– J'ai pensé qu'il fallait que j'apporte ceci au plus vite. Il y avait un officier dans le groupe. Il a été tué et voilà ce que j'ai trouvé sur lui. »

Albertini tendit le portefeuille de cuir qu'il avait volé au lieutenant allemand bien des semaines auparavant. Le geste était osé, mais difficile à interpréter comme une ruse.

Le capitaine jeta un coup d'œil. La grille de codage qu'Albertini avait prise pour des cases de loto attira son attention. Il pensa à la gloire qu'il pourrait retirer de ce genre de prise.

« Beau travail, sergent. Je vous félicite. Je vais faire porter tout cela à l'état-major. »

La mort dans l'âme, Albertini salua et ordonna à sa petite troupe de faire demi-tour.

50

« POURQUOI ne pas m'autoriser à le voir ?

– Il est accusé d'espionnage. L'issue de son procès ne fait aucun doute, je suis désolé.

– Je le verrai à son procès, alors ?

– Les débats seront tenus à huis clos. Trop de secrets sont en jeu. Je t'assure que je ne peux rien faire.

– Mais ce n'est pas possible ! »

Traudel éclata en sanglots. Après l'arrestation de Wronski, elle avait redoublé d'attentions pour son amant. Elle s'offrait à lui chaque soir, convaincue que l'absence de pudeur ouvrirait toutes les portes. Elle se trompait, pourtant. Frege n'avait pas jugé nécessaire d'interrompre leur relation. Son plaisir était d'ailleurs d'une nature un peu différente. Torturer le père jusqu'au seuil de la folie dans la journée et infliger un plaisir sans fin à la fille la nuit déchaînait des instincts surprenants. La satisfaction des sens compensait au moins l'absence de résultat : les spécialistes de la Section III B n'arrivaient à rien avec les signes camouflés dans ce fichu horoscope. Wronski allait bientôt mourir à force de garder le silence.

Fatigué des pleurs morveux de Traudel, Frege se leva. Le

soleil de toute façon pointait et il fallait reprendre l'interrogatoire. Dieu merci, l'univers infini de la douleur n'avait pas de bornes.

« Mais il n'a sans doute rien fait de grave ! Rien qu'on puisse prouver !

– Il a tué un de nos hommes.

– C'est impossible !

– La neige autour du cadavre était couverte d'empreintes de caniche. C'est indiqué dans le rapport de la police suisse. Ils ont poussé la perfection jusqu'à consulter un vétérinaire. Je ne crois pas que beaucoup d'agents français soient accompagnés de caniches ! C'est pour cette raison que nous nous sommes intéressés à lui. Notre agent n'avait pas eu le temps de nous livrer un nom.

– Mademoiselle Lilibeth ! Mais c'est sans doute un hasard...

– Tu perds ton temps, Traudel. Ce sont les Français eux-mêmes qui nous l'ont livré en nous indiquant l'adresse de son rendez-vous. »

Frege quitta la pièce en arborant un sourire satisfait.

51

LES conditions dans lesquelles Calisson, Lanzac et Tricotin devaient travailler avaient changé. Expulsés de leurs bureaux individuels, ils avaient été installés ensemble dans la plus petite des salles et, comble d'humiliation, le général avait veillé, lorsqu'il était absent, à ce que le sergent Bélisaire aille se percher sur la chaire juchée sur l'estrade afin de les surveiller comme un censeur garde la classe quand l'instituteur est absent. Le Charentais trônait là, aigle sur sa montagne, épiant des cimes chaque mouvement. À la fin de chaque journée de travail, il relevait tous les documents qu'il conservait jusqu'au lendemain, après que Dampierre les eut visés. Plus rien ne devait sortir des lieux. Une dizaine d'hommes du 2e Bureau avaient d'ailleurs vidé toutes leurs armoires et tous leurs tiroirs. Impossible donc de continuer à travailler sur le théorème de la victoire ou d'essayer de le diffuser.

Les trois hommes avaient eu une révélation à cette occasion. Les sbires de Saint-Arnaud savaient exactement où trouver ce qu'ils cherchaient. Quand Calisson avait remarqué que Bélisaire indiquait le chemin des sous-sols au petit groupe, il avait attiré l'attention des autres :

« Voici enfin la solution. Tous ces chiffres qui venaient contrecarrer chacune de nos équations, ils étaient fournis sur mesure grâce à une vipère que nous réchauffions dans notre sein.

– Bélisaire ?

– C'est ridicule. Même avec une boussole et une carte d'état-major, il ne retrouverait pas son propre trou du cul, alors, travailler pour le 2ᵉ Bureau...

– Pourtant, si nous en sommes là, c'est bien que toute notre correspondance a été interceptée, tous nos travaux épiés. Toutes nos tentatives pour faire sortir nos calculs ont échoué. Ouvrez les yeux ! Bélisaire a servi sous Saint-Arnaud aux colonies..., rappelle-toi.

– Tout de même... Bélisaire... penser que ce con nous espionnait !

– C'est incroyable ! »

La descente à la cave sembla provoquer une certaine animation, dont les trois hommes ne comprirent pas la raison. Dampierre leur fit replonger la tête sur leurs copies comme un instituteur reprenant en main des élèves cossards. Même s'il était aussi gâteux que Châtelard le redoutait, le général savait obéir. Or Charles de Moursault, en le nommant, avait bien insisté sur la nécessité de veiller à constituer des stocks de rhum pour l'offensive à venir. Se drapant dans une dignité vibrante de patriotisme, il avait vertement reproché à Tricotin d'avoir sous-évalué le confort du soldat. L'équipe avait en effet travaillé en toute logique sur les statistiques passées pour en arriver à la conclusion qu'un demi-litre de rhum hebdomadaire correspondait à la consommation moyenne d'un homme au front. Sans ambages, le général avait maudit les embusqués et les planqués qui ne savaient rien ni de l'effort du guerrier ni du réconfort que lui procurait la douceur des produits de notre empire. C'était trois quarts de litre de rhum par semaine et par combattant qu'il fallait compter. Lui n'avait pas besoin de ces fichues statistiques : il savait. Tous les calculs avaient donc été refaits pour tenir compte de l'expérience du général. Depuis le temps de débarquement, le volume des hangars de stockage, le nombre de wagons en passant par les coûts de manutention, il avait fallu tout revoir.

Pourtant, cet accroissement auquel d'ailleurs le général Dampierre ne voyait pas grand vice n'était, si l'on peut dire en parlant de rhum, qu'une goutte d'eau. Un autre paramètre allait influer sur le résultat final. Contraindre les hommes de Roitelet à revoir leur copie n'avait pas procuré assez de plaisir au vieil homme. Il voulait avoir le dernier mot d'un manière encore plus nette, d'une manière qui rabaisse le matheux prétentieux au niveau du cancre. C'est ainsi qu'à la lecture de la demande de réquisition finale, il avait à nouveau tancé Tricotin, le traitant d'âne d'avoir présenté ses résultats en litres et non en hectolitres comme tout bon intendant de régiment l'aurait fait. Quand Tricotin, résigné, s'était avancé pour reprendre le travail qu'il venait de dactylographier, le général l'avait proprement chassé du bureau :

« C'en est trop ! Le sergent Bélisaire fera la modification sans vous ! Sinon, vous êtes encore fichu d'aller me faire une erreur. »

Bélisaire connut sans doute à cet instant son moment de plaisir le plus intense. Déjà comblé d'assister chaque jour aux réprimandes sans pitié que subissaient ses anciens tortionnaires, il allait maintenant corriger le travail de ces prétentieux !

Il revint donc à Bélisaire de décider à cet instant, sans en avoir conscience, du cours d'événements qui le dépassaient. En effet, armé d'une gouttelette de quelques millilitres d'encre et équipé d'une plume de 2, le sergent devenait plus redoutable qu'une batterie de 75 bien pointée sur son objectif. Appliquant à la lettre les instructions de son général, il réalisa une prouesse à laquelle nul ne s'attendait. Il fallait des hectolitres et pas des litres, lui avait-on dit ? Rien de plus simple. Bélisaire traça avec l'application méticuleuse des semi-illettrés un joli *H* devant le *L* du bon de commande préparé par Tricotin. La régularité du trait était telle que chaque hampe de la lettre mesurait exactement trois millimètres et le trait entre elles deux. Huit petits millimètres de trait noir qui multipliaient par cent l'approvisionnement en rhum de l'année. Car Bélisaire, trop heureux de pouvoir mettre sa marque sur un document préparé par ses anciens maîtres, n'avait pas un seul instant songé que, pour en revenir au même résultat, il fallait ôter du chiffre précédant son *H* les cercles réguliers de deux petits zéros. En quelques secondes, la commande calculée avec soin par le Bureau des calculs était passée d'un million de litres hebdomadaires à cent millions.

Cet exploit arithmétique faillit être contrecarré lors de la transmission aux bureaux de l'intendance. Le sous-officier chargé d'apposer le tampon de réception sur la main courante s'étonna de cette dernière ligne hors de proportion.

La réponse de Bélisaire, qui ne comprit pas sa remarque, fut imparable :

« C'est écrit, non ? Alors, si c'est écrit, c'est écrit ! »

52

En arrivant dans la zone des combats, Roitelet s'était à sa grande surprise retrouvé oisif au QG de sa division, car aucun commandement en première ligne n'était libre. Après deux jours passés à attendre des ordres qui n'étaient jamais venus, il avait pris l'habitude d'assister assis dans un coin aux réunions qui le matin rassemblaient tous les officiers de la division. Après cette unique participation à l'effort de guerre, il avait tout loisir pour se promener dans le parc du château où on lui avait donné un billet de logement. Saint-Arnaud n'avait pas prévu qu'en dépit de ses recommandations confidentielles Roitelet serait oublié dans l'agitation générale précédant la grande offensive. Sans se douter ni de l'ampleur ni des rouages de la machination à laquelle il venait d'échapper, Roitelet faisait du gras en mangeant quatre fois par jour à tous les services du mess. Entre une cuisine des officiers plus qu'acceptable et une chambre bien confortable, la situation aurait été supportable sans la déprime d'Hector.

Quitter Paris avait ébranlé le pauvre garçon. Avec ses haricots, c'était son âme tourmentée qu'il avait abandonnée dans les caves du Bureau des calculs. Le pire était qu'il n'avait pas pu descendre récupérer ses comptes, ses cahiers d'écolier jaunes au nombre de seize à présent, couverts de la première à la dernière page d'une théorie ininterrompue de chiffres. Chaque jour, il avait l'habitude de les parcourir comme les croyants de toutes les religions relisent encore et encore les versets de leur livre sacré. Il voyait là le moyen de maîtriser la malédiction, de contrôler ces forces inconnues. Privé du viatique de ses petits calculs, il passait son temps à pleurer sans pouvoir trouver ni paix ni sommeil. Il avait pensé s'échapper, s'échapper pour retourner à Paris, mais il ne savait comment s'y prendre.

En dépit de la mélancolie d'Hector, les deux hommes auraient pu attendre la fin de la guerre ainsi embusqués, mais c'était compter sans la ténacité de Roitelet. Chaque jour, il attendait un courrier de son équipe ou bien une confirmation que la pertinence de leurs calculs avait enfin été prise en compte. D'abord, l'analyse critique du *feu roulant* qui détruisait la cohérence de l'assaut allait mettre un terme au déploiement de l'artillerie. Surtout, la constante de Tricotin était une avancée si remarquable que la nouvelle finirait par arriver jusqu'aux états-majors du front, même sous l'autorité du nouveau chef du Bureau des calculs, avec instruction de l'appliquer avant tout nouvel assaut.

Mais rien ne venait.

Personne ne mentionnait les erreurs dans la conception du *feu roulant*, ni la découverte d'un théorème de la victoire. Alors, voyant les jours passer, Roitelet se décida à faire un coup d'éclat lors d'une des réunions du matin. Les ordres du jour se resserraient de plus en plus et la proximité de l'attaque était évidente. Ce fut un dimanche matin que

Roitelet décida de forcer le destin. Tous les officiers supérieurs étaient réunis au QG du premier corps d'armée coloniale rattaché à la VIe armée. L'exposé qui faisait office de prologue fut bref. L'attaque était pour le lendemain : le 16 avril 1917. On se retrouvait à l'aile gauche d'un dispositif qui allait amener les Alliés jusqu'à Berlin en quelques semaines. La percée du front ne prendrait que deux jours au pire. Chaque soldat devait se couvrir d'une gloire qui rejaillirait sur tous. Roitelet allait intervenir à ce moment précis du développement, mais, à un signe du général, un officier britannique qui se présenta comme le *commander* John Dee se leva avant qu'il ne se fût décidé : le Britannique devait présenter le rôle des troupes anglaises qui, depuis le 9 avril, menaient une opération de diversion plus au nord dans le secteur de Vimy. En dépit d'un accent très marqué, Dee paraissait fier de s'exprimer en français, alors chacun fit un effort pour le comprendre. Après des débuts prometteurs, fruit d'une préparation appliquée, il s'enlisa cependant très vite, butant sur les obstacles cumulés des subjonctifs et des négations. La catastrophe survint sur un point de lexique :

« ... Notre *intelligence service* avait de très bonnes informations et nous avons parfaitement *réalisé* les intentions de l'ennemi...

– Bordel de Dieu ! Vous avez quoi ?! »

Le général jusque-là patient venait d'exploser. La déflagration de sa voix au milieu de la salle silencieuse retentit comme un coup de tonnerre. Le visage de l'officier anglais devint du même rouge que ses épaulettes, son français s'altéra en proportion, s'engluant dans un second anglicisme ambigu que l'intonation ne résolvait pas :

« *Pardon me ?*... Pardonnez-moi ?

– Vous pardonner ? Jamais ! Nous ne pouvons pas pardonner une telle incurie, vous connaissiez les plans des Boches et vous leur avez facilité la tâche ! Et vous nous annoncez cela comme s'il s'agissait du menu du mess ! Trahison !

– Mais, *monsieur*...

– Comment ça, monsieur ? Où vous croyez-vous ?

– Je veux dire *sir*... enfin... mon général... »

Un colonel polyglotte se crut obligé de secourir le malheureux, dont les mains tremblaient de plus en plus :

« Excusez-moi, mon général, je crois que notre allié voulait dire "réaliser" *à l'anglaise.*

– Que chantez-vous là ?

– Oui, ils avaient *compris* les intentions de l'ennemi. Ils étaient capables de prédire ses mouvements.

– C'est bien ce que je dis, c'est impardonnable ! S'ils avaient compris, pourquoi avoir permis la réalisation du plan boche ?

– Non, non, mon général. *Réaliser* en anglais veut dire *comprendre*, mais, s'ils ont compris, ils n'ont jamais réalisé les intentions de l'ennemi, pas au sens français. »

Une très vague lueur de compréhension éclaira le visage du général, disparut comme une étoile s'éteint en passant derrière la lune puis revient enfin plus brillante. Il sourit.

« Ah, je vois, je vois. »

Le soulagement que la conclusion d'une telle scène apporta à l'officier britannique se lisait dans les grosses gouttes de sueur qui luisaient au-dessus de ses moustaches.

« Il va vous falloir faire des progrès en français, mon vieux ! Nous voilà soulagés ! Savoir ce que veut faire l'ennemi et ne pas en tenir compte, cela aurait été bien maladroit, bien maladroit ! »

Le général se mit à rire de bon cœur, suivi par les généraux de division, puis par ceux de brigade, puis par les colonels et enfin par les officiers subalternes dans une parfaite transmission hiérarchique de la plaisanterie. Roitelet profita de l'agitation causée par le quiproquo pour enfin intervenir. Lorsque sa voix retentit, un grand silence se fit :

« Nous allons néanmoins agir en fermant les yeux sur des informations importantes, mon général.

– Plaît-il ? Que dites-vous, colonel ?

– Je dis que nous allons agir en fermant les yeux sur des informations importantes, mon général.

– Continuez.

– Mon général, le principe du *feu roulant* est un non-sens. On ne peut pas l'appliquer... pas avec les quantités et les types d'obus acheminés, elles sont statistiquement inférieures à tout ce qui a été utilisé auparavant. En plus, la ligne de fortification allemande à notre droite est...

– *Statistiquement ?* Colonel Roitelet, c'est bien ça ? J'ai lu le rapport sur vous et vos calculs savants. Eh bien, selon moi, colonel Grosse-Tête, c'est des couilles qu'il faut pour faire la guerre. Vous, c'est une règle à calcul qui doit vous pendre entre les jambes...

– Mon général !

– Vous n'avez jamais vu un de vos hommes coupé en deux par un obus, n'est-ce pas ? La seule blessure qui vous touche, ce sont vos crises d'hémorroïdes parce que vous restez trop le cul sur votre chaise.

– Mon général, vous allez trop loin !

– Fermez-la. Pour qui vous prenez-vous, petit con ? »

Le général tourna le dos et s'adressa à son aide de camp :

« Ce jean-foutre est colonel, non ? Et un colonel, ça commande bien un régiment, si mes souvenirs sont exacts, non ? Puisqu'il sait tant de choses, il doit savoir ça. Je ne veux pas le garder ici. Envoyez-le sur-le-champ prendre un commandement sur notre première ligne. Ça en fera peut-être un homme. Tenez, qu'il remplace l'autre, ce crétin de notaire qui est tombé de cheval en me suivant. Comment s'appelait-il déjà ?

– Juillet, mon général. Mais Girard devait le remplacer.

– Oui, c'est bien ça, Juillet, notre valeureux réserviste. Je vais finir par le regretter avec ce qu'on m'envoie de Paris à présent... Oubliez Girard et faites accompagner celui-là à son poste. Je ne voudrais pas qu'il s'égare en chemin ou que les Boches le capturent. Ils mourraient de rire en le voyant et nous n'aurions plus d'ennemi à vaincre. »

Le fourrier de la division équipa Roitelet d'un pistolet d'ordonnance encore enduit de sa graisse protectrice et d'un Adrian flambant neuf. Escorté d'un vieux colonel d'active qui ne daigna pas lui adresser la parole, il fut conduit en voiture jusqu'à la tranchée *Gascogne*. En vrai zombi, Hector suivait avec les bagages.

53

Les deux hommes ne passèrent qu'une seule nuit bien courte dans un abri sombre, au milieu d'une odeur écœurante d'humidité et de paille moisie. Dans un environnement aussi étranger, ils furent incapables de dormir. Ils s'étaient engouffrés sous terre avec soulagement, sans même essayer d'apercevoir les alentours dans l'obscurité. Une main charitable avait préparé en dépit de l'heure tardive une frugale collation. Sur une assiette en fer-blanc, Roitelet avait trouvé avec un morceau de pain une dizaine de sardines qu'on s'était appliqué à sortir de leur boîte sans trop les abîmer pour les aligner sur deux lignes parallèles comme des soldats à la revue. Les grands yeux noir et jaune des poissons luisants d'huile se réfléchissaient dans un verre de gros rouge aux trois quarts plein. Sans penser à Hector qui n'avait rien pris depuis le matin et qui attendait derrière lui le regard vide, Roitelet avait englouti sa pitance.

Pendant les heures qui suivirent, sa prise de commandement ne changea rien à un déroulement bien programmé. Elle passa d'ailleurs inaperçue. Chaque chef de bataillon connaissait son rôle. Lorsque les rouages s'animèrent, ce fut comme une marionnette qu'à l'invitation d'un commandant en tenue de combat Roitelet, suivi d'Hector, se rendit à la pointe extrême du dispositif. Un colonel en valait bien un autre. Le tout était d'en avoir un à côté du drapeau le moment venu.

Dehors, la fraîcheur de l'aube se concentrait dans les tranchées comme de l'eau coule dans un trou, rendant les crosses suintantes et faisant exhaler aux planches des parois un parfum particulier. Chaque cagna s'était vidée de ses sections dans un silence impressionnant. Les premières lueurs du soleil faisaient rougeoyer les bourrasques de grésil comme autant de pluies de rubis. Les officiers et sous-officiers étaient passés dans chaque section à trois heures du matin afin de réveiller leur monde, puis ils étaient revenus pour rappeler les consignes en expliquant une énième fois tous les bienfaits du *feu roulant*.

En une heure, tout le régiment était fin prêt, la moitié des compagnies massées dans la première tranchée et les parallèles d'attaque moins profonds creusés à l'avant, où l'on tenait penché ou accroupi. Le reste était réparti dans les trois tranchées suivantes et le long des boyaux de communication afin d'alimenter la poussée. Lorsque les canons commencèrent à tonner, les hommes comprirent que l'exécution du plan dont le sergent leur avait parlé venait de commencer.

En regardant au-dessus du parapet, on pouvait voir les effets au sol du *feu roulant*. C'était comme une vague magique de terre et de flammes qui dans les bourrasques s'éloignait peu à peu vers l'ennemi. Le sol se liquéfiait en une lame à laquelle la fumée des explosions s'accrochait comme de l'écume. Les Hébreux avaient dû sentir leurs tripes se tordre et se tendre de la même façon quand la mer s'était ouverte devant eux. Certes, ce miracle-là, c'était pour l'extermination de ceux d'en face qui seraient noyés comme les Égyptiens, mais le raisonnement ne suffisait pas à vaincre l'émotion. Le cerveau n'était plus maître des intestins qui se relâchaient seuls devant un tel spectacle. Le drap de certaines culottes était déjà souillé.

Pour atténuer cette angoisse viscérale, des sous-offs de l'intendance remontaient le long de la première tranchée, une grosse dame-jeanne posée sur l'épaule. À l'aide d'un tuyau en caoutchouc, ils siphonnaient de généreuses rasades de rhum dans les quarts de fer-blanc tendus par des mains souvent tremblantes. Dans la précipitation, beaucoup du liquide offert tombait sur le sol, parfumant la boue et les bottes. Comme certains enflammaient le liquide dans leur quart afin de préparer un rhum brûlé plus facile à ingérer, un homme plaisanta qu'il ne fallait pas laisser tomber d'allumette sous peine de finir en crêpes Suzette tout au long du parcours des bonbonnes. Toute la ligne éclata de bon cœur d'un rire si nerveux qu'il se répandit même à ceux qui, dans le vacarme des tirs, n'avaient pas entendu la blague. Clovis en profita pour tendre sa gourde, que l'intendant remplit sans se poser de questions. Elle était énorme : Clovis en avait augmenté la contenance d'un bon quart en tirant dans le goulot une cartouche à blanc.

Chronomètre en main, chaque capitaine attendait le moment prévu où la marche réglée sur la ligne d'impact mobile devait commencer. Ni plus ni moins de soixante-dix mètres, c'était l'essence du plan. Il faudrait maintenir la distance coûte que coûte. Le temps qui s'écoulait au rythme des trotteuses était battu par la mesure des déflagrations. On suivait le craquement des départs d'obus loin derrière, ensuite les sifflements d'abord graves puis aigus des divers calibres par-dessus les têtes, et enfin le tonnerre irréel des impacts devant. Les déflagrations inhumaines secouaient de proche en proche le moindre atome d'air jusqu'à ce que la vibration s'insinue au plus profond de chaque cage thoracique. Privées de leur intimité, les poches des poumons ainsi envahies résonnaient comme des peaux de tambour asservies à la puissance du rythme alentour. Une minute avant l'assaut, le mot d'ordre passa de section en section :

« Au tourne-Boche ! »

Les milliers de baïonnettes jaillissant des fourreaux furent fixées sur les fusils comme on cligne des yeux. Par l'habitude qui dispense de penser. Les coups de sifflet retentirent alors, plus ou moins fort en fonction de la sécheresse des gosiers. Toute la troupe grimpa par-dessus les talus, puis se déversa, nuée bleue à la poursuite de la vapeur jaunâtre des explosions, soixante-dix mètres plus loin. Soixante-dix mètres, pas plus, pas moins. La boue collait aux bottes. L'artillerie allemande s'appliquait jusqu'à cet instant précis à détruire les batteries françaises, mais, dès que les observateurs qui réglaient son tir comprirent, sans trop de réflexion, ce que cet assaut avait d'original, les cibles changèrent. Il n'y eut sans doute pas de grandes discussions théoriques pour organiser cette riposte. Comme des fourmis réagissent en harmonie sans avoir à parler, les artilleurs allemands baissèrent à l'unisson la hausse de leurs canons, d'une batterie à la suivante, pour frapper juste en arrière du mur de feu français, dont la propre hausse était progressivement élevée pour créer le mouvement de marche en avant. De demi-degré en demi-degré, des centaines de tambours de pointage, séparés de dizaines de kilomètres, tournaient en sens opposé. Les calculs balistiques français étant prêts depuis longtemps, ils donnaient un résultat bien plus régulier. Pour les fantassins toutefois, l'uniformité des impacts amis et la frappe aléatoire des impacts ennemis étaient une question secondaire. Le ciel strié par le tracé des projectiles des deux bords ressemblait à la surface laineuse d'une pelote maintenue par l'arrondi des fils qui se chevauchent.

Avancer droit vers la ligne de feu protectrice en gardant le rythme releva vite d'un instinct qui devait autant à l'affolement qu'à l'exaltation religieuse. Courir vers le *feu roulant* revenait à sauter à chaque nouveau pas dans un précipice qui se reculerait un peu à chaque tentative. La chance relative de la première vague fut que les canons allemands n'étaient pas assez nombreux pour balayer tout le terrain. Il était pourtant évident que l'ennemi se ferait un plaisir de remédier à cet inconvénient et que déjà les trains d'artillerie devaient s'activer là-bas, à grands coups de cravache, pour prendre de nouvelles positions plus resserrées. Le tir fut malgré tout meurtrier. Les officiers avaient beau hurler pour encourager les hommes qu'il y avait de notre côté plus d'obus que du leur, chacun trouvait difficile à cet instant précis de montrer la fierté qui découle de l'abondance. La succion de la boue devenait plus méchante à chaque enjambée. Si on lançait ses pieds plus loin, on allait plus profond ; si on ralentissait, on s'enfonçait sur place. Alors les mouvements se faisaient syncopés comme sur une pellicule de film. Le cœur pompait plus vite sans que l'effet des muscles soit plus grand.

La section d'Albertini fut durement touchée. Les quarante et un hommes haletants, déployés en tirailleurs, se réduisirent à trente-sept au bout de cinq minutes, puis à trente et un. Le sergent tenait ses comptes du mieux qu'il pouvait : vingt-neuf, vingt-trois, dix-neuf. Les hommes disparaissaient, tantôt à droite, tantôt à gauche, comme les degrés d'un angle se réduisent quand on ferme un compas. Dix-sept, treize, onze. Aucun cri n'arrivait aux tympans des survivants, aucune image ne se fixait sur leurs rétines. Pas consciemment du moins. Les survivants suivaient le sergent, sans réfléchir. Bastellica était tombé avec trois autres un peu à gauche d'Albertini. La double voûte d'obus et l'horizon circulaire d'explosions amies et ennemies avaient mis fin à toute forme de pensée organisée. La seule idée à peu près claire que tous partageaient entre deux respirations, mais qu'ils auraient été incapables d'énoncer avec des mots de la langue courante, c'était que le feu français avançait devant et que les obus allemands tombaient derrière, de plus en plus près. Les bottes alourdies par les paquets de glaise, chacun courait dans les pas gluants des autres à la poursuite des impacts comme on cherche en vain à rattraper quelqu'un dans la rue.

Dans le bouleversement général, cratères et fossés se coulant les uns dans les autres, la petite grappe qui se collait à Albertini dépassa sans s'en apercevoir la première tranchée allemande, réduite là où ils la franchirent à une dépression spongieuse. C'était une possibilité qui était venue à l'esprit de tous les hommes de la tranchée quand on leur avait exposé le plan Nivelle. Sur une carte en deux dimensions, une ligne de front se repère vite aux traits de couleur bien nets, au luxe de précisions apportées par le dessinateur à son ouvrage. Dans la réalité chaotique d'une charge au canon, dans un paysage uniforme, sans point de repère, un paysage que l'esprit n'arrive pas à soumettre à l'analyse, les choses sont différentes.

Le seul avantage de cette situation entre les deux premières lignes ennemies, c'était que les obus qui poursuivaient la troupe, les obus allemands, s'étaient arrêtés à la lisière de la première tranchée. Dieu merci, leurs artilleurs connaissaient les coordonnées cartésiennes de leurs propres positions. Bien sûr, l'emplacement bouleversé était désormais plus théorique que réel, mais, pour des gens à dix kilomètres des lignes, il existait sous forme d'une hausse à ne pas dépasser. L'inconvénient, c'était que les troupes ennemies commençaient à réagir à présent que le bombardement était passé, sortant du sol ici et là comme les ressuscités d'un tableau médiéval. Un premier tir de mortier venu de derrière fit presser le pas à Albertini. Un second lui glaça le sang.

Le souffle de la troisième explosion l'envoya dans les airs avec la même trajectoire plate qu'un caillou jeté sur l'eau par un gamin faisant des ricochets. Dans l'éternité de quelques secondes, il aperçut Clovis volant à ses côtés en battant des bras comme un pigeon, effleurant la boue de la pointe de ses bottes. Leur chute fut amortie par un sol brassé à en être crémeux. Les poumons vidés de tout souffle par la force de la déflagration, ce n'est qu'après une bonne minute qu'Albertini parla le premier :

« *Tisi fattu male ?*

– K'esse tu dis ? K'esse tu dis ?

– Tu te suis fait mal ?

– Non, non, je m'ai pas fait mal. Je m'ai pas fait mal. »

Clovis avait répondu pour conjurer le sort en imposant aux événements le sens de ses mots plutôt que le contraire.

Il se tâtait en effet encore des chevilles aux épaules pour vérifier son état. Enfin, il s'écria, triomphant :

« Tout est là, sergent ! J'ai tout ! Regardez !

– C'est bien, petit, c'est bien. »

Albertini répondit sans avoir compris les mots, déchiffrant l'air de soulagement sur le visage de Clovis. L'explosion trop proche l'avait momentanément rendu sourd. Par un immense effort de volonté, il fut capable d'observer leur nouvel environnement. Les deux hommes avaient eu de la chance. Le cratère dans lequel ils venaient d'atterrir, et qui les cachait à la vue du monde, avait été creusé par un impact de gros calibre, un Schneider français de 150 probablement, qui balançait ses obus de 20 kilos depuis six ou sept kilomètres en arrière des lignes. Salicetti et Morelli, qui avaient vu l'envol des deux hommes, surgirent sur le rebord puis, pour les rejoindre, se laissèrent glisser au fond en traçant un sillon droit dans la terre meuble.

Les cols des vareuses bleues, bien remontés, cachaient le bas des visages crispés, mais les yeux injectés de sang, pupilles dilatées, en disaient long. Chacun d'ailleurs évitait le regard de l'autre, s'accrochant à son fusil Berthier comme on s'agrippe, enfant, à la barre des chevaux du manège.

« Voilà le colon ! Garde-à-vous ! »

C'était Clovis, toujours sensible au décorum militaire, qui venait de crier. Dans un tel environnement, même si elle décrivait la situation, la phrase était incongrue. Personne ne bougea. Même Clovis ne décolla pas ses fesses glacées de la glaise froide. Roitelet et Hector venaient d'arriver au fond du cratère en se laissant glisser, traçant deux nouveaux sillons vers le milieu du cercle. Observés d'en haut, les six corps répartis dans l'entonnoir auraient ressemblé aux rayons d'une roue espacés régulièrement. Les hommes avaient vu passer Roitelet le matin. Ils savaient qu'il était leur nouveau colonel, mais cette proximité était irréelle, aussi difficile à comprendre que si un acteur perché sur scène était descendu dans le public pendant la pièce pour lui adresser la parole. Un officier de ce rang n'était pas à sa place dans ce trou. Roitelet, lui, n'en était pas à ce genre de considération. Il était verdâtre. Sa voix tremblait, suraiguë.

« Nous voilà bien tranquilles, soldats ! » fut la seule affirmation idiote qui lui vint à la bouche.

Elle avait au moins le mérite de meubler le silence qui venait de s'installer avec l'arrêt du pilonnage. Albertini, qui avait lu sur les lèvres « tranquille », répondit, gêné de ne percevoir ses propres mots et ceux des autres que de manière assourdie et douloureuse :

« Je crois pas, mon colonel.

– Comment ça, sergent ?

– On est pas tranquilles. La nouvelle méthode des artiflots, mon colonel, c'est le peigne à poux.

– Le peigne à poux ?

– Oui, mon colonel. La première vague a échoué puisqu'il ne reste que nous, ici. Donc, ils vont resservir une tournée. Ils vont faire à nouveau avancer leurs obus comme on passe un peigne à poux. Tout droit vers les lignes ennemies pour tout racler et ratisser jusqu'à la quatrième tranchée ennemie au moins.

– Le *feu roulant !*

– Oui, c'est comme ça qu'ils disent, le *feu roulant.*

– Mais, les poux... c'est nous !

– Oui, mon colonel. Les poux, c'est nous. Avec tout mon respect, mon colonel.

– On va être écrasés par un déluge d'acier. Broyés ! »

Albertini remarqua la frayeur incontrôlée de ce petit bonhomme bedonnant avec un mélange de curiosité et de mépris. Le colonel allait être un fardeau.

« Avec mon respect, mon colonel. On a peut-être une chance.

– Oui ? Parlez, sergent, je vous en prie.

– Si on revient en arrière vers nos lignes, on va buter sur la première tranchée allemande et, eux, ils sont prêts à nous accueillir. Ils sont comme les guêpes dont on vient de secouer le nid. Par contre, en deuxième ligne, ils doivent être en train de faire avancer les munitions par les boyaux de communication, de faire venir d'autres bonshommes de l'arrière ou même de monter eux-mêmes vers l'avant. On fait pareil de notre côté quand ça arrive. Donc, si on avance, on a une petite chance. En plus, ils ont compris comme nous l'échec du premier assaut, alors les guetteurs ont dû se relâcher.

– Vous voulez dire qu'à nous six il faut prendre la tranchée suivante plutôt que de reculer !

– Pas prendre la tranchée, mon colonel. Trouver un abri sûr avant qu'il soit trop tard. C'est ça ou quand la grêle revient, on crève tous ici... mon colonel... mais y faut faire vite.

– Puisque c'est la seule solution, allons-y ! »

Si la prise de décision avait été aussi rapide, c'est qu'au loin le grondement de l'artillerie française venait de recommencer. La deuxième vague d'obus français allait monter plus vite qu'une marée de syzygie. Le groupe rampa hors du trou, puis tous s'y rejetèrent soudain à un cri de Clovis qui poussa Roitelet et Hector dans sa hâte :

« Pernod ! »

C'était en effet un Pernod qui venait de tomber à une vingtaine de mètres, un obus ainsi baptisé, par commodité et pour réagir vite, car sa charge en explosant saturait l'air d'une fumée couleur d'absinthe, entre le vert et le jaune. Clovis avait reconnu le bruit juste avant l'impact et la décharge circulaire de shrapnel. Quelques rires montèrent des gorges serrées, tandis qu'on pataugeait en s'accrochant les uns aux autres pour se redresser : comme à la roulette russe, on venait encore une fois d'échapper au pire.

« Il était moins une, hein, sergent... ? »

La voix d'Albertini, impérative, couvrit celle de Clovis :

« Tais-toi, petit. Y faut y aller ! Je compte jusqu'à trois ! »

Tous les six remontèrent au chiffre dit et s'élancèrent.

Le plan qu'Albertini venait d'exposer était aussi sensé que le permettaient les circonstances. Ce qu'il n'avait pas dit, c'était qu'en reculant vers la tranchée allemande qu'ils avaient dépassée, ils avaient peu de chances de pouvoir se rendre. Exposés à une offensive, sans doute affolés ou du moins nerveux, les hommes de la première ligne ne s'embarrasseraient pas de prisonniers. Albertini, lui, ne l'aurait pas fait. En seconde ligne par contre, même après la pluie d'obus qui les avait matraqués, les chances de pouvoir rendre les armes étaient plus grandes. Ces troupes-là n'étaient pas pincées entre bombardements et arrivée imminente de la vague d'assaut. De plus, la hiérarchie militaire grimpait en proportion inverse de la proximité de l'ennemi : il y aurait bien dans la deuxième ligne allemande un lieutenant ou peut-être un capitaine pour retenir le feu des soldats.

Courbée en deux par l'illusion d'être vue de moins loin ou d'offrir moins de prise aux tirs, la petite grappe se mit en marche au pas gymnastique, la main libre de chacun sur l'épaule ou le dos d'un autre. Au lieu de cette pantomime grotesque mais instinctive, semblable à la prosternation devant quelque Dieu redouté, il aurait été plus prudent de se déployer en tirailleurs, car trop serrés tous auraient péri ensemble sous un impact d'obus ou de grenade défensive, mais on n'en était plus à ça près. Chacun, y compris Roitelet, suivait Albertini en troupeau qui suit son berger. Et derrière le troupeau arrivait la horde de loups de plusieurs dizaines de milliers d'obus de tous calibres.

Les six hommes se laissèrent tomber dans la tranchée devant eux. Clovis vit au dernier moment une mitrailleuse. Il faillit tirer mais se ravisa. Les deux servants étaient déjà morts : la culasse de l'arme avait éclaté, venant se ficher au milieu du visage du premier servant. Le second, tué par la même explosion, avait eu les mains arrachées par le ruban. Clovis remarqua cinq douilles dans la boue qu'il ramassa. À part les deux corps qu'on avait laissés là, il n'y avait personne en vue. À la reprise du tir français, les Allemands étaient entrés dans leurs abris avec la hâte des voyageurs qui se précipitent dans un train qui démarre. La tranchée crayeuse n'était plus que le quai désert. Il fallait s'abriter aussi. Vite. Albertini choisit au hasard un des passages qui s'ouvraient devant lui. Il s'engouffra le premier, tirant Clovis qui voulait lui montrer la mitrailleuse. La construction était solide et bien étayée, profonde d'une demi-douzaine de marches. Avant d'entrer, comme ses hommes, il avait retiré sa baïonnette du canon. Il la tenait dans la main gauche, par le milieu de la lame, plaquée contre le bois du fusil. L'expérience était devenue réflexe. Les longueurs additionnées du Berthier et de la baïonnette étaient impossibles à manier dans un espace étroit. On ne pouvait pas non plus recharger facilement, alors, en séparant les deux éléments, on se contentait de tirer la cartouche déjà dans la chambre, puis on utilisait la baïonnette comme une machette.

Il y avait huit Allemands dans l'abri. De solides gaillards qui auraient posé problème en terrain découvert. Pris au dépourvu, abrutis par le bombardement, ils n'opposèrent guère de résistance. Roitelet et Hector ne firent rien, mais les quatre autres exécutèrent d'abord la moitié de la chambrée à bout portant, puis éventrèrent les survivants sans effort à l'arme blanche. Seul un immense rouquin décharné d'au moins deux mètres résista. Il parvint à blesser Salicetti au visage d'un coup de dague avant de s'effondrer sous les coups de Clovis qui s'était emparé d'une hache suspendue au mur et l'avait frappé par-derrière. Albertini aurait préféré que l'on fasse les choses plus proprement pour ne pas inciter les Boches à des représailles immédiates en cas de reddition, mais il était trop tard.

Les obus français se mirent à frapper au-dessus, agitant le sol d'un tremblement hideux qui donnait la nausée. Pendant dix à vingt minutes environ, on ne pourrait rien faire. Juste attendre. Clovis, après avoir dérobé leurs matricules militaires, se mit à examiner les vareuses des morts à la recherche de décorations, tandis que Salicetti cherchait autour de leur cou la moindre bondieuserie. Cette fois, ce fut Clovis le plus chanceux, car le rouquin dont il venait de fendre le crâne en deux parties presque parfaitement égales portait la croix de fer, chose rare et même exceptionnelle pour un homme du rang. Albertini regarda le corps, songeur. Ce type-là était un uhlan, le seul au milieu des fantassins. Il n'avait sans doute pas eu de chance de se trouver là au mauvais moment. Un porteur de dépêches, peut-être. En tout cas, il faudrait se souvenir de son numéro de régiment, le 58. C'était sans doute un numéro qui portait malheur. Se rendant compte que son esprit divaguait, Albertini essaya de reprendre le contrôle de ses pensées. Quand le bombardement cesserait, il faudrait aller vite. Si les Français arrivaient, ils grenaderaient les cagnas sans chercher à comprendre ; s'ils n'arrivaient pas, les Allemands se rendraient vite compte que le petit groupe s'était infiltré et feraient de même. Dans les deux cas, il fallait remonter à la surface dès la fin du bombardement afin d'éviter de finir déchiqueté dans l'espace exigu.

Tout en réfléchissant, Albertini avait fini par concentrer son attention sur le visage de Roitelet. Ce colonel-là, qui se mordait les doigts des deux mains, allait se faire dessus ou même mourir de peur si le bombardement durait trop. À chaque nouvel impact, un peu de terre dégringolait du plafond et de grosses gouttes de sueur dégoulinaient sur ses joues replètes. En sautant dans la tranchée ennemie, Albertini avait établi un enchaînement logique des attitudes à adopter : d'abord, survivre au *feu roulant* ; ensuite, survivre aux soldats adverses en se rendant, avec l'espoir incertain d'être épargnés, ou encore survivre en attendant l'arrivée de la vague d'assaut. Désormais, une alternative semblait venir s'ajouter à l'arbre des scénarios possibles comme une branche que l'on n'a pas vue dans le feuillage et qui en faciliterait soudain l'ascension. Il lui fallait en avoir le cœur net. En criant, à la fois pour arriver à couvrir le vacarme des détonations et surtout parce qu'il ne mesurait plus le volume de sa propre voix, il s'adressa à Roitelet :

« On va vous sortir de là, mon colonel.

– Qu'avez-vous dit, sergent ?

– Je disais qu'on va vous sortir de là. Avec votre permission, mon colonel.

– Co... comment ?

– On va essayer de vous escorter vers l'arrière. Le régiment doit avoir besoin de vous là-bas, au QG.

– Oui, oui, vers l'arrière. C'est cela. Vers l'arrière. Je dois faire mon rapport. Les conditions sont impossibles. L'attaque va être un vrai désastre. Il faut retourner au QG. S'échapper ! Il faut s'échapper !

– C'est sûr, ça, mon colonel. Alors, on va vous ramener vers l'arrière si on arrive à sortir d'ici.

– Si on arrive à sortir ?

– Dès que le bombardement cessera, il faudra remonter. Si les Français sont arrivés à dépasser la première ligne, alors ils se déverseront dans la tranchée. Pendant qu'ils lutteront, on pourra se replier.

– Mais s'ils ne sont pas arrivés à passer ?

– Alors, il faudra se rendre. Sauf votre respect, mon colonel.

– Se rendre ?

– Oui, mon colonel. On ne peut pas se battre contre toute une section. Ensuite, ça dépendra.

– Ça dépendra de quoi ?

– De beaucoup de choses. D'abord, il faut survivre à notre reddition. On vient de massacrer leurs copains ici. Il faut voir comment ils vont prendre les choses. Moi, à leur place, je nous liquiderais. Mais on sait jamais. S'il y a un officier, un qui tienne ses hommes, ils nous épargneront peut-être. Peut-être juste vous parce que vous êtes colonel et qu'on en croise pas souvent, tandis que nous... Ensuite, il faut que les Boches nous évacuent vite vers l'arrière de leurs lignes, sinon, avec les bombardements, nos chances de sortir de là sont très réduites. »

Roitelet acquiesçait à chacune des paroles du sergent comme si Dieu en personne lui avait dicté ses commandements. Les autres aussi écoutaient point par point la logique de ses déductions et approuvaient la conduite à tenir. On allait s'en remettre à Albertini comme toujours, mais maintenant il y avait l'étonnante complicité de ce colonel qui voulait s'en sortir autant qu'ils le voulaient eux-mêmes depuis si longtemps. Qu'un colonel écoute Albertini, c'était bien la preuve qu'ils avaient eu raison de toujours lui faire confiance.

54

Dès que la terre cessa de trembler, tout le monde se leva et on attendit cinq minutes. C'était le moment le plus risqué. Trop tôt on se retrouverait seul au milieu des Boches, trop tard on recevrait une grenade, allemande ou française. L'effet serait de toute façon le même. Les armes étaient inutiles, quelle que soit la situation au-dessus, alors, on mit le fusil à la bretelle et on rangea les couteaux. Albertini allait passer le premier, mais Salicetti le retint. Il s'engagea dans l'escalier. Avant de le suivre, Albertini s'adressa à Clovis :

« Je ne peux poser qu'une seule question à un seul des deux gardiens ?

– Oui, une seule question et un seul dit toujours la vérité, un seul dit toujours des mensonges. »

En débouchant à l'air libre, Salicetti lança un joyeux « Salut, petit ! », puis Albertini, collé derrière lui, vit immédiatement s'avancer vers son visage la pointe d'une baïonnette Lebel qui lui sortait du dos et qu'il évita de justesse. Il passa sur le côté et comprit. La tranchée était pleine de vareuses bleues. Salicetti en appelant avait surpris un tout jeune soldat qui, paniqué, l'avait embroché sans réfléchir.

Le gamin affolé par les tirs n'avait rien compris. Comme à l'entraînement, il avait fait le pas en arrière, le mouvement de l'épaule droite et le lancé des deux bras tendus en avançant d'un pas. Ensuite, il était tombé assis sur le cul, dans la boue, tremblant. Après le coup, il avait lâché son fusil et Salicetti, toujours debout, reposait vertical sur l'arme dont la crosse s'était plantée dans le sol en faisant un angle de 45° avec sa victime.

Dès que Clovis qui émergeait à son tour comprit ce qui s'était passé, il sortit son couteau pour aller ouvrir la gorge du gamin, mais Albertini retint sa main. Les hommes qui se laissaient tomber les uns après les autres autour d'eux avaient l'air halluciné. De peur de recevoir un nouvel ordre d'aller de l'avant, ils détournèrent les yeux lorsqu'ils aperçurent les chevrons du sergent, puis ce fut l'épouvante quand les barrettes de Roitelet apparurent. Albertini attrapa un grand gaillard par le col de sa vareuse.

« Comment ça se passe ?

– C'est le bordel derrière, sergent. Le bordel ! On sait plus où on est, les bonshommes se perdent entre les trous et les fossés. On arrive pas à s'orienter. Des sections entières sont allées trop loin, d'autres ont buté sur leurs mitrailleuses de premières lignes. Y a des Boches qui ont pu tenir dans leurs casemates, ils sont derrière nous. Et y en a d'autres devant. Ici, y a personne. On sait plus s'il faut aller par-devant ou par-derrière.

– Vous avez perdu votre chef de section ?

– Y a plus que nous. On doit être vingt ou trente, peut-être.

– Bon, alors tu prends le commandement et vous restez là. Essayez de rester vivants. Quand les artiflots servent une nouvelle tournée, tu fais descendre tes gars. Les trous des Boches sont solides.

– Bien, sergent.

– Donnez-nous une Cho-cho avec deux chargeurs et des grenades. On ramène le colon derrière avant la prochaine averse. »

Albertini donna une gifle affectueuse au gamin devant lui qu'il venait de désigner chef de section. Hommage du vétéran au bleu. Il devait avoir deux ou trois ans de moins que le Corse. Morelli abandonna son fusil pour prendre la mitrailleuse légère. Une main sur la crosse, l'autre sur la poignée si semblable à la poignée de bois des chasses d'eau qu'elle inspirait les plaisanteries des troupiers, il portait l'engin comme on porte un nouveau-né. En dépit de ses performances dérisoires, presque comiques, le chargeur en demi-cercle de 58 coups, fixé loin à l'avant à cause de la cartouche Lebel extrêmement conique, le système à long recul et à culasse tournante conféraient un air de technicité moderne à l'arme. D'un seul élan, le petit groupe suivit Albertini. Saccagé par les obus, le relief était celui d'un autre lieu que celui qu'ils avaient parcouru une demi-heure avant. Il fallait progresser en crochet entre de nouvelles collines en évitant des ravines et des ruisseaux créés un instant auparavant. La difficulté de la marche brisa l'unité du groupe. Albertini et Clovis se trouvèrent bientôt à la pointe d'un triangle le plus souvent scalène, dont Roitelet et Hector formaient l'angle de gauche et Morelli, ralenti par le poids de son arme, l'angle opposé de plus en plus fermé.

C'est un même sentiment de peur qui réunit leurs pensées en un frémissement unique. Le bruit suraigu glaça le sang de tous. Quelque chose était en train de leur tomber dessus. Ce fut à droite que l'explosion eut lieu. Une explosion chuintante accompagnée d'une vapeur blanchâtre et d'un souffle chaud. Ce qui était tombé s'était abattu juste à l'endroit où se trouvait Morelli. Sans arrêter de courir, tous s'étaient tournés vers le point d'impact par réflexe. Tous avaient vu, mais ils auraient trouvé difficile de dire que Morelli était mort. La phrase aurait semblé bizarre. La difficulté était d'ordre terminologique car, en fait, pronominalement, Morelli s'était plutôt volatilisé ou bien il s'était dissipé, ou bien, au passif, il avait été vaporisé ou pulvérisé. Enfin, bref, il n'était plus là, alors qu'avant il y était. Mais ça n'allait pas. Pulvérisé, il serait resté de la poudre, forcément, ou à la rigueur des morceaux, et vaporisé, on aurait vu de la vapeur ou un nuage ou de la fumée ou quelque chose. Or il n'y avait rien. Aucun glissement métaphorique ne semblait pouvoir décrire la chose. « Désintégré » aurait été un peu mieux adapté, mais ça ne voulait rien dire. En plus, la Chauchat aussi avait disparu avec lui. L'effet était d'autant plus impressionnant que l'événement avait presque eu lieu avant l'impact, ou du moins la rétine avait perçu l'image avant que le son n'arrive. Le problème, c'était qu'il n'y avait pas de mot pour cela. Tout en détalant comme des lapins vers l'arrière, les hommes n'avaient dans leur tête aucune syllabe, aucun son à raccrocher à ce qui venait d'arriver et, si étrange que cela puisse paraître, ce vide lexical posait un problème bien réel. Un problème camouflé avec soin à l'arrière de la tête dans le feu de l'action, mais un problème malgré tout. Oubliant les contraintes de la survie et cédant à la facilité, Clovis avait un moment couru en regardant derrière lui au risque de trébucher, mais sa tentative avait été vaine : au bout d'une minute, contrairement à ce qu'il espérait, rien n'était retombé du ciel ou d'ailleurs. Soudain, le même chuintement retentit à nouveau, puis la même vapeur et le même souffle tiédasse. Tous se jetèrent à terre. Personne ne prit garde à la voix tremblante de Roitelet :

« C'est un tir de réglage ! C'est un tir de réglage ! »

Il était en effet douteux que les artilleurs allemands gaspillent des munitions pour une poignée de rescapés perdus dans la boue. Une batterie tirait quelques obus pour vérifier hausse et réglage. Manque de chance, on était dessous. En se relevant, Albertini sentit son ventre se nouer.

« Clovis ! Clovis ! Tu es où, petit ? »

Au lieu de se remettre à courir, il fit quelques pas à droite puis à gauche, suivi dans son manège par Roitelet et Hector, dociles.

« Clovis ! Arrête de te cacher ! Tu es où ? »

Le temps parut s'arrêter. Le Corse s'était figé. Roitelet finit par rompre le silence :

« Il faut partir, sergent. Nous ne pouvons pas rester là. Votre homme est mort. »

L'échine de Roitelet et d'Hector fut parcourue par un frisson lorsque le Corse se tourna vers eux. Au fond de ses yeux noirs brillait une étoile primitive d'une violence sans limite. Hector eut la nette impression que la pointe du fusil Berthier remontait insensiblement vers l'abdomen du colonel. Soudain, un éclat de rire retentit.

« *Cretinu !* Clovis ! Tu es où, tu es ?

– Ici, sergent, ici. Dans le trou ! Je me suis envolé ! C'est la deuxième fois aujourd'hui. »

Le fou rire de Clovis semblait incontrôlable.

« Pourquoi tu ris, petit ? Tu es devenu encore plus fou ?

– Non, sergent, non. C'est quelque chose dans ma revue...

– Toujours cette revue du diable !

– Mais non, sergent, écoutez, vous allez rire ! Si tous les Crétois disent qu'ils sont des menteurs, alors ils mentent en disant ça ! Donc, ils sont pas menteurs, en fait. Mais s'ils sont pas menteurs, alors, ils disent la vérité et ils sont menteurs...

– Tu n'as rien, petit ?

– Non, sergent, je vais bien. C'est drôle, non ? S'ils sont menteurs... »

Albertini reprit le pas de course sans écouter la fin de l'histoire. Au lieu de partir droit devant lui, il infléchit un peu leur fuite vers la droite, comme s'il cherchait à retrouver le même chemin qu'à l'aller. Conscients de la proximité d'un nouveau balayage d'artillerie, Roitelet et Hector auraient préféré filer en ligne droite, mais ne pouvaient que suivre.

À trois reprises, Albertini s'arrêta pour crier des mots en corse. La troisième fois, une détonation solitaire lui répondit. Hector et Roitelet s'étaient jetés à plat ventre, mais le Corse et Clovis s'étaient précipités en direction du tir. C'était Bastellica. Il avait tiré car il ne pouvait plus parler. Il ne pouvait plus faire grand-chose, d'ailleurs. Albertini le reconnut à son casque qui présentait un défaut sur le côté droit. Pour le reste, dans la masse palpitante de chair et de boue, il y avait les deux yeux et la main droite, crispée sur le Berthier, qui venait de donner un dernier signal.

« Il a survécu au second bombardement. C'est fou, hein, sergent ? J'aurais pas cru. »

Albertini ne répondit pas. Le regard fixé sur un homme qu'il avait vu enfant, il engagea une cartouche dans la chambre bien huilée de son arme et dirigea le canon juste au-dessus du blanc des deux yeux qui se fermèrent. Roitelet et Hector arrivèrent à bout de souffle au moment où le coup partit. Leur seul réflexe fut de se prendre la main en sursautant. Albertini s'était déjà remis à courir. Voyant le visage du colonel, Clovis, tout en recommençant à lutter contre la succion de la boue, lâcha à son intention :

« Il a raison, le sergent, faut être humain. »

En trois enjambées, il avait réussi à reprendre un pas rapide. Avant de pouvoir se dégager, Roitelet tomba à deux reprises en entraînant Hector et ne retrouva qu'au bout de longues secondes la cadence épuisante.

Quand le petit groupe eut enfin dépassé les premières lignes françaises pour atteindre les postes de secours déjà saturés de mourants et d'agonisants, Roitelet devint de plus en plus blême. Sa couleur était celle de la cire d'une bougie neuve. D'un seul coup, ses jambes se dérobèrent. Albertini, aidé de Clovis, le rattrapa à temps et le traîna à l'écart. Si un médecin ou un infirmier attiré par la détresse d'un haut gradé venait à s'en mêler, il serait difficile de continuer ensemble comme si de rien n'était.

Arrivé dans un bosquet, Albertini, inquiet, commença à examiner Roitelet. Il avait vu souvent des hommes à lui revenir à la tranchée joyeux pour s'éteindre d'un coup, victimes d'une blessure qu'ils n'avaient pas remarquée dans la folie de l'assaut. Clovis, curieux, regardait, toujours volubile :

« Il a été touché, le colon ?

– Je sais pas. »

Albertini palpait et repalpait.

« Il est mort de quoi alors, sergent ?

– Il est pas mort. Ou alors mort de peur... Non. J'entends son cœur. C'est juste la peur. »

Épuisé par les émotions violentes et la course folle dans la boue où son poids le gênait, Roitelet venait de perdre connaissance. Dépassé par les événements qui le happaient, Hector se tenait un peu en arrière. Il parut soulagé de savoir que Roitelet n'était pas mort, mais ce fut lorsque Albertini lui donna un ordre qu'il aurait voulu remercier le ciel de pouvoir être enfin actif sans penser.

« Ho ! Clovis !

– Oui, sergent !

– Tes médailles, vite, et toi... toi...

– Hector, sergent.

– Hector, nettoie-lui les bottes et le reste aussi. Ce colon-là, c'est notre laissez-passer pour nous échapper de cet enfer. Sans lui, on est bons pour y retourner... ou pour le peloton. Même empaillé, ce colon-là, on le traîne avec nous. »

Clovis entrouvrit sa vareuse et, sans chercher à comprendre les intentions d'Albertini, il lui passa deux poignées des décorations collectionnées depuis trois ans sur les cadavres. Avec la manche de sa vareuse, Hector essuya les bottes de cuir en crachant dessus, puis décrotta autant qu'il le put le pantalon et la veste de Roitelet.

« On va le faire plus beau qu'un saint Roch au 14 août ! Et nous autres, si on veut vivre, on doit aussi avoir l'air propres et joyeux. C'est compris ?... Pas la croix noire, Clovis ! Tu es fou, tu es ! C'est un truc de chez les Boches, ça !

– Mais elle est jolie, sergent, avec tout le tour argenté. Il sera tout beau avec ça ! »

Quand il vit les yeux furieux d'Albertini, Clovis n'insista pas, déçu pourtant que son choix ait été rejeté sans discussion.

Avisant un sentier un peu à l'écart, Albertini chargea Roitelet toujours inconscient sur ses épaules et se mit à galoper, suivi d'Hector et de Clovis qui fermait la marche, le Berthier au poing. La progression était plus facile que dans le *no man's land*, même si la boue collait encore aux bottes. Le chemin qu'avait emprunté le groupe était trop étroit pour être fréquenté. C'était juste une petite trouée sans doute creusée au fil du temps par les hommes du ravitaillement et les vaguemestres. En dépit du vacarme incessant auquel ils tournaient le dos, les trois hommes éprouvèrent un soulagement réel en entendant des piaillements d'oiseaux. Au bout d'une heure, ils firent une pause sur un gros rocher plat en buvant une rasade de rhum. Clovis donna à Hector un morceau de cochon mal fumé tiré de son paquetage, que ce dernier avala à grand-peine en l'arrosant d'un autre quart de rhum.

Albertini allait reprendre Roitelet sur ses épaules lorsque la voix de Clovis l'arrêta :

« Un mulet ! Regardez ! Un mulet. »

C'était une bête d'attelage encore attachée au timon brisé de sa voiture. Un caisson d'artillerie ou une citerne qui avait versé. Affolée par le bruit et le tremblement permanent du sol, elle avait le poil hérissé tout le long de l'échine et bavait de peur. La vue du petit groupe d'hommes au milieu de ce monde sans logique lui tira un hennissement pitoyable. Cherchant un contact familier qui la rassure, elle s'approcha. Clovis aussi trouva sa présence rassurante. Utilisant le creux de sa main, il servit à l'animal un flot de rhum, vite bu.

« On perche le colon dessus, aide-moi, Clovis, et toi aussi. »

Hector souleva Roitelet, puis lui coinça le pied gauche contre les sangles du timon, pendant que Clovis faisait la même chose de l'autre côté de la bête avec le pied droit. L'étrange cortège se mit en route sur le petit chemin, tournant le dos au soleil, à la poursuite de leurs ombres projetées sur le sol spongieux. Albertini ouvrait la marche, fusil à l'épaule. Clovis, la main sur la bride du mulet, le faisait avancer en secouant sous ses naseaux sa gourde pleine de rhum. Hector, accroché à la queue de l'animal, fermait la procession.

« Heureusement qu'on a du rhum, hein, sergent ? Sans le rhum, on aurait pas pu faire avancer le mulet. Ça tombe vraiment bien tout ce rhum, hein, sergent ?

– Tais-toi, petit. Tu me fatigues. »

55

« Vous serez passés par les armes demain à l'aube dans les fossés du château de Vincennes. »

À ces mots du président du tribunal militaire, Lanzac et Tricotin restèrent au garde-à-vous, mais Calisson explosa :

« C'est inique ! Nous n'avons pu rien dire ! Il n'y a pas eu d'instruction ! Quelles sont les charges contre nous ? Quelles sont les preuves ?

– Sentinelles ! Faites-les taire et ramenez-les à leurs cellules. »

L'arrestation avait eu lieu l'avant-veille. Les hommes de la sûreté avaient fait une descente au moment où les trois collaborateurs de Roitelet arrivaient au Bureau des calculs. On ne leur avait rien dit. Les débats tenus à huis clos avaient été brefs. Le seul témoin à charge était le commandant Saint-Arnaud ; les seules preuves, une liasse de seize cahiers d'écolier jaunes.

Lorsque le président avait invité Saint-Arnaud à expliquer au conseil de guerre la teneur de ces documents, les trois collaborateurs de Roitelet avaient été pris aussi au dépourvu que s'ils étaient tombés de la lune.

« Notre service du Chiffre est convaincu que ces cahiers

renferment des informations secrètes cryptées au moyen d'un code puissant que nous ne sommes pas encore arrivés à briser. C'était l'élément qui nous manquait pour étayer nos doutes. Les fuites sur l'organisation de notre intendance venaient bien du Bureau des calculs et ces cahiers sont une preuve accablante.

– Mais, commandant, si vous n'avez pas brisé le code, comment être certain de ce que vous avancez ?

– Pensez-vous, mon général, qu'il soit normal de conserver, cachés dans une cave, avec, soit dit en passant, des produits de contrebande en grande quantité, des documents cryptés ?

– Certes non.

– Et si le contenu des cahiers jaunes est anodin, ces trois officiers peuvent bien nous donner la clef de leur code, non ?

– Tout cela paraît raisonnable.

– Mais nous n'avons jamais vu...

– Silence ! Vous parlerez à votre tour ! »

Bien sûr, aucun des trois n'avait été capable de donner une clef qu'ils ne possédaient pas et la sentence était tombée, sans appel. Seul Charles de Moursault, qui représentait le gouvernement, sembla affecté. Resté seul avec Saint-Arnaud, il avait soupiré d'une voix tremblante :

« Dieu me pardonne. »

Le commandant avait éclaté de rire.

« Il n'y a rien à pardonner. Par les temps qui courent, on ne peut pas prendre la défense des accapareurs. Accumuler plusieurs tonnes de haricots dans les sous-sols de leur service en réglant en bons de l'armée, cela ne mérite déjà aucun pardon. Roitelet a eu de la chance de tomber au front.

– Il est mort ?

– Porté disparu depuis le jour où nous avons arrêté ses adjoints.

– Tout de même... fusillés !

– Il y a les preuves d'intelligence avec l'ennemi...

– Assez, Saint-Arnaud ! Pas quand nous sommes seuls.

– Je ne parle pas de notre... accord. Cette histoire de traître est une affaire réglée. Je suis convaincu que ces cahiers contiennent autre chose, une nouvelle formule de calcul propre à bouleverser certains projets. Mes hommes ont récupéré tous les documents de Roitelet, mais ceci est quelque chose d'inattendu. Je ne pouvais prendre aucun risque. Disons seulement que nous avons fait d'une pierre deux coups. Puisqu'il fallait les fusiller, autant qu'ils portent plusieurs chapeaux. Avouez que de vrais coupables permettront d'éviter que les activités de votre frère ne le trahissent. »

Charles de Moursault se prit la tête entre les mains, la voix proche des sanglots :

« Guy... ! Mon Dieu. Lorsque vous m'avez montré les preuves...

– Cela n'a fait que confirmer vos soupçons. Je m'en doute. Qui donc pouvait financer les tripotages de votre frère ? Les Allemands, bien sûr, en échange des informations que vous-même lui communiquiez pour ses affaires. Mais personne n'en saura rien. D'ailleurs, nous n'avons plus aucun moyen de déchiffrer le code allemand. Il n'y aura pas de fuites de ce côté. Quant à moi, le pourcentage que vous m'accordez chaque mois sur les ventes de vos concessions africaines est votre meilleure garantie. »

Charles de Moursault tourna le dos à Saint-Arnaud. Par la fenêtre, il vit Calisson, Lanzac et Tricotin marchant vers leur destin. Les « une, deux ; une, deux » du lieutenant qui menait l'escorte résonnaient de manière lugubre.

56

ALBERTINI avait installé son groupe pour la nuit dans une vieille cabane abandonnée. Ils avaient passé les dernières positions d'artillerie au moment où le soleil se couchait. Dès cinq heures, il réveilla tout le monde, sauf Roitelet, dont l'état comateux alternait avec une sorte de léthargie. Heureusement, il y avait la mule pour le porter.

Au bout d'une heure, après avoir coupé un peu à travers champs, le curieux cortège rejoignit une route plus large encombrée de bataillons entiers en marche puis arriva à hauteur d'un poste établi par la gendarmerie. L'ambiance était étrange. Au milieu d'une agitation surprenante, un sergent tête nue courait en tous sens. Albertini, remarquant qu'il avait au poing son revolver, engagea une cartouche dans la chambre de son Berthier. Clovis fit de même. Le gendarme qui hurlait et menaçait se mit au garde-à-vous comme un automate en voyant Roitelet sur son mulet.

« Mon... mon colonel ! Je... je suis désolé... C'est le rhum. »

À demi inconscient, Roitelet rendit un salut mécanique sans comprendre ce qui se passait. En un instant, Albertini avait saisi la situation. Une dizaine de camions, garés sur le côté pour laisser passer les combattants et les batteries dirigés vers le front, avaient arrêté là leur progression. Sous les bâches à moitié soulevées ou éventrées s'alignaient des dizaines de barriques. Les lettres peintes en blanc sur les côtés sentaient bon le soleil et la splendeur glorieuse de l'empire : *Saint-Laurent-du-Maroni, Sinamari, Rémire-Montjoly*. La vapeur sucrée qui saturait l'atmosphère ajoutait la touche finale. Au bord de cette petite départementale étaient entassés des milliers et des milliers d'hectolitres de rhum. Pour les gendarmes et les chauffeurs, la tentation avait été trop forte au cours de ces longues heures d'attente. Une barrique avait été éventrée, puis une autre dans un second camion. Au bout du compte, la situation avait échappé à tout contrôle. Oubliant Roitelet sur sa monture, le sergent de gendarmerie se mit à courir après trois de ses hommes qui venaient de remplir des casques Adrian à une des barriques. Il tira en l'air trois coups de feu qui eurent la vertu de figer les malheureux ivrognes, morts de peur au point d'en laisser couler au sol leur butin si précieux. Arrivé à leur hauteur, le sergent excédé leur administra des claques en criant.

Albertini, profitant de la diversion, fit signe au groupe de reprendre sa marche en sens inverse du flot permanent d'hommes et de matériel qui montaient en ligne. Égaillés de part et d'autre de la route, vautrés dans des trous ou cachés sous les camions, de petits groupes s'adonnaient à de joyeuses beuveries tout le long du convoi. Les deux postes de gendarmerie suivants qui avaient souffert du même mal furent passés sans encombre. Clovis n'en croyait pas ses yeux. Il lui avait toujours semblé que ses propres idées étaient étranges, mais jamais il n'aurait imaginé une situation comme celle qu'il vivait, à l'ombre d'un colonel perché sur un mulet défilant entre deux haies de gendarmes pris de boisson. Il avait besoin de parler, moins pour réussir à comprendre que pour se convaincre qu'il n'était pas seul dans un rêve :

« On a vraiment de la chance avec ce rhum, hein, sergent ? Non seulement le mulet avance, mais en plus les gendarmes, ils sont tous biturés. Quand même, d'où il vient tout ce rhum, sergent ?

– Cherche pas, petit. Tais-toi et avance. »

Au quatrième poste, les choses n'en étaient pas arrivées au point des barrages précédents. Une chorale improvisée d'une dizaine de gendarmes assis sur un gros rocher chantait un air à la mode.

Comme Clovis trouvait l'air fort entraînant, il s'était mis à fredonner, arrêtant la mule dans sa marche et renversant presque Roitelet. Albertini lui intima d'avancer avant qu'on les remarque, mais il était trop tard. Pensant que Clovis se moquait d'eux, les gendarmes avaient cessé leur numéro pour s'approcher. La présence du colonel les fit hésiter, puis l'un d'eux vit que Roitelet avait les yeux à demi fermés et ne semblait guère actif. La voix embrumée de rhum du gendarme devint immédiatement menaçante :

« C'est quoi, ce cirque ? Il est mort, le colonel ?

– Mais non, il est pas mort, le colonel.

– Ah... mais... bon sang de bonsoir, ça m'a pas l'air régulier du tout cette histoire, sergent. Où allez-vous dans cet équipage ? »

Le gendarme avait saisi son arme. Ses collègues, un instant dégrisés à la vue du revolver, vinrent se ranger autour de lui en titubant et se déployèrent en éventail. Albertini fit descendre la pointe de son canon vers le ventre du gendarme. Tout doucement, Clovis passa sa crosse contre son flanc. Lorsqu'il comprit ce qui se passait, Hector sentit ses jambes commencer à trembler et sa vessie se relâcher. Les gendarmes avaient tous sorti leur revolver.

« C'était trop beau qu'on s'échappe comme ça, hein, sergent ? Au moins, on aura bien rigolé.

– Tais-toi, petit. »

Le gendarme luttait désespérément contre les vapeurs d'alcool afin d'estimer au mieux la crise dans laquelle il était en train de s'enfoncer. Un petit groupe de tirailleurs sénégalais, eux aussi en train de boire du rhum dérobé, en profitèrent pour s'approcher. L'un d'eux, puis un second interpellèrent Clovis pour lui demander s'il avait d'autres médailles à échanger. Ils appartenaient au bataillon qui avait remonté et nettoyé la tranchée allemande avec eux. Coupés de leur unité, ils attendaient que quelqu'un veuille bien les prendre en main. Le sergent avec lequel Albertini avait fraternisé s'approcha bientôt, suivi de ses hommes.

« Tu as un problème, mon z'ami ? »

Ce fut le gendarme qui répondit :

« Toi, la face de boudin, tu ramènes tes singes dans leur arbre et tu t'occupes de tes fesses. »

Le Sénégalais se mit à rire de toutes ses dents bien blanches.

« C'est pas la façon de parler à un sergent ça, dis donc, gendarme, surtout un sergent qui a reçu la médaille militaire. »

Le Sénégalais se frappa la poitrine à côté du ruban vert et jaune qu'il arborait avec fierté. le gendarme tourna son revolver vers lui. Ceux des tirailleurs qui avaient pris leurs fusils les pointèrent sur les gendarmes, ceux qui n'en avaient pas dégainèrent leur baïonnette en s'inclinant vers l'avant comme des coureurs prêts à s'élancer. De gros flots de sueur commencèrent à perler sur le visage du gendarme.

« On se calme, on se calme. C'est le rhum, c'est tout. Moi, ce que j'en disais, c'est pour le colonel qui a pas l'air bien, c'est tout. Il a besoin de repos, ça se voit. Vous avez qu'à dégager. Allez ! dégagez ! Dégagez tous ! »

Par une curieuse perversion de l'usage de l'impératif, ce fut toutefois le détachement de gendarmes qui commença à reculer avant que les autres n'aient bougé d'un pouce. Revenus sur le rocher, à leur point de départ, ils rengainèrent leurs armes et se remirent à boire de plus belle, levant leur quart bien haut à la santé des Sénégalais et d'Albertini qui ne baissèrent leur fusil qu'à cet instant-là.

« Merci.

– C'est rien. Il n'avait qu'à pas nous traiter de singes. Moi, j'aime pas les singes. Leur viande est trop forte. Dépêche-toi de filer quand même. Continue à promener ton caïd, mon z'ami !

– N'allez pas là-bas. »

Albertini avait montré la direction de l'est.

« On a pas peur, tu sais. On est des soldats.

– Je sais. Mais là-bas, vous allez *gagner caisse*.

– Et alors ? On est là pour ça, non ? Fais attention, toi aussi, en partant dans ce sens. Beaucoup disent que les hommes vont bientôt se révolter.

– Se révolter ?

– Oui, y a des rumeurs dans beaucoup d'unités blanches. »

Albertini remit son arme à la bretelle et reprit sa marche.

Hector, qui ne put suivre qu'en crispant ses mains sur la queue du mulet, sursauta quand Clovis cria plus qu'il ne parla tant la joie d'être passé l'envahissait :

« On a eu de la chance de tomber sur les Nègres de l'autre soir, hein, sergent ? C'est vraiment des copains, ces types. Vraiment de la chance d'être tombés sur eux. Sinon, on était cuits, hein, sergent ? C'est marrant comme on a de la chance. »

Albertini ne répondit pas. L'incident devait servir de leçon. Au carrefour suivant, ils firent une pause. Le mulet se fatiguait vite. En l'examinant, Albertini remarqua qu'il avait un sabot fendu et qu'il n'irait guère plus loin. Avec l'aide d'Hector, il installa Roitelet sous un grand arbre puis mangea sous les yeux d'Hector un morceau de la viande de porc qu'il gardait dans son sac. Clovis, qui était parti se soulager au sommet d'un petit mamelon, se mit à appeler :

« Sergent, sergent !

– Quoi encore ? Tu peux pas me laisser tranquille cinq minutes, tu peux pas ! Je mange ! »

Tout en se rebraillant, Clovis revint en courant.

« Sergent ! Une voiture, y a une voiture dans la drève plus bas !

– Quoi ? Qu'est-ce que tu racontes encore qu'on comprend rien ! Tu peux pas parler français, tu peux pas ! »

Albertini se leva en jetant son morceau de cochon sur lequel Hector se précipita et vint en courant à la rencontre de Clovis qui eut ainsi le temps de boutonner son pantalon. Les deux hommes restèrent un petit moment en haut du mamelon sans que leurs paroles parviennent jusqu'aux oreilles d'Hector figé auprès d'un Roitelet toujours inconscient. Lorsqu'ils revinrent, Hector comprit qu'ils se disputaient sans savoir de quoi ils parlaient.

« Mais sergent, y avait cinq douilles par terre. Regardez ! Je les ai ramassées.

– Ouh ! Arrête, tu veux !

– Cinq douilles et la culasse a explosé ! Ça peut pas être un hasard, non ? C'est pas possible que ce soit dans ma revue et puis qu'on le voie en vrai pareil et que ce soit pas Rouletabille. En plus, le second servant a eu les mains arrachées. Exactement comme c'était écrit dans ma revue. C'est bien Rouletabille qui a saboté les usines Krupp, je vous l'avais bien dit.

– Si tu me parles encore de cette histoire, je vais m'énerver. »

Clovis arrêta de parler, mais le sourire sur ses lèvres en disait long sur ses pensées. Le sergent était énervé, car il ne voulait pas admettre qu'il avait eu tort. Il changea de sujet de conversation :

« Qu'est qu'on fait pour la voiture, sergent ? Avec un engin comme ça, on a plus de problèmes.

– Tu sais bien que ni toi ni moi on sait conduire.

– Si je sais, sergent ! J'ai conduit un tracteur à la mine !

– Mais qu'est-ce que tu me parles de tracteur ! C'est une voiture, ça ! Tu vois, tu fais même pas la différence.

– Moi, je sais. Je sais conduire », intervint Hector.

Albertini et Clovis avaient oublié sa présence et furent si surpris qu'ils ne réagirent pas, l'obligeant à répéter :

« Moi, je sais conduire. »

Sans échanger un mot de plus, les trois hommes, unis par la même idée, installèrent Roitelet sur deux Berthier entrecroisés et marchèrent vers l'endroit où Clovis avait repéré le véhicule. Le mulet effrayé d'être abandonné leur emboîta le pas. En moins de cinq minutes, ils arrivèrent près d'une superbe Panhard Torpédo de 1914 aux courbes parfaites garée sur le côté, que gardait un jeune artilleur. Fraîchement incorporé et bien soumis à la discipline, le bleu se mit au garde-à-vous longtemps avant que Roitelet, soutenu par Hector, ne fût à portée de voix. Ce fut Albertini qui le questionna. Le véhicule était celui de son colonel parti rejoindre à pied une route parallèle où un affût de 150 venait de se renverser. La situation était idéale.

« Tu vas courir prévenir ton colonel, soldat. On va monter la garde autour de la voiture. Les Allemands ont percé et arrivent vite. Des patrouilles de uhlans font des incursions en avant-garde.

– Mais c'est terrible, sergent !

– En effet. Ton colonel verra bien s'il détruit sa pièce ou s'il arrive à la faire reculer. Un canon pareil ne doit pas tomber entre les mains de l'ennemi. Ta mission est importante.

– J'y vais, sergent ! Mais faites bien attention à la voiture. Elle appartient au général qui l'a prêtée au colonel et on la lui a déjà abîmée.

– T'en fais pas, soldat. Je veille dessus comme si c'était la mienne. »

Le petit bonhomme s'élança en courant sans hésiter, certain d'accomplir une tâche vitale. Il n'avait qu'une idée assez vague de l'endroit où son officier était allé, mais il trouverait. Avant qu'il soit hors de vue, Hector avait commencé à examiner la voiture. C'était une Torpédo sans strapontins. Il en connaissait par cœur le moindre détail technique : 15 chevaux, 4 cylindres, pare-brise Huillier, deux phares à générateur séparé et lanterne Ducellier, et surtout, surtout, un compteur kilométrique et un indicateur de vitesse. Hector n'avait jamais rien vu d'aussi beau. Il ouvrit le capot pour contempler le moteur comme on ouvre un écrin pour admirer un bijou. Son visage ne s'obscurcit que lorsqu'il s'aperçut que la banquette arrière, en cuir rouge, avait été éventrée et recousue maladroitement. Il y avait vraiment des gens qui ne respectaient rien.

À voix basse, comme s'il avait parlé dans une église, Hector, qui s'animait un peu pour la première fois depuis qu'il avait quitté Paris, révéla à ses deux compagnons le plus beau des secrets :

« Elle coûte 12 800 francs. 12 800 francs, vous vous rendez compte ? Si j'arrive à en vendre deux ou trois à Carcassonne... »

Albertini et Clovis sentirent bien toute l'intimité de cet instant. Ils se tinrent quelques minutes à l'écart, comme l'on faisait au BAC quand il y avait de l'attente. Hector cajolait les tôles lisses, alternant la caresse de ses mains et celle d'un chiffon doux. Il murmurait doucement à l'intention de la Torpédo des choses mystérieuses dites trop bas pour qu'on les comprenne.

Dès que Roitelet fut chargé sur la banquette arrière, Hector démarra. Le mulet qui observait la scène s'élança au galop pour ne pas rester seul. Au bout d'une centaine de mètres, sa patte avant droite au sabot fendu se brisa avec un craquement sec qui couvrit le bruit du moteur. Le hennissement de douleur fit réagir Clovis :

« Sergent ! On peut pas laisser le mulet derrière ! Il va mourir.

– Il est pas le seul, t'en fais pas.

– On peut au moins l'abattre. »

Albertini n'avait pas répondu. La voiture filait. Oubliant la mule, Clovis était à la fois vexé et frustré de ne pas avoir été autorisé à conduire. Assis à côté d'Hector, il le regardait manœuvrer les commandes comme un enfant jaloux qui convoite un jouet. Sur le siège arrière, Roitelet, toujours entre deux eaux, tenait droit contre le cuir tendu. Assis près de lui, Albertini avait glissé dans le gant du colonel une badine de jonc tressé, brisée au tiers de sa longueur, qu'il avait trouvée sur le siège. Il poussait sur son coude et sur la baguette pour lui faire amorcer un salut dès que l'on croisait un drapeau ou un autre officier. La vitesse de la voiture, bien que modeste sur la route encombrée, était suffisante pour n'avoir pas à échanger le moindre mot avec quiconque.

« Il est rigolo, ce colonel, avec la cravache dans le gant. On dirait une marionnette. On a de la chance d'être tombés sur celui-là, hein, sergent ?

– Tais-toi. »

Hector roulait en partie sur le bas-côté afin de ne pas gêner les batteries d'artillerie qui tentaient elles-mêmes de couper à travers champs lorsque la terre les portait pour laisser passer les fantassins engagés sur les routes. Chaque bataillon avec ses voitures de service tenait sur un bon kilomètre. En colonnes par quatre, drapeaux claquant au vent, les régiments marchaient au canon sur toutes les chaussées et tous les chemins parallèles que le regard arrivait à distinguer. Le bleu des vareuses neuves, si lumineux comparé à celui délavé des vétérans de 14 ou de 15, fondait la multitude des individus en un ensemble fluide, réseau de ruisseaux et de rivières s'écoulant vers une cascade unique qui tonnait derrière, vers l'est. Toutes les divisions de réserve s'avançaient en chantant, longs rubans d'un sang frais, jeune et vif. Au rythme du roulement des tambours dont la peau trépidait, Clovis reprit *La Victoire en chantant*, mais Albertini l'interrompit en l'attrapant par la manche au moment du deuxième « *Un Français doit vivre pour elle, pour elle un Français doit mourir* » qu'il beuglait si fort qu'il s'en était levé sur son siège au risque de tomber de la voiture. Il fallait éviter de se faire remarquer. Sans rien perdre de son excitation d'être le témoin d'un grand moment, Clovis se retourna et ses cris réveillèrent un peu Roitelet :

« Vous avez vu, sergent ! Vous avez vu ! C'est des bleuets tout proprets, tout neufs qu'ils expédient là-bas. C'est des classes 17 à coup sûr. Ils ont des joues de fille. Ils sont trop jeunes pour aller là-bas, hein, sergent ?

– Tout le monde est trop jeune pour aller là-bas, petit.

– Alors, pourquoi ils les envoient ?

– Cherche pas. »

Les cris et le souffle du déplacement avaient rendu à Roitelet un peu de ses esprits. Il regarda autour de lui comme s'il sortait d'un rêve. Au bout de plusieurs kilomètres de dizaines et de dizaines de milliers d'hommes, il prononça enfin ses premiers mots :

« Mon Dieu, ils sont en train d'envoyer l'armée entière au massacre. Ça va être une véritable boucherie ! »

Il fut toutefois difficile de se laisser aller à la mélancolie. Clovis était déchaîné. Excité comme un enfant qu'on amène au cirque, le petit bonhomme animait l'ambiance de ses chants et de ses plaisanteries. Percevant à un moment l'effondrement de la hiérarchie qu'impliquait leur désertion, il s'adressa directement à Roitelet encore trop groggy pour prendre de la distance :

« Colonel, colonel !

– Oui ?

– Si une cour martiale vous condamne à mort mais qu'elle vous propose le choix de votre mort : si vous dites quelque chose de vrai, vous êtes fusillé ; si vous dites un mensonge, vous êtes guillotiné. Qu'est-ce que vous dites ? »

Habitué à ces paradoxes de potache, Roitelet ne réfléchit pas un seul instant et répondit par pur réflexe, plongeant Clovis dans un abîme de perplexité :

« Je dis que je serai guillotiné. »

Mille fois Clovis avait testé sur ses frères d'armes ces problèmes que sa revue destinait aux enfants. Jamais aucun n'avait trouvé la solution.

Le neuvième poste de gendarmerie était le dernier avant la sortie de la zone des armées. On entrerait ensuite dans le camp retranché de Paris. Tous sentirent l'espoir les envahir comme il aurait dû abandonner ceux qui franchissaient cette limite dans l'autre sens. Un semblant d'ordre paraissait régner là, soit que les troupes fussent mieux tenues, soit que les convois de rhum y aient séjourné moins longtemps. Albertini fut parcouru par un frisson lorsqu'il vit une barrière blanche se fermer à leur approche. Le point de contrôle était fortifié par des sacs de sable et l'œil noir d'un canon de Chauchat les fixait obstinément. Ce fut un colonel de gendarmerie qui s'approcha de la Panhard qu'Hector avait presque collée à la barrière, comme si, par magie, cette proximité avait pu la faire se lever. L'officier n'avait pas l'air commode et les galons de Roitelet n'eurent pas l'air de l'impressionner. Il s'approcha en attendant d'être salué. Pourtant, lorsqu'il fut assez près de la portière, les rangées de décorations bariolées épinglées par Albertini et Clovis lui firent baisser les yeux. Il se mit au garde-à-vous, raide comme un cierge de Pâques, et porta sa main à la tempe. Roitelet rendit un salut dérisoire, moins avec l'esprit de provocation dont il était coutumier quelques mois plus tôt qu'à cause de sa tête qui lui tournait toujours et de cette badine cassée qui lui pendait au bras. Les autres saluèrent également.

Le colonel de gendarmerie, aussi impressionné par les signes de courage qu'un puceau par une fille de joie accostée dans la rue, chercha à lier conversation en tendant à Roitelet une cigarette. Albertini était sur le qui-vive. La moindre mauvaise réponse pouvait compromettre leur fuite au moment où tout semblait acquis. Si ce couard de colon se reprenait, tout était fini. Il fit un peu glisser la crosse de son Berthier vers l'avant du siège avec le talon. Les yeux du gendarme étaient en train d'hésiter entre les médailles et l'aspect étrange de la petite équipe.

« Ça a l'air de barder là-bas, colonel.

– Ça barde en effet. Je me tiendrais prêt, si j'étais vous. »

Les yeux se figèrent sur le visage de Roitelet.

« Prêt ? Comment ça, prêt ? Que voulez-vous dire ?

– Quelques régiments de uhlans ont forcé nos lignes et battent la campagne alentour. C'est la panique.

– Des uhlans ? Loin d'ici ?

– Ils pourraient être derrière ce mamelon, nous sommes envoyés au GQG pour faire un point sur la rupture du front. Paris est en danger. »

Le colonel fixait à présent l'horizon qu'avait désigné Roitelet du regard en essayant de deviner quel mamelon il voulait dire. Il avait jeté sa cigarette à moitié fumée en retournant derrière son rempart de sable sans ajouter un mot de plus. Clovis essaya de descendre attraper le mégot, mais Albertini lui colla une calotte derrière la tête. La barrière, dernière porte à franchir, s'était levée. Le Corse pensa que l'homme assis à côté de lui était vraiment d'une nature étrange : non seulement il était d'une extraordinaire lâcheté, mais il pouvait en plus mentir avec une spontanéité exceptionnelle. Lorsque Clovis commença à sortir les fusils de dessous les sièges, Albertini eut du mal à lui faire comprendre ce dernier point.

« Mais, sergent, s'il y a des uhlans en chasse, y faut pas qu'on se fasse épingler. Ce serait trop bête. Ils vont vite, ces cochons-là, avec leurs lances, je me souviens en 14... »

– Y a pas de uhlans, petit.

– Mais le colonel, il a dit comme ça qu'y avait des régiments entiers. »

En répondant à cette dernière réplique, Albertini regarda le visage de Roitelet sans pouvoir y déceler la moindre gêne.

« Il a dit quelque chose qui n'est pas vrai pour qu'on passe plus vite. »

57

L'ARRIVÉE à Paris ne posa aucun problème. Il avait juste paru judicieux de s'arrêter dans un bois en attendant le petit matin pour entrer dans la ville. Cette pause avait l'avantage de laisser la nuit pour réfléchir et la journée suivante pour agir. C'était Roitelet qui avait pris la décision sans qu'Albertini fasse aucun commentaire, comme si le retour à la civilisation avait rendu à l'officier ses prérogatives. Tous furent soulagés de s'enfoncer au petit jour dans le paysage d'immeubles. La peur des contrôles avait disparu. Les quelques sacs de sable autour des monuments et les postes installés à certains carrefours n'étaient là que pour le moral des civils. La Panhard n'était pas le meilleur moyen de passer inaperçu, car les voitures étaient rares, en particulier celles de cette taille. Il fallait en plus économiser l'essence que seule l'intendance militaire distribuait. Roitelet donna ses ordres :

« Messieurs, nous ne pouvons pas nous rendre chez moi. Ma pauvre Léonore serait effrayée par le triste équipage que nous formons. Hector, mon ami, il y aura sans doute chez toi assez de vêtements civils pour nous habiller tous.

Et puis, ces braves ont bien besoin de se laver. Ils puent. Allons chez toi, Hector.

– Chez moi ?

– Ne t'inquiète pas. Je te dédommagerai. Et vous aussi, ne vous inquiétez pas. C'est sous mon commandement que vous agissez. Des choses très graves se passent en ce moment et nous allons y mettre bon ordre. Au bout du compte, vous serez des héros. J'ai les moyens de mettre fin à cette boucherie, il me faut avertir des gens responsables, des journalistes. J'assume tous les risques et toutes les responsabilités. Faites-moi confiance. »

Tandis que la Torpédo sillonnait les rues, Albertini et Clovis découvraient chaque détail architectural comme l'aurait fait un couple de touristes américains. Ils ne savaient pas trop ce dont l'étrange colonel parlait avec ses « choses très graves », mais ils s'en préoccupaient fort peu. On était bien content d'être sorti de l'enfer avec cette complicité inattendue. L'important était de ne pas y revenir. Le colonel avait beau dire, lui aussi avait déserté et on le lui rappellerait à l'occasion.

De son côté, Roitelet se répétait, pour s'en convaincre, que sa fuite faisait partie d'un sacrifice qu'il devait à la France. L'absurdité du plan d'attaque allait être révélée au grand jour. Grâce à la publication de tous les calculs du Bureau des calculs, on pourrait épurer le GQG et le ministère de tous les incompétents. Ensuite, grâce à la *constante de Tricotin*, on réorganiserait le commandement de manière logique et rationnelle. On comprendrait ses raisons. D'ailleurs, qui le soupçonnerait d'être un lâche ? N'avait-il pas la Légion d'honneur ? N'était-il pas compétent ? N'était-il pas revenu à Paris alors qu'il aurait pu partir se cacher ailleurs ? N'avait-il pas participé à un assaut en première ligne ? Il égrenait ainsi les questions comme si les quelques centimètres carré de sa boîte crânienne étaient devenus un prétoire où devait parler son avocat face à la cour. La perversité du procédé était que les questions d'un procureur imaginaire rebondissaient également dans sa tête, pompant la moindre once d'attention et d'énergie : tout cela n'était-il pas une explication ad hoc pour justifier ce qui était une désertion, une désertion due à une peur panique ? Pourquoi avoir abandonné son régiment sous le feu sans même savoir ce qui avait pu arriver ensuite aux hommes dont on lui avait confié la responsabilité ? Pourquoi ne pas s'être présenté à l'état-major de sa division pour lui démontrer l'ampleur des dégâts ? Comment savait-il d'ailleurs que l'attaque avait été un échec ? À cause des événements de son seul secteur ? La cadence régulière du moteur de la Panhard le maintenait dans cette schizophrénie bien rythmée, proche du rêve, où chaque détail objectif était décrit par une affirmation symétriquement contrecarrée dans l'instant par son contraire. Il ne retrouva ses esprits qu'à l'arrêt total du moteur, comme si la marche de la machine et ses mouvements mécaniques singeaient le flux infernal si fluide de ses réflexions.

En arrivant devant l'immeuble, l'étrange équipe fut longuement dévisagée par une grosse dame avec un parapluie indigo à la tête en forme de canard qui passait là par hasard. Il faut dire que la boue, la crasse et les yeux fous avaient de quoi inquiéter. Hector, qui n'avait pas remis les pieds là depuis un long moment, sentit son ventre se nouer comme avant l'assaut qu'il avait connu deux jours plus tôt. La seule chose qui lui donnât un peu de courage, c'était la présence de ses nouveaux camarades dont la force le rassurait. Le premier obstacle avant de pouvoir pénétrer dans sa chambre était la loge de Mme Saros. En l'absence de réponse à la porte, les trois hommes suivirent Hector dans le petit appartement. Le jeune homme s'était mis à espérer que la vieille Grecque serait en train de laver une des cours ou l'escalier et qu'il serait possible d'éviter une rencontre qu'il ne désirait pour rien au monde. Par malchance, il n'en fut rien.

Mme Saros, qui était à son cabinet de toilette, simple recoin du séjour caché derrière un paravent rectangulaire, avait entendu les intrus. Elle accourut en hurlant comme une harpie et jeta au visage d'Hector le contenu noirâtre de son pot de chambre. Aveuglé, le pauvre s'écarta en gémissant, laissant le champ libre à Clovis. Ce dernier évita le pot avec lequel la mégère affolée comptait le frapper et qui atterrit sur l'occiput d'Hector. Il la fit taire d'un coup de tête bien ajusté qui la cloua sur place en la privant de ses cinq dents restantes. Lui saisissant ensuite la jupe, il la lui releva au-dessus de la tête. En un instant, il avait noué sur la malheureuse l'embrasse d'un rideau comme on ferme un sac, emprisonnant tout le haut du corps.

C'est à ce moment-là qu'éveillé par les cris surgit Léonidas. Dressé dans l'encadrement de la porte, il bloquait l'étroit passage vers la chambre. Les yeux encore embrumés, il ne reconnut qu'Hector. À peine remis de ses émotions, ce dernier clignait des yeux en se frottant l'arrière de la tête. Par un curieux raisonnement, Léonidas négligea les autres, y compris Clovis, qui poussait pourtant sans ménagement sa mère au fond d'une armoire. Il concentra son agressivité sur le seul élément identifié de cet étonnant ensemble. Une grande claque appuyée par le mouvement circulaire de l'épaule cassa le nez d'Hector, faisant gicler un trait oblique rouge qui vint s'inscrire sur le mur. Léonidas n'eut pas le temps d'amorcer un second geste. Albertini lui écrasa les testicules d'un bon coup de tibia. Quand le Grec se plia en deux vers l'avant en hurlant, aussi rapidement que sa douleur était intense, Albertini, qui avait anticipé la trajectoire exacte de sa tête, la renvoya à son point de départ, dans le même axe, d'un puissant coup de coude, lui brisant au passage, comme si une malédiction identique devait frapper toute la famille, toutes les dents depuis les incisives jusqu'aux molaires. Après une légère hésitation que ne contrôlait déjà plus sa conscience, Léonidas s'affala à la verticale, sur les fesses, pieds pliés à angle droit. Sa chemise de nuit emplie par l'air de sa chute remonta comme l'enveloppe d'un ballon, puis se reposa en un cercle parfait autour de lui. Avec la seconde embrasse, Clovis garrotta le corps inanimé, chevilles et coudes ensemble dans le dos, puis le bâillonna.

Abasourdi par la violence de la mêlée, Roitelet s'était reculé contre le mur pendant le combat, rempli d'effroi. Personne ne prit garde à ses premières paroles :

« Calmons-nous, calmons-nous, soldats. Il ne faut pas nous faire remarquer. Il faut juste nous changer et repartir. Oh, mon pauvre Hector, mon pauvre Hector ! Comme tu dois souffrir ! »

Assis sur une chaise, Hector, toujours aveuglé, massait son nez violet, enflé comme une aubergine. Ses yeux n'arrêtaient pas de verser des larmes qui traçaient d'étranges sillons obliques sur son visage maculé. Sans prendre garde à ces détails, Albertini et Clovis avaient déjà ramené sur la table le contenu de l'armoire d'Hector. Ses vêtements civils et ceux de Léonidas ne représentaient pas une garde-robe bien abondante, mais il faudrait bien faire avec. Clovis battait déjà la mousse d'un savon à raser en inhalant de temps à autre le parfum d'une bouteille d'eau de Cologne. Roitelet rougit un peu quand il vit les deux hommes se dévêtir sans pudeur pour entamer au beau milieu du salon une toilette qui tenait à la fois du jeu et du plus pur des plaisirs. Il se retira à l'écart dans la chambre d'Hector. Ce dernier semblait transporté par la joie élémentaire d'avoir retrouvé sa jolie chemise préférée. Il l'avait vite enfilée de peur qu'elle ne serve à travestir l'un des autres. Au bout d'un moment, il posa à Léonidas une question qui lui brûlait les lèvres :

« Elle est où, Fernande ? »

Le Grec encore groggy répondit d'une voix endormie :

« Elle est partie vivre avec une de ses copines d'usine, une Lucienne qui avait de l'argent pour acheter la concession qu'elle voulait. Elle a dit que leurs horoscopes correspondaient. Moi, je les ai chassées d'ici. Ces choses-là sont maudites. »

La traîtrise des mots permit à Léonidas d'un peu sauver la face. Par hasard, il avait surpris Lucienne et Fernande une après-midi où elles avaient décidé de ne plus aller à l'usine. Comme le héros grec d'antan et pour les mêmes raisons un tantinet obscures, il avait séparé ces deux serpents enlacés sous ses draps. Sa rétribution avait eu aussi des relents mythiques. Connaissant le caractère impulsif de Fernande, il avait fait mine après quelques menaces de lever la main sur Lucienne en pensant que ce simulacre de mâle autorité suffirait à redonner au monde son bon sens de rotation. Or, avant que sa main levée ne s'abatte, celle de Fernande avait agrippé en une seule torsion bien maintenue à travers la toile de son pantalon les attributs ballants de sa virilité. L'effet de cette torsion d'un quart de tour à droite très sec mais bien complet avait été d'abord curieux. Les deux femmes auraient en effet pu jurer sur tous les textes les plus sacrés qu'une seconde, par un phénomène de compensation inexplicable, le strabisme du Grec s'était redressé avant qu'il ne s'évanouisse, ce mouvement lui donnant presque le regard pur et droit d'un enfant sans péchés. Lorsqu'il était revenu à lui, il n'y avait plus personne. De cet instant, il gardait une absence de sensation dans le bas-ventre dont on lui avait dit à l'hôpital qu'elle pourrait durer plusieurs années.

Bien qu'il ne connaisse pas les détails de cette dernière rencontre, Hector épouvanté tomba sur une chaise comme un sac que l'on jette. Une femme avec une femme ! La ville avec ses usines n'avait vraiment rien de bon. Le paradoxe de cette révélation est qu'il se sentit soudain une communauté de destin avec le pauvre Grec à son tour abandonné. Il en éprouvait une sorte de pitié. Lui au moins, pensait-il, avait été délaissé pour un homme. Être délaissé pour une femme, c'était beaucoup plus humiliant.

Hector, connu dans le bâtiment en dépit de son absence récente, monta la garde afin d'éconduire d'éventuels visiteurs. Pendant ce temps-là, Albertini et Clovis dormirent ensemble sur le lit au pied duquel était attaché Léonidas. Vers midi, Roitelet décida qu'il fallait manger et Hector fouilla le garde-manger des Saros. Lorsqu'il trouva trois sachets de haricots et de la graisse d'oie, il pensa avec épouvante que Fernande avait dû les prélever sur la réserve qu'il accumulait au risque de fausser ses calculs.

Ce fut l'odeur qui tira Albertini et Clovis de leur sommeil. Sans pain, avec une piquette lamentable, le repas n'était guère un festin. Les deux hommes, pourtant, ne cachèrent pas leur joie. Clovis surtout devint lyrique :

« Des haricots ! On en avait pas vu depuis des mois ! On pensait même que tous les fayots avaient disparu de la surface de la terre. Que c'est bon ! Hein, sergent ? »

Seul Hector semblait plus sombre qu'il ne l'avait jamais été. Soudain, il se mit à parler de manière nerveuse au grand étonnement de tous :

« Vous savez combien il faut de haricots pour recouvrir un échiquier ?

– Quoi ?

– Un échiquier ! En doublant le nombre de haricots d'une case à l'autre. Soixante-quatre cases qui tiennent sur vos genoux puis, quand vous essayez de les remplir, c'est impossible, ça ne finit jamais ! Comme si le diable était là pour te faire payer tes fautes !

– Non, pas impossible. Il en faut une quantité de 9 suivie de 18 chiffres, mais je sais pas prononcer le nombre. »

Tous, y compris Roitelet, tournèrent de grands yeux étonnés vers Clovis ravi de devenir ainsi centre de l'attention. Après deux cuillerées lentement savourées pour attiser la curiosité de son auditoire, il consentit à s'expliquer :

« Je l'ai lu. »

Satisfait de n'avoir fait que piquer un peu plus l'intérêt de tous, il dégusta deux nouvelles bouchées avant de daigner continuer :

« Oui. C'était dans un numéro de *Je sais tout.* C'est

l'histoire d'un maharaja des Indes qui voulait remercier un vieux brahmane d'avoir inventé le jeu d'échecs parce qu'il s'ennuyait, le maharaja, et le vieux brahmane, il lui a demandé comme récompense de couvrir l'échiquier de grains de riz exactement comme toi tu as dit avec les haricots. Alors, le maharaja, il demande à ses savants de compter, mais ça fait tellement de riz qu'il n'y en a pas assez sur toute la terre. Alors, le maharaja doit couper la tête du vieux brahmane parce qu'il lui a fait manquer à sa parole. »

La mâchoire d'Hector se relâcha en proportion inverse de l'écarquillement de ses yeux. Albertini aussi était surpris.

« Qu'est-ce que tu racontes ? C'est quoi, un maharaja ?

– C'est un roi. Un roi de l'Inde avec un turban comme ces soldats anglais qu'on a vus l'an dernier. Il y avait un dessin.

– Et l'autre, le barman, c'est comme au BAC, le garçon de café, quoi.

– Non, c'est un brahmane, pas un barman. Un homme noble et sage qui inventait le jeu d'échecs pour le maharaja qui s'ennuyait.

– Et comment tu sais tout ça, toi ?

– C'était dans *Je sais tout*, sergent, comme je l'ai dit. Tout est vrai dans *Je sais tout*. Même les aventures de Rouletabille... », conclut Clovis, un tantinet narquois.

Albertini se contenta de secouer la tête en revenant à la tâche bien plus intéressante de récupérer avec le bout de sa cuillère la moindre once de graisse au fond de son assiette.

Hector, lui, était pâle comme un cadavre. Il n'avait rien

dit pendant le récit de Clovis. D'une voix tremblante, il s'adressa à Roitelet qui ne prêtait pas vraiment attention :

« Mais alors, ce n'était pas une malédiction...

– Quoi donc ? Ah, l'échiquier... Je me souviens à présent. Non, mon brave Hector, nous nous étions juste moqués de toi. »

Roitelet, qui était retourné à l'univers contenu dans la sauce de son assiette, ne remarqua pas les larmes qui coulaient le long des joues d'Hector. Ce fut Clovis, qui, intrigué, lui parla d'une voix compatissante :

« Mais t'inquiète pas. On peut écrire le nombre de haricots. Regarde ! J'ai appris par cœur. Je sais pas le dire, mais je sais l'écrire. »

Dans la graisse encore épaisse et gluante de son assiette, Clovis traça avec son index les petits signes qui résumaient toute la détresse d'Hector :

$$\sum_{i=1}^{64} 2^i$$

« Voilà ! Je l'avais appris par cœur... ça, c'est une lettre grecque. C'est joli à tracer, hein ? »

Il y avait dans le *voilà* de Clovis toute l'intelligence du monde, mélange d'illusion et d'espoir. Le poème d'un simple graffiti arrivait à bout des problèmes les plus incroyables en les condensant sur la surface infime du cercle de son plat. De son côté, quand il vit le tortillement de la formule, Hector sentit une frayeur sans nom l'envahir. Devant le mur de Babylone, les devins de Balthazar scrutant les lettres de feu qui dénombraient les jours restant à vivre au roi avaient dû éprouver la même contraction de leurs intestins. D'une voix tremblante, enfin, il parvint à parler :

« Qu'est-ce que ça dit ? »

Clovis, qui pensait avoir été clair, fut d'abord surpris puis flatté que l'on ne sache pas ce que lui savait.

« Ça veut dire le nombre de grains de riz qui sont sur un échiquier si tu doubles à chaque fois.

– Mais... mais pour des haricots ?

– C'est pas pour des haricots, c'est pour du riz... »

En dépit du ton docte, la question avait pris Clovis au dépourvu. Il avait assimilé par cœur la formule dans *Je sais tout*, et il s'agissait bien de riz mais pas de haricots. Ce fut Roitelet qui finit par intervenir, plus par agacement que par souci didactique, pour en finir avec cette discussion saugrenue :

« C'est pareil, que ce soient des haricots, du riz ou des lentilles ! Vous ne voyez donc pas ? C'est la somme de la série géométrique de raison 2 et de terme initial 2. »

Clovis était perplexe. Son magazine n'avait d'autre objectif que d'initier le jeune lecteur à une histoire classique, sans vraiment entrer en profondeur dans la réalité mathématique cachée derrière le mystère. Sa question à Roitelet prouva qu'il n'avait rien compris :

« Et avec des pois chiches aussi ?

– Oui, soldat. Oui ! Oui ! Avec tout ! Tout ! Des graines, des pierres, des oiseaux, des éléphants... Ce ne sont que des symboles résumant un principe général. Un principe, rien de réel.

– Ah bon. »

Clovis, qui semblait satisfait, se mit à gober la graisse

où se figeait peu à peu la formule, mais Hector avait blêmi en entendant la phrase de Roitelet. *Rien de réel !* Comment pouvait-on dire cela ? Lui savait que c'était réel. Des centaines et des centaines et des centaines de sachets, de sacs, de caisses récupérés aux quatre coins de Paris, des dizaines et des dizaines et des dizaines d'heures de marche, de négociations, de transport jusqu'à l'école, des nuits d'angoisse, sans sommeil, c'était bien réel, cela, non ? Il serra plus fort la cuillère dans sa main. La rage lui monta à la tête, mais la peur d'Albertini dont il avait vu la violence le retint de l'enfoncer dans les yeux de son colonel.

58

UNE injection de caféine avait rendu à Joseph Wronski ses esprits. Depuis son arrestation, sa vie se déclinait en une palette infinie de souffrances sans nom. Son corps ne répondait plus à aucune description que le vocabulaire usuel peut animer. Il n'avait plus de mains, mais des moignons bleuâtres et boursouflés. Ses bras et ses jambes se décomposaient en tronçons anarchiques, segments brisés de ce qui fut ses os. Le broyage de ses dents à la pince, des incisives aux molaires, ne lui permettait plus d'articuler convenablement.

Au cours des cauchemars qui peuplaient les quelques minutes de répit qu'on lui autorisait pour mieux recommencer ensuite les tourments, il revoyait cet horoscope que Frege lui avait mis cent fois sous le nez. Ces carrés et ces triangles ne lui étaient rien. Il ignorait le sens de ces lettres, de ces chiffres, de ces symboles tracés par une main inconnue. Sa mémoire livrée à elle-même avait photographié l'ensemble et, au fond de son crâne, la machine mourante de ses neurones cherchait en vain à trouver une solution qui, enfin, lui apporterait la délivrance. Cette dernière porte de sortie qu'il lui fallait découvrir, c'était la mort.

Frege, en voyant son état en début de semaine, le lui avait annoncé. À ce stade de l'interrogatoire, vu son état, son entêtement ne lui avait laissé que deux issues entre lesquelles choisir : s'il disait enfin la vérité sur le sens caché du document, il mourrait vite. S'il continuait à mentir, Frege le ferait durer aussi longtemps que possible en alternant soins et tortures.

Alors il avait duré. À chaque nouveau coup, à chaque nouvelle plaie, il cherchait une combinaison des chiffres et des lettres du document, une combinaison dont il ignorait la teneur mais qui devait exister.

Aujourd'hui la douleur s'était éteinte et avec elle toute sensation. Wronski vivait encore, mais c'était une question d'heures ou même de minutes avant que le cœur épuisé ne s'arrête. La dernière injection devait l'aider à passer la dernière de ses épreuves. Sa condamnation ayant été prononcée, il serait passé par les armes. Trois hommes l'emportèrent dehors, pieds et bras attachés à sa chaise pour le maintenir droit. L'air frais lui fit ouvrir ses yeux tuméfiés. Frege s'approcha et lui parla à l'oreille :

« Afin que votre âme repose en paix, je peux vous rassurer sur le sort de Traudel. Votre fille quittera le Reich demain, avec un faux passeport hollandais fabriqué à ma demande par la Section III B. »

Articuler une réplique fut pour Wronski un calvaire :

« Pourquoi ?

– Elle m'a donné beaucoup de plaisir, surtout depuis votre arrestation, et puis elle est innocente de toute intelligence avec l'ennemi, n'est-ce pas ? Pour nous chrétiens, les fautes des parents ne doivent pas retomber sur la tête des enfants. »

Après plusieurs tentatives, Frege finit par comprendre ce que Wronski cherchait à lui dire. Il reprit la montre qu'il avait glissée un instant plus tôt dans la poche du condamné avec ses effets personnels.

« C'est une œuvre d'art. Il serait en effet stupide de la mettre au tombeau. Je la ferai parvenir à votre fille puisque c'est votre dernière volonté. »

En se retirant, Frege examina le superbe instrument de précision. Machinalement, il tourna le remontoir. Les rainures fines du remontoir, agréables au toucher, s'accrochaient tant au relief des doigts que l'on aurait eu du mal à dire si le crissement soyeux à peine perceptible venait des rouages ou du relief de la peau.

Une dernière question était venue à l'esprit de Wronski en voyant le monocle de Frege si près de son visage, mais il n'avait pas eu assez de force pour la poser. Le colonel alla s'installer au garde-à-vous au fond de la cour. La chaise était parfaitement au centre du mur des exécutions contre lequel s'élevaient des sacs de sable empilés avec régularité. On l'avait installée à cinquante centimètres des sacs. Wronski refusa le bandeau d'un geste de la tête, puis le garde lui épingla une carte à jouer, un as de cœur, au milieu de la poitrine, afin que les tireurs puissent aligner leur mire sans hésitation. À un roulement de cinq tambours alignés dans un angle, les vingt-sept fantassins du peloton, casqués et briqués, entrèrent dans la cour et vinrent se ranger en rythme sur trois rangs de neuf, dont l'alignement était marqué au sol par des lignes parallèles équidistantes. Pour arriver à leur place, ils tournèrent à deux reprises de 90° dans la petite cour en se croisant comme des automates sur une boîte à musique. L'officier commandant le tir contourna ensuite le rectangle formé par le groupe pour venir se ranger à leur côté après un quart de tour à droite très sec mais bien complet.

Joseph Wronski sourit comme s'il avait été au spectacle. Un spectacle pour lui, unique spectateur. Il se dit que si l'officier passait derrière ses hommes et pas devant pour rejoindre sa place, c'était pour éviter que ces derniers ne le prennent pour cible. Une très bonne idée pour un numéro comique. Il aurait volontiers engagé leur régisseur, mais il était trop tard à présent. Arrivé à sa place également marquée par un cercle de craie bien régulier dessiné avec grand soin sur le sol, l'officier sortit son sabre en une série de mouvements décomposés comme autant d'images fixes successives marquant chacune un point du temps à la manière des à-coups d'une trotteuse. À ce numéro syncopé, Joseph Wronski pensa que dans un spectacle de music-hall, ce qui se rapproche le plus du décorum militaire, c'est le numéro des clowns. Au grand étonnement de l'officier, l'idée le fit éclater de rire en levant les yeux au ciel. Habitué aux exécutions, le Prussien savait rester impassible, mais c'était bien la première fois qu'un condamné riait en semblant se moquer de lui. Sans comprendre, il commanda le feu.

La carte à jouer et le cœur palpitant de Joseph Wronski disparurent ensemble une infime fraction de seconde après le tir, juste avant que les vingt-huit projectiles ne viennent se loger dans le sable derrière lui après l'avoir traversé. L'impact le laissait plié en deux au milieu du tronc tel un pantin rangé sur une étagère. Son menton était tombé sur sa poitrine comme s'il avait cherché à voir l'endroit où on l'avait frappé. La mort avait été instantanée mais, par respect des consignes réglementaires, l'officier vint tirer le coup de grâce dans le crâne sans vie avec son Lüger parabellum parfaitement huilé. En un seul et même instant perceptible, la détonation retentit et la balle de 7,65 millimètres claqua contre le sol sans que l'influence de sa cible soit perceptible sur la ligne droite de sa trajectoire. Pourtant, entre les deux événements, indissociables pour l'esprit, la mécanique complexe de platine à bascule si particulière à ce genre d'arme avait fonctionné à merveille : le ressort vertical articulé reculant dans sa glissière sous la pression des gaz avait éjecté la douille de cuivre vide, qui l'instant d'avant était encore solidaire de la balle de plomb, pour revenir pousser une nouvelle cartouche complète du chargeur vers la chambre. Bien que le volume des gaz ayant poussé le projectile soit considérable, au point d'augmenter de quelques degrés la température de l'acier du canon, le progrès des poudres sans fumée permettait de n'avoir guère plus d'émanations visibles que n'en produirait une seule bouffée de tabac blond. Derrière le mur, un caniche hurla.

59

LES rues de Paris étaient désertes. Le froid d'avril était encore trop vif pour encourager les balades nocturnes. Une Panhard Torpédo de 1914 aux courbes parfaites vint se garer devant l'école primaire affectée au Bureau des calculs. Quatre hommes en civil descendirent de l'automobile. Après des heures de discussion la veille, Roitelet avait bien dû admettre que ses nouveaux compagnons n'avaient aucune intention de retourner au front. Les deux hommes n'avaient pas bougé quand il leur avait commandé de monter en voiture. Roitelet avait alors changé son fusil d'épaule, finissant par les convaincre que l'essence entreposée dans le garage était une clef essentielle pour leur fuite. Son but à lui était tout autre. Pour pouvoir agir et convaincre journalistes et politiciens, il lui fallait mettre la main sur toutes les notes rassemblées au cours de nombreux mois de travail. Chacun y trouverait son compte les fuyards, qui pourraient courir leur chance avec la voiture, du carburant ; Roitelet, le détail des formules accumulées au prix de tant d'efforts. Certes, le pari de revenir en personne au Bureau des calculs était risqué, pourtant, la seule nouvelle qui avait pu arriver du front était celle de sa disparition lors de la première vague d'assaut. Un mort avait une grande liberté de manœuvre.

Les quatre hommes s'introduisirent dans la cour de l'école primaire par le guichet de la porte cochère, surpris de ne même pas trouver une seule sentinelle en faction. La Renault de service était toujours là, ainsi que le petit dépôt de carburant constitué par Hector au fil des mois. Ce dernier eut un pincement au cœur en revoyant son atelier, promesse de rêves désormais bien lointains.

Pendant qu'Albertini et Clovis charriaient bidon après bidon de cinq litres pour en charger la malle et les marchepieds de la Torpédo, Roitelet entra dans le bâtiment. Après avoir laissé Hector en faction devant la salle de classe, il tira les rideaux, puis déroula un peu de mèche dans la lampe à pétrole. Il fouilla le tiroir où il rangeait le résumé des travaux et fut surpris de le voir vide. Alors qu'il essayait d'imaginer où ses documents avaient pu être rangés, la porte s'ouvrit. Il parla sans relever la tête :

« Un instant, mon brave Hector. Nous allons bientôt partir...

– J'en doute, hélas. »

Le ton de Saint-Arnaud était badin, mais Roitelet n'en sursauta pas moins.

« Que faites-vous ici ?

– Je vous attendais, mon colonel. Le 2e Bureau ne peut que s'intéresser à la désertion devant l'ennemi d'un officier de votre rang. Avec toutes les informations auxquelles vous avez eu accès, votre trahison serait très dommageable.

– Mais... comment avez-vous su que je viendrais ici ? »

Hector, qui se tenait dans l'embrasure de la porte, baissa les yeux vers le sol. Son attitude et un petit sourire en coin de Saint-Arnaud agirent comme un détonateur sur les pensées de Roitelet :

« Hector ! Tu l'as prévenu ! Je refusais de croire qu'il y avait un informateur. Et c'était toi, Hector, qui livrais tous nos calculs et nos courriers pour contrecarrer tous nos projets !

– Bien sûr. Grâce à cela, il va pouvoir rentrer chez lui dès demain, libre de toutes ses obligations, au lieu de passer quarante ans en forteresse. Laissez-nous, soldat. »

Sans oser croiser le regard de Roitelet, le malheureux Hector essaya de se justifier.

« Il savait pour ma désertion, mon colonel... depuis le début. Il m'a menacé de...

– Dehors, soldat ! »

Hector tira la porte derrière lui. Le visage de Saint-Arnaud était d'une froideur terrible. Une telle force émanait de son corps que Roitelet se recroquevilla sur sa chaise.

« À nous deux, mon colonel... C'est ceci que vous cherchiez. Que comptiez-vous en faire ? »

Saint-Arnaud avait laissé entrevoir la liasse de feuilles saisie dans le tiroir et qu'il tenait dans la poche de sa veste.

« Vous savez très bien ce qu'il y a là : la certitude de gagner la guerre. Les formules statistiques qui peuvent nous guider à la victoire. Il y a aussi les preuves accumulées semaine après semaine par mon équipe que l'attaque de Nivelle n'aurait jamais dû être déclenchée. La vraie trahison est d'avoir caché ces résultats ! »

Saint-Arnaud enfonça l'enveloppe à l'intérieur de sa veste.

« Oubliez ce pauvre Nivelle. Il est fini de toute façon. Pendant que vous désertiez comme le lâche que vous êtes, nous avons lamentablement échoué au chemin des Dames. Nous avons déjà laissé sur le carreau au moins 150 000 hommes. Une nouvelle équipe va remplacer celle des artilleurs et des polytechniciens obnubilés par leurs chiffres de hausse et de déclivité. Une équipe d'hommes, enfin ! J'en ferai partie. Vous, vous êtes inutile. Avant votre disparition toutefois, il reste un point à élucider... »

Saint-Arnaud avait déposé sur la table un des cahiers d'écolier jaunes avec des tables de multiplication imprimées sur la couverture. Il l'ouvrit au hasard, découvrant une procession sans fin de chiffres inscrits en noir ou parfois en rouge.

« Vous pensiez qu'en camouflant ces vieux cahiers froissés et mal tenus dans les caves vous tromperiez la vigilance de mes agents, c'était une erreur. Encore des formules folles concoctées par vos crânes d'œuf. Il va falloir me donner la clef de votre code. Deux chemins s'ouvrent à vous : vous me donnez la clef vite, vous mourrez vite. Sinon, je vous découperai en morceaux... Vos adjoints ont déjà été passés par les armes pour avoir caché ce que contiennent ces seize cahiers, vous ne voudriez pas subir le même sort infamant ?

– Lanzac ! Et Calisson !

– Et Tricotin aussi.

– Mais je n'ai jamais vu ce cahier ! Pourquoi aurions-nous codé nos résultats ?

– Mais parce que vous aviez des doutes sur la loyauté d'Hector, évidemment. Il m'avait prévenu de votre intention de coder vos résultats les plus importants. C'était judicieux. Il n'aurait pas pu m'informer de vos avancées, et je n'aurais plus été en mesure de vous contrer à chacune des étapes de vos travaux.

– Mais non, jamais ! Nous ne savions pas pour Hector et... mon Dieu ! Vous les avez fait exécuter...

– Ma patience commence à s'éroder. »

Tout en parlant, Saint-Arnaud avait sorti son arme de son étui. C'était un pistolet automatique Mauser, le modèle « manche à balai », élégant avec son chargeur à l'avant de la détente. Une arme allemande que le commandant conservait depuis ses années au Maroc, par snobisme. Roitelet se figea, blanc de peur. Saint-Arnaud éclata de rire.

« Quel lâche vous faites ! Mes hommes vous feront parler sans peine. Je trouverai moi-même du plaisir à vous détruire à petit feu. Pour tout le monde vous êtes déjà mort. Je peux disposer de vous à ma guise...

– Mais vous êtes fou. Complètement fou ! »

Un éclair de mauvais augure brilla dans la pupille de Saint-Arnaud. Il s'avança, menaçant, le menton dressé. D'un coup de crosse, il déchira l'arcade de Roitelet tétanisé.

« Comment oses-tu m'insulter, misérable larve ! Tu ne comprends pas ce qu'est cette guerre : elle purifie la société. Trois générations sont en train d'être épurées par le feu. Seuls les meilleurs en sortiront. La guerre ne doit plus s'arrêter. Jamais ! Désormais, les femmes sont ouvrières soumises et les hommes soldats conditionnés à la virilité sans faille du combat. Une glorieuse fourmilière est en marche. Plus de vainqueurs ou de vaincus dans le combat, l'affrontement sera juste une raison d'être, permanente, la justification ultime de nos existences. Une Europe nouvelle vient de naître. Nous allons la prendre en main. Nous battre pour toujours ! Et toi, tu vas mourir... »

Roitelet jeta l'encrier qui se trouvait sur le bureau au visage du commandant. D'un même mouvement, il saisit son porte-plume et le lui planta bien droit dans son seul œil valide, traversant la paupière fermée par réflexe, pour éviter l'encre. Saint-Arnaud se crispa sur son arme et une première détonation retentit, puis une seconde, presque couverte par le hurlement de douleur. D'un seul coup de genou, il envoya Roitelet rouler à l'autre bout de la pièce sans seulement perdre son équilibre. Il n'avait pas lâché le Mauser. D'un geste sec, il retira le porte-plume enfoncé dans son visage maculé du mélange violet de l'encre et du sang. Maîtrisant la douleur inhumaine, il parvint à contrôler son souffle devenu rauque. Il se concentrait pour deviner où Roitelet pouvait se trouver dans la pièce. Chaque fois que ses poumons étaient vides, il faisait l'effort de ne pas les emplir brusquement afin de ne pas perturber la moindre vibration sonore. Il tira à un craquement du parquet un peu à sa droite. La balle alla se loger dans le plancher. Roitelet avait rampé sous le bureau. La dernière douille de cuivre expulsée du chargeur par le haut roula sur le sol ciré avec le même petit bruit qu'une pièce de monnaie, dérisoire après l'intensité des détonations.

D'un seul coup, la porte s'ouvrit. C'était Hector qui se mit à hurler :

« La cave est vide ! Ils ont volé mes haricots ! Je n'en étais qu'à la case... »

Guidé par le son, Saint-Arnaud tira et le crâne du brave Hector éclata presque parfaitement au centre du sinciput, tachant d'un nuage de points rouges en forme d'ellipse le plâtre du plafond. Roitelet profita de la chute du corps pour frapper Saint-Arnaud avec une chaise. Le commandant tomba et sa tête vint heurter le marbre de la cheminée avec le bruit sec et mou d'une pastèque qui explose. Roitelet regarda un instant avec effroi le corps immobile, puis, les mains tremblantes, il ouvrit sa veste pour récupérer les feuillets dactylographiés. Deux passeports, si neufs que juste agrafés ils n'avaient pas été pliés, glissèrent en même temps de la poche. Reprenant ses esprits, Roitelet remarqua que les photos des titulaires n'avaient pas encore été apposées. Il les glissa dans sa poche puis s'enfuit sans regarder le corps d'Hector.

Quand Roitelet arriva dans la rue, il ne reconnut pas la Torpédo. Albertini et Clovis avaient réussi à attacher les cinquante-huit bidons trouvés au dépôt, transformant l'engin en une sorte de tortue aux écailles brillantes. Il y avait de quoi sillonner la France en tous sens.

« Il faut partir, vite ! Nous sommes perdus ! »

Habitués à réagir sans se poser de question dès qu'un danger était imminent, Albertini et Clovis bondirent dans la voiture dont le moteur tournait au ralenti. Quand Roitelet se fut assis à la place du mort, il se rendit compte de son erreur :

« Mon Dieu ! Qui va conduire ?

– Et Hector ?

– Il... il est mort.

– Moi, je sais conduire ! J'ai déjà conduit un tracteur à la mine. »

Avant qu'Albertini n'ait pu bouger, Clovis sauta sur le siège du chauffeur et démarra en trombe.

60

UNE étincelle de méfiance passa dans les yeux de Léonore.

« Qui c'est, ces deux zigues ? Y z'ont des trognes d'apaches. »

Même récurés et en dépit des vêtements civils, la tête hirsute et la peau basanée d'Albertini et de Clovis avaient de quoi surprendre.

« Ne t'inquiète pas, ma poussinette. Ils sont avec moi. Nous n'avions plus aucun endroit où aller dans Paris. En plus, il nous fallait cacher notre voiture et ici la cour est grande.

– Mais c'est quoi, cette embrouille ? Ils disaient que tu étais mort. Et pourquoi tu dois te cacher ?

– Je t'expliquerai, je te le promets. En attendant, le gilet de ton grand-père, tu l'as gardé ici au moins ?

– Oui, bien sûr. »

Pendant que Léonore jetait un regard inquiet en direction d'Albertini et de Clovis, en pensant que ces deux-là semblaient être de sacrés lascars, Roitelet avait ouvert la malle de bois pour bien s'assurer que le gilet capitonné était à sa place. Il l'enfila sous sa veste avec un sourire satisfait.

« Et les billets pour Casablanca que tu as achetés, où sont-ils ?

– Je les ai pas encore payés. Ils sont au bureau de la Cunard. Il faut passer les prendre et régler le solde. »

Roitelet essayait de sourire et de garder le contrôle de sa voix, mais il n'arrivait pas à mentir correctement :

« Je vais aller les chercher. Il va nous falloir partir.

– Oh, mon gros coco ! Enfin, tu te décides !

– Écoute, Léonore. Je dois partir, mais seul avec ces deux hommes, et tu me rejoindras ensuite. Je te le promets.

– Qu'est-ce que tu racontes ? C'est quoi, ce micmac ? Pourquoi t'as pris le gilet, d'abord ?

– Je viens de tuer un homme, Léonore. Je dois partir. Je ne pourrai me justifier que si je me trouve loin de Paris. Ici, je n'ai aucune chance.

– Alors, on partira ensemble, coco. Tu crois pas que tu vas partir avec mon pèze et sans moi.

– Non, Léonore, c'est dangereux pour une femme. Ces deux-là me sont utiles. Ils peuvent m'aider. »

Léonore avait fait un pas vers Roitelet qui, pâle comme une limace, faisait retraite vers la porte de l'appartement. Albertini s'interposa. Profitant de la diversion, Roitelet s'élança vers la sortie.

« Je vais chercher les billets et je reviens. Attendez-moi là. »

Dès qu'il eut disparu, le bruit de ses pas pressés dans l'escalier de bois retentit. Tous s'observaient sans parler. Léonore se raidit d'abord pour mieux jauger ses adversaires puis, d'un bond, elle s'élança afin de les bousculer et de se lancer à la poursuite de Roitelet. Clovis, que les femmes intimidaient, se plaqua contre le mur. Albertini leva la main et la redescendit. En une série de saccades provoquées par ses talons trop pointus, Léonore recula pour venir s'avachir dans le sofa. Albertini avait frappé avec le dos de sa main ouverte, gentiment, et ses quatre phalanges étaient restées imprimées avec régularité sur la joue droite de Léonore, bien perpendiculairement aux lèvres, qui se mirent à saigner un peu. Sonnée, elle passa sa langue sur la commissure meurtrie. Tout se passa ensuite très vite. Elle se redressa pour se ruer d'un coup, toutes griffes dehors, sur son adversaire. Albertini, sans se soucier des ongles qui visaient son visage, l'accueillit d'un coup de poing bien centré au plexus. Léonore, les poumons vidés de la moindre once d'air, marqua un temps d'arrêt. Le Corse la frappa du talon à la saignée du genou en l'accompagnant dans sa chute. Il l'écrasa sur la table en plantant d'abord son coude au centre du triangle que dessine l'omoplate, puis il allongea le bras et la main de Léonore à plat. Avec lenteur, assurant bien sa prise comme un berger maintient sa bête, il sortit de sa poche son couteau dont la lame en s'ouvrant se refléta au fond des prunelles affolées de sa victime. Doucement, il enfonça la pointe à la base de l'ongle de l'auriculaire, là où le demi-cercle de la lunule s'avance sur la corne. D'une pression légère, il fit glisser le couteau vers l'avant du doigt, tranchant l'ongle en deux avec art sans entamer la chair. Léonore ne cria pas, elle n'ouvrit même pas la bouche, mais, en aspirant par les narines, elle produisit un hululement sinistre, aigu comme la douleur qu'elle éprouvait. La petite pointe du doigt mise à nu sembla vouloir s'extraire toute seule du sillon tracé, mais le rose vif s'empourpra vite d'un flot de sang. Albertini envoya la jeune femme sur le sofa. Elle serrait son doigt dans sa main. La douleur à l'épaule, intense elle aussi, lui fit incliner la tête sur le côté.

« Maintenant, *putana*, tu vas nous laisser tranquilles. La prochaine fois, je coupe le doigt entier, je coupe. C'est compris ? »

Léonore répondit en hochant la tête une bonne trentaine de fois, comme si elle voulait être sûre que sa soumission serait bien comprise.

« Si tu as du vin, va en chercher. On a soif. »

Passant devant Clovis qui n'avait pas bougé mais ne la quittait pas des yeux, Léonore trottina vers la cuisine. Elle surveillait Albertini du coin de l'œil comme un chien accouardi qui s'attend à un châtiment sans mobile. Le Corse, perdu dans ses pensées, ne la regardait plus. Il ne sembla la redécouvrir que lorsqu'elle revint avec deux verres grisâtres et une bouteille à demi entamée. Elle servit en tremblant. Quand elle eut reposé la bouteille, le sergent attrapa sa chevelure rousse et, d'un coup sec, il la fit tomber à genoux. La terreur et les larmes qu'il vit apparaître au fond des grands yeux noirs le convainquirent que, pendant quelque temps au moins, tout allait bien se passer. Sa prise ferme se transforma en caresse sur les cheveux soyeux. En buvant son vin, il posa la joue de Léonore sur le haut de sa cuisse. Clovis laissa échapper un rire strident. Ce n'est qu'à ce moment précis que les larmes se mirent à couler. Albertini imposa le silence à Clovis d'un seul regard.

« T'en fais pas, petite. Il est pas méchant. Juste fou.

– Je veux pas qu'on me prenne mon argent.

– T'en fais pas, petite. On est pas des voleurs, nous. On est pas là pour te prendre ton argent. »

Albertini continuait à caresser les cheveux fins, appréciant également de ses doigts rugueux la douceur de la nuque et du haut des épaules. Léonore sentit le glissement de la poigne ferme vers la caresse.

« Pas vous, l'autre salaud ! Il a pris le gilet. C'est mon argent ! Pour partir en Amérique. Pour acheter un cabaret où je puisse chanter. Je veux pas qu'il le prenne ! »

Les sanglots de Léonore, pitoyables, semblaient un peu forcés. Comme on emboîte les unes dans les autres les parties d'un syllogisme, Albertini analysa ce qu'il venait d'entendre. L'empressement du colonel à chercher ce gilet lui avait paru absurde. À présent, tout était clair. Lorsqu'il parla, le timbre de sa voix n'avait pas changé en dépit de l'agitation de ses pensées :

« T'en fais pas. Il te prendra rien, je t'ai dit. Je te protégerai. Je te l'achèterai, moi, ton cabaret. »

À travers ses larmes, Léonore sourit. Albertini caressa à nouveau sa frimousse rouquine, puis effleura les lèvres charnues du bout du doigt. Clovis, par pudeur, passa dans la cuisine.

61

ALBERTINI s'était efforcé de parler à Clovis pendant tout le trajet afin de le maintenir éveillé. Il craignait que la voiture ne quitte la route et se retourne. En fait, la plupart du temps, Clovis parlait et Albertini se contentait de dire oui ou non quand l'intonation montait ou descendait sans prêter plus d'attention aux propos qu'aux gazouillis d'un oiseau. À un moment, la régularité et la brièveté de la mélodie lui firent comprendre que Clovis répétait la même chose. Il s'efforça de s'intéresser à lui :

« Quoi ? Qu'est-ce que tu dis ?

– Je disais : il lui est arrivé quoi à Morelli ?

– Qu'est-ce que tu veux dire ?

– Ben oui. Il est passé où ? D'habitude, il reste quelque chose, des morceaux, mais là il restait rien. Il était là puis, après, il était plus là. Il restait même pas la Chauchat. C'est bizarre, non ? Même la Chauchat ! C'est peut-être quelque chose de nouveau qu'on vient d'inventer. Ou alors par un hasard extraordinaire il s'est pris un obus juste dessus... pile poil juste sur lui.

– Cherche pas, petit. »

Clovis sembla un brin déçu par la réponse de son sergent. Il se remit toutefois à sourire.

« En tout cas, Salicetti, ses médailles, elles lui ont pas servi beaucoup. Le petit con de bleuet, il l'a embroché tout net, hein, sergent ? Y en a qui croyaient que les Saint-Christophe arrêteraient les balles et ben y z'ont même pas arrêté la lame. »

Clovis riait de bon cœur, franchement convaincu que le destin de Salicetti avait été une bonne blague dont lui-même rirait s'il le pouvait.

Consommant bidon sur bidon, la Panhard Torpédo 1914 aux courbes parfaites filait comme un oiseau vers Bordeaux. Roitelet et Léonore étaient endormis à l'arrière. Il avait suffi à Albertini de regarder le colonel droit dans les yeux pour que la femme vienne lorsqu'elle l'avait demandé. Roitelet avait sauvé la face en disant que c'était une très bonne idée, qu'avec une femme on se ferait moins remarquer. Mais c'était bien Albertini qui avait décidé. Avant de quitter Paris, on avait fait des photos pour les passeports vierges. C'était vraiment une aubaine, ces passeports. Avec les billets que Léonore, toute à son projet, avait prévus pour Hector et sa femme, tout était parfait. Le seul hic, c'était que Clovis se prénommait Bernadette. Roitelet avait d'abord proposé de le travestir, mais Clovis avait sorti une grenade de sa poche. Après lui avoir assené une bonne claque, Albertini avait confisqué la grenade en disant qu'on ferait une tache de lard ou de beurre sur la fin du mot. Bernadette avec une tache de gras, ça pouvait passer pour Bernard.

En entrant dans Bordeaux après une nuit entière de trajet, Clovis faillit écraser un petit monsieur brun à la moustache poivre et sel. Furieux, l'inconnu jeta en direction de la Panhard, comme s'il avait pu en abîmer la carrosserie, son chapeau vert auquel un bandeau de cuir trop serré donnait une allure de cône tronqué. Albertini jura en demandant à Clovis d'être plus attentif ou il allait les tuer tous. Ce n'était pourtant pas la fatigue qui avait fait faire à Clovis un écart. En débouchant sur la place de la Bourse, il avait été surpris par un spectacle bien insolite. Empilés les uns sur les autres le long du quai, des centaines et des centaines de tonneaux cachaient le fleuve et les bateaux amarrés là. Par manque de place, les débardeurs en avaient été réduits à élever une pyramide dont les neuf degrés projetaient sur plusieurs centaines de mètres une ombre qui au gré des heures parcourait toute la surface des quais. Lorsqu'il eut coupé le moteur, Clovis ne s'occupa plus des autres. Il courut au pied des tonneaux vers un des ouvriers. Quand l'homme se retourna, crochet de fer en main, Clovis faillit par réflexe esquisser un geste de défense vicieux, mais il se ravisa. Son ton de voix était aussi agité que d'habitude :

« Dis-moi, dis-moi, combien y a de tonneaux ? »

Le débardeur, en sueur, profita de cette interruption bienvenue pour reprendre son souffle. On ne trouvait plus pour ces travaux que des travailleurs de plus de quarante-cinq ans. Les autres étaient partis. En s'épongeant le front, il regarda avec curiosité ce petit homme aux yeux fous, puis il se recula pour essayer d'estimer la taille de la pyramide.

« Je sais plus trop où c'est qu'on en est. Y en a bien 2 300 ou peut-être même 2 400 sur cette place. »

Clovis se figea.

« 2 300 ou 2 400.. ça fait beaucoup.

– Tu l'as dit, mon gars. Et il en arrive encore et encore.

On sait plus où les mettre. Ça va en faire à boire, ça c'est sûr. »

Albertini arriva pour récupérer Clovis. Lui aussi était impressionné par la taille de l'édifice de bois. L'odeur sucrée du rhum omniprésente soulevait l'estomac et montait à la tête. Albertini comprit que la masse de vapeur qui s'exhalait de cette étrange cathédrale saoulait autant qu'un quart de rhum à jeun. Il s'adressa au débardeur :

« C'est par où, les bateaux pour le Maroc ?

– Normalement, ici, mais avec tout ce rhum qui arrête pas d'arriver, les bateaux de passagers restent au Verdon, à l'embouchure.

– C'est loin ?

– Il faut trois heures en train pour arriver là-bas, mais avec votre grosse voiture, vous y serez en deux heures. Allez toujours vers le nord à partir d'ici. Vous pouvez pas vous tromper. Entre Gironde et Océan, tout droit. »

Albertini partit sans dire merci, tirant derrière lui Clovis qui ne s'était pas retourné et marchait à reculons en fixant la masse énorme.

« 2 300 ou 2 400, il a dit, sergent, 2 300 ou 2 400... »

62

TOUTES les craintes qu'avaient pu éprouver Roitelet et Albertini pour la présentation des passeports à l'embarquement se révélèrent sans objet. En temps normal, avec leurs mines patibulaires, ils n'auraient eu aucune chance de passer munis d'un passeport taché avec application à la mortadelle, et de billets pas à leurs noms. Toutefois, la marée continuelle des cargos chargés du rhum des Antilles et de la Guyane provoquait un tel désordre que tous les services de gendarmerie et des douanes étaient noyés sous l'ampleur de la tâche de contrôle et d'organisation.

Seul un vieux douanier avait été posté sur le quai n° 3 où l'on avait amarré *Le Sextant*, paquebot vétuste de 172 mètres dont les 58 cabines offraient un confort précaire. Sur une table bancale, le fonctionnaire avait disposé ses trois timbres en caoutchouc et ses deux tampons encreurs, l'un rouge et l'autre bleu. L'homme, sourd et gâteux, avait été rappelé en renfort de sa retraite paisible dans un coin du Médoc pour essayer de donner une illusion de solidité à ce qui restait des structures de l'État. N'ayant au fil du temps retenu de ses années actives que des souvenirs décantés, il ne concevait l'importance de son rôle qu'à l'intensité des coups de poignet qu'il appliquait sur les papiers déposés devant lui. Albertini songea que, s'il avait présenté au fonctionnaire une carte à jouer, il l'aurait tamponnée avec une vigueur identique en le priant de la même voix de passer vite pour laisser avancer la queue des passagers. Il ne tenta toutefois pas le diable et se contenta de montrer son faux passeport.

Une fois sur le pont, le visage de Roitelet reprit un peu des couleurs qu'il avait perdues au moment du contrôle. La seule chose qu'il fût capable de dire au bout d'un long moment fut :

« Jamais je n'ai eu aussi peur ! Nous avons eu de la chance d'être là au moment où tous ces cargos sont arrivés. Le hasard fait vraiment bien les choses. »

Ses propos furent coupés par la sirène stridente qui annonçait le départ. Une petite fille qui venait d'embarquer prolongea le bruit au moyen d'une de ces sucreries coniques en forme de sifflet capables de jouer trois notes. Clovis fit mine d'aller le lui voler, mais Albertini le retint. À la sortie de l'estuaire, la ville de Royan s'étalait face à eux, aquarelle limpide presque à portée de main tant l'atmosphère au-dessus de la Gironde était pure. La vue rendit Roitelet lyrique. D'un ton solennel, il s'adressa à Albertini et Clovis qui auraient préféré continuer à se concentrer sur les manœuvres de l'équipage :

« Après les épreuves atroces que nous avons connues, le plaisir de voir un lieu si loin du front, un lieu dont on peut prédire à coup sûr qu'il ne connaîtra jamais les déchirements inhumains des bombes et des obus, cela apporte à l'âme un calme absolu. Je suis sûr que nous reviendrons triomphants et que l'on admettra la vérité de mes calculs. »

Albertini et Clovis échangèrent un regard, mais ne dirent rien. Lorsque Roitelet s'éloigna pour s'isoler avec ses pensées, Clovis glissa à voix basse à l'oreille d'Albertini :

« C'est quoi qu'il a dit pour le bombardement, sergent ?

– Cherche pas. Et arrête de m'appeler sergent.

– Oui, ser... oui. »

Les modestes aménagements intérieurs émerveillèrent Albertini et Clovis, trop heureux d'enfin dormir dans des draps propres et de pouvoir observer les règles les plus élémentaires de l'hygiène. Après trois ans à croupir dans des terriers humides et puants, le contact des acajous vernis, des rideaux de dentelle et des cuivres méticuleusement fourbis relevait du conte de fées. En aidant Léonore à porter sa malle dans la cabine 10, Albertini remarqua immédiatement la passagère du 9, une très belle jeune femme blonde accompagnée d'un petit caniche comique. Après avoir ôté sa casquette en guise de salut, il caressa le chien qui fit le beau. La jeune femme inclina la tête en guise de réponse, puis remonta sur le pont. Les yeux d'Albertini ne perdirent rien de chacun de ses pas et des ondulations de ses hanches parfaites tandis qu'elle relevait un peu sa jupe pour monter l'escalier. La voix de Léonore troubla son plaisir :

« Fernande ! C'est bien vous ? La femme d'Hector ? Vous me reconnaissez ? Vous m'apportiez mon repassage. »

Fernande venait de sortir de la cabine 7, suivie d'une petite gamine mal fagotée.

« Madame Léonore ! Vous ? Que faites-vous ici ?

– Nous partons pour l'Amérique avec coco. Il a pris un

congé spécial. Mon talent a besoin d'espace pour s'épanouir, vous savez. Mais vous-même, que faites-vous sur ce bateau ? Oh, j'y pense... »

Sans réfléchir, Léonore allait annoncer à Fernande la nouvelle de la mort de son mari comme on colporte un papotage pour meubler la conversation. En voyant les yeux noirs d'Albertini, elle se ravisa.

« Bonjour, mademoiselle..., reprit-elle en se penchant pour adresser la parole à Lucienne, cachée derrière son amie.

– Ah oui, voici ma sœur Lucienne qui m'accompagne. Nous avons acheté une concession avec l'argent qui vient de notre père. Et mon mari viendra plus tard... quand la guerre sera finie. Dis bonjour à Mme Léonore, Lulu.

– Bonjour, madame. »

Léonore sourit de façon aimable, mais c'était la différence d'accent si marquée entre les deux sœurs qui l'amusait. Elle avait assez tourné entre la rue de Lappe et la rue de la Gaîté pour savoir à quel genre de sœurs elle avait affaire. Quant au mensonge sur la venue d'Hector, il rendait pour son esprit roué toute révélation superflue.

« Une concession, comme c'est intéressant ! Mais où donc ?

– Dans un endroit qui s'appelle la Côte-d'Ivoire. Près d'une ville nommée Bingerville. Là-bas, on devient riche en faisant pousser du cacao et des bananes, vous savez, et c'est les Nègres qui font tout le travail. Tenez, regardez ça. »

Fernande avait déplié un immense document, de la taille d'une affiche. Au milieu de représentations surchargées de la vie africaine dans une quadrichromie tout en nuits étoilées, indigènes joyeux à la tâche et troupeaux d'éléphants, les détails ronflants de l'attribution d'une concession perpétuelle s'alignaient en une dizaine de paragraphes.

« Que c'est beau ! Et regardez-moi ces petits éléphanteaux qui suivent leur maman, qu'ils sont choux ! Mais c'est merveilleux, vous allez faire le voyage avec nous jusqu'à Casablanca. Venez, venez saluer mon gros coco. Il est resté à l'air libre pour réfléchir en regardant la mer. Vous savez comment il est. Toujours à réfléchir. »

63

Dès la première journée de traversée, Fernande s'était taillé une solide réputation de diseuse de bonne aventure. Les tarots étalés sur une des tables de la salle de restaurant lui rapportaient dizaine de francs après dizaine de francs pour la plus grande joie de Lucienne qui, assise à côté d'elle, tenait les comptes. Ce fut pourtant autour de cette table que leur petit univers s'effondra d'un seul coup, comme ces étoiles qui se recroquevillent sur elles-mêmes à la fin de leur vie. À force de raconter entre deux tirages l'histoire de la concession, elle tomba sur un monsieur bedonnant qui brisa ses rêves en quelques mots. En pleurs, elle courait vers sa cabine lorsqu'elle buta sur Léonore, escortée d'Albertini qui ôta sa casquette pied-de-poule en la voyant.

« Ma pauvre fille, qu'est-ce qui vous arrive ?

– Quelqu'un vous a manqué de respect, mademoiselle ? s'enquit Albertini d'un ton lugubre en cherchant par réflexe son couteau dans la poche.

– Non, on nous a volées ! Volées !

– Ah ben mince alors, vous aussi ! s'exclama Léonore sans réfléchir.

– Un monsieur là-haut vient de nous dire que les concessions de Côte-d'Ivoire, c'est une escroquerie. Une arnaque et un vrai scandale, il a dit. Même que des hommes politiques du gouvernement et leur famille sont impliqués et qu'ils ont été arrêtés le jour de notre départ. Il l'a lu dans un journal. Il dit qu'on peut pas aller là-bas. Qu'il y a rien. Et qu'on va se retrouver aux mains des Nègres. »

À ces mots, Lucienne poussa un gémissement d'épouvante.

« Ma pauvre fille ! Mais c'est terrible ! Combien avez-vous perdu ?

– 1 280 francs. Tout ce qu'on avait. »

Tandis que Léonore accompagnait les deux femmes dans leur cabine en essayant au mieux de les consoler, Albertini s'accouda au bastingage pour se plonger dans une réflexion profonde. Clovis avait découvert une pile de vieux *Je sais tout* dans un coin du fumoir où il passait désormais des heures et le Corse profitait des moments de solitude ainsi gagnés. Il ne dut revenir dans le monde réel qu'à l'appel de la cloche du bord piquée trois fois pour annoncer le premier service au restaurant.

Les hasards du placement amenèrent la jeune femme blonde croisée dans la coursive à la grande table ronde où étaient installés les fuyards ainsi que Fernande et Lucienne. Léonore les avait obligées à sortir de leur cabine et assises près d'elle comme une mère poule serrerait sous ses ailes deux poussins. La jeune étrangère se présenta comme une Mlle de Sitter, Hollandaise, artiste de music-hall de son état. La communauté de profession avec Léonore permit de briser la glace et tout le monde sembla apprécier le repas. Même Fernande et Lucienne finirent par rire un peu entre larmes et reniflements en regardant pirouetter le chien de Mlle de Sitter. Clovis acheva de détendre l'atmosphère avec ses paradoxes et ses énigmes déconcertantes. Seul Roitelet était de plus en plus sombre depuis le départ. Léonore croyait que la mort d'Hector et la gêne de ne pas pouvoir la révéler à sa femme expliquaient cet air taciturne. Il n'en était rien. L'idée de revenir à Paris pour imposer à tous, militaires et politiques, le bien-fondé de ses calculs l'obsédait. Chaque kilomètre, chaque mile marin parcouru pour prendre du champ et se mettre un temps à l'abri l'éloignait de son but. Il quitta la table avant le dessert, dont Clovis lui demanda s'il pouvait avoir sa part.

Après le café, Albertini proposa à Mlle de Sitter qui voulait un peu marcher de l'accompagner. La jeune femme fut intriguée par un regard qu'elle devina mauvais qu'il jeta en direction de deux capitaines de spahis qui bavardaient en fumant. Les deux hommes parlaient fort, avec ce ton hautain des cavaliers :

« Ainsi le général Châtelard s'est suicidé. Quelle perte pour l'armée !

– En effet, un homme de sa trempe. Ces rumeurs sur sa vie privée ont sans doute été répandues par les politicards, quelle... »

Les deux officiers claquèrent des talons puis inclinèrent la tête en voyant Mlle de Sitter. Elle rendit le salut avec un sourire avant de s'éloigner. Ce fut elle qui adressa la parole à Albertini :

« Vous n'avez pas l'air d'aimer les militaires.

– Non.

– Pourquoi un homme jeune et fort comme vous n'est pas à la guerre ?

– J'ai été réformé à cause de mes pieds.

– De vos pieds ! »

Traudel éclata d'un rire cristallin d'une pureté telle qu'Albertini ne put s'empêcher de l'accompagner. Il lui faudrait inventer une excuse plus plausible.

« Alors comme ça, vous êtes danseuse ?

– Oui. Et je chante aussi. J'ai l'habitude des spectacles. C'est mon métier.

– Et vous allez travailler en Afrique, pourquoi ?

– On m'a dit que Casablanca est une ville où les cabarets sont nombreux. Où on peut se refaire une vie. »

Traudel avait détourné le regard en prononçant ces dernières paroles. Après quelques instants de silence que ne troubla pas le Corse, elle reprit :

« De toute façon, je n'ai pas le choix. Je ne sais pas où aller. J'ai perdu mon père récemment. Je n'ai plus personne. Bientôt, je n'ai même plus d'argent. Alors, il faut que je travaille et en France avec mon accent, ce sera difficile. Les gens me prennent pour une Allemande. Vous voyez, mon histoire est assez simple. »

Albertini regardait avec plaisir le visage si pâle et les yeux si bleus de Traudel. Un long moment s'écoula, qui finit par gêner la jeune femme obligée de sourire et de sourire encore tandis que lui ne parlait pas. À son grand soulagement, il reprit quand même la conversation :

« Vous n'avez vraiment rien pour vivre ?

– Je n'ai plus que ceci. Ça a un peu de valeur Je la garde cachée de peur qu'on me la vole. C'est pour la dernière extrémité. C'est bien cela qu'il faut dire en français, n'est-ce pas ? La dernière extrémité ? Je la vendrai à Casablanca si je ne trouve pas de travail assez vite. »

Mlle de Sitter avait sorti de sa poche une superbe montre-chronomètre. Albertini tendit la main et, après quelques secondes d'hésitation, la jeune femme lui confia l'objet. Le Corse fit jouer la fermeture et le cadran lui apparut avec ses aiguilles multiples et la petite fenêtre en demi-cercle dont l'arc inférieur, bordé par deux autres demi-cercles égaux, indiquait sur un cadran mobile les phases de la lune. Il n'avait jamais vu un objet aussi beau. La forme du quart de lune dans le bleu du ciel était bien confirmée par l'instrument. Les rainures fines du remontoir, agréables au toucher, s'accrochaient tant au relief des doigts que l'on aurait eu du mal à dire si le crissement soyeux à peine perceptible venait des rouages ou du relief de la peau.

« Combien en voulez-vous ?

– Mais je ne peux pas la vendre. Pas encore. Elle était à mon père, voyez-vous.

– Alors, laissez-moi la garder.

– Comment ? Je ne comprends pas.

– Je vous propose un marché. Vous voulez chercher du travail dans un pays inconnu. C'est difficile pour une femme. En plus, vous risquez de trouver une situation médiocre. Pourquoi ne pas venir avec nous ?

– Avec vous ? Je ne comprends pas.

– Je vais ouvrir un cabaret pour Mme Léonore. Quelque chose de grand. Quelqu'un avec de l'expérience, comme vous, c'est utile. Alors, vous venez avec nous. Vous travaillez avec nous. Je vous paye. Mais je conserve la montre. Si un jour vous la voulez, je vous la rends.

– Je... je ne comprends pas.

– Elle est à vous, mais c'est moi qui la garde pour vous. Comme ça, personne ne vous la volera. »

La jeune femme trouvait ce petit homme bien étrange. Elle avait un peu peur du reflet de cette étoile au fond de ses yeux noirs, pourtant, quelque chose en elle la poussait à accepter l'étrange marché.

« D'accord. Vous la gardez jusqu'à ce que je veuille la reprendre. Comme ça, on ne me la volera pas.

– C'est bien. Bien. »

Clovis avait observé la scène avec une attention aussi jalouse que lorsqu'il devait couvrir son sergent en patrouille. Quand Albertini fut seul, il se précipita.

« La blonde, sergent, c'est une Allemande. Ça s'entend.

– Une Hollandaise.

– Pourquoi elle ment ?

– Cherche pas. Nous aussi, on ment. »

Clovis médita un instant cette dernière phrase. Comme d'habitude, il reprit la conversation de manière mécanique :

« Vous avez de la chance alors de l'avoir trouvée cette fille et son chien, hein, sergent ? Ça fera un beau numéro pour votre cabaret... dites, sergent...

– Arrête de m'appeler sergent.

– Oui... euh... je voulais vous demander...

– Vas-y, accouche !

– Je peux venir avec vous dans votre cabaret ? »

Albertini regarda Clovis d'un air surpris.

« Hé, *cretinu !* Où c'est que tu voudrais aller si tu viens pas avec moi, si tu viens pas ? »

64

ROITELET était seul. Le froid humide du soir avait fait fuir tous les passagers vers les salons. Appuyé au bastingage de poupe, il relisait à la lumière d'un projecteur les comptes rendus de la presse embarquée le jour du départ. Dans des lignes censurées, beaucoup n'auraient vu que l'annonce de l'arrêt d'une offensive. Lui savait. Si l'on avait arrêté l'offensive Nivelle, c'est que les prévisions du Bureau des calculs s'étaient vérifiées. La saignée avait dû être effroyable. Pire qu'à Verdun ou sur la Somme. Il ignorait qu'en conséquence du massacre, déjà des troupes commençaient à se mutiner tout le long du front.

Il avait bu plus que de raison au repas. Le futur lui semblait trop imprévisible pour faire des projets. D'une voix un peu éraillée, il s'adressa aux vagues du sillage striées à angles réguliers :

« Messieurs les membres de l'Académie des sciences, laissez-moi vous exposer le théorème de la victoire. Je connais à présent le secret. Il faut oublier tous nos calculs antérieurs : la force d'un système hiérarchique se mesure à l'augmentation géométrique de la connerie d'un échelon du système au suivant. Donc notre armée est invincible et nous pouvons rentrer chez nous satisfaits. Merci, messieurs ! »

Il essaya de rire à sa boutade, mais n'y arriva pas. Cent mille fantômes autour de lui rendaient l'affaire trop sinistre. Il passa la main dans la poche de son manteau. Sur la dizaine de pages de calculs qu'il caressait, il y avait pourtant de quoi empêcher tout cela. La dernière formule du théorème, surtout, était une garantie qu'enfin la raison pourrait triompher. Il allait falloir écrire, diffuser partout le résultat, en France, en Angleterre... Mais comment faire pour préserver le secret en faveur des Alliés si trop de copies circulaient ? Tout cela était absurde. Brusquement, il se retourna, surpris par le bruit de pas derrière lui. Dans la pénombre, il reconnut la silhouette.

« Ah ! Albertini. Vous m'avez fait peur.

– Faites excuse, mon colonel.

– N'utilisez pas ces mots ici, voyons ! Je vous l'ai déjà dit.

– Faites excuse. Quatre ans que je suis habitué à donner du mon capitaine, du mon commandant, du mon colonel... quatre longues années.

– Je... je comprends. Que voulez-vous donc, mon brave ?

– Votre gilet. Avec votre respect. C'est mieux si c'est moi qui le garde pour elle. Mme Léonore, vous voyez, elle est inquiète pour son argent. C'est pas qu'elle a pas confiance, mais vous, vous voulez retourner là-bas. Elle non. »

Roitelet avait changé de couleur, comme si la foudre s'était abattue à ses pieds. Il avait toujours eu peur d'Albertini, depuis le premier jour. Depuis qu'il l'avait suivi dans la tranchée allemande et qu'il l'avait vu égorger sans un clignement d'œil les soldats de la cagna. À présent, sur le pont du bateau, il n'y avait plus pour le protéger aucune des barrières artificielles que la société ou l'armée met entre les hommes. Sa voix tremblait :

« Mais vous n'y pensez pas. Vous n'êtes pas un voleur.

– C'est vous qui avez volé le gilet à Mme Léonore, pas moi. Et nous allons avoir besoin de cet argent.

– *Nous ?*

– Oui, moi. Et Léonore et Clovis. Cette Allemande aussi, qui va venir avec nous. Ensemble nous avons des choses à faire. Nous allons tenter notre chance. Ici ou là. Loin de la folie. »

Roitelet plongea la main dans sa poche et essaya d'en sortir son revolver. Le chien s'accrochant sur la doublure freina son geste. Albertini n'avait pas besoin de plus de temps pour sortir son couteau et l'enfoncer fermement dans la gorge de Roitelet, à la base du triangle formé par l'os de la mâchoire. Il accompagna doucement vers le sol Roitelet puis, d'un quart de tour à droite très sec mais bien complet, il dégagea le tranchant. Par un réflexe idiot causé par l'illusion de brûlure intense qu'il avait ressentie, Roitelet fit sauter ses lorgnons au loin en se frappant la tempe avec la main droite. Sa respiration violente se transforma en un gargouillis rauque à mesure que le sang emplissait la trachée puis les poumons. Albertini l'obligea à pivoter d'un demi-tour et prit soin de pousser l'avant du corps à l'extérieur du bastingage afin de ne souiller ni le pont du navire ni le précieux gilet. Les bras tendus de Roitelet tournaient en petits moulinets réguliers au-dessus du vide, comme s'il cherchait à retrouver son centre de gravité. Avec dextérité, Albertini découpa le manteau au milieu du dos puis, passant sa lame sous le ventre de sa victime, trancha un par un les douze boutons du gilet. En poussant avec le genou, il envoya ensuite le corps encore palpitant dans l'obscurité sans lune où la chemise blanche gonflée d'air se fit d'abord cercle, puis ellipse, puis point pour enfin disparaître, étrange méduse attirée vers le fond. Il n'y eut pas de cri, juste le bref bruit de l'eau atténué par le ronronnement régulier et précis des moteurs du navire.

Sans regarder derrière lui, Albertini s'éloigna avec son butin. Il enfila le gilet qu'il couvrit de sa veste, puis examina les poches du manteau déchiré. Dans la poche intérieure, il trouva les feuilles dactylographiées que Roitelet conservait si précieusement. Il en examina brièvement le contenu et, le jugeant sans valeur, le remit en place avant de jeter le vêtement par-dessus bord.

« Il est mort, le colonel ? »

C'était la voix de Clovis qui, appuyé dans la pénombre contre une chaloupe, avait suivi toute la scène, prêt à venir à la rescousse.

« Oui, petit. Il doit être mort, ou ça ne saurait tarder. À partir de maintenant, tu ne parles plus de lui. Son nom n'existe plus.

– Oui, sergent. »

Épilogue

LÉONORE avait failli faire un scandale lors du débarquement. Ne voyant nulle part Roitelet, elle s'était mise à hurler :

« Le salaud ! Y s'est barré, je parie, ou y veut rester à bord pendant qu'on descend ! Avec mon or ! Y s'est barré !

– Tais-toi, femme ! »

Albertini lui avait enfoncé si fort les doigts dans le muscle du bras qu'elle en était devenue blanche comme un linge.

« Arrête ! Par pitié, je t'en prie ! Tu vas me casser les os !

– Le colonel, il vient pas avec nous. Il est là, ton or. »

Le Corse avait fourré la main de Léonore sous son veston pour lui faire tâter les molletons remplis de pièces.

« Et il t'a donné ça ?

– Oui, il me l'a donné. C'est à toi, non ? Il m'a demandé de veiller sur toi et sur l'argent jusqu'à ce qu'il revienne. »

Léonore descendit sans plus de résistance, soutenue par Albertini dont la main à présent était douce. Elle avait regardé le Corse droit au fond des yeux tandis qu'il parlait et ce qu'elle y avait vu l'avait fait frémir. Elle éprouvait une sensation curieuse, entre la peur et l'apaisement.

Comme, au milieu des manœuvres de débarquement, Fernande et Lucienne se tenaient serrées tout contre Léonore, Albertini finit par l'interroger :

« Elles ont plus rien, tu sais. Plus d'argent, plus de famille. Mais Fernande, elle peut tirer les cartes et Lucienne, elle a déjà travaillé dans des restaurants chics. Elle sait tenir les comptes, alors je m'étais dit comme ça...

– C'est toi la patronne puisque c'est ton argent. Elles peuvent venir avec nous. Quatre femmes, c'est un bon chiffre. »

Clovis, que ne quittait plus Mademoiselle Lilibeth, embaucha un Arabe qui se tenait là pour charrier les malles des voyageurs. Avec autorité, il se fit conduire en ville.

Albertini dévisagea en chemin chaque membre de son petit groupe. Deux mois auparavant, rien n'aurait pu laisser prévoir qu'ils se retrouveraient tous là sur un quai d'Afrique du Nord, cousus d'or et riches de rêves. Il sourit. Il avait survécu. Il y avait un futur. La carte noire n'était pas sortie du paquet. Soudain, comme un acteur fou qui passerait à nouveau la tête derrière le rideau après la fin de la représentation, une idée absurde lui vint. Il n'aurait pas pu dire pourquoi il avait pensé à ça à ce moment précis. Il venait de se demander ce qui était arrivé à Morelli et à la Chauchat. Il éclata de rire.

Sans qu'il eût rien dit, Clovis se mit à pouffer lui aussi comme s'il connaissait la teneur exacte des pensées d'Albertini. Leur rire était le rire de deux fous. Les quatre femmes ne comprirent pas ce qui se passait. La seule chose qu'elles savaient, c'est que le hasard avait réuni leurs quatre destins entre les mains de cet homme. Entre deux éclats, Albertini s'adressa d'un ton presque sérieux à Clovis :

« Tu sais, petit, ton histoire des deux sentinelles et de la question à poser...

– Oui, sergent ? Vous avez trouvé ou je vous donne la solution ?

– Eh bien, moi, je pose pas de question. Je balance une rafale de Cho-cho à chacun des deux types et je pars dans l'autre sens !

– C'est pas la bonne réponse, ça, sergent ! Attendez ! Je vais vous expliquer... »

REMERCIEMENTS

Merci à Martine, Florence, Catherine, Irène, Agnès, Sue et Frankie.

Merci à Pascal pour les formules.

Merci à Paulette pour les passages en langue corse.

Merci à Pierre pour chacun de ses commentaires si précieux.

Composition IGS
Impression BCI en juillet 2004
Editions Albin Michel
22, rue Huyghens, 75014 Paris
www.albin-michel.fr
ISBN 2-226-15391-8
N° d'édition : 22590. – N° d'impression : 042845/4.
Dépôt légal : août 2004.
Imprimé en France.